Für Oma.

Möge der Wind dich sicher nach Hause tragen.

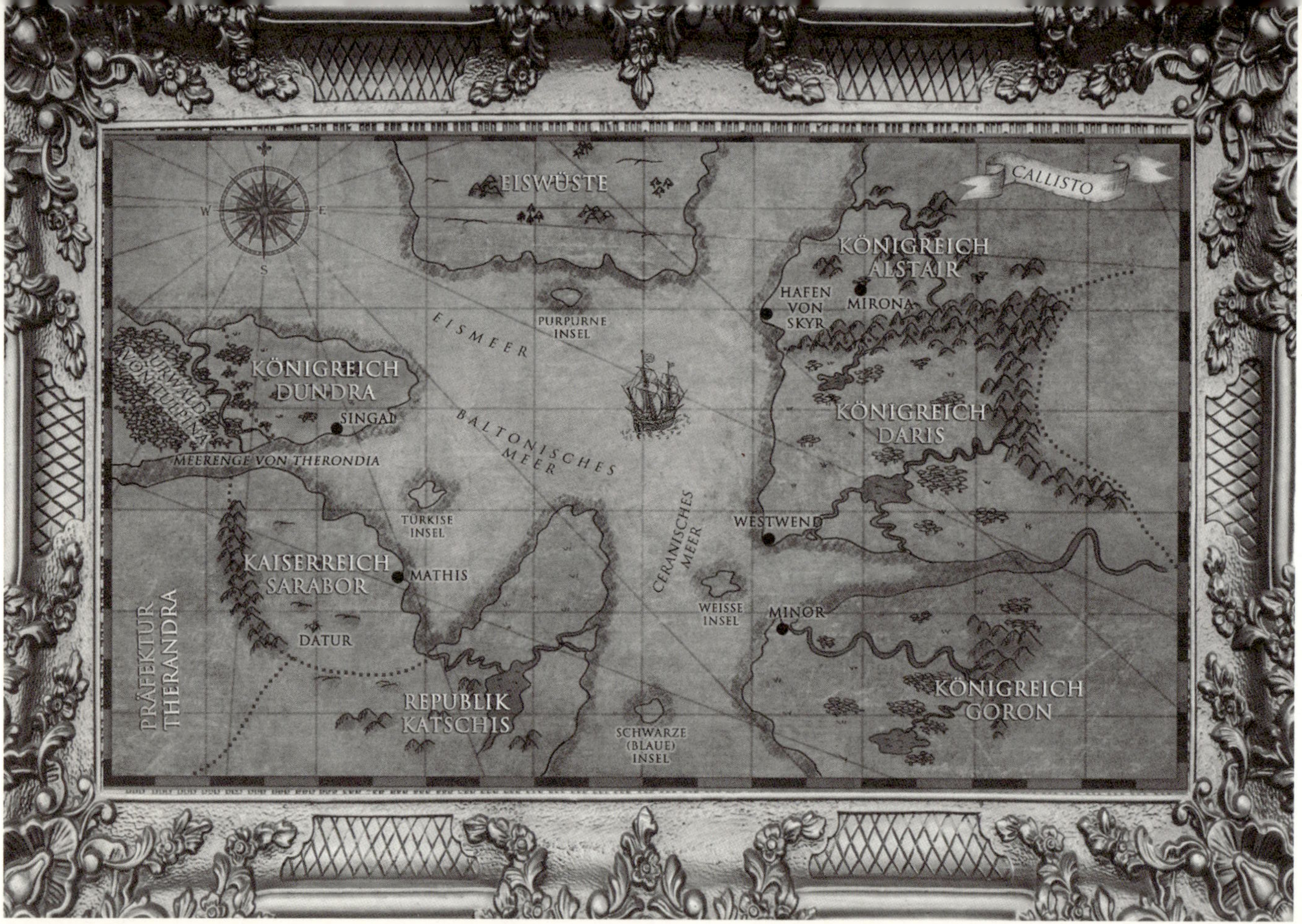
CALLISTO
EISWÜSTE
KÖNIGREICH ALSTAIR
HAFEN VON SKYR
MIRONA
PURPURNE INSEL
EISMEER
KÖNIGREICH DUNDRA
URWALD VON TUFINA
SINGAL
BALTONISCHES MEER
KÖNIGREICH DARIS
MEERENGE VON THERONDIA
TÜRKISE INSEL
CERANISCHES MEER
WESTWEND
KAISERREICH SARABOR
MATHIS
WEISSE INSEL
MINOR
DATUR
PRÄFEKTUR THERANDRA
REPUBLIK KATSCHIS
SCHWARZE (BLAUE) INSEL
KÖNIGREICH GORON

Prolog

Einst, als die Welt aus roher Magie geformt wurde, entstanden zwei Wesen, alt wie die Zeit.

Während das eine anmutig und voller Güte war, bestand das andere aus Zorn und Neid. Sie sollten ein Gleichgewicht bilden, wenn sich die Länder und Meere sowie die Lebewesen formten.

Aber das dunkle Wesen war gierig. Es wollte über alles allein herrschen. So kämpfte es mit all seiner Macht gegen das helle Geschöpf und konnte doch nie den Sieg erringen. Auch nicht, als es Monster aus sich gebar, die sich vom Licht des hellen Geschöpfs ernähren sollten.

Erst als die Magie die Menschen schuf, änderte sich alles. Das helle Geschöpf beschützte diese Lebewesen und doch gelang es dem dunklen Wesen, ihre Herzen zu vergiften und mit ihnen seinem Gegenspieler eine Falle zu stellen.

Das helle Geschöpf wusste, dass es nicht mehr in der Lage war, die Welt zu retten. Also opferte es sich und zerbarst in vier Elemente – Feuer, Wasser, Erde und Luft – und verteilte sie über die Welt, um das dunkle Wesen zu bannen. Und wenn es einst gelingen würde, sie alle zu vereinen, könnten die Finsternis endgültig besiegt und ein neues Gleichgewicht erschaffen werden.

Solange die Elemente über Magie verfügten, würde es der Dunkelheit nie gelingen, die Welt zu erobern. Aber der Frieden sollte nicht lange währen, denn ohne den Schutz des hellen Geschöpfs gelang es dem dunklen Wesen immer wieder, die Zusammenführung der Elemente zu verhindern. Es vergiftete die Herzen der Seefahrer und sorgte dafür, dass sie nach einem sagenumwobenen Schatz, dem silbernen Herzen des Meeres, suchten und blind wurden für das, was wirklich wertvoll war.

Denn nur mit dem silbernen Herzen konnte die uralte Magie erweckt werden: jene des Kristallherzens.

Wasser, aus Sturm geboren,

setzt die Magie in Gang.

Kapitel 1

Ich stand in meinem frühlingshaften Blumenkleid auf einer Düne und ließ den Blick über die unruhige See schweifen. Der Wind trieb mir Tränen in die Augen und obwohl die Sonne schien, wusste ich, dass ein Sturm aufziehen würde.

Ich wusste es, weil ich schon immer anders war. Das Meer war meine Bestimmung, zumindest hatte meine Großmutter das immer gesagt. Sie war eine weise Frau gewesen, bis man sie auf einen Scheiterhaufen gestellt und als Hexe verbrannt hatte. Sie hatte gewusst, dass man sie holen würde, war aber nicht fortgelaufen. Schließlich war sie alt, wie sie sagte. Doch Großmutter schärfte mir – damals ein kleines Mädchen von fünf Jahren – ein, dass ich meine Gabe niemandem zeigen dürfte.

»Hör mir zu, Amara«, sagte sie, als die lauten Rufe schon durch die Tür unseres vornehmen Hauses drangen, »du darfst niemanden wissen lassen, was du kannst.«

»Was meinst du, Oma?«, fragte ich verzweifelt.

»Du kannst den Sturm, der lauert, nicht nur fühlen, du kannst ihn auch heraufbeschwören.« Sie lächelte und strich mir über den damals hellblonden Haarschopf. »Wasser, aus Sturm geboren, setzt die Magie in Gang«, flüsterte

sie und ihr Blick war in die Ferne gerichtet, bevor sie mich wieder ansah. »Das Schicksal hat eine besondere Rolle für dich erwählt, meine Kleine. Aber dazu musst du leben. Lass niemanden wissen, welche Gabe du in dir trägst. Versprich es mir.«

Und ich hatte es versprochen. Nur Oma hatte gewusst, welche Magie in mir schlummerte. Niemand sonst.

Ich seufzte. Die Menschen glaubten ohnehin nur, was sie glauben wollten. Denn ganz gleich, wie oft ich versucht hatte, sie zu warnen, sie lachten mich aus, wenn ich von Stürmen sprach. Besonders, wenn es warm war und kein Wölkchen den Himmel verdunkelte. Anfangs hatte es mich wütend gemacht, jetzt kümmerte es mich kaum noch und ich behielt meine Warnungen für mich.

Magie war etwas Rohes, etwas, das den Menschen mehr Furcht einflößte als ein Sturm oder Krieg. Weil sie es nicht verstanden. Oder beherrschen konnten. Beinahe hatte ich Mitleid mit ihnen.

Wieder seufzte ich. Ich gehörte nicht hierher. Wegen meiner Gabe nicht und weil ich … nun, anders war.

Die Menschen in unserem Städtchen Westwend, am Rand eines mächtigen Königreichs namens Daris, hielten mich zum Glück bisher nur für verrückt. Wie konnte es auch anders sein, schließlich war meine Großmutter als verurteilte Hexe verbrannt worden und ich hatte vor Jahren von Stürmen gesprochen, wo doch herrlichstes Wetter geherrscht hatte.

Mein Vater hatte sich zwar redlich bemüht, mich so aufzuziehen, dass ich den Ansprüchen unserer Mitbürger gerecht wurde, aber so wirklich gelungen war ihm das nie. Wobei ich schon längst aufgehört hatte, helfen zu wollen. Ich passte dennoch nicht hierher.

Die meisten Mädchen unserer Stadt liebten es, sich hübsch anzuziehen, und gaben das Geld ihrer Väter für Stoffe oder Haarbänder aus.

Ich hingegen kaufte Landkarten oder einen Kompass und überließ es meiner Mutter, meine Kleidung auszuwählen. Sie hatte dafür ein Händchen, ich nicht. Rüschen fand ich immer schon albern, ganz gleich, wie modisch sie in diesem oder jenem Jahr waren.

Mein Vater war ein reicher Händler. Er besaß fünf Schiffe, die er zwischen den Königreichen unserer Welt, die man Callisto nannte, umherschickte, mit denen er Ware kaufte und verkaufte. Ich war sein einziges Kind und obwohl mich jeder für sonderbar hielt, gab es genug Interessenten, die um mich werben wollten. Denn ich versprach unermesslichen Reichtum. Außerdem schien ich trotz meiner wilden Art und der Mängel, die man mir nachsagte, liebreizend zu sein. Zumindest hatte ich dieses Wort mehrmals gesagt bekommen.

Dass ich den Männern gefiel, verdankte ich dem Modegeschmack meiner Mutter. Sie steckte mich in lächerliche Kleidchen und zwang mich, meine mittlerweile walnussbraunen Haare in Locken legen zu lassen. Immerhin konnte ich sie davon abhalten, mir die Farbe ins Gesicht zu pinseln, die viele Frauen meines Alters trugen, um interessanter zu sein.

Meine Familie genoss hohes Ansehen, obwohl meine Großmutter eine Hexe gewesen war. Da belächelte man mein Temperament, mit dem ich mich oft für Schwächere einsetzte, als kindlichen Eifer. Mein Vater sah das natürlich anders. Ich hatte viel zu oft seine Bestrafung erdulden müssen, wenn ich mich wieder ungebührlich verhalten hatte. Er meinte, irgendwann würde er mir diese Aufmüpfigkeit schon austreiben.

»Du wirst dich noch wundern«, hauchte ich und fuhr über meinen Arm, an dem ich noch die blauen Flecken meiner letzten Züchtigung spürte. Ich hatte ihn diesmal wohl zu sehr gereizt.

Zu meinem Leidwesen lockte ich trotz allem zahlreiche Bewerber an. Geld war nun einmal nicht von der Hand zu weisen und auch wenn ich nicht verbarg, dass ich mich nicht für Tischwäsche oder Haushaltsführung interessierte, sondern Abenteuer erleben wollte, hatten viele um meine Hand angehalten.

Vater hatte sich alle Anträge angehört, niemandem eine Zusage gegeben und war anschließend mit den in seinen Augen besten Kandidaten auf die Jagd gegangen. Denn obwohl unsere Stadt vor allem wegen seines reichen Fischfangs bekannt war, liebten es gerade die wohlhabenden Bürger, in den etwas entfernten Wäldern zu jagen. Nach einigen Ausflügen hatte er verkündet, wen ich heiraten *durfte*.

Ich ballte die Fäuste, als ich daran dachte, wie diese Männer mit ihren erlegten Tieren zurückkamen und mir Blicke zuwarfen, als wäre ich ihre nächste Beute. »Aber nicht mit mir«, murmelte ich und lockerte meine Finger wieder, während ich auf das Meer hinausblickte.

Vater hatte sich Zeit gelassen und schließlich Earl James Brunwick ausgewählt, mich zur Frau zu nehmen. Der Earl war bereits dreimal verheiratet gewesen und in etwa so alt wie mein Vater selbst. Aber er brachte einen Titel im Tausch gegen mein Vermögen, und seine Familie war einflussreich. Vater erhoffte sich dadurch noch bessere Geschäfte zu machen. Erkauft mit dem Glück seiner Tochter.

Denn Earl Brunwick galt als brutaler Mann. Seine erste Frau hatte er angeblich erwürgt, allerdings konnte man es ihm nie nachweisen, seine zweite Frau starb kurz nach der Geburt ihres ersten Kindes, weil der Earl es nicht abwarten konnte und das Bett gleich nach der Niederkunft mit ihr teilte. Seine dritte Frau fand man mit zerschmetterten Knochen bei den Klippen unter seinem Herrenhaus.

Ich hatte keine Zweifel, dass ich nicht lange überleben würde. Der Earl zog eine Ehe mit mir vermutlich ausschließlich meiner Mitgift wegen in Betracht. Vater wählte ihn vor allem wegen seines Ranges und Einflusses. Es hätte mich nicht gewundert, wenn es einen Ehevertrag gäbe, der beiden Vorteile zusicherte, auch für den Fall, dass ich unter mysteriösen Umständen sterben würde.

Ich stieß den Atem aus und umklammerte den Stoff meines Kleides, als Wut in mir aufstieg. Für meinen Vater war ich eine Handelsware. Es kümmerte ihn nicht, ob ich glücklich war oder überhaupt den nächsten Frühling erleben würde. Das hatte es nie.

Deswegen hatte ich einen Entschluss gefasst. Ich würde weglaufen.

Es würde nicht einfach werden und ich musste den richtigen Zeitpunkt abwarten, denn sobald man mein Verschwinden bemerkte, würde man mir folgen. Und ich wusste, ich könnte nie weit genug kommen, bevor mein Vater mich einfangen ließe. Es gab nur eine einzige Gelegenheit.

Einmal, jedes Jahr am Tag des Sommerbeginns, überfiel eine Bande Piraten eine der Städte an der Küste von Daris.

Um diese Seeräuber rankten sich unzählige Gerüchte. Von Dämonen selbst war die Rede, verflucht durch die Magie der Hexen, die man verbrannt hatte und deren Asche mit dem Regen ein unglückliches Schiff dazu verurteilte, jedes Jahr an den Ort ihrer Qual zurückzukehren.

Eine andere Geschichte berichtete davon, dass der Kapitän einer Meerhexe das Leben genommen und den Zorn der alten Götter auf sich geladen hatte. Und wieder eine andere berichtete von einem uralten Dämon, der die Piraten erwählt hatte, ihn aus seinem nassen Grab zu befreien und seine Mächte zu erwecken.

Manchmal waren die Piraten unsterblich, manchmal verwundbar. Aber immer hieß es, diese Seemänner wären mehrere Hundert Jahre alt. Ich hielt alles für Lügengeschichten.

Aber wer Magie so sehr fürchtete, hatte vermutlich auch vor wiederkehrenden Piraten Angst, die, so behaupteten einige Menschen, vollkommen schwarze Haut besaßen.

Abgesehen von dieser seltsamen Farbe benahmen sie sich wie gewöhnliche Piraten: Sie brandschatzten und plünderten. Aber was mir zugutekam, war eine andere Angewohnheit von ihnen, denn sie entführten eine oder zwei Frauen, wenn sie eine Stadt betraten.

Was mit diesen Frauen geschah, wusste niemand, denn sie wurden nie wieder gesehen. Man mutmaßte, die Piraten brachten sie über den Ozean in ein fernes Königreich, Sarabor etwa, in dem sie als Sklavinnen verkauft wurden. Die Händler erzählten sich, dass die Frauen, die entführt wurden, eines gemeinsam hatten: Sie seien atemberaubend schön gewesen.

Man hatte oft versucht, das sagenumwobene Schiff, das angeblich aus dem Schlund der Hölle selbst stammte, zu finden. Immerhin hieß es, dass die Piraten unermessliche Schätze besäßen, erbeutet aus ihren unzähligen Schlachten und der Lohn für die schönen Frauen, die sie angeblich blutrünstigen Kalifen und Kaisern verkauft hatten.

Westwend war schon lange nicht mehr Ziel dieses Überfalls geworden. Vielleicht lag es daran, vielleicht war es aber auch meine Magie, die mich warnen wollte. Etwas in mir wusste, dass der nahende Sturm die gefürchteten Piraten zu uns bringen würde.

Ich hatte sie noch nie gesehen, aber man behauptete unter anderem, dass sie hässlichen Meeresgeschöpfen ähnlicher sähen als Menschen. Allerdings erzählte man sich das nur hinter vorgehaltener Hand, denn Magie, Dämonen und Fabelwesen durfte es nicht geben. Wer dennoch daran glaubte, wurde wie meine Großmutter verbrannt.

Mir war es gleichgültig, ob sie Menschen mit Farbe im Gesicht waren oder Ausgeburten eines Dämons selbst. Ihr Angriff würde mir dazu verhelfen, diese Stadt hinter mir zu lassen und dem grausamen Schicksal zu entgehen, das mein Vater für mich gewählt hatte.

Niemand würde nach mir suchen, wenn ich nach dem Angriff der Piraten verschwunden war. Niemand. Denn ich galt dann als verloren.

Ich blickte zu der kleinen Höhle, welche die Brandung ein Stück entfernt in eine Klippe gefressen hatte. Dort hatte ich schon vor Tagen alles vorbereitet. Ein kleines Ruderboot, Proviant für eine Woche, meine Landkarten und meinen Kompass.

Sobald ich die Nähe der Piraten fühlte, würde ich mich in die Höhle flüchten und dort warten, bis Ruhe eingekehrt war. In der Nacht darauf würde ich mit dem Boot losrudern, bis ich ans Ufer des nächsten Königreichs kam. Ich hatte Geld gespart und ich war mir sicher, Arbeit zu finden, wenn ich mich bemühte. Denn ich war mir für keine Tätigkeit zu schade. Außer meinen Körper zu verkaufen.

»Bald, schon bald, bin ich hier fort«, machte ich mir selbst Mut und hob die Nase in den Wind.

Einen Tag, vielleicht zwei, dann würde der Sturm hier sein und mit ihm das gefürchtete Schiff der Piraten. Kurz erwog ich, die Stadt zu warnen, auch wenn das bedeutete, dass eine Flucht schwieriger wäre. Aber ich wusste, niemand würde mir glauben, also ließ ich es.

»Amara!«, hörte ich die Stimme meiner Mutter, die mit ihrem Sonnenschirm in der Kutsche gewartet hatte.

Wir waren von der Schneiderin, die mein abscheuliches ausladendes Hochzeitskleid fertigte, auf dem Weg zurück in das Stadthaus meines Vaters unterwegs gewesen, als ich darum bat, mir die Beine vertreten zu dürfen.

»Komm endlich. Dein Vater will nicht, dass du so lange in der Sonne bist. Du verdirbst dir die Haut, und Earl Brunwick möchte, dass du blass wie eine Schneeflocke bist.«

Ich unterdrückte ein Schnauben. Als ob es mich interessierte, wie der Earl sein Spielzeug mochte. Dennoch gehorchte ich und trottete zur Kutsche.

»Geh aufrechter, Kind. Du bist bald eine Lady. Du musst Haltung zeigen. Ganz gleich, welche Last auf deinen Schultern liegt oder welche Schmerzen dich plagen. Geh aufrecht und lass niemanden wissen, was du wirklich denkst oder fühlst.«

»Ja, Mutter«, murmelte ich, als ich in die offene Kutsche stieg und mich zwang, nicht zum Meer zu blicken.

Zwei Tage höchstens noch. Dann wäre ich hier fort. Lange bevor mich der Earl gelehrt hat, was wahre Schmerzen waren. Denn dass er mir wehtun würde, weil es ihm Lust bereitete, war mir in dem Moment klar gewesen, als er seinen gierigen Blick über meinen Körper hatte schweifen lassen.

Aber so weit würde es nicht kommen. Denn in zwei Tagen war ich frei.

Kapitel 2

Wolken schoben sich vor den silbrigen Mond, als ich die Fensterläden öffnete und mein Gesicht in den kühlen Wind hielt. Selbst hier, fünf Minuten zu Pferd entfernt, hörte ich noch das Rauschen der Wellen. Sie wehrten sich gegen das, was im Begriff war, sie zu durchpflügen.

Ein Schiff, getrieben von seltsamer Magie, näherte sich. Ich konnte es nicht sehen, ich fühlte nur, wie es unaufhaltsam auf die Küste von Westwend zuhielt. Also schienen zumindest die Legenden um die Magie, die sich um den Dreimaster rankten, der Wahrheit zu entsprechen. Etwas Dunkles bahnte sich seinen Weg über das Meer, und es ging von diesem Schiff aus.

Noch einmal überlegte ich, Alarm zu schlagen. Aber es hatte keinen Sinn. Hätte man mir vor vier Jahren geglaubt, als ich erklärt hatte, dass ein Orkan viele Opfer fordern würde, wären unzählige Menschen heute noch am Leben, die ihren Tod im Unwetter fanden. Vor drei Jahren hatte ich gefleht, man möge Dämme errichten, weil eine gewaltige Welle Teile der Stadt zerstören könnte. Vater hatte mich ermahnt, mich nicht in Hexenwerk zu üben und meine Zunge zu hüten. Es ginge um sein Ansehen. Also hatte ich damals nicht weiter versucht, die

Menschen zu warnen, die kurz darauf von einer Welle mit sich gerissen wurden.

Deswegen schwieg ich auch diesmal und verdrängte mein schlechtes Gewissen, als ich in Männerkleidung und mit Reitstiefeln die Wand des Hauses hinabkletterte. In den luftigen Kleidchen, die ich ansonsten tragen musste, wäre eine Flucht unmöglich gewesen.

»Leb wohl«, flüsterte ich, als ich zum Fenster hinaufblickte und mich schleichend vom Haus entfernte.

Das Meeresrauschen erhob sich, brüllte mir die Ankunft der Piraten entgegen, als ich die Mauer, die das Grundstück umgab, erreichte. Ich warf noch einen letzten Blick auf das Haus, in dem ich aufgewachsen war, in dem Wissen, dass ich es nie wieder sehen würde.

Aber da war keine Wehmut, nur Erleichterung. Denn was auch immer das Schicksal für mich vorgesehen hatte, es musste besser sein als das hier. Eingesperrt in einem Haus ohne Hoffnung, verdammt dazu, einen Mann zu heiraten, der mich im besten Fall als Spielzeug betrachtete, war nicht das, was ich für mein Leben vorgesehen hatte.

Ich salutierte meinem Elternhaus ein letztes Mal zu, dann begann ich, die Mauer abzusuchen.

Es gab ein Loch, groß genug, dass ich mich durchzwängen konnte. Denn das Tor war streng bewacht und die Mauer zu hoch, um sie hinaufzuklettern. Ich ließ meine Finger über den bröckeligen Putz der Wand gleiten, bis ich die ersten Risse ertastete. Man hatte vor Jahren einen Rosenstock an jene Stelle gepflanzt, die brüchig geworden war. Als hätte die Pflanze den Lauf der Zeit aufhalten können.

Ich zischte, als meine Finger von Dornen aufgerissen wurden. Ärgerlich, dass mir das ausgerechnet heute passieren musste, aber ich konnte es nicht ändern. Ich tastete mich weiter, bis ich die Öffnung fand. Durch die Wolken, die sich vor den Mond geschoben hatten, war es stockfinster geworden und der Wind, der plötzlich aufzog, ließ mir einen Schauer über den Rücken laufen.

Für mich bestand kein Zweifel. Die Piraten, die sich gerade unbemerkt unserem Hafen näherten, besaßen dunkle Magie. Voller Kälte und Hass.

Ich rieb mir über die Arme, als meine Haut zu kribbeln begann. Angst stieg in mir auf und ich wusste, dass die dunklen Wolken über mir teilweise meiner Gabe geschuldet waren, denn ich beherrschte den Sturm. Ob ich damit die Piraten hätte aufhalten können?

Nicht mein Problem. Das alles war nicht länger mein Problem.

Dennoch plagten mich Zweifel. Durfte ich wirklich wegschauen? Ich ließ den Blick über das Meer schweifen, das man von hier aus sehen konnte. Es war fast unmöglich, es in der Dunkelheit auszumachen, bis ich ein Flackern wie von einem Feuer bemerkte und die Augen aufriss.

Wie aus dem Nichts war in der Bucht ein Schiff erschienen und erstrahlte in blutrotem Licht. Kanonenschüsse wurden abgefeuert und die Glocke, die Alarm schlug, läutete.

Mir lief die Zeit davon. Ich sollte schon längst näher am Meer sein!

Hastig zwängte ich mich endlich durch die Mauer und lief los. Schreie wurden laut, als erneut Kanonenkugeln abgefeuert wurden, und irgendwo im unteren Teil der Stadt, wo viele Handwerker ihre Läden hatten, krachte es. Feuer brachen aus, Menschen fluchten, flehten, warfen sich auf die Knie, um zu beten.

Ich wich ihnen aus, verbarg mein Gesicht in dem großen Dreieckshut, den ich gefunden hatte, und hoffte, niemand würde jetzt schon nach mir Ausschau halten.

Das gespenstische Lachen der ersten Piraten drang bereits durch die Straßen. Und mit dem Lachen diese dunkle Magie, die sie umgab. Was auch immer sie waren, ich wollte ihnen ganz gewiss nicht in die Hände fallen.

Es krachte erneut, Glas splitterte, Frauen brüllten und Männer wimmerten.

Ich hätte Mitgefühl gehabt, wenn ich Zeit dazu gehabt hätte. Aber ich musste mich beeilen.

In dem Chaos näherte ich mich dem Meer langsamer, als mir lieb war. Ich wollte mich in der Höhle verstecken, bevor die Piraten alle Straßen verwüsteten. Leider hatte ich nicht bedacht, dass sie mich eventuell verschleppen oder töten würden, wenn sie mich sahen. Aber auch das kam mir weniger schrecklich vor, als Earl Brunwick heiraten zu müssen.

Ich lief weiter, obwohl neben mir Schüsse fielen, machte auch nicht halt, als eine Kanonenkugel nur zwei Straßen weiter den Boden aufriss und alles um mich von der Erschütterung bebte. Die Magie, die von den Piraten ausging, kroch durch die ganze Stadt wie wabernder Nebel im Herbst. Ich fühlte, wie sie nach etwas Ausschau hielt.

Mein Herz schlug schneller, ich beschleunigte meine Schritte und betete stumm, dass sie nicht nach mir suchten, weil meinen Eltern bereits aufgefallen war, dass ich mich nicht mehr im Haus befand.

Keuchend bog ich um eine Ecke, als mir zwei Piraten entgegenkamen. Ich konnte sie nicht richtig sehen, aber im Schein des Feuers ähnelten sie wirklich Dämonen. Ihre Gesichter waren schwarz, nicht dunkel wie die Haut mancher Südländer. Als wären sie mit Pech übergossen worden. Ihre Augen hingegen funkelten so rot wie das Feuer, das um sie loderte, und ihre Haare erinnerten mich an Seegras. Ich wollte lieber nicht die Möglichkeit haben, sie genauer zu betrachten.

Soldaten kamen auf mich zu, aber da sie mich für keine Bedrohung hielten, benahm ich mich wie alle anderen Stadtbewohner und lief zwischen den Feuerherden und den Verwundeten an ihnen vorbei. Niemand schenkte mir wirkliche Beachtung. Für sie war ich ein Junge, der um sein Leben rannte.

Außer mir versuchte keine Seele, das Meer zu erreichen, daher wurde es einfacher, als ich die Stadt hinter mir ließ.

Vor Erleichterung weinte ich fast los, als der Strand endlich vor mir erschien. Ich blickte mich um und lief dann auf die Höhle zu.

Ich hatte es tatsächlich geschafft! Mein Plan war aufgegangen, ich würde frei sein.

Lachend kletterte ich in mein Boot, das ich in aller Heimlichkeit dort hingebracht und mit Proviant und Kleidung gefüllt hatte. Ich hatte Wochen gebraucht, um einen günstigen Zeitpunkt zu finden und das Wrack, das ich am Strand entdeckt hatte, seetüchtig zu machen. Aber jetzt konnte ich stolz auf mich sein, zu Atem kommen und warten. Der Angriff würde wohl noch ein wenig andauern, also legte mich auf den Rücken.

Ich atmete viel zu schnell und schwitzte, aber das war mir gleichgültig. Auch kümmerte es mich nicht, dass immer noch Kanonenschüsse abgefeuert wurden. Ich merkte erst, dass ich mir nur selbst etwas vormachte, als ich weinte und mein Körper zu zittern begann. Nein, es war mir nicht gleichgültig. Aber ich konnte nichts mehr dagegen unternehmen.

All dieses Morden, diese Zerstörung … Wie konnten Menschen so etwas machen? Nur um eine oder zwei Frauen zu entführen und weitere Schätze für ihre Sammlung zu erbeuten. Falls das mit den Schätzen stimmte. Denn ich hatte zwar gehört, dass ihr Schiff voller Gold sei, doch dass sie etwas aus den zerstörten Städten mitnahmen, von den Frauen abgesehen, war umstritten. Aber auch das durfte ich nicht an mich heranlassen. Ich sollte diesen Wesen danken. Durch sie würde ich frei sein.

Ich legte den Hut auf mein Gesicht und verschränkte die Arme vor der Brust. Ich brauchte nur einen Tag hier auszuhalten. Jetzt hinauszurudern, wäre zu gefährlich. Die Piraten oder die Stadtwache könnten mich für einen der Gegner halten und angreifen. Nein, ich sollte warten, bis die Schlacht vorüber war und der nächste Tag zu Ende ging, ehe ich endgültig fliehen konnte.

Bei dem Lärm der Kanonen war es unmöglich, zu schlafen, obwohl ich mich schrecklich müde fühlte. Schließlich musste es weit nach Mitternacht sein.

Die Wellen tanzten, während ich immer wieder einnickte, bis ihr Tanz lauter wurde und es mir vorkam, als wollten sie mich warnen. Nur erkannte ich diese Zeichen nicht rechtzeitig.

Ich roch den Fischgestank, der von ihm ausging, lange bevor ich ihn sehen konnte. Ich blieb ganz ruhig liegen, hoffte, wer auch immer die Höhle gefunden hatte, würde mich nicht bemerken.

Leider wurde meine Hoffnung schnell zunichtegemacht, als mich eine schleimige Hand am Kragen packte und hochhievte.

Er stand bis zu den Knien im Wasser, seine Haut wirkte im milchigen Mondlicht, das durch eine Öffnung fiel, nachtschwarz, seine Haare wirr wie Seegras, das im Wasser trieb. Seine blutunterlaufenen Augen leuchteten im Dunklen wie zwei Kerzen und sein Mund war seltsam verformt, fast so, als wäre er zusammengenäht worden.

»Sieh an, was sich hier versteckt hat«, brummte er und roch an mir. »Ein Weibsbild in Männerkleidung.«

Ich strampelte, wollte mich wehren, trat nach ihm. Tatsächlich landete mein Stiefel in seinen Rippen, aber er schien es nicht einmal wahrzunehmen. Er zog mich nur näher an sich heran und sein Gestank trieb mir die Tränen in die Augen.

»Lass mich los, du Biest!«, fauchte ich und versuchte, ihm das Gesicht zu zerkratzen.

In seinen Augen veränderte sich etwas, als er mich mit seiner zweiten Hand am Nacken packte und sich mein Körper plötzlich taub anfühlte.

»Wer von uns beiden ist hier ein Biest, du Furie?«, zischte er, umfasste meine Taille und warf mich über seine Schulter. Dann schnappte er sich den Beutel mit meinem Proviant und den wenigen Gegenständen, die ich mitgenommen hatte, und watete durch das Wasser. »Wenn wir an Bord der Crimson Conch sind, werde ich dir beibringen, wie man mit seinem Captain spricht.«

Ich hätte gern etwas erwidert, aber ich konnte nur schnaufen, weil sich mein Mund nicht mehr bewegen ließ.

Er klopfte mir auf den Hintern, dann wurde es schwarz vor meinen Augen.

Kapitel 3

Ich war wieder ein kleines Mädchen und stand auf dem Marktplatz von Westwend. Die Nacht war bereits hereingebrochen und es roch nach Feuer und Schwefel.

Ich hob den Blick und sah meine Großmutter, angebunden an einen Pfahl. Man hatte sie geschlagen, denn ihr Gesicht war voller blauer Flecke. Sie trug ein zerrissenes Unterkleid und ihre langen weißen Haare hingen strähnig und verklebt herab. Ich wollte nicht wissen, von was sie verklebt waren, aber der Farbe nach zu schließen, musste es vertrocknetes Blut sein.

Mein Magen zog sich zusammen und ich zitterte. »Nein, nicht noch einmal«, schluchzte ich, weil das Bild mir so furchtbar vertraut war.

Ich sah den Richter, der selbstgefällig die Fackel hielt und etwas von Befreiung sprach. Allerdings begriff ich immer noch nicht, welche Befreiung er meinte.

Hinter mir stand mein Vater, der seine eigene Mutter angezeigt hatte. Sie hatte ihn großgezogen, das aus ihm gemacht, was er war. Und er hatte zum Dank nichts Besseres gewusst, als sie als Hexe anklagen zu lassen, weil ihr Verhalten seinem Geschäft angeblich schadete. Schlimmer noch, er zwang mich, ihrer Hinrichtung zuzusehen, damit ich etwas lernte. Ich wehrte mich dagegen, versuchte, mich abzuwenden, als der Richter den Scheiterhaufen entzündete. Vater hielt meinen Kopf fest.

»Oma«, schluchzte ich und fühlte, wie sich plötzlich ein Wind regte und dunkle Wolken vor sich hertrieb.

›*Du darfst niemanden wissen lassen, welche Gabe du besitzt*‹, hörte ich Omas Stimme in meinem Kopf, während sich unsere Blicke trafen.

Ein trauriges Lächeln glitt über ihr Gesicht, als der Wind erstarb.

Die Hitze des Feuers brannte auf meiner Haut und ich wollte weinen, aber ich konnte nicht. Meine Kehle schnürte sich zu, ich bekam keine Luft mehr, stemmte mich gegen den Griff meines Vaters, der mich unerbittlich hielt.

›*Du bist so tapfer, meine Kleine*‹, erklang Omas Stimme wieder in meinem Kopf und ich blickte auf. ›*Kein Fluch und keine Dunkelheit werden dir jemals etwas anhaben. Glaub daran, denn dein Herz ist wertvoller als jeder Schatz dieser Welt.*‹

Das Feuer loderte höher und verschlang meine Großmutter, während ich nichts tun konnte, um sie zu retten.

Es tat weh. So furchtbar weh. Als es unerträglich wurde, klatschte mir Wasser ins Gesicht.

Ich hustete und setzte mich aufrecht hin, nachdem eine erneute Ladung Wasser über mich gekippt worden war.

»Sieh an, sie wacht doch auf«, verkündete eine kratzige Stimme, die ich noch nie gehört hatte.

Ich riss die Augen auf und hätte am liebsten geschrien, als ich die rußschwarzen Piraten erkannte, die sich um mich versammelt hatten.

Das war also kein Traum gewesen, dass mich dieses ekelerregende Wesen in meiner Höhle gepackt und verschleppt hatte. Panik erfasste mich. Westwend mochte ich verlassen haben, dafür war ich jetzt in Gefangenschaft der berüchtigten schwarzen Piraten.

Ich zählte die Männer, die mich umringten. Jener, der mich gefunden hatte, war – soweit ich es feststellen konnte – nicht unter ihnen. Zehn finstere Gesichter mit entstellten Mündern und seltsam funkelnden Augen musterten mich.

Vom Schiff erkannte ich nicht viel, nur dass ich wohl an Deck lag und das Holz so rot war, wie ich es in der Nacht leuchten gesehen hatte. Wie hatte der Mann das Schiff genannt? Crimson irgendwas. Die Farbe passte, war ›crimson‹ doch das Wort für Purpurrot.

Mein Blick huschte nervös von einem Mann zum nächsten.

Was würde jetzt mit mir geschehen? Wie lange befand ich mich schon an Bord dieses seltsamen Schiffs?

Die Sonne stand hoch am Himmel, also musste es um Mittag herum sein.

Hatte ich die ganze Nacht und den halben Tag verschlafen?

»Macht Platz für den Captain!«, rief eine recht weiblich klingende Stimme.

Die Männer traten einen Schritt zur Seite, und vor mir baute sich ein Mann mit extrem breiten Schultern auf. Ich schluckte, als ich ihn erkannte. Er war es, der mich mitgenommen hatte.

Auch bei Tag hatte sein Gesicht die Farbe einer Moorleiche und sein Mund sah fürchterlich entstellt aus, als hätte man versucht, ihn zu einem Schnabel zu formen, und hätte es bei einem verunglückten Versuch belassen. Seine Augen leuchteten jetzt nicht, dafür wirkten sie fast rot, was ihm ein noch gefährlicheres Aussehen verlieh. Er trug einen zerschlissenen Mantel, der ab den Oberschenkeln nur noch in Fetzen herunterhing. Seine Hose sah nicht viel besser aus. An seiner Hüfte hing ein Schwertgürtel mit zwei Säbeln daran, und eine Pistole steckte in seinem Hosenbund. Auf seinem Kopf saß ein Dreispitz, der ebenso schäbig aussah wie der Rest seiner Aufmachung.

Er verschränkte die Arme, als er zu mir herabblickte. »Wenn du immer so lange schläfst, werden wir viel Wasser brauchen, um dich zu wecken«, kommentierte er, und die Männer lachten.

Ich wollte aufstehen, um ihm etwas zu entgegnen, aber sein Blick drückte mich nieder.

»Willkommen auf der Crimson Conch«, sagte er mit lauter Stimme und hob die Arme. »Du hast die Ehre, für ein Jahr mein Gast zu sein.«

Auch wenn mir sein Aussehen und die Tatsache, dass ich mich mitten unter Piraten befand, Furcht einflößte, so wollte ich meine Angst nicht zeigen. Ich nahm all meinen Mut zusammen und erwiderte seinen Blick. »Gästen steht es für gewöhnlich frei, einen Ort zu verlassen, wenn sie wollen«, fuhr ich ihn an. »Sie werden auch nicht gegen ihren Willen irgendwo hingeschleppt. Ich würde also eher sagen, ich bin deine Gefangene.«

Er betrachtete mich einen Moment, bevor er seinen Oberkörper nach unten beugte. Die Bewegung sah geschmeidig und doch unnatürlich aus. »Du willst nicht meine Gefangene sein. Gefangene verwahren wir tief unter Deck, wo es feucht ist und kein Tageslicht sie erreicht. Und wir stellen Dinge mit ihnen an, die du dir lieber nicht vorstellen willst.«

Ich schluckte unbehaglich und schwieg. Ich war mir ziemlich sicher, dass er meine Angst riechen konnte, so wie ich den fauligen Fischgeruch an ihm roch.

Die dunklen Piraten raubten Frauen und verkauften sie, den Gerüchten zufolge, in ferne Länder. Hatte der Pirat mich deswegen ›Gast‹ genannt, weil er mich nicht in ein Verlies sperrte, bis er mich verschacherte?

»Also, mein Gast. Für ein Jahr«, verkündete er, während er sich erhob.

Die Distanz, die er dadurch schaffte, gab mir neuen Mut. »Und dann? Werft ihr mich über Bord? Verkauft mich an den Meistbietenden?«, verlangte ich zu wissen.

»Das hat dich nicht zu kümmern, bis es so weit ist«, erwiderte er und drehte sich zu einem seiner Männer um, der einen seltsam anmutenden Kasten in der Hand hielt.

Es sah aus wie eine Standuhr, wie man sie in manchen Salons der wohlhabenden Bürger von Westwend fand. Goldene Beschläge ließen sie edel wirken. Allerdings hatte dieses Model kein Ziffernblatt, sondern eine Scheibe, auf der Sonne und Mond abgebildet waren. Außerdem gab es nur einen einzigen Zeiger.

Der vermeintliche Captain drückte auf eine Erhöhung und ein Glockenspiel erklang, gefolgt vom Rattern unzähliger Zahnräder, die sich in Gang setzten.

Er deutete auf den goldenen Zeiger, der sich dort befand, wo für gewöhnlich die Zwölf an einer Uhr angebracht war. »Diese Uhr zeigt dir, wie viel von deinem Jahr vorüber ist. Gedanken, was nach dem Jahr mit dir geschieht, würde ich mir an deiner Stelle frühestens hier machen.« Er zeigte auf einen Punkt, welcher der Elf auf einem Ziffernblatt entsprochen hätte. »Aber auch dann werde ich dir nichts erzählen, also komm nicht auf die Idee, mich ständig deswegen zu nerven, sonst landest du doch im Kerker.«

Der Captain stellte die Uhr auf eine Art Regal und sie verschmolz vor meinen Augen mit dem Schiff. Ich hielt den Atem an und kämpfte gegen das Zittern, das meinen Körper erfassen wollte.

Auf was für einem seltsamen Schiff war ich gelandet? Hatte es einen eigenen Willen? Oder wirkte die Magie des Piraten, ohne dass er einen Spruch nutzen musste?

»Und wie soll ich meine Tage gestalten, wenn ich doch hier gefang… ich meine, wenn ich hier als Gast festgehalten werde?«

»Du wirst schon etwas finden, das dein Interesse erweckt. Perfektioniere dein Talent im Sticken, das hat den meisten Frauen ganz gut gefallen«, erklärte er mit einer wegwerfenden Bewegung. »Und jetzt solltest du dich umziehen. Du magst ein schönes Gesicht haben, aber du bist angezogen, als wärst du ein Straßenjunge.«

Ich funkelte ihn an. »Und du? Du siehst aus, als hättest du dich in einen Schrank voller Motten gestellt und gewartet, bis sie deine Kleidung fast vollständig gefressen haben!«

Ehe ich michs versah, hatte er mich am Kragen gepackt und so nah an sein Gesicht gezogen, dass ich die vielen Äderchen in seinen Augen erkannte. »Willst du doch herausfinden, wie es ist, meine Gefangene zu sein, Weib?«, tobte er. Seine ohnehin tiefe Stimme hallte über das Deck und ließ die Masten erzittern. »Oder soll ich dir auf die unsanfte Weise beibringen, wie du dich deinem Captain gegenüber zu verhalten hast? Denn eigentlich wollte ich nett und höflich sein, weil du eine Dame bist. Aber du kannst gerne meine weniger freundliche Art kennenlernen.«

Meine Zehenspitzen berührten den Boden nicht mehr und ich klammerte mich an seinen Handgelenken fest, weil ich das Gefühl hatte, ich würde sonst ersticken.

»Captain, Ihr macht ihr Angst«, meinte ein Wesen neben ihm. Es war jene Stimme, die sein Kommen angekündigt hatte.

Bei näherer Betrachtung handelte es sich vermutlich um eine Frau. Ihr Körper war zumindest schlanker und hatte deutliche Rundungen verglichen mit den anderen Piraten hier an Deck.

»Dann mache ich es richtig«, zischte er und ließ mich einfach fallen. Ich landete schmerzhaft auf den Beinen, knickte um und fiel auf den Hintern. Ich stieß leise Verwünschungen aus, die ihm galten, aber er beachtete sie nicht, sah über den Rand des Schiffs hinweg. »Wirf noch einen letzten Blick auf deine Heimat. Du wirst sie vermutlich nie wiedersehen.«

Ich schaute über die Reling und entdeckte Westwend. Die Häuser der bessergestellten Menschen standen aus Stein errichtet und mit heller Farbe bemalt auf einer Anhöhe und weiter unten die Holzhütten der weniger gut betuchten Menschen.

Ich schluckte die Tränen und die Wut hinunter, als ich Schäden erkannte, die von den Kanonenschüssen angerichtet worden waren. Ganze Teile der Stadt waren verschwunden, aus eingestürzten Dächern stiegen Rauchschwaden auf.

Ich presste die Lippen aufeinander.

Hätte ich es verhindern können?

Wie von selbst stand ich auf und schritt auf die Reling zu. Niemand hielt mich auf. Ich schielte nach links und rechts, dann sprintete ich los.

Nur wenige Schritte trennten mich von einem Sprung über Bord und kein Pirat befand sich nah genug, um mich aufzuhalten. Dachte ich zumindest. Denn plötzlich trat mir der Captain in den Weg und ich prallte mit voller Wucht gegen seine Brust.

Übelkeit stieg in mir auf und brennende Tränen. Wie hatte er sich so schnell bewegt?

»Wäre ich du, würde ich meine Geduld nicht noch einmal auf die Probe stellen.« Sein Blick ruhte auf mir und ließ mein Blut in den Adern gefrieren. Aus welcher Hölle kam dieses Monster? »Genug verabschiedet. Hawk!«, rief der Captain und ein Mann löste sich aus den Zuschauern. »Bring sie in ihre Kajüte und hilf ihr, sich für das Essen herzurichten.«

Er stieß mich von sich, direkt in die Arme eines anderen Mannes. »Ay«, machte Hawk, der einer der schmächtigsten Piraten zu sein schien.

Dieser packte mich um die Taille und hob mich erstaunlich geschwind hoch. Ich hielt den Atem an, als sich seine spitze Schulter in meinen Magen grub.

Wieso mussten mich diese Piraten ständig über ihre Schultern werfen?

»Bereit machen zum Tauchgang!«, brüllte der Captain und die Männer liefen umher.

Mehr bekam ich nicht mit, denn Hawk öffnete eine Tür und trug mich eine Treppe hinunter.

»Was meint er mit Tauchgang?«, keuchte ich, weil seine Schulter wirklich spitz war und mir von dem Schwanken übel wurde.

»Wirst du sehen, Mädchen«, murmelte Hawk und ging zielstrebig auf eine Tür im Unterdeck zu. Er öffnete sie, trat ein und setzte mich ab. »Bitte schön, die beste Kajüte für unseren Gast.«

Ich ließ den Blick über das schweifen, was ich im dämmrigen Licht, das sich durch das verdunkelte Fenster stahl, erkennen konnte. Es war ein kleiner Raum, aber er war mit erlesenen Dingen gefüllt. Die Möbel sahen antik und gepflegt aus, das Bett groß und einladend und es mangelte nicht an allen möglichen Dingen, die man gebrauchen konnte, um sich die Zeit zu vertreiben.

Hawk schloss die Tür und trat an einen Schrank. Er zog etwas heraus und hielt es mir vor die Nase.

Ich stöhnte. Es war ein ausladendes, mitternachtsblaues Kleid mit Spitzenverzierung.

»Was soll ich damit?«, brummte ich und verschränkte die Arme vor der Brust.

»Anziehen. Der Captain hat es selbst ausgesucht. Es wird dir gut stehen.«

»Ich habe keine Ahnung, woher er das hat oder meine Größe zu kennen gedenkt, aber ich trage ungern Kleider. Erst recht nicht auf einem Piratenschiff.«

Hawk schüttelte den Kopf. »Ein hübsches Ding wie du sollte nicht in solchen Fetzen herumrennen. Du kommst doch aus einer guten Familie!«

Ich kniff die Augen zusammen. »Woher weißt du das?«

Er zuckte die Schultern. »Geraten. Deine Hände sind so zart, dass sie vermutlich noch nie schwere Arbeit verrichten mussten. Also kannst du nur aus gutem Haus stammen.«

Ich schnaubte noch einmal und wandte mein Gesicht ab. »Ich ziehe das trotzdem nicht an.«

Hawk trat näher. »Hör mal, Mädchen …«

»Ich habe einen Namen!«

»Ist mir gleich!«, knurrte er. »Also. Der Captain will, dass ich dich vorzeigbar mache. Entweder ziehst du dich freiwillig um oder ich betäube dich und stecke dich in dieses Kleid. Ist deine Entscheidung!«

Er stieß mir das Kleid gegen die Brust und ich umfasste es widerwillig. Schön, einen Abend konnte ich mitspielen. Länger würde ich ohnehin nicht hierbleiben. Sobald sich die Gelegenheit bot, wollte ich mich davonstehlen.

Der Pirat musterte mich, als hätte er meine Gedanken gelesen. Also funkelte ich ihn an. »Und du siehst mir jetzt zu, oder wie?«

»Ich habe an Frauen kein Interesse«, erklärte er und wäre sein Mund nicht so entstellt gewesen, hätte er vermutlich gegrinst. »Außerdem muss ich dir dann die Haare machen. Dafür habe ich wirklich ein Talent.«

»Muss das sein? Ihr seid doch Piraten, es kann euch gleich sein, wie ich aussehe.«

»Oh, du machst dir wirklich nichts aus diesen Dingen, was?« Er trat näher und packte eine meiner vom Meerwasser verklebten Haarsträhnen. »Aber Locken drehen lässt du dir. Mit diesen barbarischen heißen Eisen. Sieh dir deine Haare an! Sie sind vollkommen zerstört von den Verbrennungen.«

Ich schlug seine Hand weg. »Ich hatte zu Hause genauso kein Mitspracherecht wie hier. Nur hat man mir nicht damit gedroht, mich zu betäuben, sondern mir das Essen verweigert.«

Sein Blick veränderte sich und ich hätte schwören können, dass ich Mitgefühl darin aufflackern sah. »Ay!« Er trat einen Schritt zurück. »Zieh dich um und ich rette, was ich retten kann.«

Offenbar hatte ich keine Wahl. Vorerst nicht. Aber irgendwie würde mir die Flucht schon gelingen. In einem unbeobachteten Moment … Dachte ich zumindest, bis das Schiff seltsam ruckelte.

Hastig stürmte ich zu einem der zwei winzigen Fenster und hielt den Atem an. Blasen stiegen vor dem Glas, das heller wurde, auf und der Meeresspiegel stieg immer höher. Ich taumelte rückwärts und wäre wieder auf meinem Hintern gelandet, wenn Hawk mich nicht festgehalten hätte.

»Was zur Hölle …«

»Wir tauchen, Liebchen«, meinte er ruhig. »Das Schiff ist fertig umgebaut und hat zum Tauchgang angesetzt.«

Ich hielt den Atem an, als es immer dunkler wurde und wir tiefer sanken. Im selben Moment, wie das Tageslicht verschwand, ging magische Beleuchtung in meiner Kajüte an. Sie war gerade so hell, um noch alles im Raum auszumachen, aber dunkel genug, um draußen alles zu erkennen.

Fische, die ich noch nie gesehen hatte, zogen an uns vorbei. Steinreste, die wie Mauern vergangener Kulturen aussahen, lagen auf dem Boden verstreut. Bunte Korallen wuchsen darüber und unzählige Lebewesen tummelten sich darin.

Ich ließ das Kleid sinken und trat näher an das Fenster. Ich hatte Angst, aber meine Neugierde war geweckt. Nie hätte ich erwartet, dass es unter Wasser so viel Leben gab.

»Unglaublich«, hauchte ich.

»Ja, das ist es jedes Mal«, stimmte Hawk mir zu und räusperte sich. »Genug jetzt. Du kannst das noch öfter sehen. Zieh dich um, ich habe viel zu tun, damit du wie eine Dame aussiehst.«

»Ich bin keine Dame«, erwiderte ich mit heiserer Stimme, weil ich mich nicht von dem Anblick losreißen wollte.

»Sondern?«, hakte Hawk nach und klang wirklich interessiert.

»Ich bin … sonderbar.«

Kapitel 4

Hawk hatte nicht gelogen, er hatte tatsächlich ein unerwartetes Talent dafür, meine Haare zu richten. Sie wirkten zwar wie auf Porträts von vor über hundert Jahren, aber ich musste zugeben, die Hochsteckfrisur brachte mein Gesicht zur Geltung.

Ich hatte ihn davon überzeugen können, auf den bauschigen Reifrock verzichten zu dürfen. »Ich kenne mich mit Mode wirklich nicht gut aus, aber solche Röcke trägt man seit Jahren nicht mehr!«, hatte ich entschieden erklärt.

Hawk hatte mit den Zähnen geknirscht, es dann aber hingenommen. Nachdem er mich begutachtet und für akzeptabel befunden hatte, führte er mich durch einen langen Gang, bis wir laute Stimmen vernahmen. Die Besatzung schien sich zum Essen versammelt zu haben.

Mir wurde ein wenig bang, als ich das laute Grölen der Männer hörte. Mit einem, der offenbar wirklich kein Interesse an Frauen hatte, war es eine Sache, allein zu sein. Aber mit einem Dutzend Piraten?

Man kannte die Geschichten. Von diesen wilden Seeräubern, die Frauen ihren Willen aufzwingen wollten.

Ich schluckte und ballte die Fäuste. War ich dieser Ehe nur entkommen, um jetzt hier eine Sklavin der Piraten zu sein? Hatte Hawk mich deswegen so hergerichtet? Damit ich die Mannschaft unterhalten konnte, während ich hier ›Gast‹ war? Die Wut konnte die Angst aber nicht lange verdrängen, als ich das Lachen erneut hörte und mir eiskalt wurde.

Ich bemerkte erst, dass ich stehen geblieben war, als Hawk mir einen leichten Stoß in den Rücken versetzte. »Mädchen, beweg dich. Oder hast du etwa kalte Füße bekommen wegen deines Essens mit dem Captain?«

Ich wandte meinen Kopf zu dem Piraten um. »Ich esse mit ihm? Alleine?« Jetzt wurde mir noch kälter. Alles, nur nicht das.

»Glaubst du, ich richte dich so schick für diese elende Meute da drinnen her?«, antwortete Hawk und erneut meinte ich, er hätte gegrinst, wenn er gekonnt hätte. »Los jetzt, sonst wird er zornig und die Prügel dafür kassiere sicher ich, nicht du.«

Er schob mich in den Raum hinein und jegliches Geräusch verstummte. Alle Augen waren auf mich gerichtet und noch nicht einmal ein Räuspern fiel.

Meine Hände begannen zu schwitzen. Ich hatte es nie gemocht, die volle Aufmerksamkeit so vieler Personen zu bekommen.

»Starrt das arme Ding nicht so an!«, erhob sich eine Frauenstimme, die mir bekannt vorkam.

Die Matrosin gesellte sich zu mir und betrachtete mich, bevor sie nickte. »Sieht ordentlich aus. Gute Arbeit, Hawk.«

»Danke, Cooks«, erwiderte Hawk. »Übernimmst du sie ab hier?«

»Ay, ich bringe sie zum Captain.« Cooks legte ihren Arm um meine Taille. »Komm, Mädchen, er wartet schon auf dich.«

Ich überlegte, ob ich sie anfahren sollte, allerdings war mir das Herz in die Hose gerutscht. Steif wie ein Stock ließ ich es zu, dass sie mich durch den Raum führte.

»Brauchst dich nicht zu fürchten, er wird nicht über dich herfallen. Er will nur angenehme Begleitung zum Essen.«

Und warum hat er dann mich ausgewählt?, dachte ich, nickte aber lediglich.

Wir gelangten an eine Tür, die mit silbernen Seeschlangen verziert war. Cooks klopfte und ein brummiges »Herein« ertönte.

Wortlos öffnete die Piratin die Tür und schob mich hinein. Noch ehe ich meinen Kopf zu ihr wenden konnte, war sie schon wieder fort und hatte meinen einzigen Fluchtweg hinter sich geschlossen.

Der Captain saß an einer reich gedeckten Tafel, erhob sich aber bei meinem Eintreten. Bildete ich es mir nur ein oder roch er weit weniger nach Fisch als vorhin auf dem Deck? Vielleicht überdeckte auch einfach der Geruch des Essens seinen Gestank.

Der Tisch bog sich unter erlesensten Köstlichkeiten wie Rinderbraten, in Salzkruste gegarten Fisch, allerlei Beilagen und Saucen sowie Kuchen und Konfekt.

»Willst du das Essen nur anstarren oder nimmst du auch Platz?«, fragte der Captain gereizt.

Ich richtete den Blick auf ihn, obwohl ich das Gefühl hatte, dass etwas in den dunklen Ecken dieses Raums lauerte und mich beobachtete. »Du wolltest, dass ich wie eine feine Dame angezogen werde. Einer feinen Dame bietet man einen Platz an, bevor sie sich setzt.«

»Was ich soeben getan habe«, schnaubte er und deutete auf einen Stuhl.

Er selbst ließ sich wieder am Kopf der Tafel nieder. Der Platz, den er mir gewiesen hatte, lag direkt neben seinem an der langen Seite des Tisches. Es war auch der einzige freie Stuhl in diesem Raum. Wenn ich also nicht stehen bleiben wollte, musste ich wohl zu ihm gehen.

Ich stieß den Atem aus, hob den viel zu langen Rock an, damit ich nicht darüber stolperte, und ließ mich so undamenhaft wie möglich mit einem weiteren Schnauben auf den mir angebotenen Stuhl fallen.

Der Pirat musterte mich und ich verschränkte die Arme. »Schweigen wir uns jetzt an oder hat es einen Grund, dass ich hier bin?«, fragte ich und unterdrückte den Drang, nach dem Essen zu greifen. Mein Magen schmerzte fürchterlich und ich versuchte mich zu erinnern, wann ich zuletzt gegessen hatte.

»Du dinierst mit mir«, erwiderte er finster und deutete auf den Tisch. »Bedien dich. Wenn du es wünschst, werde ich dir das Essen reichen.«

»Ich habe keinen Hunger«, zischte ich. Was mein Bauch mit einem lauten Murren widerlegte.

»Scheint nicht die Wahrheit zu sein«, brummte der Pirat und begann, meinen Teller mit Fleisch, Fisch und Beilagen vollzuladen.

Er stellte ihn fast vorsichtig vor mir ab und langte dann selbst zu.

»Schön, ich habe Hunger, aber ich werde jedes Essen verweigern, bis ich weiß, was in einem Jahr mit mir geschieht.«

»Sind alle Frauen aus Westwend so bockig oder habe ich einfach nur unfassbares Glück?« Der Pirat schob sich ein riesiges Stück Fleisch in den dafür viel zu kleinen Mund. Bratensaft lief ihm über das Gesicht und er wischte ihn mit dem Ärmel ab.

»Woher kommt ihr?«, fragte ich, weil er keine Anstalten machte, auf meine erste Frage einzugehen. »Ich habe noch nie Menschen wie euch gesehen. Ihr müsst von sehr weit her sein.«

»Sag mir, Mädchen«, murmelte er und bedachte mich mit einem finsteren Blick aus seinen blutroten Augen, »hast du viel von der Welt gesehen? Oder woher stammt deine Annahme?«

»Eure Haut ist schwarz, als hättet ihr euch in Kohle gewälzt«, bemerkte ich. »Und eure Gesichter …«

Er schlug mit der Faust auf den Tisch, dass alles darauf wackelte. »Genug! Ich will, dass du mit deiner Befragung aufhörst und isst!«

Ich hoffte, er hatte mein Zucken nicht bemerkt, und drehte meinen Kopf energisch zur Seite. »Ich sagte doch, ich esse nichts, bis ich weiß, was du mit mir vorhast.«

Er lachte freudlos. »Ist dir eigentlich schon aufgefallen, dass dies kein gewöhnliches Schiff ist und ich über, sagen wir, besondere Kräfte verfüge?« Er erhob sich langsam und aus den Augenwinkeln sah ich, wie er mir katzenhaft näher kam. »Denkst du nicht, ich könnte dich mästen wie eine Weihnachtsgans, wenn du dich weigerst? Es wäre so einfach. Ich lasse deinen Körper erstarren wie in der Höhle, in der du dich verkrochen hattest, schiebe dir einen Trichter in den Mund und stopfe dir alles an Essen hinein, was ich mir vorstelle.«

Ich riss meinen Kopf zu ihm herum und kippte fast vom Stuhl, weil er sich zu mir herabgebeugt hatte und mir viel zu nahe war. Er packte meine Arme, bevor ich das Gleichgewicht verlor, und zog mich auf die Sitzfläche zurück. Mein Herz schlug viel zu schnell. Seine Nähe bereitete mir Angst und gleichzeitig faszinierte es mich, sein Gesicht zu betrachten, das so seltsam entstellt war.

»Fass mich nicht an«, sagte ich, wobei es wohl nicht viel mehr als ein heiseres Flüstern war.

Er ließ mich los und schnaubte wieder. Langsam dachte ich, er wäre nicht in der Lage, anders zu atmen wegen des Munds. »Du kannst es auf die harmlose, freundliche Art lernen oder auf die grausame. Mein Verlies ist kein Ort, an dem du gerne sein möchtest. Also entweder benimmst du dich jetzt angemessen oder ich lehre dich das Fürchten, Mädchen.«

»Ich habe einen Namen«, presste ich zwischen den Zähnen hervor, als ich die Gabel widerwillig aufhob. Meine Hand bebte vor Zorn und meine Kiefer mahlten heftig.

Er wollte, dass ich ihn mit Respekt behandelte? Dann sollte er mir einmal Respekt entgegenbringen.

»Der interessiert mich erst, wenn ich dich danach frage«, erwiderte er und hob ein Weinglas an seine spitzen Lippen.

Die Hälfte des Weins lief ihm aus den verformten Mundwinkeln heraus und tropfte vom Kinn auf sein schäbiges Hemd.

Ich wandte angewidert den Blick ab und starrte ausgiebig aus dem großen Fenster, dem ich erst jetzt meine Aufmerksamkeit schenken konnte.

Das Schiff befand sich immer noch unter Wasser. Bunte Seesterne säumten den teils sandigen, teils felsigen Boden. Eine Farbenvielfalt aus Fischen und Wesen, die ich noch nie gesehen hatte, breitete sich vor mir aus.

»Was ist das?«, fragte ich und deutete mit dem Kinn zum Fenster, auf ein Wesen, das zu schweben schien.

Der Pirat drehte sich um und gab ein Grunzen von sich. »Das sind Quallen. Du solltest ihnen nicht zu nahe kommen. Egal, wie bunt oder harmlos sie aussehen, ihre Stiche könnten auf deiner Haut grässliche Wunden hinterlassen.«

Er nahm sich ein Stück Kuchen und mühte sich damit ab, es in seinen Mund zu bekommen.

»Warum habt ihr mich mitgenommen?«, versuchte ich es auf diese Weise, als ich aufgegessen hatte.

Statt mir eine Antwort zu geben, reichte er mir einen Teller mit herrlich gestaltetem Konfekt. Kleine Zuckerblumen ruhten auf den perfekten Schokoladengüssen winziger Kugeln. Ich beachtete sie kaum.

»Willst du mir wenigstens diese Frage beantworten?«, hakte ich nach.

Der Pirat grunzte wieder. »Ihr Mädchen habt einen eigenen Geruch, anhand dessen wir euch auswählen. Meine Männer haben in der Stadt nach geeigneter Beute gesucht.«

Diesmal schnaubte ich, weil er mich als Beute bezeichnete. Für ihn war ich eine Ware, genau wie für meinen Vater. Ich hatte also tatsächlich ein Gefängnis gegen ein anderes getauscht. Ein stinkendes, voller widerwärtiger Piraten.

»Beute, wie?«, zischte ich.

Er ging darüber hinweg. »Als sie eine gefunden hatten, wurde sie von einem eurer Soldaten niedergeschossen.«

»Niedergeschossen?«, fragte ich entsetzt.

»Ja, sie haben nicht versucht, sie zu beschützen, sie haben sie von hinten erschossen, bevor meine Männer sie mitnehmen konnten.« Er starrte mir in die Augen und etwas Sonderbares regte sich darin, fast so, als hätte er Mitleid mit dieser Frau. »Eine seltsame Form von Gnade, ein junges Mädchen von hinten zu erschießen.«

»Und welche Gnade ist es, dass du mich verschleppt hast?«, brüllte ich und bemerkte erst, dass ich aufgesprungen war, als er den Blick hob.

Er stand langsam auf und beinahe erwartete ich, dass er mich packen und auf den Sitz zurückdrücken würde. Aber er legte den Kopf schief und steckte eine Hand in seine Manteltasche. Als er sie herauszog, hielt er meinen Kompass zwischen seinen schwarzen Fingern. Ich wusste, dass es meiner war, weil ich ihn mit einer speziellen Farbe verziert hatte. Der Pirat drehte ihn herum und betrachtete ihn.

»Weißt du, wie man mit so etwas umgeht?« Spott schwang in seiner Stimme mit, aber das prallte an mir ab.

Ich streckte die Hand danach aus. »Das ist meiner!«

»Ich will ihn nicht behalten, ebenso wenig wie deine lächerlichen Karten«, erwiderte der Captain, machte aber keine Anstalten, mir den Kompass wiederzugeben. Stattdessen schnippte er und ich landete unsanft auf dem Hintern. »Also, was hattest du damit vor? Wolltest du das Meer alleine erkunden?« Er ließ sich ebenfalls auf seinem Stuhl nieder.

»Geht dich nichts an«, zischte ich und verschränkte die Arme.

»Du wärst auf dem offenen Meer verloren gewesen. Meine Gnade war es, dich mitzunehmen, denn alleine wärst du morgen vermutlich tot.«

Ich zuckte mit den Schultern. Ob jetzt oder in einem Jahr, machte keinen Unterschied. Denn ich war mir sicher, dass er mich töten würde, falls er mich nicht verkaufte. In dem Fall wäre der Tod bestimmt die größere Gnade.

Plötzlich segelte der Kompass auf mich zu und ich fing ihn mühelos auf. Der Pirat nickte. »Immerhin, deine Reflexe sind zu gebrauchen. Könnte nützlich sein.« Er deutete mit seinem Kinn auf den Teller mit dem Konfekt. »Iss jetzt und hör mir zu, wenn ich dir die Regeln erkläre, die für dich gelten.«

»Regeln?«, wiederholte ich und steckte mir eine der Kugeln in den Mund. Ich musste mir ein Stöhnen verkneifen, denn ich hatte noch nie etwas so Köstliches gegessen. Aber das würde ich ihn ganz bestimmt nicht wissen lassen.

»Ja, Regeln. Hier an Bord hast du dich meinen Gesetzen zu unterwerfen.«

»Ich dachte, ich wäre ein Gast.«

»Auch Gäste haben sich den Regeln des Gastgebers zu beugen«, knurrte er und in seinen Augen loderten Blitze, während er sich mit den Händen auf den Tisch stützte und mich niederstarrte. »Regel Nummer eins lautet: Wenn ich dich zu einem Abendessen bitte, folgst du der Einladung ohne Verzögerung und ziehst an, was ich für dich auswähle.« Ich wollte widersprechen, aber er holte nicht einmal Luft zwischen seinen Sätzen. »Was du sonst trägst, ist mir herzlich egal, ebenso wie die Beschäftigung, der du nachgehst, wenn ich dich nicht zu mir bitte. Dieses Schiff ist dein Zuhause und du kannst hingehen, wo immer du möchtest. Was mich zur zweiten Regel bringt: Dieses Zimmer ist für dich verboten, es sei denn, ich bin bei dir und rufe dich. Verstanden?«

Ich nickte wortlos und kaute auf der nächsten süßen Kugel herum. Wie konnte das Zeug so gut schmecken? Es unterdrückte sogar meinen Drang, ihm zu widersprechen.

Ich hielt inne.

Hatte er mich vergiftet? Oder mit einem Zauber belegt?

Dennoch nahm ich die nächste Kugel und aß sie, ohne zu zögern. Wenn Gift so herrlich schmeckte, war es wert, dafür zu sterben.

»Ich würde dir außerdem raten, das Verlies zu meiden. Aber wenn du dich in Gefahr bringen willst, nur zu«, fuhr er fort und sah mich weniger finster an. »Tagsüber wird sich das Schiff unter Wasser fortbewegen, nachts kehren wir an die Oberfläche zurück. Regel drei lautet, dass du den Anweisungen meiner Besatzung folgst, wenn wir das Schiff verändern. Ich habe keine Lust, dich zwischen diversen Schiffsteilen herauskratzen zu lassen.«

Ich gab einen zustimmenden Laut von mir und genoss die Schokolade in meinem Mund. Definitiv verzaubert, diese Köstlichkeit, denn ich hatte Regeln noch nie gemocht und widersprach dennoch nicht. Aber nur, weil ich jetzt zustimmte, hieß das nicht, dass ich vorhatte, mich daran zu halten.

»Die vierte Regel ist, dass du bei unseren Landgängen niemals alleine unterwegs bist. Du wirst nur in Begleitung meiner Leute an Land gehen.«

»Natürlich, sonst könnte ich ja um Hilfe bitten«, murmelte ich und stopfte mir die letzte Konfektkugel in den Mund.

»Es ist mehr ein Schutz für meine Besatzung, als dich davon abzuhalten, zu fliehen. Wo wir an Land gehen, wird es niemanden geben, der dir helfen könnte. Allerdings wäre es für uns alle gefährlich, wenn du einen Mistrallöwen auf uns aufmerksam machst, weil du kopflos durch sein Revier rennst.«

Ich hob den Blick. »Mistrallöwe?« Von so einem Wesen hatte ich noch nie gehört.

Er grunzte und warf mir einen überheblichen Blick zu. »Es gibt viele Dinge, die du nicht kennst, und die meisten davon sind für dich tödlich auf unserer Reise.« Der Pirat beugte sich nach vorne und mir schlug sein Fischgeruch nun doch entgegen. »So, und weil du jetzt so artig zugehört hast, darfst du mir deinen Namen sagen.«

Ich rümpfte die Nase. Eigentlich wollte ich bockig sein und ihm die Antwort verweigern. Aber ständig als »Mädchen« von ihm angesprochen zu werden, war keine wirkliche Alternative.

»Amara«, erklärte ich und meinte, etwas in seinen Augen zu sehen, als ich dieses eine Wort aussprach. Als wären seine Iriden nicht mehr blutrot, sondern meerblau, und Hoffnung würde darin liegen. Aber der Ausdruck verschwand schneller, als ich blinzeln konnte.

»Gut. Amara also«, wiederholte er meinen Namen und zauberte aus dem Nichts eine Glocke hervor. »Das Essen ist beendet.« Mit diesen Worten läutete er und sofort sprang die Tür auf und Cooks trat ein. »Es steht dir frei, dich im Schiff umzusehen. Denk an die Regeln.«

»Warte«, sagte ich, als Cooks mich am Ellbogen packte und hochzog. Der Pirat sah mich an und verschränkte die Arme. »Wie soll ich dich nennen?«

Er lachte mit seiner tiefen Stimme, und der Raum bebte, vermutlich ebenso das restliche Schiff. »Das weißt du nicht?« Er kam näher auf mich zu und packte mein Kinn. »Kennst du nicht die Legenden von den schwarzen Piraten und ihrem Captain? Man nennt mich Ausgeburt der Hölle oder dämonischer Seeräuber. Zumindest jene, die eine Begegnung mit mir überlebt haben. Aber du darfst einfach Captain zu mir sagen.«

Ich funkelte ihn an und hob mein Kinn. Nichts davon beschrieb auch nur im Entferntesten das Monster, das er war. Er war eine abscheuliche Kreatur und ich seine Gefangene. Für den Moment.

»Dann also Captain«, erwiderte ich mit erstaunlich fester Stimme und entwand mich seinem Griff.

»Denk an die Regeln, Amara«, knurrte er und wandte sich ab.

Noch bevor ich die Tür erreicht hatte, war das Essen vom Tisch verschwunden und ein Schreibpult stand dort, wo ich eben noch gesessen hatte. Verwirrt sah ich zu, wie die Tür ins Schloss fiel, und ließ mich von Cooks durch den Raum ziehen, in dem vorhin wohl die gesamte Mannschaft geschwatzt hatte. Jetzt waren nur noch Hawk und zwei weitere Männer dort.

»Komm, Mädchen. Ich zeige dir dein neues Zuhause«, meinte Cooks versöhnlich.

»Ich heiße Amara.«

Sie nickte. »Ich habe es gehört. Ein schöner Name für ein schönes Mädchen.«

Als ob mir das geholfen hätte.

Cooks tätschelte meine Hand und führte mich durch das Schiff. Und ich nahm mir vor, mir alles zu merken, denn ich wollte so schnell wie möglich von hier fliehen. Jetzt, da ich meinen Kompass wiederhatte, würde es mir auch gelingen.

Kapitel 5

Den Aufenthaltsraum kennst du ja«, begann Cooks, als wir durch das Zimmer spazierten. Sie hielt mich immer noch am Ellbogen und tätschelte mit der anderen Hand meinen Arm. »Hier wirst du an einigen Abenden mit uns essen. Der Captain wird dich nicht jedes Mal zu sich laden.«

Ich wusste nicht, ob ich darüber erleichtert war oder es mit der Angst zu tun bekommen sollte. Über ein Dutzend Piraten ohne Manieren und Moral war vielleicht doch mehr, als ich bewältigen konnte.

Cooks schien meine Gedanken zu erraten. »Du bist unser Gast. Wir verhalten uns Gästen gegenüber höflich. Verlangt ein viele Jahrhunderte alter Kodex von uns. Halte dich trotzdem entweder in meiner Nähe oder in der von Hawk, wir passen auf dich auf.«

»Das weiß ich zu schätzen«, erwiderte ich leise.

Cooks blieb stehen und musterte mich. »Nein, aber du wirst es schon noch zu schätzen wissen.«

Sie führte mich durch den langen Korridor, an Türen vorbei, hinter denen die Schlafräume der Besatzung lagen, wie sie erklärte. Dann zeigte sie mir ihr Reich: die Küche. Cooks bereitete anscheinend das Essen für die Piraten zu. »Vom Captain abgesehen. Er kann sein eigenes Essen erschaffen«, erzählte sie, als ich mir die Töpfe und Pfannen ansah.

Alles war gepflegt und ordentlich. Dennoch fand ich, dass die Küche eine Renovierung benötigt hätte, denn dem Herd fehlten bereits Griffe und die Möbel wirkten, als hätten sie schon einige Jahrzehnte hinter sich gebracht.

»Kochst du gerne, Amara?«, wollte Cooks plötzlich wissen.

Ich schüttelte den Kopf. »Ich kann es nicht. Meine Mutter meinte, das wäre für eine Dame meines Standes unwürdig.« Ich stieß den Atem aus. »Alles, was praktisch ist, fand meine Mutter unwürdig.«

»Dann bringe ich es dir bei. Wer weiß, wofür es gut ist?«

Ich betrachtete Cooks. Auch ihr Mund war seltsam verformt und ihre langen Seetanghaare bewegten sich, als würde sie im Wasser treiben. Vielleicht konnte ich ihr etwas entlocken. Nicht sofort, aber irgendwann.

»Warum taucht das Schiff tagsüber ab und fährt nur nachts auf der Oberfläche?«, wollte ich wissen. Dieses Thema war unverfänglich und die Information konnte nützlich sein.

»Weil man Jagd auf Piratenschiffe macht, Mädchen«, erwiderte Cooks mit einem Schulterzucken. »Berufsrisiko. Es ranken sich wohl auch Legenden um einen Schatz, den wir bei uns haben sollen.«

Ich drehte mich zu ihr um. »Habt ihr?«

Cooks lachte. »Nichts, was für gierige Menschen von Wert wäre.« Sie zuckte noch einmal mit den Schultern, als ich sie verwirrt anstarrte. »Jedenfalls verfügt der Captain über Magie, wie du dir sicher bereits zusammengereimt hast.« Vielleicht bildete ich es mir nur ein, aber mit einem Mal wirkte sie, als wäre ihr das Thema unangenehm. Beinahe flüsternd fuhr sie fort zu erklären: »Dadurch kann das Schiff tauchen und ist in der Nacht so gut wie unauffindbar für menschliche Augen, weswegen wir wieder an die Oberfläche können.«

»Aber warum bleibt ihr dann nicht ständig unter Wasser?«, hakte ich nach.

Cooks blickte sich um, als wäre sie im Begriff, mir etwas Verbotenes mitzuteilen. Dann neigte sie sich zu mir. »Weil die Monster nachts die Unterwasserwelt regieren. Du willst nicht ihre Bekanntschaft machen. Sie kommen zum Glück selten an die Oberfläche und meiden das Tageslicht.«

Ich hätte gerne gelacht. Vor wenigen Tagen hätte ich das alles für Seemannsgarn gehalten. Geschichten, die sich Fischer erzählten, um einander Angst einzujagen. Aber da hätte ich mir auch nie vorstellen können, dass ein Schiff in der Lage war, unter Wasser zu fahren. Ein Schauer lief durch meinen Körper.

In was war ich hier nur hineingeraten?

Die Magie … sie fühlte sich so düster an und irgendwie kam es mir vor, als würde sie nach mir rufen. Kälte legte sich über mich und eine tiefe Angst, denn hier schien es mehr Gefahren zu geben als die Piraten, die mich entführt hatten. Immer noch schaudernd schlang ich meinen freien Arm um mich.

»Du musst dir keine Sorgen machen«, meinte Cooks und tätschelte wieder meine Hand. »Wir werden schon auf dich achtgeben.«

Sie führte mich weiter zu einer Tür, hinter der ein Maschinenraum lag. Ich konnte mir nichts darunter vorstellen, aber Cooks meinte, dass es zu gefährlich sei, sich ohne jemanden, der sich auskannte, dort aufzuhalten.

»Und ich kenne mich nicht aus, bei allen Weltmeeren. Da bringt mich niemand freiwillig hinein.«

»Warum nicht?«

»Das Getöse ist nervenaufreibend und ständig bewegt sich etwas. Außerdem ist es heiß und dampfig. Nicht gut für die Haare.«

Ich musterte die Tür und prägte mir ein, wo sie sich befand. Wenn ich unbeaufsichtigt war, würde ich sie nochmals aufsuchen und herausfinden, was wirklich in jenem Raum aufbewahrt wurde.

»Hier ist übrigens der Abgang in das Verlies des Captains«, meinte sie, als wir zu einer Gittertür kamen, hinter der eine Treppe lag. »Es steht dir natürlich frei, dort hineinzugehen, ich würde es dir aber nicht raten. Ganz gleich, was du hörst oder siehst, geh dort nicht rein.« Sie betrachtete mich und stieß den Atem aus. »Das hätte ich nicht sagen sollen, denn jetzt willst du erst recht hinein, oder?«

»Ist denn jemand eingesperrt?«

Ich überlegte, ob die Piraten wohl noch eine Person außer mir von Westwend mitgenommen hatten. Vielleicht nicht eine Frau, die sie, wie angeblich mich auch, am Geruch gefunden hatten, sondern Gefangene, die sie im nächsten Hafen verkaufen wollten. Andererseits besagten die Geschichten, dass sie immer nur eine oder zwei Frauen mit sich nahmen und sonst nichts.

»Das willst du nicht wissen«, murmelte Cooks und zog mich weiter.

Eine Glocke erklang und das Schiff ruckelte. Ich stolperte über den Saum meines Kleides und knallte mit voller Wucht auf den Bauch. Verwünschungen ausstoßend, rappelte ich mich auf.

»Oh, entschuldige, Mädchen«, sagte Cooks und ich hätte schwören können, dass sie lachte, aber es klang eher wie ein Gurgeln. Ob ihr Mund sie daran hinderte, richtig zu lachen? »Ich hätte dich warnen sollen, dass wir anhalten werden. Dafür zeige ich dir etwas, komm.«

Ich funkelte sie an, was sie aber nicht weiter zu beachten schien. Sie umfasste meinen Ellbogen und führte mich erstaunlich sicheren Schrittes durch den Korridor und die Treppe hinauf.

»Geh nie alleine an Deck, wenn wir auftauchen, hörst du? Nur in Begleitung von Hawk oder mir.«

Sie öffnete die Tür und ich krallte mich am Rahmen fest, als ich das dunkle Wasser über uns sah.

»Wir werden ertrinken!«, kreischte ich und wollte zurücklaufen, aber Cooks hielt mich fest.

»Nein, sieh es dir an, Amara. Es ist wunderschön!«

Mein Atem ging viel zu schnell und meine Finger kribbelten. Wir würden ertrinken. Wie konnten wir noch nicht gesunken sein?

Aber etwas faszinierte mich daran, dass die Wassermassen noch nicht über uns hereingeschwappt waren, und ich bewunderte den Anblick. Ich klammerte mich immer noch am Holz der Tür fest, saugte aber jedes Detail in mich auf.

Die Sonne musste gerade untergehen, denn eine purpurne Dunkelheit mischte sich mit dem tiefen Blau des Meeres. Blasen stiegen rund um die Kuppel, die sich über das Deck spannte, auf.

Erst da bemerkte ich es. Der Dreimaster sah nicht mehr aus wie ein Schiff. Er glich einer Muschel. Genauer gesagt, einem Tritonshorn, jener Muschel, die man sich ans Ohr hielt und mit der man das Rauschen des Meeres auch an Land hören konnte.

»Aber wie …«

»Magie«, hauchte Cooks und legte einen Arm um meine Taille. »Festhalten, es wird jetzt etwas holprig.«

Noch während sie die Worte sprach, durchbrach die Kuppel die Wasseroberfläche. Ich fühlte, wie sich die Wellen wehrten, das Schiff nicht freigeben wollten. Unter uns surrte es und es kam mir vor, als würde uns etwas nach oben pressen.

Als die Wassermassen von der Kuppel flossen und die anbrechende Nacht uns begrüßte, wäre ich von den Füßen gerissen worden, hätte Cooks mich nicht gehalten.

»Erinnere mich daran, dass wir Übungen machen, damit du nicht jedes Mal umkippst, wenn wir auf- oder abtauchen.« Cooks zwinkerte und schob mich an Deck.

Die Kuppel, die das Schiff umhüllt hatte, brach und eiskalter Sprühregen rieselte auf uns herab. Im Licht des sterbenden Tages erinnerte es mich an ein Märchen, das ich einmal gelesen hatte, von einer Meerjungfrau, deren Tränen Wünsche erfüllen konnten. Ob es wohl auch diese Geschöpfe wirklich gab?

Ich hob die Hand und fing die feinen Tropfen darin auf. »Schön«, flüsterte ich ergriffen. So etwas hatte ich noch nie gesehen. Es war wie ein Wunder.

»Das Meer kann schön sein, Amara«, stimmte Cooks mir zu und blickte über den ruhigen Ozean. »Aber auch grausam und kalt. Vertraue niemandem. Am wenigsten uns.«

Ich legte den Kopf schief und wollte sie fragen, was sie meinte, als schwere Stiefelschritte mein Blut gefrieren ließen. Ich wusste, dass der Captain an Deck erschienen war, ohne hinzusehen.

»Ich hoffe, das Abendessen ist noch in deinem Magen«, meinte er hinter mir und seine tiefe, viel zu laute Stimme ließ die Luft vibrieren.

»Sie hat sich wacker geschlagen, Captain«, erwiderte Cooks. »Ein wenig schwach auf den Beinen, aber daran können wir arbeiten.«

Ich drehte mich immer noch nicht zu dem Monster um, dessen Blick ich in meinem Rücken fühlte.

»Ich übernehme ab hier«, verkündete der Captain und ich musste mich beherrschen, um nicht zu zittern.

»Ay«, rief Cooks und eilte unter Deck zurück.

Der Pirat näherte sich mir, ich fühlte seine Kälte und roch den Fischgestank. Er musste mich bereits fast berühren, so nah war er. »Also, Amara, wie gefällt dir dein Zuhause?«

Ich zuckte die Schultern und blickte auf den Horizont hinaus.

»Ich würde dir raten, genau hier stehen zu bleiben. Denn sonst könntest du zerquetscht werden.«

Ich wollte gar nicht wissen, was er meinte, aber da ertönte eine schrille Glocke, und das Schiff bewegte sich unnatürlich. Es rüttelte wie bei einem der Erdbeben, die ich erlebt hatte, und ich hatte das Gefühl, dass dieses Muschelgefährt sich sogar erhob.

Ich taumelte schon wieder und stieß mit dem Rücken gegen die Brust des Captains. Er packte meine Oberarme und hielt mich fest. »Ay, an deinem Gleichgewichtssinn sollten wir arbeiten.« Er lachte dunkel.

Für eine Erwiderung war ich viel zu fasziniert von dem, was sich vor meinen Augen abspielte. Der Boden öffnete sich an manchen Stellen und zog sich in die Länge, während die Masten herausschossen, als wären es Bäume, die man schneller wachsen ließ. Waren es zuerst nur dicke Holzstämme, sprossen plötzlich Äste seitlich heraus und Segel entrollten sich von selbst. Das Schiff gewann immer noch an Länge. Vor meinen Augen traten Kanonen und Munition aus dem Boden hervor.

Ich konnte nicht anders, ich musste ein leises »Unglaublich« von mir geben.

Der Dreimaster kam zur Ruhe und der Captain ließ mich los. »Deswegen solltest du nie alleine hier sein, wenn wir uns für einen Tauchgang vorbereiten oder wieder an die Oberfläche zurückkehren. Wenn du nicht weißt, wo du stehen musst, wirst du von etwas erschlagen oder mitgerissen.« Seine Kleidung raschelte, als er sich bewegte. »Und jetzt entschuldige mich, aber ich muss uns auf Kurs bringen. Bleib von der Reling weg, wenn dir dein Leben lieb ist.«

Schwere Schritte entfernten sich und ich drehte den Kopf nach links und rechts. Außer uns beiden befand sich noch niemand an Deck. Wozu auch? Die Segel hatten sich selbst gesetzt und es reichte, wenn eine Person das Steuerrad hielt.

Ich hob mein Gesicht zum Himmel, an dem die ersten Sterne erschienen. Dann drehte ich mich einmal um mich selbst. Nirgendwo sah ich etwas anderes als das Meer. Wir waren also mitten auf hoher See. Hier konnte ich nicht versuchen zu fliehen, denn ich hatte keine Ahnung, wo wir uns tatsächlich befanden. Eine Küste hätte nur wenige Stunden entfernt sein können. Oder aber auch einen halben Tag. Mal abgesehen davon, dass ich nicht wusste, aus welcher Richtung wir gekommen waren.

Ich stieß den Atem aus und verfluchte das Kleid, auf das ich schon wieder trat. Ich musste Hawk überreden, mir die Hosen aus meinem Bündel zu geben, das der Captain bei meiner Entführung mitgenommen hatte. Soweit ich es gesehen hatte, hingen nur Kleider dieser Art in den unterschiedlichsten Farben in dem Schrank, der wohl für die Reise mir gehörte. Damit auf einem Schiff herumzulaufen, das ständig so schwankte wie dieses, erschien mir nicht gerade praktisch.

Einen Blick auf den Captain werfend, der gerade auf seinen Kompass starrte, schlenderte ich über das Deck. Ich musste mir die Details einprägen. Hier war ich nicht sicher, ganz gleich, was Cooks über einen Kodex gesprochen hatte. Der Plan hatte sich nicht verändert, ich wollte fliehen. Je früher, desto besser. Aber für den Moment genoss ich nur diesen Anblick.

Niemals hätte ich gedacht, dass der Himmel so klar sein könnte. Die Luft der Nacht fühlte sich angenehm mild an und roch salzig. Der Horizont färbte sich allmählich dunkelblau. Nur ein schwacher, purpurner Streifen dort, wo Himmel und Meer aufeinandertrafen, war noch zu erkennen.

Ich schlenderte über Deck, stützte meine Arme auf der Reling ab und blickte seufzend über das Wasser. Wäre ich nicht ein *Gast* des Captains gewesen, hätte ich diesen Anblick wohl genossen. Das Meer war wunderschön.

Erst als ich ein leises Kichern hörte, erinnerte ich mich an die Warnung des Captains. Ich sollte mich von der Reling fernhalten. Vielleicht hatte er das nicht nur gesagt, damit ich nicht weglief … Aber als ich mich abstoßen wollte, war es bereits zu spät.

Kapitel 6

Schneeweiße, eiskalte Hände mit langen, spitzen Krallen packten meine Handgelenke und zogen mich mit sich über die Reling. Mein bauschiger Rock flatterte im Wind, bevor ich mit dem Bauch auf dem Wasser aufschlug.

Im Fallen hatte ich das Wesen, das mich gepackt hatte, einen Moment gesehen. Es besaß einen menschlichen Oberkörper, obwohl seine Haut so weiß war, dass sie selbst in der Dunkelheit leuchtete und das Gesicht mehr einer Fratze mit scharfen Zähnen glich. Sein Unterkörper sah aus wie ein gewaltiger Fischschwanz.

Ich hatte von dieser Kreatur gelesen. Es konnte sich vom Aussehen her nur um eine Nixe handeln. Und diese Wesen raubten Menschen ihre Organe. Nicht nur Herzen, nein, alles.

Meine Großmutter und ich hatten einmal eine Leiche am Strand gefunden, deren gesamter Oberkörper aufgeschlitzt und ausgenommen gewesen war.

Mein Magen zog sich zusammen. Ich wollte nicht so enden.

Obwohl sich mein Kleid vollsog und es mir nicht gelang, mich richtig zu bewegen, wehrte ich mich gegen den Griff der Nixe. Ich musste an die Oberfläche zurück, bevor mir die Luft ausging. Was vermutlich bald der Fall sein würde.

Ich wand und trat um mich, aber die Nixe gab mich nicht frei. Sie fauchte und verpasste mir mit der Hand einen Schlag auf den Arm, riss den Stoff meines Kleides auf. Ein brennender Schmerz durchfuhr meine Schulter, wo sie mich offenbar mit den Nägeln gekratzt hatte. Trotzdem wehrte ich mich weiter.

»Menschenkind, ganz geschwind, wir beide verbunden sind. Gib mir dein Herz, beende den Schmerz, folge mir tief zum Grund abwärts«, sang sie mit erstaunlich lieblicher Stimme.

Ich wunderte mich nicht, dass ich sie hören konnte, nur, dass meine Versuche, mich von ihr loszumachen, plötzlich endeten. Mein Körper trieb ruhig neben ihr, sank durch das Gewicht meines Kleides immer tiefer.

Das konnte doch nicht sein!

Panik erfasste mich, als mir bewusst wurde, dass sie ihre Magie eingesetzt hatte. Ich konnte nichts mehr tun, musste zusehen, wie sie mich weiter hinabzog, um mich zu töten.

Die Nixe ließ eine meiner Hände los und setzte ihre scharfen Krallen an meine Brust. Sie lächelte, während sich ihre Nägel in den Stoff und dann in meine Haut bohrten.

Vermutlich hätte ich gezittert, wenn ich gekonnt hätte. Ich erwartete heftigen Schmerz, aber … ich fühlte nichts. War ich bereits ertrunken? Ich musste seit Minuten unter Wasser sein, so dunkel, wie es hier bereits war.

Ich hatte Angst, obwohl ich mich nicht mehr erinnerte, wie sich Angst anfühlte. Wie sich Wärme anfühlte. Ich hatte aufgegeben. Wozu es hinauszögern? Niemand würde mich retten. Zumindest war ich auf diese Weise den Piraten entkommen.

Noch während ich das dachte, kam Bewegung in das Wasser und ich fühlte seine Kälte hinter mir. Der Captain schien mir nachgesprungen zu sein. Ich konnte mich immer noch nicht bewegen, aber die Nixe riss ihre Augen auf und fauchte, als sich ein Arm um meine Taille legte und mich von ihr wegriss.

»Such dir jemand anderen zum Ausweiden!«, polterte der Captain und versetzte der Nixe einen Tritt.

Sie krümmte sich, bevor sie ihr Gesicht hob und sich kreischend auf uns stürzte. Offenbar wollte sie sich nicht so schnell geschlagen geben. Ich sah ihre Zähne aufblitzen und die scharfen Krallen, die sie kampfbereit erhoben hatte.

Immer noch konnte ich mich so gut wie nicht bewegen, kaum etwas fühlen außer der Kälte des Captains.

Ein heftiger Ruck ging durch ihren Körper und sie starrte mit aufgerissenen Augen nach unten. Ich folgte schwerfällig ihrem Blick und entdeckte ein Schwert in ihrem Leib, ziemlich genau an der Stelle, wo ihr menschlicher Körper in den Fischschwanz überging. Sie gab ein ersticktes Fauchen von sich, bevor sie leblos in Richtung Meeresgrund niedersank.

Der Captain wirbelte mich herum, sodass mein Gesicht an seiner Schulter lehnte. »Das willst du nicht sehen«, sagte er fast beruhigend.

Ich hätte gerne gefragt, was, aber da wir uns immer noch im Wasser befanden und ich davon ausging, dass ich bereits tot war, schwieg ich. Auch als es zu zischen und zu blubbern begann und ekelerregend roch. Es wunderte mich nicht, dass ich seinen Geruch wahrnahm, vermutlich war ich längst tot, denn ich bildete mir auch ein, unter Wasser atmen zu können.

Der Pirat hielt mich immer noch fest, während er sein Schwert verstaute und anschließend mit den Beinen strampelte. In rasendem Tempo schwamm er nach oben und als wir aus dem Wasser auftauchten, holte ich tief Luft.

»Ich hätte ertrinken müssen«, brabbelte ich und lachte erleichtert, als mir bewusst wurde, dass ich noch lebte. Mehr noch, dass ich wieder sprechen und etwas fühlen konnte. Es war wie ein Wunder.

Der Captain gab keine Antwort, hielt mich immer noch um die Taille fest, packte mit seinem freien Arm ein Seil und wir wurden nach oben gezogen.

»Ich hätte ertrinken müssen«, wiederholte ich, als er mich auf den Rücken legte und anschließend hastig aufstand.

»Ich hätte dich dieser elenden Nixe überlassen sollen, du dummes Weib!«, tobte er und seine Stimme klang so tief und gefährlich, dass ich vor Angst zitterte.

Erst jetzt fiel es mir auf. Immer, wenn ich Angst hatte, rief ich meine Kräfte. Unbewusst natürlich. Ich hatte nie gelernt, sie zu beherrschen. An Bord dieses Schiffes hatte ich mehr als einmal Angst verspürt. Oder vorhin im Wasser bei der Nixe. Aber nichts war geschehen. Auch jetzt nicht.

»Ich hatte dich davor gewarnt, dich der Reling zu nähern! Ist es so schwer, meinen Befehlen zu folgen?«

»Ich wollte nicht …«, stammelte ich, aber er stellte sich hin, ballte die Fäuste und brüllte voller Zorn. Es klang wie ein Löwe, den ich einmal in einem Wanderzirkus gesehen hatte. Nur viel lauter.

Die Masten des Schiffes wankten und die Segel blähten sich unnatürlich auf.

Der Captain rang um Atem und starrte mich mit weiß leuchtenden Augen an. »Du kannst von Glück sagen, dass ich das gefährlichere Monster bin und die Nixe keine Chance gegen mich hatte. Dich einer Riesenseeschlange zu entreißen, wäre ein Ding der Unmöglichkeit gewesen!«, fuhr er mich an, bevor er den Blick auf etwas hinter mir richtete. »Hawk, Cooks, bringt sie in ihr Zimmer und sperrt sie dort ein, bis sie weiß, wie man Befehle befolgt.«

Ich hatte nicht bemerkt, dass sich noch andere Piraten an Deck befanden. Cooks beugte sich über mich, half mir, mich aufzusetzen, und betrachtete meinen Körper.

»Captain, sie ist verletzt worden«, flüsterte sie und deutete auf meine Schulter und die blutigen Spuren auf meiner Brust.

Der Captain stapfte auf mich zu und ich machte mich darauf gefasst, dass er mir den Arm ausreißen würde, als er seine Hand danach ausstreckte. Aber er hielt meinen Ellbogen locker und musterte die Wunde eingehend.

»Beeilt euch, das Gift wird bald Wirkung zeigen«, murmelte er und hätte ich es nicht besser gewusst, hätte ich vermutet, dass er besorgt klang. »Trag sie in ihr Zimmer, sie darf sich nicht bewegen.«

»Ay«, erwiderte Hawk, der sich hinter mich hinkniete und seine Hände unter meinen Armen hindurchstreckte.

Er hob mich an und ein anderer Pirat, den ich noch nie gesehen hatte, packte meine Beine. Sie trugen mich unter Deck, während Cooks vorauslief.

Ich hörte noch einmal das Brüllen des Captains, dann verschwammen die Farben und Geräusche um mich und ich begann zu zittern.

»Nicht gut«, keuchte Hawk. »Beeil dich, Cooks, wir brauchen das Gegengift! Schnell!«

Wir erreichten das Zimmer und die Piraten legten mich auf mein Bett. Ich hörte Worte, dann verschwand jener Pirat, der meine Füße gehalten hatte. Nur Hawk war noch bei mir. Er zückte ein Messer und schlitzte mein Kleid und das Unterkleid auf. Behutsam drehte er mich zur Seite, während er die nassen Fetzen unter mir herauszog und anschließend eine Decke über meinem Unterleib ausbreitete. Ich zitterte trotzdem, vor allem, weil er meinen Oberkörper unbedeckt ließ.

»Cooks, verdammt!«, brüllte Hawk, als mein Zittern immer heftiger wurde.

»Bin ja schon da!«, keuchte die Piratin und hielt ihm einen Tiegel vor die Nase.

Hawk öffnete ihn und betupfte meine Schulter mit einer öligen Tinktur, die fürchterlich roch, während Cooks sich um meine Brust kümmerte. Kaum berührte die Flüssigkeit meine Haut, qualmte sie und brannte höllisch.

Ich hätte geschrien, aber meine Zähne klapperten so fest aufeinander, dass ich den Mund nicht öffnen konnte. Kein Laut entrang sich meiner Kehle, während ich versuchte zu begreifen, was gerade vor sich ging. Denn ich war nicht fähig, mich richtig zu bewegen. Ob das von dem angeblichen Gift kam?

Es fühlte sich an, als würden die beiden tagelang meine Haut verätzen, bevor sie den Tiegel wieder verschlossen und mir Verbände anlegten.

»Das war verdammt knapp«, knurrte Hawk und wischte sich über die Stirn. »Gib ihr ein Schlafmittel, sonst wird sie die Nacht kein Auge zutun.«

»Mache ich«, murmelte Cooks. »Sagst du dem Captain Bescheid?«

»Ay, falls ich es nicht überlebe, ist sie ab jetzt dein Problem.«

»Er wird dich nicht töten«, erwiderte Cooks, aber in ihrer Stimme schwang etwas wie Angst mit.

»Er hätte sie fast verloren. Irgendjemandem wird er die Schuld geben. Du kennst seinen Jähzorn.«

Cooks seufzte. »Ja, den kenne ich. Aber er wird dich nicht töten.«

»Na dann hoffe ich, du hast recht.« Hawk lachte und verließ meine Kajüte.

Cooks beugte sich über mich, deckte mich behutsam zu und strich mir mit ihrer schwarzen Hand über die Wange.

»Ich weiß, du hast es nicht mit Absicht gemacht, nicht wahr? Du wolltest ihm keinen Kummer bereiten.«

Von Schmerzen wie gelähmt und verwirrt starrte ich ihr in die blutunterlaufenen Augen.

Wem sollte ich Kummer bereiten? Dem Captain?

Ich schluckte. Er hatte mich gerettet. Er hätte mich auch sterben lassen können. Tränen brannten in meinen Augen.

Wieso hatte er mich gerettet?

Ein Brüllen durchbrach die Stille und ich wusste, der Captain tobte an Deck. Meinetwegen? Ich konnte das Zittern nicht unterdrücken. Er mochte mich gerettet haben, aber er war ein abscheuliches Monster.

»Schlaf, Mädchen. Er muss sich jetzt beruhigen. Morgen sieht die Welt schon wieder anders aus«, flüsterte Cooks, strich noch einmal über meine Wange, bevor sie mir ein paar Tropfen aus einem Fläschchen, das sie aus ihrem Mantel gezogen hatte, einflößte.

Es schmeckte bitter, aber ich konnte mich nicht wehren. Mein Körper zitterte immer noch und gehorchte meinem Willen schon längst nicht mehr.

Anscheinend hatte sie mir wirklich ein Schlafmittel gegeben. Denn meine Lider wurden schwer und ich versank in tiefer Dunkelheit. Alles, was ich noch sah, waren leuchtend weiße Augen, die mich zornig anstarrten. Dann war alles still.

Kapitel 7

Langsam kehrten die Geräusche zurück und mit ihnen seltsame Schmerzen. Ein metallischer Geschmack lag auf meiner Zunge und mein Mund fühlte sich trocken an.

Ich erinnerte mich an die Nixe, an das Brüllen des Captains, nachdem er mich gerettet hatte. Danach verschwamm alles in einer Mischung aus Angst, Wut und Trauer sowie einer seltsamen Magie, die wie eiskaltes Blei auf mir lag.

Ich wagte nicht, die Augen zu öffnen. Denn in diesem kurzen Moment zwischen Traum und Wirklichkeit konnte ich mir einreden, dass all das, was ich erlebt hatte, nie stattgefunden hatte.

Wenn ich aber die Lider öffnete, würde ich feststellen, dass ich auf dem Bett in der Kajüte auf der Crimson Conch lag. Dass ich von einem Piraten entführt worden war, der wer weiß was mit mir vorhatte. Der mir in das dunkle Meer nachgesprungen war, um mich vor dem sicheren Tod zu retten …

Noch erlaubte ich mir, zu glauben, dass ich auf dem Boot in meiner Höhle lag und all das nur ein schlechter Traum war. Dass es keinen Captain gab, der bestialisch nach Fisch stank und dessen glühende

Augen mir das Blut in den Adern gefrieren ließen, keine Magie, die mich selbst jetzt zu beobachten schien.

In meine verwirrten Gedanken mischte sich ein Satz, den ich so lange aus meiner Erinnerung verbannt hatte: ›*Wasser, aus Sturm geboren, setzt die Magie in Gang.*‹ Ich schluckte gegen die Trockenheit in meiner Kehle an. Warum fielen mir diese kryptischen Worte meiner Großmutter gerade jetzt ein?

Das Meeresrauschen, das so nah klang, schenkte mir schließlich neuen Mut. Vielleicht war ich doch in der Höhle eingeschlafen. Wenn ich es nicht riskierte, würde ich nie wissen, ob ich frei sein konnte.

Ich blinzelte und stieß den Atem aus, als ich meine Umgebung wahrnahm. Leider lag ich immer noch in meiner Kajüte auf der Crimson Conch. Es musste bereits Tag sein, denn die beiden Fenster vor mir zeigten dunkles Blau und zwischendurch einen Farbklecks, der sich zu schnell bewegte, um ihn zu erkennen. Wir waren also bereits wieder abgetaucht.

»Sieh einer an, wer wieder unter den Lebenden weilt«, hörte ich Hawk neben mir und stellte fest, dass er auf einem Stuhl saß und mich bewachte. »Verzeih mir meine Ehrlichkeit, aber du siehst abscheulich aus.«

»Dann passe ich ja hierher«, krächzte ich. Als mir meine Worte bewusst wurden, riss ich die Augen auf. »Vergib mir, es ist nur …«

Er hob die Hand. »Schon gut, ich weiß selbst, dass wir nicht schön anzusehen sind.« Er stand auf. »Wir setzen dich jetzt auf und dann isst du ein paar Löffel Suppe. Dein Körper braucht Kraft, also hat Cooks eine besondere Brühe für dich gekocht. Sie hilft dir.«

Hawk fuhr mit dem Arm unter meinen Rücken und half mir, mich aufzusetzen. Zu meiner Überraschung trug ich ein leichtes Nachtkleid mit Schnürungen vorne. Cooks musste es mir angezogen haben, als ich geschlafen hatte.

»Sehr gut«, lobte mich Hawk, als ich gegen etliche Kissen gelehnt ohne seine Hilfe saß. Er holte ein Tablett und klappte kleine Tischbeinchen auf, dann stellte er es über meine Oberschenkel. »Soll ich dir helfen, oder kannst du alleine essen?«

Ich holte einmal tief Luft und hätte mich fast übergeben, legte eine Hand über meine Nase und schüttelte heftig den Kopf. »Ich kann das nicht essen«, brachte ich mit kratziger Stimme hervor.

»Mädchen …«

»Amara, Herrgott! Ich heiße Amara«, schimpfte ich und bereute es sofort. Was auch immer sich in meinem Magen befand, wollte hochkommen. Ich schluckte heftig dagegen an.

»Schön, Amara. Du musst essen. Das Nixengift hat dich geschwächt.«

»Ich hätte ertrinken müssen«, fiel es mir plötzlich wieder ein und ich starrte Hawk an, während meine Hände zu zittern begannen. »Ich war viel zu lange unter Wasser. Ich habe die Gespräche gehört und bin nicht ertrunken! Wie ist das möglich?«

Der Pirat räusperte sich, tauchte den Löffel in die Suppe und hielt ihn mir vor den Mund. »Iss jetzt, sonst muss ich dich zwingen.«

Murrend ließ ich die Hände sinken und öffnete die Lippen, aber nur, weil ich wirklich Hunger hatte und meine Kehle trocken wie Schmirgelpapier war. Ich würgte, kaum dass die Suppe in meinem Mund gelandet war, packte eine Serviette und spuckte sie hinein.

»Also gut, dein Magen rebelliert wirklich noch.« Hawk seufzte und ließ den Löffel sinken. »Vielleicht versuchen wir es, wenn wir die Verbände gewechselt haben.« Er nahm das Tablett auf. »Ich gebe dem Captain Bescheid, dass du wach bist. Cooks wird nachher kommen und sich um dich kümmern. Versuch, liegen zu bleiben, ja?«

Ich nickte, sank auf meinen Kissen nach unten und schloss die Augen. Mir war schwindelig, was ich auf das Schwanken des Schiffes zurückführte und auf dieses Gift, das mich vermeintlich schwächte. Immerhin zitterte ich nicht mehr. Den Plan, so bald wie möglich zu fliehen, würde ich verschieben müssen, bis ich sicher sein konnte, dass meine Beine mich wieder trugen. Und dann … brauchte ich eine Waffe, um mich gegen Wesen wie diese Nixe zu wehren. Vielleicht konnte ich im Verlies etwas finden. Gedanklich setzte ich einen Besuch dort auf meine Liste und überlegte noch einmal, was letzte Nacht geschehen war.

Ich hätte tot sein müssen, weil ich viel zu lange unter Wasser war. Wieso also lag ich hier?

Ohne es zu bemerken, glitt ich in einen traumlosen Schlaf, aus dem ich immer wieder hochschreckte, weil ich vom Gesang der Nixe träumte. »Menschenkind, ganz geschwind …«

Irgendwann zwang ich mich, die Augen offen zu halten, und starrte hinaus in den Ozean. Ich wäre gerne zum Fenster gegangen, denn die Unterwasserwelt war so unglaublich schön und faszinierend. Aber selbst wenn Hawk mir nicht gesagt hätte, ich sollte liegen bleiben, wäre ich nicht in der Lage gewesen, allein aufzustehen.

Ich stieß den Atem aus, als die Tür aufging. »Cooks, ich …«, begann ich und hielt inne, als ich den Fischgeruch wahrnahm.

Der Captain stellte das Tablett neben mir auf einen Beistelltisch und setzte sich auf das Bett. Sein Blick aus roten Augen glitt über mein Gesicht und er hob eine Hand an meine Wange. »Fieber hast du nicht«, murmelte er und zog mir die Decke vom Körper.

Bevor ich wusste, was er vorhatte, machte er sich bereits an den Schnüren meines Nachthemds zu schaffen.

Ich packte seine Handgelenke. »Was tust du da?«, fragte ich mit kratziger Stimme.

Er schnaubte. »Nicht das, was du denkst. Nicht alle Piraten rauben, morden und vergewaltigen. Ich will mir deine Wunden ansehen.«

»Aber Cooks …«

»Cooks ist momentan mit etwas anderem beschäftigt«, gab er mit lauter Stimme zurück.

Ich wusste, seine Geduld würde nicht lange halten. Aber wollte ich wirklich, dass er meine Wunden inspizierte? Immerhin saß eine über meinem Herzen, also würde er meine Brüste sehen. Doch welche Wahl hatte ich? Wenn ich wieder zu Kräften kommen wollte, um zu fliehen, musste ich gesund werden.

Ich stieß den Atem aus und ließ seine Handgelenke los. Er brummte leise und öffnete behutsam mein Nachthemd.

Ich wandte den Kopf ab, als er den Verband an meiner Schulter löste, nach etwas vom Beistelltisch griff und meine Verletzung behutsam damit behandelte. Es brannte und ich biss die Zähne zusammen, was nicht am Captain, sondern an der Tinktur lag. Ich hätte diesem rauen, zornigen Mann nicht zugetraut, so vorsichtig zu sein. Nachdem er den Verband angelegt hatte, räusperte er sich.

»Du musst dich aufsetzen und das Nachthemd ein wenig abstreifen, sonst kann ich die andere Wunde nicht versorgen.«

Ich nickte, ließ mir von ihm helfen, mich aufzurichten, und schob das Nachthemd über meine Arme bis zu den Ellbogen nach unten. Immer noch sah ich ihn nicht an, während er den Verband abnahm und meine nackten Brüste vor sich hatte. Er tupfte die Verletzung ab, strich neue Tinktur darauf und hielt inne, als ich einen Schmerzenslaut nicht unterdrücken konnte.

»Es wird bald nicht mehr so wehtun«, sagte er mitfühlend.

Ich nickte wieder und hielt den Atem an, als er den Verband anbrachte. Wieso konnte er nicht das Monster bleiben, das er war? Beinahe musste ich ihm dankbar sein und das wollte ich nicht.

»Du kannst das Nachthemd jetzt wieder hochziehen«, verkündete er, holte das Tablett und stellte es mir auf die Beine. »Denkst du, du kannst jetzt etwas zu dir nehmen?«

Rasch packte ich den Löffel, bevor er auf die Idee kam, mich zu füttern, und tauchte ihn in die Suppe. Ich zwang mich, die Flüssigkeit zu schlucken, nahm noch einen Löffel davon in den Mund. Aber schon beim dritten Löffel würgte ich und musste die Suppe in eine Serviette spucken.

Ich hatte erwartet, dass er toben würde. Er tat es nicht.

Stattdessen legte er seine Hand an meine Wange und strich fast zärtlich darüber. »Das Gift ist noch zu stark. Es wird besser werden.«

Erschöpft ließ ich den Löffel sinken. Er nahm das Tablett weg, stellte es auf den Boden und blieb bei mir sitzen. Ich stieß den Atem aus, denn was ich zu sagen hatte, fiel mir nicht leicht. Aber ich war gut erzogen und ich wusste, wann ich höflich zu sein hatte.

»Danke, dass du mich gerettet hast«, murmelte ich.

Er legte den Kopf schief. »Keine Ursache. Versuch ab jetzt nicht, jedes Monster in diesem Meer auf dich aufmerksam zu machen. Auch andere wollen dich als Beute.«

Ja, richtig, ich war seine Beute. Dann sollte er sehen, was er davon hatte!

Ich richtete mich auf und hob das Kinn. »Deswegen hast du mich gerettet? Weil ich deine Beute bin? Weil kein anderes Monster mich haben darf?« Ich war unglaublich stolz auf mich, da ich trotz der Schmerzen in der Lage war, ihm die Stirn zu bieten.

Meine Worte schienen genau das zu bewirken, was ich vorgehabt hatte.

Er kniff die Augen zusammen und ballte seine Faust. »Ganz recht. Du bist meine Beute und auch wenn Piraten nicht ständig nur brandschatzen und morden, so haben wir doch eines gemeinsam: Wir lassen uns unser Eigentum nicht wegnehmen!«

Auch ich ballte die Fäuste und funkelte ihn noch finsterer an. Ich gehörte niemandem und das würde er schon noch feststellen.

»Herzlichen Dank, dass ich wieder in diesem magischen Gefängnis sitze und du mich zu deiner Belustigung hierbehältst.«

»Immerhin reiße ich dir nicht die Eingeweide heraus und trage sie um meinen Hals als Schmuck«, fuhr er mich an. Seine Stimme polterte durch den Raum.

»Zumindest hätte ich bei der Nixe gewusst, was sie mit mir vorhat! Du hältst mich jetzt ein Jahr hier wie einen Singvogel, der dich unterhält. Und dann? Wirst du mich töten? Wirst du mich verkaufen? Reißt du mir dann doch die Eingeweide raus und gibst sie einer Nixe, die du umwerben willst?«

»Schweig, du undankbares Weib!«, brüllte er.

»Was willst du sonst machen? Mich schlagen? Fühlst du dich dann besser? Nur zu! Denkst du, es wäre das erste Mal, dass jemand versucht, mir auf diese Weise Respekt einzuflößen?«, fuhr ich ihn an und sah, wie er zusammenzuckte. Das minderte meinen Zorn jedoch nicht. »Geh aus meinem Zimmer, du Monster!« Ich fühlte Tränen, die in meinen Augen brannten. Woher ich die Kraft nahm, ihn anzuschreien, wusste ich nicht. Aber das spielte keine Rolle. »Ich habe genug Abscheulichkeiten für einen Tag gesehen!«

Ich bereute meine Worte nicht, auch nicht, als er plötzlich den Atem anhielt, seine Fäuste lockerte und den Blick senkte, als hätte er tatsächlich etwas wie ein Herz, das ich verletzt hatte. Mir blieb keine Zeit, meine Aussage zu entkräften, denn im nächsten Moment packte er das Tablett, sodass die Suppe überschwappte, riss die Tür auf und verschwand im Korridor.

Ich sank zurück und schluchzte leise, während ich mir die Decke über den Kopf zog. War das ungerecht von mir gewesen? Auch wenn er mich wie mein Vater wohl nur für eine Ware hielt, die er an den Meistbietenden verkaufen wollte, so hatte er mich dennoch vor der Nixe gerettet. Oder auch nicht. Schließlich war ich seine Beute. Wer wusste schon, was er mit ›seinem Eigentum‹ vorhatte?

Nein, ich musste mich meiner Worte nicht schämen. Er behandelte mich jetzt nicht schlecht, aber das lag einzig daran, dass ich einen Wert für ihn darstellte, der an mein Leben geknüpft war.

Ich musste fliehen. So schnell ich konnte. Wenn wir irgendwo Land erreichten, ganz gleich wo und wie es dort aussah, musste ich diese Chance nutzen. Alles war besser, als hier gefangen und den Launen dieses Piraten ausgeliefert zu sein.

KAPITEL 8

Ich musste wohl wieder eingeschlafen sein, denn ich riss keuchend die Augen auf, als alles um mich bebte. Panisch starrte ich zum Fenster, an dem ich die Luftblasen erkannte, die bereits gestern bei unserem Aufstieg das Schiff umhüllt hatten.

»Alles gut, Mädchen«, hörte ich Cooks sagen und wandte den Blick ihr zu.

Sie saß auf einem Stuhl, die Füße auf einem Beistelltisch abgelegt, und hatte ihren Dreispitz tief ins Gesicht gezogen.

»Woher weißt du, dass ich …«

Sie schob den Hut auf ihren Kopf zurück. »Erstens höre ich dich keuchen, Mädchen. Zweitens rieche ich deine Angst. Langsam solltest du wissen, dass dir hier nichts passieren wird.«

»Hast nicht du mir selbst gestern erst erklärt, ich sollte niemandem trauen, am allerwenigsten euch?«

Cooks schnaubte. »Ach, du hörst doch zu, wenn man mit dir spricht?« Sie stellte ihre Füße auf den Boden und beugte sich zu mir. »Dann pass jetzt gut auf, Mädchen. Wenn du nicht herausfinden willst, welche Bestie wirklich in unserem Captain steckt, hör auf, ihn zu reizen.«

Ich verschränkte die Arme. Jetzt zu erwidern, dass er angefangen hatte, wäre bockig gewesen und außerdem nicht wahr. Zumindest nicht ganz.

»Ich will doch einfach nur wissen, was er mit mir vorhat, wenn das Jahr um ist. Ist das so verwerflich?«

Cooks stieß den Atem aus. »Ändert es etwas daran, dass du hier bist? Oder in Wahrheit überlegst, wie du am besten fliehen kannst?«

»Das kommt darauf an, warum ich wirklich hier bin.«

Sie lachte. »Zumindest bist du unterhaltsam. Würdest du dich besser fühlen, wenn ich dir irgendeine Lüge auftische? Denn die Wahrheit darf ich dir nicht sagen, sonst bringt der Captain mich eigenhändig um.«

»Wenn die Wahrheit dein Leben kostet, will ich sie nicht hören. Also kannst du dir auch alle Lügen sparen.«

»Wirklich? Ich hätte dir erzählt, was immer dein Herz begehrt. Etwa, dass dich ein gut aussehender Prinz zur Frau nehmen wird oder …«

»Und du denkst, danach würde ich mich sehnen?«, murmelte ich und verkrampfte meine Finger um das Laken, als das Schiff wohl gerade die Wasseroberfläche durchbrach.

»Etwa nicht?« Erstaunen schwang in ihren Worten mit. Dadurch, dass ihr Mund so verformt und offenbar ihr gesamtes Gesicht deswegen kaum fähig war, einen anderen Ausdruck anzunehmen, konnte ich so etwas nur am Klang ihrer Stimme erahnen.

»Nein«, erwiderte ich und sah sie an. Eigentlich wollte ich nicht darüber reden, aber Cooks konnte ich meine Beweggründe wohl am besten erläutern. »Ich habe mich nicht vor euch versteckt, als der Captain mich fand. Ich wollte euren Angriff nutzen und von zu Hause fliehen. Mein Vater hatte vor, mich an einen grausamen Mann zu verheiraten, und da ich wusste, dass ihr Frauen entführt, hätte ich diesen Umstand genutzt und meine eigene Entführung vorgetäuscht, um danach zu fliehen.«

»Das passt zu dem, was der Captain in deinem Boot gefunden hat«, überlegte Cooks laut. »Aber woher wusstest du, dass wir kommen würden?«

»Weil Westwend schon lange nicht mehr von den schwarzen Piraten heim… ich meine, überfallen worden war. Und weil ich es fühlen konnte.« Als mir bewusst wurde, dass ich ihr gerade meine Gabe offenbart hatte, presste ich die Lippen zusammen und hoffte, sie würde nicht nachhaken.

Tatsächlich nickte Cooks nur und betrachtete mich einen Moment. »Also kein gut aussehender Prinz für dich. Was wünschst du dir dann?«

Ich ließ die Arme sinken und verschränkte die Finger ineinander. »Ist das denn noch wichtig? So wie es aussieht, bin ich jetzt ein Jahr hier gefangen und danach tot.«

»Das weißt du doch gar nicht«, erwiderte Cooks und es klang, als würde sie schmunzeln. »Verrate es mir.«

Ich schüttelte den Kopf. »Nein. Weil es albern ist.«

»Wieso denkst du das?«

»Weil es jeder für albern hält.« Wieder kam dieses Gefühl in mir auf, nicht gut genug zu sein. Ich klang vermutlich wie ein schmollendes Kind, aber ich konnte meinen Wunsch nicht aussprechen. Zum einen, weil er nie wahr werden würde, und zum anderen, weil ich es nicht ertragen hätte, auch von Cooks ausgelacht zu werden.

»Schön, behalte es für dich, bis wir uns besser kennen«, meinte sie verärgert. Sie stand auf und hob ein Tablett an. »Die Suppe ist bereits kalt, aber ich kann sie für dich wärmen.«

»Wozu? Mehr als drei Löffel werde ich kaum hinunterwürgen können.«

»Oh, aber du solltest zu Kräften kommen. Immerhin legen wir morgen bei Sonnenaufgang bei einer Insel an, die du bestimmt sehen möchtest.«

»Warum?«, fragte ich und richtete mich auf. Meine Neugierde war geweckt und vertrieb die Schmerzen und die Übelkeit, wenn auch nur für einen kurzen Moment.

»Weil sie eine besondere Magie beherbergt. Und weil sie jedem bei seinem ersten Besuch ein Geschenk macht. Eines, das du sonst nirgendwo finden wirst.«

»Wie heißt die Insel?«

»Sie nennt sich die Weiße Insel, manchmal auch die Silberne. Sie ist unser erstes Ziel auf einer langen Reise.«

»Einer Reise, die genau ein Jahr dauert?«, mutmaßte ich und verschränkte die Arme wieder.

»Klug bist du, wenn auch etwas zu aufbrausend. Aber ich kann es verstehen. Wenn mich jemand festhalten würde, wäre ich es wahrscheinlich auch.« Sie hob das Tablett höher. »Soll ich die Suppe aufwärmen oder willst du sie kalt essen?«

»Ich esse sie so«, seufzte ich und setzte mich auf. Ich war stolz, es ganz allein geschafft zu haben. Vielleicht ergab sich ja schon morgen eine Möglichkeit, den Piraten zu entkommen.

Cooks stellte mir das Tablett hin und ich schaffte tatsächlich fünf Löffel, bevor ich zu würgen begann.

»Wird doch«, meinte sie und zog das Tablett weg. »Und jetzt lass mich deine Wunden ansehen und die Verbände wechseln.«

Cooks war viel geschickter als der Captain, aber er hatte mich dafür behutsamer berührt. Fast so, als hätte er Angst, mir wehzutun. Davon merkte man bei Cooks nichts. Die Piratin beeilte sich, mich zu versorgen, und packte mich teilweise etwas grob an. Ich gab dennoch keinen Mucks von mir. Sie sollte mich nicht für zimperlich halten. Warum mir das so wichtig war, verstand ich selbst nicht, aber ich wollte, dass sie mich wie jeden anderen behandelte.

Als sie fertig war, nickte sie. »Du bist bald wieder vollkommen gesund und ich denke, du wirst mithilfe von Hawk und mir die Insel besuchen können.«

»Schön«, murmelte ich. »Ich bin froh, wenn ich wieder festen Boden unter den Füßen habe.«

Cooks umfasste mein Kinn und zwang mich, ihr in die blutroten Augen zu sehen. »Eines noch, Mädchen. Folge den Befehlen des Captains auf dieser Insel. Sie mag magisch sein, aber auch dort lauern Gefahren. Lass dich von ihm beschützen.«

»Er mich beschützen?«, fragte ich ungläubig. »Weil ich seine Beute bin?«

Warum sonst sollte er mich am Leben erhalten wollen?

Cooks Augen veränderten sich. Es sah aus, als würde sie grinsen. »Ach, jetzt macht alles Sinn.« Sie gab wieder diesen grunzenden Laut von sich, den ich für ein Lachen hielt. »Das wird noch etwas.« Das Geräusch wurde lauter.

»Ich verstehe nicht, was so lustig ist«, brummte ich.

Konnte mir niemand erklären, was hier vorging? Denn ich hatte es nicht durchschaut.

»Alles zu seiner Zeit, Amara, alles zu seiner Zeit.« Die Piratin hob das Tablett auf. »Ich werde mal dafür sorgen, dass die Männer etwas zu essen bekommen. Soll ich dir einen Schlaftrank holen oder wirst du zurechtkommen?«

Ich zuckte mit den Schultern. »Schmerzen habe ich nicht wirklich.« Und außerdem überlegte ich, ob ich es schaffte, zum Verlies zu schleichen und mich zu bewaffnen. Obwohl ich das ausschloss, aber vielleicht fand ich in den Schubladen hier eine Schere oder etwas anderes, das mir nutzen konnte.

»Gut, ich sehe später einfach vorbei und dann reden wir weiter.«

Sie grunzte wieder, als sie die Tür hinter sich schloss.

Ich schnaubte und strampelte die Decke von mir. Ich hatte lange genug im Bett gelegen, es war Zeit, sich vorzubereiten und meine Beine zu belasten. Schließlich musste ich bald in der Lage sein, zu rennen, falls sich eine Gelegenheit bot. Da ich tatsächlich keine Schmerzen hatte, wollte ich den Versuch wagen.

Mein Atem ging schwerfälliger, als ich es schaffte, meine Füße auf den Boden zu stellen. Diese geringe Bewegung kostete mich schon mehr Kraft, als gut für mich war. Offenbar machte mir das Gift doch noch zu schaffen und die Tatsache, dass ich kaum etwas zu mir genommen hatte, nicht einmal Wasser, war vermutlich auch nicht hilfreich. Damit konnte ich das Verlies wohl vergessen. Hoffentlich befand sich im Zimmer wirklich etwas, das ich als Waffe nutzen konnte. Zwar würden sich auf dem Tisch durchaus scharfe Messer befinden, aber ich wusste, dass ich damit nicht wirklich umgehen konnte. Jeder Gegner, der über ein wenig Kampferfahrung verfügte, würde mir die Klinge abnehmen oder gegen mich wenden, bevor ich ihm auch nur einen Kratzer zufügen konnte.

Langsam lehnte ich mehr Gewicht auf meine Beine und fuhr zusammen, als die Tür aufging. Es wurde kälter im Raum, was an der Gegenwart des Captains lag.

Er betrachtete mich, dann verschränkte er die Arme. »Was hast du vor?«, fragte er und klang dabei zornig und belustigt zugleich.

Ich atmete tief durch, versuchte, ruhig zu bleiben. »Ich wollte mich nur bewegen. Mir tut alles weh vom Liegen.« Er schwieg, also nahm ich das Gespräch auf. »Und du? Solltest du nicht das Schiff steuern?«

Er ließ die Arme sinken. »Das macht Skipper für den Moment. Ich … ich wollte mich entschuldigen.«

Ich riss die Augen auf. »Für was?«

»Dass ich … also …« Er gab ein Knurren von sich und stieß hörbar den Atem aus. »Ich habe vorhin Dinge gesagt, die ich nicht so gemeint habe. Du hast dich bedankt, dass ich dich gerettet habe, und ich …« Er straffte die Schultern. »Es tut mir leid, wie ich mich verhalten habe.«

Ich bemerkte erst, dass ich den Atem anhielt, als mir die Luft ausging. Ich blinzelte und senkte den Blick. »Mir tut es auch leid. Ich hätte dich nicht Monster nennen dürfen.«

Wir schwiegen einen Moment, bevor er sich räusperte. »Soll ich dich auf den Sessel dort vorne bringen? Du könntest aus dem Fenster schauen. Obwohl es nicht mehr viel zu sehen gibt.«

»Es klingt trotzdem verlockend, vielen Dank«, erwiderte ich und hielt ihm meine Hand hin.

Er musterte sie verwirrt. »Du denkst nicht im Ernst daran, dass du jetzt schon selbst gehen kannst?«

»Und du denkst nicht im Traum daran, dass ich mich für fünf Schritte über deine Schulter werfen lasse.«

»Ich hätte dich nicht über die Schulter geworfen«, brummte er.

»Es sind fünf Schritte. Ich gebe zu, alleine würde ich sie nicht schaffen, aber mit dir vielleicht schon.«

Er starrte immer noch auf meine Hand.

»Bitte.«

Der Captain stieß den Atem aus. »So stur, wie du bist, wird das sonst in Gebrüll enden. Also schön.«

Er griff nach meiner Hand und ich schauderte. Seine Haut fühlte sich glitschig an und er war eiskalt. Außerdem roch er wieder ziemlich intensiv nach Fischabfällen.

Trotzdem verschränkte ich meine Finger mit seinen und ließ mich von ihm hochziehen. Er legte einen Arm um meine Taille und stützte mich bei meinen ungeschickten Versuchen, einen Fuß vor den anderen zu setzen. Als ich den Sessel erreichte, seufzte ich erleichtert und sank darauf nieder. Schweißperlen benetzten meine Stirn und ich keuchte.

Der Captain blieb neben mir stehen. »Soll ich dir noch etwas Suppe bringen? Sie hilft dir, zu heilen.«

»Ich will dir nicht zur Last fallen«, erwiderte ich atemlos. »Und ich habe vorhin schon gegessen. Wenn auch nicht gerade viel.«

»Schon gut, ich hole schnell die Suppe.«

»Warte bitte!«, rief ich ihm hinterher. »Ich habe den ganzen Tag noch nichts getrunken. Könnte ich noch ein Glas Wasser haben?«

Er schüttelte den Kopf. »Wasser würde dich jetzt umbringen. Das Gift der Nixe würde es in ätzende Säure verwandeln und dir ein qualvolles Ende bereiten, indem du innerlich verbrennst.«

Ich schluckte. »Oh.«

»Die Suppe ist eine Art Gegengift und wenn dein Körper das Gift besiegt hat, kannst du wieder trinken.«

»Oh«, brachte ich erneut heraus. »Dann wohl nur die Suppe.«

Er verließ den Raum und kehrte schneller zurück, als ich blinzeln konnte. Zumindest kam es mir so vor.

Der Captain stellte das Tablett vor mir auf dem Tisch ab. »Soll ich gehen oder möchtest du bald wieder zum Bett zurück?« Seine tiefe Stimme klang fast unsicher. Ein ganz neuer Zug an ihm, der mir irgendwie gefiel.

Ich deutete auf den Sessel mir gegenüber. »Möchtest du dich setzen? Natürlich nur, falls du keine anderen Verpflichtungen …«

Ich kam nicht dazu, auszusprechen, denn er ließ sich bereits auf dem Sessel nieder. Sein Seetanghaar bewegte sich unnatürlich um seinen Kopf, während es mir gelang, den halben Teller zu leeren, obwohl ich vorhin keine fünf Löffel gegessen hatte. Die Bewegung schien meinen Appetit angeregt zu haben.

Er beobachtete mich genau, schwieg aber. Erst als ich den Löffel weglegte, erhob er das Wort. »Cooks hat es dir bestimmt gesagt, wir gehen morgen an Land.«

Ich nickte und wartete, was er noch erzählen würde.

»Die Insel ist besonders. Sie ist wunderschön, aber genauso heimtückisch. Du solltest keinen Schritt ohne einen von uns machen.«

»Sollte ich dann nicht lieber auf dem Schiff bleiben?«

»Nein. Es ist wichtig, dass du mitkommst.«

Ich hob eine Augenbraue. »Ich nehme nicht an, dass du mir den Grund verrätst?«

Ein Grollen löste sich aus seiner Kehle. Ich wusste, dass ich ab jetzt besser nicht weiterfragen sollte.

»Schön«, murmelte ich und legte meine zitternde Hand auf die Armlehne des Sessels.

Dann würde ich eben ein wenig mitspielen. Vielleicht fasste er Vertrauen in mich, ließ mich irgendwann unbeaufsichtigt. Dann könnte ich immer noch fliehen. In meinem derzeitigen Zustand wäre es ohnehin nicht möglich gewesen.

»Ich würde gerne zurück ins Bett«, bat ich.

Er stand wortlos auf und ergriff meine Hand. Meine Knie zitterten, aber ich schaffte es gerade noch, mein Lager zu erreichen. Der Captain half mir, schob meine Beine auf die Matratze und zog mir die Decke über den Körper.

»Ich lasse dich wecken, sobald die Insel in Sicht ist.«

»In Ordnung.« Ich gähnte. »Gute Nacht, Captain.«

Ich kniff die Augen zusammen und ließ meinen Atem so klingen, als würde ich tatsächlich einschlafen. Er verließ den Raum nicht. Stattdessen hörte ich, wie er einen Stuhl heranrückte und sich neben das Bett setzte.

Ich hatte mit vielem gerechnet, aber ganz sicher nicht damit. Doch während ich mich noch fragte, was er wohl vorhatte, wurde ich wirklich müde und bald entglitt mein Geist ins Land der Träume.

Kapitel 9

Meine Augen brannten, als ich sie öffnete und mir der Geruch von Suppe in die Nase stieg.

»Guten Morgen, Prinzessin«, begrüßte mich Cooks. Sie klang irgendwie fröhlich. »Los, Augen auf, Augen auf, wir müssen dich bereit für die Weiße Insel machen.«

Ich stieß den Atem aus und sah mich um. Von dem Captain war nichts mehr zu sehen. Wie lange er wohl an meiner Seite ausgeharrt hatte? Und vor allem … warum? Wollte er sichergehen, dass ich nicht floh? Das war lächerlich, ich hatte es mit Mühe geschafft, ein paar Schritte zu gehen.

Ächzend versuchte ich, mich aufzusetzen. Mein Körper fühlte sich noch immer irgendwie taub und ungelenk an. Wie sollte ich also an Land gehen und eine Insel besichtigen? Andererseits freute ich mich darauf, zu sehen, was an diesem Stück Land so magisch sein sollte.

Bevor ich es tun konnte, hatte Cooks mir die Decke fortgerissen und das Tablett hingestellt. »Los jetzt, Mädchen. Wir haben nicht den ganzen Tag Zeit. Die Insel ist schon in Sicht und du willst sehen, wie sie sich im Licht der Sonne verändert.«

Ich beobachtete Cooks dabei, wie sie summend zu meinem Schrank hüpfte. Dieses Verhalten passte nicht zu der sonst eher rauen Piratin, weswegen ich lächeln musste. Es schien, als würde sie sich wirklich auf den Landgang freuen. Mein Lächeln verschwand allerdings, als sie ein weißes Kleid mit unzähligen Rüschen aus dem Schrank zog.

»Ist nicht dein Ernst.«

Cooks musterte mich, dann das Kleid. »Doch. Die Weiße Insel fordert ein gewisses Aussehen, und …«

»Der Insel ist es wichtig, was ich trage?«, hakte ich nach. Ich hatte wirklich nicht die geringste Lust, mir diese Abscheulichkeit anzuziehen, weil es eine *Insel* so wollte. »Oder möchte der Captain, dass ich für einen möglichen Käufer hübsch aussehe?«

Cooks schnalzte mit der Zunge. »Er wird dich nicht verkaufen.«

»Du meinst *noch* nicht.«

Cooks ließ das Kleid sinken. »Du hast ein vollkommen falsches Bild von ihm.«

»Oh, verzeih mir, wenn ich mir Gedanken mache, was er mit mir vorhat. Aber ich bin ziemlich geschwächt und obwohl er das weiß, schleppt er mich auf die Insel. In einem weißen Rüschenkleid. Ich habe keine Ahnung, ob ich überhaupt gehen kann!«

»Mädchen«, brummte die Piratin.

»Was ist so schwer daran, mich mit meinem Namen anzusprechen?«, fuhr ich sie an. »Ich meine, ich bin euch wirklich dankbar, dass ihr mich gepflegt habt, als es mir schlecht ging. Aber ich bin kein kleines Kind und ich habe einen Namen. Und ich werde ganz sicher keine Kleider anziehen.«

Cooks betrachtete den Stoff in ihren Händen. »Du weißt sicher, dass ich dich zwingen kann durch Magie. Und wenn ich es nicht tue, wird es der Captain übernehmen. Du solltest ihn nicht wütend machen.«

»Weil er mich sonst ins Verlies wirft?«

Sie schüttelte nur den Kopf und hielt mir das Kleid vor die Nase. In ihren Augen meinte ich, etwas wie Bedauern zu erkennen. Eigentlich mochte ich Cooks, sie war nett zu mir, und wenn ich daran dachte, wie mich die Magie des Captains beim Abendessen auf den Stuhl gezwungen hatte, wusste ich, dass er mich auch zwingen konnte, dieses Kleid zu tragen.

»Meinetwegen«, murmelte ich und packte das Kleid. »Aber sag dem Captain, dass dies das letzte Mal ist, dass ich so etwas anziehe. Ich meine, besonders an Bord sollte ich mich doch bewegen können. Warum darf ich dann nichts Bequemes anziehen? Hosen etwa? So wie du?«

Nicht dass mir ihre zerrissene schwarze Kleidung gefiel, aber es war bestimmt einfacher, darin über ein Schiff zu laufen, als in einem bauschigen Kleid. Oder zu fliehen.

Cooks seufzte. »Das muss der Captain entscheiden, aber ich denke, er wird die Idee nicht mögen.«

Davon ging ich auch aus. »Einen Versuch ist es wert«, meinte ich, legte das Kleid achtlos auf das Bett und begann, meine Suppe zu löffeln.

Zu Cooks' großer Freude aß ich den Teller leer, ohne auch nur einmal zu würgen.

»Du wirst bald wieder ganz normal essen können«, verkündete sie, nahm das Tablett weg und wechselte meinen Verband. »Ich denke, ab heute Abend wirst du den nicht mehr benötigen. Das hast du dem Captain zu verdanken.«

Ich kniff die Augenbrauen zusammen. »Wohl eher dir, immerhin hast fast nur du meine Wunde versorgt.«

»Aber er hat deine Heilung heute Nacht unterstützt«, erwiderte Cooks. »Das hast du nicht von mir, ja?«

»Wie … und wieso?«, stammelte ich.

»Damit du auf die Insel kannst«, sagte Cooks und mied meinen Blick.

Ich zuckte mit den Schultern. *Ja, weil er will, dass ich dabei bin. Denn offenbar braucht er mich für irgendetwas,* dachte ich und fühlte einen Stich in der Brust. Er hatte seine Magie genutzt, um mir zu helfen. Nicht meinetwegen, sondern weil ich seine Beute war. Das wusste ich. Wieso tat es dann so weh?

Cooks half mir in das altmodische Kleid, das aussah, als hätte man es von einem Flohmarkt für Dinge aus dem vorigen Jahrhundert. Es hätte vielleicht hübsch ausgesehen, wenn man es, wie gedacht, mit einem Reifrock getragen hätte, auf den wir verzichteten. Die verspielten Details kamen dadurch nicht zur Geltung und auch die Taille, die vermutlich sehr schmal darin gewirkt hätte, fiel weniger schön aus, dafür wirkte es, als wäre es für mich zu groß.

Mit einem Reifrock wären die Rüschen besser gefallen und meine Hüften hätten ausladender ausgesehen. Aber es blieb dennoch Mode, die man vor rund hundert Jahren getragen hatte. Das wusste sogar ich.

Ob der Captain etwas mit dieser Aufmachung bezwecken wollte?

Ich schluckte. Was, wenn er mich einem unsterblichen Dämon verkaufte, der diese Art von Kleidern verlangte? Anders konnte ich mir diese veralteten Schnitte nicht erklären.

Hastig wischte ich die Gedanken beiseite und konzentrierte mich darauf, nicht hinzufallen, als wir aus meinem Zimmer traten. Auf zittrigen Beinen wankte ich neben Cooks durch den dunklen Korridor und kam langsamer als eine Meeresschnecke an Deck an. Immerhin konnte ich mich ohne Hilfe fortbewegen, wovon ich gestern nicht ausgegangen war. Innerlich fluchte ich. Hätte ich das gewusst, wäre ich in meinem Zimmer doch auf die Suche nach Waffen gegangen …

Die Sonne war gerade im Begriff aufzugehen und purpurnes Licht ergoss sich über dem Meer, ließ die Wellen in den dunkelsten Farben schimmern, als ich die letzte Stufe erklomm.

Der Großteil der Mannschaft musste sich an Deck versammelt haben. Hawk winkte mir zu, bevor Cooks mich auf die Brücke führte, wo sich das Steuerrad befand. Der Captain stand dahinter und musterte mich, als ich vor ihm stehen blieb. Er nickte mir zu, ehe er mit der Hand auf den Horizont vor uns deutete.

»Sieh genau hin, denn so einen Anblick bekommst du sicher nicht jeden Tag geboten«, erklärte er mit tiefer Stimme.

Ich wandte mich um und schaute in die Richtung, in die er gedeutet hatte. Erst erkannte ich nichts, doch als die Sonne ein Stück höher stieg, glitzerte etwas nicht weit von uns entfernt, und binnen eines Wimpernschlags offenbarte sich eine Insel mit einem riesigen Berg.

Mein Mund klappte auf und der Captain lachte. »Dass es dir einmal die Sprache verschlägt, ist ein fast noch größeres Wunder als die Weiße Insel selbst.«

Irgendwie schaffte ich es, meinen Mund wieder zu schließen. »Unglaublich«, raunte ich und drehte mich zu dem Captain um. »Ich habe noch nie von so einer Insel gehört! Warum befindet sie sich auf keiner Karte der Meere?«

»Weil niemand sie finden kann, wenn er noch nicht dort war oder von ihrer Magie geleitet wird«, erwiderte er und ließ etwas in seiner Tasche verschwinden, das er zuvor in der Hand gehalten hatte.

Bevor ich dazu kam, ihn zu fragen, was das war, donnerte seine Stimme über das Deck. »Beiboote bereit machen!«

Mir war bisher nicht aufgefallen, dass es Beiboote gab. Was sich dadurch erklärte, dass sich nirgendwo welche befanden, bis der Captain sie verlangt hatte. Das Schiff wölbte sich an den Innenseiten und die Boote schlüpften aus den Holzwänden heraus.

Die Besatzung stellte sich zu den sechs Booten und warf Bündel hinein. Ich fragte mich, was sich darin befand.

»Anker setzen!«, brüllte der Captain.

»Ay!«, riefen zwei Männer zurück und machten sich an einem Hebel zu schaffen. Einer hielt ihn, während der andere einen Haken löste. Die Kette, die daran befestigt war, fiel hinab auf das Wasser und das Schiff verharrte an Ort und Stelle.

»Cooks, zu mir. Hawk, du wirst dir das Boot mit Amara und drei Männern teilen. Ihr geht als Letzte von Bord«, befahl der Captain, als er an mir vorbeikam. »Die anderen teilen sich auf. Niemand bleibt auf der Crimson Conch.«

Hawk trat neben mich. »Ich hoffe, du bist nicht zu schwer, schließlich müssen wir dich an den Strand rudern.«

Ich kniff die Augenbrauen zusammen. »Ich habe zwei Tage nicht viel gegessen. Wie viel kann ich da wiegen?«

Er versetzte mir einen leichten Stoß mit dem Ellbogen. »Ich scherze. Du wärst auch mit vollem Magen ein Fliegengewicht für uns.«

»Warum gehen wir als Letztes?«, fragte ich, als der Captain gerade sein Boot zu Wasser ließ.

Hawk zuckte die Schultern, aber ich wusste, dass er die Antwort kannte. »Tradition. Außerdem bekommst du als Einzige ein Geschenk von der Insel. Nur beim ersten Besuch schenkt sie einem etwas. Also will jeder sehen, was du erhältst.«

»Und das hat welchen Grund?«

»Du stellst zu viele Fragen«, knurrte ein anderer Pirat, der sich zu uns gesellte.

»Amara, das ist Einauge. Einauge, Amara«, stellte Hawk uns einander vor.

Der Pirat hatte seinen Namen offenbar von dem fehlenden Auge, denn ich konnte nur eines entdecken. Ansonsten war seine Haut genauso schwarz wie die der anderen und sein Mund ebenso verformt. Er musterte mich und grunzte mich an. Ich grunzte zurück und er richtete sich ein wenig mehr auf.

»Ich mag sie«, verkündete er leise. »Außer wenn sie Fragen stellt.«

»Sie mag es übrigens nicht, wenn man über sie spricht, als wäre sie nicht da«, erwiderte ich.

Der Pirat lachte und klopfte mir heftig auf die Schulter.

Ich kippte vornüber und Hawk musste mich auffangen. »Sei nicht so grob, Einauge. Sie ist eine feine Dame.«

»Klar, und ich bin die Königin von Daris«, brummte Einauge. »Eine Dame ist sie, aber nicht das, was wir sonst hier an Bord haben. Und jetzt steigt ein. Sonst lässt uns der Captain kielholen, weil wir zu spät sind.«

Einauge schob Hawk und mich zum Beiboot, wo noch zwei Piraten warteten, die Hawk mir nicht vorstellte. Einauge hievte mich ins Boot und sprang nach mir hinein, bevor Hawk neben mir Platz nahm. Dann senkte sich das Gefährt wie von Geisterhand hinab und landete mit einem leisen Platschen auf dem Wasser.

»An die Ruder!«, befahl Einauge und die anderen drei Piraten machten sich bereit.

Sie mussten sich nicht sehr anstrengen, das Meer war ruhig und die Insel nicht weit. Abgesehen von uns hatten alle Piraten den Strand bereits betreten.

Ich hielt den Atem an, als wir näher kamen. Der Sand war weiß wie Schnee und streckte sich ewig weit, bis die ersten Pflanzen in einem satten Grün erschienen. Überall standen Bäume mit seltsam gezackten Blättern und Sträucher mit herrlichen Früchten daran. Alle diese Pflanzen hatte eines gemeinsam: Ihre Blüten oder Früchte waren so weiß wie der Sand.

Ich ließ den Blick über die Piraten schweifen und blieb am Captain hängen, dessen schwarze Gestalt vor diesem weißen Hintergrund noch gespenstischer wirkte. Ein Schauer lief durch meinen Körper.

Ob er mich hier opfern würde? Aber das Jahr war noch nicht um. Warum musste ich dann hier sein? Brauchte er mein Geschenk von der Insel?

»Hör auf, dir den Kopf zu zerbrechen, das macht dein Gesicht so verkniffen«, flüsterte Hawk mir zu, als wir schon sehr nahe am Strand waren. »Du musst dich nicht fürchten. Lass es einfach auf dich zukommen.«

Ich wollte etwas erwidern, da blieb das Boot im flachen Wasser stecken. Der Captain watete zu uns und hielt mir seine Hand hin. Ich wollte hinausspringen, da umfasste er meine Taille und hob mich hoch.

»Ich kann selbst gehen, es ist nicht tief und es geht mir gut«, erklärte ich.

»Dann wirst du nass und das Kleid wird sich vollsaugen.«

»Was mit einer Hose und Stiefeln nicht passiert«, entgegnete ich und sah ihn an. »Wozu die Kleider? Ich wäre weniger Last, wenn ich mich besser bewegen könnte.«

Er knurrte und starrte gerade nach vorne. »Kannst du nicht einfach Danke sagen, wenn ich versuche, nett zu sein?«

Ich biss mir auf die Unterlippe. Cooks hatte mich gebeten, ihn nicht zu reizen. Außerdem würde ich so nicht bekommen, was ich wollte. Und ich wollte ganz sicher nicht ständig in solchen altmodischen, viel zu unbequemen Kleidern herumlaufen. Besonders nicht, wenn ich bei der nächsten Gelegenheit fliehen konnte.

»Mach dich bereit, Amara. Die Insel heißt dich willkommen«, verkündete der Captain, bevor er mich behutsam im trockenen Sand absetzte.

Ich wusste nicht, was geschehen sollte, und fühlte mich etwas unbehaglich, als alle Augen auf mich gerichtet waren. Sosehr ich versuchte, mich zu beherrschen, ich konnte die Angst nicht zurückdrängen. Obwohl der Himmel gerade noch strahlend blau und wolkenlos gewesen war, verdunkelte er sich und das Grollen von Donner ließ mich schaudern.

Verstohlen sah ich nach dem Captain, der mich nicht aus den Augen ließ. Ich hatte keine Ahnung, was er dachte, aber es schien mir nicht so, als wäre er über den plötzlichen Wetterumschwung überrascht.

Meine Finger zitterten. Die Insel sollte mir ein Geschenk machen. Würde es in einer Schachtel kommen? Und was, wenn diese Piraten etwas erwarteten, das ich nicht erfüllen konnte?

Ich wollte schon fragen, wie lange wir warten sollten, da hörte ich das Schlagen von Flügeln, und etwas landete auf meiner linken Schulter. Ich wandte den Kopf dorthin und entdeckte weiße Federn. Wie von selbst hob ich meinen Arm, und der Papagei, der es sich auf mir gemütlich gemacht hatte, hüpfte bis zu meinem Ellbogen hinunter.

Sein Gefieder war schneeweiß, nur auf seinem Kopf trug er bunte Federn in allen Farben des Regenbogens. Auch seine Augen schimmerten abwechselnd in dunklem Blau, leuchtendem Türkis und mystischem Purpur. Der große Schnabel war dunkelgrau, fast silbern.

»Was …«, hauchte ich, da hob er den Kopf und betrachtete mich.

»Freund!«, krächzte er. »Geschenk!« Ich konnte dabei einen Blick auf seine Zunge erhaschen. Sie war so bunt wie die Kopffedern des Papageis.

Ich wandte mich dem Captain zu. »Heißt das, die Insel schenkt mir einen … Papagei?«, fragte ich verwirrt.

Er nickte und musterte mich eingehend. Etwas an der Art, wie er mich ansah, hatte sich verändert, aber ich konnte es nicht genau benennen. »Offensichtlich. Kann es sein, dass du dir einen Freund gewünscht hast?«

Ich senkte den Blick. »Ich war immer sehr … alleine«, murmelte ich.

»Alleine?«, hakte er nach. »Du hattest doch eine Familie, oder?«

Ich stieß den Atem aus. »Ach, es ist ohnehin gleich, was ihr von mir denkt«, brummte ich und sah ihn an. »Die Leute von Westwend nannten mich immer sonderbar. Weil ich als Mädchen nicht das Geld meines Vaters für Haarbänder und Schmuck ausgab, sondern für Bücher und Landkarten und den Kompass. Ich überredete den Priester, mir Lesen beizubringen, damit ich das heilige Buch studieren konnte. Er meinte, das wäre in Ordnung, aber ich las vieles mehr, besonders über Legenden, die frevlerisch genannt wurden. Mein Vater war reich, aber die Leute mieden mich. Ich habe nie dazugehört und wenn ich einmal für das einstand, was mir wichtig war, ließ mein Vater mich bestrafen. Wenn ich es zu weit getrieben hatte und seinem Ruf schadete, schlug er mich selbst.« Ich fühlte, wie Tränen in meine Augen stiegen. »Ich habe nie irgendwo dazugehört. Niemals.«

Die Augen des Captains ruhten immer noch auf mir.

Sein Schweigen machte mich wütend. »Bist du jetzt zufrieden?«, fauchte ich und riss meinen Blick fort von ihm. Ein Donner ließ die Erde beben und die Piraten duckten sich. Nur ich blieb aufrecht stehen.

Den Papagei schien das jedoch nicht zu beeindrucken, er hüpfte auf meinem Arm auf und ab. »Freund! Geschenk!«, krächzte er.

Ich hielt ihm einen Finger hin, und er umfasste ihn mit seinem Schnabel. Ich hatte erwartet, dass es wehtat, aber ich fühlte keinen Schmerz. Auch nicht, als er von meinem Arm sprang und kopfüber an meiner Hand baumelte, sich mit den Füßen an meinem Handgelenk festhielt.

Ich konnte nicht anders, ich grinste, während ich die Tränen mit dem Ärmel des abscheulichen Kleides wegwischte.

»Ich denke, die Insel hat dir das richtige Geschenk gemacht«, meinte der Captain, und seine Stimme klang zwar tief, aber warm und nicht bedrohlich.

»Das heißt, ich darf ihn behalten?«, fragte ich vorsichtig und beobachtete den Vogel, der begonnen hatte, akrobatische Übungen an meiner Hand zu vollführen.

»Ay«, erwiderte der Captain. »Und jetzt gehen wir weiter. Ich muss dir noch etwas zeigen.«

Irgendwie wurde mir bei diesen Worten flau im Magen. Reglos blieb ich stehen und starrte den Piraten an, während ein Blitz den Himmel erhellte. Wenn ich so weitermachte, würde es gleich regnen …

»Komm, du musst dich nicht fürchten«, sagte der Captain. »Ich will dir wirklich nur etwas zeigen.«

Ich schluckte. Cooks trat neben mich und nahm meine Hand, an welcher der Vogel nicht baumelte. »Wenn ein Pirat dir einen Schwur gibt, darf er ihn nicht brechen. Das ist ein altes Gesetz, nicht wahr, Captain?«, fragte die Piratin und betrachtete dabei mich.

»Ay.« Es war nur ein einziges Wort, aber darin schwangen Wehmut und Zorn gleichermaßen mit.

»Bitte ihn, dir zu schwören, dass dir hier nichts geschieht«, forderte sie mich auf.

Ich sah den Captain an, der seine Arme hinter dem Rücken verschränkt hatte. »Schwöre mir, dass du mir auf dieser Insel nichts antun wirst.«

»Ich schwöre es«, erwiderte er.

»Dann zeig mir, was so wichtig ist.«

Er nickte und ich folgte ihm den Pfad entlang, der zum Wald führte.

Kapitel 10

Der Captain ging voran und obwohl ich ein seltsames Gefühl hatte, siegte meine Neugierde wieder einmal über meine Angst. Immerhin hatte er geschworen, mir nichts zu tun, und da diese Insel eine seltsame Magie verströmte, die auf meiner Haut prickelte, wollte ich herausfinden, was sie noch zu bieten hatte.

Es wunderte mich allerdings doch, dass nicht alle Piraten mit uns kamen. Nur Hawk, Einauge, Cooks und drei andere folgten uns eine Sanddüne hinauf in den Wald.

Ein kleiner Pfad wurde sichtbar, der zwischen den Bäumen hindurchführte. Ich hörte kaum Geräusche, die aus diesem Wald drangen. Fast so, als würde kein Tier hier leben oder die wenigen sich zumindest vor uns verstecken. Was ich an ihrer Stelle auch getan hätte.

Der Papagei saß mittlerweile wieder auf meiner Schulter und putzte sich das Gefieder, während ich meinen Gedanken nachhing. Ein Piratenschwur war also heilig. Der Captain hatte geschworen, dass er mich hier nicht töten würde. Ob ich ihn noch etwas anderes versprechen lassen konnte? Etwa, dass er mich nach dem Jahr freilassen würde. Oder eben nicht töten würde, wenn es um war.

Ich seufzte. Der Plan hatte Lücken, denn erstens musste er den Schwur ja nicht leisten. Er hatte es diesmal getan, weil er mich sonst hätte zwingen müssen, mit ihm zu gehen. Es gab keine Verpflichtung, mir etwas anderes zu versichern. Und zweitens: Wenn er es nicht versprach, würde ich mich erst recht nicht besser fühlen. Weil ich dann ja fast die Bestätigung hätte, dass ich nach dem Jahr tot war.

»Ich sagte schon, du sollst nicht so viel nachdenken«, murmelte Hawk, der neben mir ging. »Es sei denn natürlich, du überlegst dir einen Namen für dieses gefiederte Etwas auf deiner Schulter.«

»Ich soll ihm einen Namen geben?«

»Ihr«, korrigierte mich Hawk.

»Woher weißt du das?«, fragte ich, während ich den Vogel musterte.

»Keine Ahnung, bin mir aber sicher, dass es ein Mädchen ist.«

»Gut, soll ich also *ihr* einen Namen geben?«

»Ay, damit ich ihr namentlich drohen kann, dass sie im Suppentopf landet, wenn sie sich an meinen Keksen zu schaffen macht.«

»Du hast Kekse?«

»Das hast du nicht gehört«, brummte er. »Also, der Name?«

»Blanca«, erwiderte ich, ohne lange nachzudenken.

»Wie einfallslos«, stöhnte Hawk.

»Aber passend. Es bedeutet ›weiß‹ und ›rein‹. Und so, wie sie sich putzt, muss sie sehr reinlich sein.«

»Wie auch immer«, meinte der Pirat.

»Hawk?«, flüsterte ich und wurde langsamer. »Wenn ich den Captain schwören lassen würde …«

»Lass es, Mädchen«, raunte Hawk mir eindringlich zu.

»Aber …«

»Amara, ich mag dich. Du bist die Erste seit Langem, die ich nicht bei der nächstbesten Gelegenheit über Bord werfen wollte. Aber ich habe dem Captain Gehorsam geschworen. Ein Schwur, Mädchen!

Wenn er nichts sagt, darf ich es auch nicht. Eines kann ich dir aber garantieren. Bittest du ihn um irgendeinen Schwur, was dich nach Ablauf des Jahres betrifft, wird es in Gebrüll und Tränen enden.«

»Ich … ich habe nur Angst.« Wie zur Bestätigung donnerte es über uns, aber diesmal reagierte niemand darauf.

»Die hätte ich auch, wenn ich in deiner Situation wäre«, erwiderte Hawk mitfühlend. »Aber glaube mir, alles zu wissen, wird dir die Angst nicht nehmen. Und auch das hast du nicht gehört.«

»Freund!«, krächzte Blanca und sah Hawk mit schief gelegtem Kopf an.

»Deiner bestimmt nicht«, zischte der Pirat.

Ich lachte leise und strich dem Papagei über die Federn. Erst da fiel mir auf, dass sich der Captain zu mir umgedreht und mich beobachtet hatte. Als sich unsere Blicke trafen, wandte er sich ab und ging weiter.

Ich schluckte. Hatte er gehört, dass ich ihn etwas schwören lassen wollte?

Hawk schwieg den Rest des Weges, der uns zu einer Schlucht führte, über die eine lange Hängebrücke gespannt war.

»Wir müssen einzeln gehen«, verkündete der Captain. »Cooks, du zuerst.«

Die Piratin zögerte nicht und stapfte über die Holzplanken, die nicht nur ziemlich morsch aussahen, sondern auch gefährlich schwankten. Ich riskierte einen Blick über den Rand der Klippe. Den Boden erkannte ich nicht. Wie konnte sich eine so tiefe Schlucht auf dieser Insel befinden? Wir waren immer ziemlich eben gegangen.

Ein Pirat nach dem anderen überquerte die Brücke, bis nur noch der Captain und ich übrig waren. »Nach dir«, sagte er und deutete eine halbe Verbeugung an.

»Ich weiß nicht, ob ich das kann«, erwiderte ich mit bebender Stimme.

Die Wolken über uns wurden dichter und mit ihnen der Wind, der so heftig blies, dass Blanca mit den Flügeln schlagen musste, um nicht von meiner Schulter geweht zu werden. Ich betrachtete den Captain, suchte in seinem Gesicht nach einer Regung. Aber durch den fürchterlich entstellten Mund wirkte es genauso versteinert wie sonst auch. Lediglich seine Augen leuchteten seltsam hell.

»Es ist nur eine Brücke«, meinte er und es klang fast beruhigend.

»Hunderte Fuß über dem Boden«, hauchte ich und klammerte mich an die Seile, die ein Geländer bilden sollten.

Ein falscher Schritt, eine Planke, die brach, und ich war tot. Diesmal konnte meine Neugierde mich nicht alle Vorsicht über Bord werfen lassen.

»Angst!«, krächzte Blanca und flatterte mit den Flügeln.

Ich war mir nicht sicher, ob sie meine Angst wahrnahm oder selbst welche verspürte. Aber immerhin konnte sie fliegen, im Gegensatz zu mir.

Es donnerte und Blanca krächzte erneut. Meine Augen waren auf den Captain gerichtet, der bis eben seine Hände hinter dem Rücken verschränkt hatte und sie jetzt löste.

Ahnte er etwas von meiner Gabe? Wusste er, dass ich den Wind und die Wolken verursacht hatte? Dass der Regen, der gleich auf uns niederprasseln würde, von mir stammte?

»Es ist nur eine Brücke«, wiederholte er seine Worte. »Du kannst das.«

Ich schüttelte den Kopf. Meine Beine wollten mir so oder so nicht mehr gehorchen. Er klang zwar noch nicht ungeduldig, aber das würde sich bald ändern. Für mich war es einerlei. Sollte er mich anbrüllen, deswegen konnte ich dennoch nicht weitergehen.

Der erste Tropfen fiel mir direkt auf die Nase. Ihm folgten unzählige weitere, die mich sofort komplett durchnässten. Über uns tobte ein

Sturm aus Donner und Blitzen, während sich die Schleusen des Himmels öffneten.

Jetzt blickte der Captain doch hinauf. »Wasser, aus Sturm geboren, setzt die Magie in Gang.« Seine Stimme war nicht mehr als ein Flüstern und doch hatte ich jedes Wort gehört.

»Was hast du gesagt?«, keuchte ich trotzdem. Das konnte kein Zufall sein. Genau das hatte meine Großmutter geflüstert, kurz bevor man sie abgeholt hatte.

»Nicht so wichtig«, brummte der Pirat und sah mich wieder an. »Wir sollten jetzt weitergehen.«

Ich verschränkte die Arme. »Ich kann nicht.«

Das war alles, was ich herausbrachte. Ich machte mich auf ein Donnerwetter gefasst. Er wollte etwas und ich stand ihm im Weg. Als er Luft holte, kniff ich die Augen zusammen. Diesmal würde ich es einfach über mich ergehen lassen.

»Wann hat man dir die Flügel gestutzt?«, fragte er behutsam und ich blinzelte. Er blieb ruhig, obwohl wir gerade nass bis auf die Knochen wurden. Meinetwegen. »Wann hat dir das erste Mal jemand gesagt, dass du seltsam bist? Denn das bist du nicht. Du bist besonders, einzigartig. Der Vogel auf deiner Schulter beweist es. Weißt du, was sie ist?«

»Woher wisst ihr alle, dass sie weiblich ist?«

»Weil die Männchen dieser Art pechschwarz sind.« Er hob die Hand, und Blanca betrachtete sie. Dann sah es aus, als würde sie nicken, und er strich ihr über den Kopf. »Und ich kann dir auch sagen, dass sie noch sehr jung ist. Denn die Weibchen der Regenbogenschwänze werden silbern, wenn sie ausgewachsen sind. Was mehrere Jahrzehnte, manchmal sogar Jahrhunderte dauert.«

»Regenbogenschwänze?«, raunte ich. Blanca hatte nur auf ihrem Kopf bunte Federn, der Rest ihres Gefieders war weiß wie der Sand der Insel.

»Ja. Und wenn du fragen willst, warum du in keinem Buch darüber gelesen hast, ist die Antwort, weil sie nur auf zwei Inseln vorkommen. Keine davon ist den Menschen bekannt. Diese Insel ist jene der weiblichen Regenbogenschwänze. Wenn sie sich zeigen, färben sich alle Pflanzen und Früchte silbern, dann nennt man sie die Silberne Insel. In beiden Fällen steht die Farbe für Reinheit und weibliche Magie.« Er zwinkerte mit einem Augenlid, was irgendwie befremdlich wirkte und doch beruhigend. »Ich meine damit wirkliche Magie, nicht die Anziehung von Frauen auf Männer. Diese Insel ist heilig. Sie ist ein Symbol, ein Teil von vier. Es ist eine Ehre, sie betreten zu dürfen, wenn es auch Mut erfordert, sie zu durchqueren.« Er ließ die Hand sinken und sah mich an. »Also, Amara. Die Brücke?«

Ich beobachtete ihn, während seine Worte auf mich wirkten. So einfühlsam hatte er noch nie mit mir gesprochen, vielleicht würde ich jetzt ein paar Antworten bekommen, wenn ich vorsichtig war. »Was hat Blanca mit mir zu tun?«, fragte ich deswegen.

»Blanca. Ein passender Name«, meinte der Captain und betrachtete mich. »Regenbogenschwänze wählen nur besondere Gefährten. Auch wenn die Insel dir das Tier geschenkt hat, muss es dich als Partner anerkennen. Das hat sie, sonst wäre sie nicht mehr bei dir. Euch beide verbindet etwas, das du jetzt vielleicht noch nicht begreifst. Aber das wirst du, denn du bist klug.«

»Du bist irgendwie so … nett«, murmelte ich.

»Soll ich dich lieber anbrüllen?«, fragte er und es klang, als würde er lächeln, nur dass er dazu nicht in der Lage war. »Wenn es dir danach besser geht, kann ich das sehr gerne tun.«

»Verzichte«, erwiderte ich und holte tief Luft. Ich sollte mein Glück nicht herausfordern. Noch nicht. »Also. Brücke.« Ich drehte mich um. Der Regen wurde schwächer und die Wolkendecke riss auf, um strahlendem Sonnenschein Platz zu machen. Hinter der Schlucht erblickte ich einen Regenbogen und starrte die Brücke vor mir entschlossen an.

»Mut!«, krächzte der Papagei.

»Ja, mutig«, raunte ich Blanca zu, packte die Seile an den Seiten und setzte einen Fuß auf die Bretter. Einen Moment zögerte ich, überlegte, umzukehren. Aber dann würde ich nie erfahren, was es mit dieser Insel, dem Vogel und mir auf sich hatte. Außerdem wollte ich dem Captain beweisen, dass ich tapfer sein konnte. Ich würde diese Prüfung bestehen, meine Furcht besiegen.

Die Brücke schwankte, aber ich ging weiter, während Hawk mich anfeuerte. Immer wieder überschlug sich mein Magen, wenn es unter mir knirschte oder der Wind zu stark wurde und sich die Seile bewegten. Einmal hörte ich ein leises Donnergrollen, doch ich drängte meine Angst zurück. Ich würde es schaffen, das schuldete ich mir selbst.

Als ich die Schlucht überquert hatte, stieß ich den Atem aus. Ich hatte ihn vermutlich nicht die ganze Zeit über angehalten, aber es fühlte sich so an. Cooks und Hawk jubelten, Einauge klopfte mir behutsam auf die Schulter. Es war ein gutes Gefühl. Fast so, als würde ich jetzt zu ihnen gehören.

Kurz nach mir kam der Captain an. »Gut gemacht«, lobte er mich und ein Lächeln breitete sich auf meinem Gesicht aus, das ich selbst nicht verstand. Er betrachtete mich, dann räusperte er sich und wandte sich ab. »Komm, da vorne ist es.«

Mein Hochgefühl sank, aber ich versuchte, es mir nicht anmerken zu lassen. Wieso hatte ich mir mehr von ihm erwartet? Und warum enttäuschte es mich, dass er so schnell zur Tagesordnung übergegangen war?

Der Captain ging wieder voran über einen Pfad, der uns zu einem Wasserfall führte. Davor lag ein See mit Wasser, das hellblau in der

Sonne glitzerte. Grüne Pflanzen wucherten über die Felsen, die alles umrahmten, und ein süßlicher Duft erfüllte die Luft.

»Wir müssen hinter den Wasserfall«, erklärte der Captain, als ich mich suchend umblickte.

Er hielt mir die Hand hin. Ich starrte darauf und zögerte. Dann sah ich ihn an.

»Es ist rutschig und ich will nicht, dass du in den See stürzt«, meinte er.

»Was nicht passieren würde, wenn ich nicht solche unbequemen Schuhe anhätte«, erwiderte ich und hob den Rock meines Kleides leicht an.

Ich hatte mir an den steifen Schuhen mit Absätzen bereits die Haut wund gescheuert. Außerdem rutschte man damit. Es grenzte an ein Wunder, dass ich auf der Brücke nicht gestürzt war, was wohl meinen Tod bedeutet hätte.

Er schwieg und hielt mir die Hand immer noch entgegen. Schnaubend ergriff ich sie, denn ich wollte wirklich nicht in das Wasser stürzen und ertrinken, was mit dem schweren Stoff des Kleides wohl unvermeidbar gewesen wäre. Der Captain nickte und ging mit mir um den See zu einer kleinen Treppe, die ich davor nicht bemerkt hatte.

Die anderen folgten uns, als wir den feuchten Weg hochstiegen und hinter den Wasserfall gelangten. Das Rauschen war hier unerträglich laut und in der Höhle, die hinter dem Wasser lag, hallte es zusätzlich von den Wänden.

Immer noch hatte der Pirat meine Hand umfasst, schaffte es aber einhändig, eine Fackel zu entzünden, die er von der Wand genommen hatte, und führte mich tiefer ins Innere.

Es wurde kalt und der Ruß der Fackel trieb mir Tränen in die Augen. Fast war ich froh, dass der Captain meine Hand hielt, denn dieser Ort besaß etwas weitaus Düsteres, als von den Piraten ausging. Meine

Zähne begannen zu klappern und ich hoffte, niemand würde es hören. Noch mehr hoffte ich allerdings, dass ich nicht hier drinnen ein Gewitter heraufbeschwören würde. Die Blitze hätten uns vermutlich alle getötet.

Das Rauschen des Wasserfalls wurde immer leiser, bis schließlich unsere Schritte die einzigen Geräusche waren, die ich hörte. Meine Angst nahm ab und auch das Knistern, das vermutlich ein Vorbote des Gewitters war, verschwand wieder.

»Wir sind gleich da«, verkündete der Captain, ohne sich zu mir zu wenden.

Tatsächlich sah ich ein Licht vor uns und hörte das sanfte Rauschen des Meeres. Die Luft roch frischer und salzig. Irgendwie wurde mein Herz leichter bei dem Gedanken, hier rauszukommen.

»Glücklich!«, krächzte Blanca. Langsam glaubte ich, sie konnte meine Gefühle wirklich spüren.

Sonnenlicht berührte bereits den Boden vor uns und ich beschleunigte meine Schritte, obwohl der Captain es nicht tat. Er ließ mich zwar nicht los, erlaubte mir aber, voranzugehen.

Meine Freude schlug jedoch in Panik um, als ich erkannte, dass wir auf einer Art Klippe standen. Das Meer lag tief unter uns. Ich wich zurück und stieß mit dem Rücken an die Brust des Captains.

»Du hast geschworen, dass du mich nicht töten wirst«, keuchte ich und entriss ihm meine Hand.

»Das werde ich auch nicht«, entgegnete er ruhig. »Es ist eine letzte Prüfung dieser Insel.«

»Prüfung?« Ich fuhr zu ihm herum. »Was für eine Prüfung?«

Er schüttelte den Kopf. »Später. Schau hinaus«, forderte er mich auf.

Ich entdeckte die Crimson Conch nicht weit von den steilen Klippen entfernt und zwei Beiboote im Wasser.

»Es ist nicht so hoch, wie es aussieht«, versuchte Hawk mich zu beruhigen, lief an mir vorbei und sprang hinaus.

»Du warst so mutig. Zeig uns deinen Mut noch einmal!«, erklärte Cooks und sprang ihm hinterher.

»Stell dir einfach vor, du würdest fliegen«, meinte Einauge und folgte den beiden.

Die anderen Piraten sprangen ebenfalls. Nur der Captain blieb wieder bei mir.

»Warum willst du, dass ich springe?«, raunte ich und drehte den Kopf, um ihn ansehen zu können. »Wozu das Ganze? Was beweist dir das?«

»Die Insel besitzt eine eigene Magie, wie du vermutlich bemerkt hast«, begann er und kam näher. »Sie verleiht aber auch ganz besondere Kräfte an denjenigen, der würdig ist.« Er beugte sich ein Stück zu mir herab. »Damit meine ich übrigens dich. Als du sie betreten hast, hast du ihre Bedingungen angenommen. Wenn du sie verlässt, musst du das ebenfalls, sonst nimmt sie ihre Gaben zurück.« Er bot mir wieder seine Hand an. »Du musst nicht alleine springen. Ich springe mit dir, wenn du so weit bist.«

Blanca schlug mit den Flügeln. »Warte auf dich!«, krächzte sie und flog davon.

Nur der Captain und ich also. Er stand geduldig da, bis ich unsere Finger verschränkte.

»Wenn ich falle und mir den Hals breche, werde ich dich als Geist heimsuchen«, erklärte ich mit zittriger Stimme.

In seinen Augen regte sich etwas, das ich nicht deuten konnte. Warum nur musste sein Mund so entstellt sein? Ich hätte gerne in seinem Gesicht die Regungen gelesen.

»Vielleicht fliegst du ja«, flüsterte er und umschloss meine Finger. »Auf drei? Eins …«

»Drei!«, rief ich, weil ich nicht sicher war, ob ich sonst den Mut dazu finden würde, und lief los.

Ich hielt die Hand des Piraten, als ich absprang, und presste seine Finger zusammen, während wir hinabsegelten. Der Wind pfiff mir um die Ohren und es geschah etwas, das ich nie für möglich gehalten hätte: Es gefiel mir! Ich lachte aus vollem Herzen und tauchte zufrieden in das warme Wasser.

Das Kleid saugte sich sofort voll, aber die Piraten auf den Beibooten holten mich heraus, bevor ich sinken konnte. Ich lachte noch immer, als die Männer zurückruderten und Blanca sich auf meine Schulter setzte.

»Glücklich!«, krächzte sie und putzte wieder ihre Federn.

»Ja«, keuchte ich und warf dem Captain im zweiten Boot einen Blick zu. Er nickte mir zu und wandte sich dann ab. »Ich denke, ich habe mich noch nie so frei gefühlt.«

Hawk, der triefend neben mir saß, lachte. »Und du hattest schon Angst. Siehst du? Es war gar nicht so hoch, wie du gedacht hast. Manchmal sehen wir die Dinge nicht so, wie sie wirklich sind, sondern wie wir sie sehen wollen. Dann nehmen wir uns selbst eine wertvolle Erfahrung, weil wir etwas oder jemandem keine echte Chance geben wollten.«

Ich nickte und betrachtete verstohlen noch einmal den Captain. »Ja«, murmelte ich. »Ich denke, ich weiß, was du meinst.«

Kapitel 11

Die Sonne war gerade untergegangen, als Cooks mich zum Abendessen abholte. Sie und Hawk flankierten mich, während wir an dem langen Tisch mit dem Rest der Mannschaft aßen.

Hawk hatte mich zu einem schlichten Kleid überreden können, hauptsächlich deswegen, weil mein Schrank wohl tatsächlich nur über Roben verfügte und es keine Hosen gab. Vom Verbleib meines Bündels wusste er nichts, nahm aber an, dass abgesehen von Kompass und Karten nichts mit an Bord genommen worden war. Da ich schlecht nackt gehen konnte, zog ich das Kleid murrend an. Zum Glück verzichtete Hawk darauf, meine Haare zu frisieren oder mich zu schminken. Irgendwie fand ich das seltsam. Es war fast so, als wollte er vermeiden, dass mich die anderen Männer eines zweiten Blicks würdigten.

Der Captain hatte sich, kaum dass wir das Schiff betreten hatten, in seine Kajüte zurückgezogen. Einerseits war ich erleichtert, andererseits irritierte es mich. Nach allem, was an diesem Tag passiert war, wunderte es mich, dass er sich so von allen abgrenzte. Ich wollte es nicht zugeben, aber ich hätte mir gewünscht, dass er mich zu sich rief. Den Abend ohne ihn zu verbringen, fühlte sich falsch an.

Erst da fiel mir auf, dass ich auf der Insel nicht ein Mal an Flucht gedacht hatte, nachdem Blanca erschienen war. Zugegeben, ich hätte nicht gewusst, wohin, und obwohl die Magie des Captains mir wohl Kraft verliehen hatte, sah ich mich nicht imstande, schnell genug zu laufen, um den Piraten wirklich zu entkommen. Aber ich hatte nicht ein einziges Mal daran gedacht. Ob es an dem Captain lag?

Am liebsten hätte ich bei dem Gedanken die Zunge geschnalzt. Ich konnte froh sein, dass mir dieses Fischmonster fernblieb.

Seufzend strich ich über das Gefieder meines Papageis. Ich sollte so nicht von dem Captain denken. Nicht mehr. Er hatte mir beigestanden und eine Seite gezeigt, die ich nie vermutet hätte. Ich konnte ihn nicht mehr so hassen wie noch vor drei Tagen, selbst wenn er sich jetzt von mir fernhielt.

Blanca wich mir dafür nicht von der Seite. Sie ließ sich zwar von Hawk mit Keksen füttern, die er ihr freiwillig vor den Schnabel hob, oder von Cooks berühren, blieb aber immer auf meiner Schulter oder meinem Arm.

Nach dem Essen begleiteten Hawk und Cooks mich auf das Deck, wiesen mich aber an, der Reling fernzubleiben. Ich hatte nach meiner Erfahrung mit der Nixe ohnehin kein Bedürfnis, herauszufinden, welche anderen Monster noch im Wasser lauerten. Außerdem befanden wir uns wieder auf offener See, somit kam eine Flucht nicht infrage. Schon gar nicht ohne Waffen. Ich musste endlich eine Möglichkeit finden, das Verlies zu erkunden.

Cooks verabschiedete sich irgendwann, weil sie zum Captain wollte, und Hawk begleitete mich zu meinem Zimmer, wo er den Kasten durchwühlte.

»Also, Cooks meinte, die Kleider seien dir zu wenig modern, ja?«, brummte er, als er sich einen Stapel Stoff und Rüschen über den Arm legte. »Dann gib mir mal einen Hinweis, wie wir diese Dinger ändern sollen, damit sie deinen Ansprüchen genügen.«

»In Wahrheit habe ich keine Ansprüche«, erklärte ich schulterzuckend. »Ich meine, es ist mir gleichgültig, dass diese Dinger aussehen, als hättet ihr sie in einem verwunschenen Schloss gefunden, das zum letzten Mal vor fünfzig oder hundert Jahren betreten wurde. Denn sie sind altmodisch. Aber sie erfüllen ihren Zweck, mich wie eine feine Dame wirken zu lassen. Wenn auch wie eine, die aus einem alten Gemälde gesprungen ist.«

Hawk lachte leise. »Du bist wirklich unkompliziert. Außer du bekommst deinen Willen nicht. Darum bin ich richtig dankbar, dass du mich nicht wieder auf Hosen ansprichst.«

Ich sah ihn herausfordernd an, dann zuckte ich mit den Schultern. Hawk konnte das wahrscheinlich nicht entscheiden, ich würde wohl oder übel mit dem Captain über meine Aufmachung reden müssen. »Wie ich bei unserem ersten Gespräch schon sagte, ich mache mir nichts aus Kleidern, Haaren und derlei Dingen.«

»Richtig, das hast du erwähnt«, murmelte Hawk und strich über den Stoffberg auf seinem Arm.

»Waren die anderen Frauen … anders?«, wollte ich wissen. Vielleicht erfuhr ich so irgendwie, was nach dem Jahr mit mir geschehen würde.

Hawk stieß den Atem aus. »Sie waren alle schön, wie du. Aber im Gegensatz zu dir waren sie eingebildet. Und sie trieben mich in den Wahnsinn.«

»Waren sie auch ein Jahr an Bord?«

Er schüttelte den Kopf. »Nein. Zum Glück nicht.«

Ich biss mir auf die Unterlippe. »Ich nehme an, du wirst mir nicht erzählen, was mit ihnen geschehen ist?«

»Sagen wir so: Sie waren nicht das, was wir gesucht haben, und deswegen hat der Captain sie an einem Hafen ausgesetzt.«

»Er hat sie nicht getötet?«

Hawk sah mich mit zusammengezogenen Augenbrauen an. »Du hast eine wirklich schlechte Meinung von uns Piraten, oder? Nein, wir bringen nicht jeden um, der uns auf die Nerven fällt. Was dein Glück ist.«

Blanca flatterte mit den Flügeln, als wollte sie Hawk vertreiben. Ich strich ihr über den Kopf. »Du hast mir nicht die Wahrheit gesagt, als ich dich gefragt habe, woher du weißt, dass Blanca ein Weibchen ist.«

»Nein, ich habe nicht gelogen, mir ist wirklich entfallen, dass die weißen Regenbogenschwänze junge Weibchen sind. Und die Geschichte dahinter sollte der Captain dir erzählen, Mädchen. Was er getan hat.«

»Hm«, meinte ich und Blanca hüpfte auf meinen Ellbogen, um mich besser ansehen zu können.

Die ständig wechselnde Farbe ihrer Augen war faszinierend. Ich fragte mich, ob es dafür auch einen Grund gab.

»Also müssen wir die Kleider nicht umnähen?«, wollte Hawk nach einiger Zeit wissen. »Denn ich habe kein Problem, sie für dich anzupassen.«

»Nein, ich denke, ich kann damit leben, es sei denn, du machst aus ihnen Hosen?«

Hawk schnalzte mit der Zunge und ich stieß den Atem aus.

»War ja nur ein Versuch. Dann lass sie einfach so. Allerdings möchte ich keine dieser übertriebenen Reifröcke tragen müssen. Vielleicht könnten wir sie so anpassen?«

»Ay, ich habe nie verstanden, wozu es gut sein soll, die Hüften einer Frau auf diese Weise zu betonen.« Er warf die Kleider auf mein Bett. »Ich kümmere mich gleich darum. Aber zuerst muss ich Maß nehmen. Stell dich hier hin und streck die Arme aus.«

Ich schnaubte, gehorchte aber. Blanca flog zum ersten Mal, seit wir auf dem Schiff waren, von meinem Arm herunter. Sie setzte sich auf einen Tisch, lehnte ihren Oberkörper weit nach vorne und legte den Kopf schief, während sie Hawk nicht aus den Augen ließ.

»Dass diese Regenbogenschwänze einen so ausgeprägten Beschützerinstinkt haben …«, flüsterte Hawk.

»Haben sie das?«

»Warum, denkst du, bleibt sie ständig bei dir? Sie geht sicher, dass niemand dir etwas antut.«

»Freund!«, krächzte Blanca und flatterte mit den Flügeln.

»Und sie ist dein Freund. Glückwunsch zu diesem lauten, nervigen Etwas.«

»Das sagst du nur, weil sie dir Konkurrenz macht«, erwiderte ich und grinste ihn an.

»Schlagfertig, Mädchen. Hast nur Glück, dass ich dich mag.« Er notierte sich einige Zahlen und nickte. »Gut, ich werde die Kleider für dich anpassen. Morgen früh hast du sie zurück.«

»Schläfst du nicht?«, wollte ich wissen, während ich die Arme sinken ließ.

»Niemand außer dir schläft auf diesem Schiff«, murmelte Hawk und hob die Hand, als ich zum Sprechen ansetzte. »Frag nicht, wieso. Ich kann es dir nicht sagen.«

»Wird mir irgendjemand mal wirklich erklären, was hier vorgeht?«, brummte ich. Diese Andeutungen trieben mich langsam in den Wahnsinn. Ich wollte endlich Fakten. Das waren sie mir schuldig, fand ich.

»Vielleicht. Wenn du Geduld hast.«

Ich schüttelte genervt den Kopf. Zumindest wusste ich, dass die früheren Entführungsopfer nicht umgekommen waren. Man hatte sie ausgesetzt, weil sie nicht das waren, was die Piraten gesucht hatten. Aber … wonach suchten sie? Und wieso entsprachen die Frauen dem nicht?

»Sag mal, Hawk …«, hörte ich mich plötzlich selbst eine Frage aussprechen, bevor mir klar wurde, was ich da eigentlich von mir gab. »Der Captain und Cooks … ist da etwas zwischen ihnen?«

»Wieso, bist du eifersüchtig?« Der Pirat lachte, als er die Kleider wieder auf seinem Arm ablegte.

»Es wundert mich nur. Er will heute niemanden sehen, aber sie ruft er zu sich.«

Hawk schüttelte den Kopf. »Cooks ist seine rechte Hand. Er vertraut ihr am meisten von uns und sie ist es auch, die ihm Vernunft eintrichtert, wenn er mal übertreibt. Etwa, als ihr euch so gestritten habt, nachdem die Nixe dich erwischt hat. Da war sie es, die ihn davon überzeugte, dass er sich falsch verhalten hat. Nicht dass er das nicht wusste, aber sie hat ihm klargemacht, wie dumm er sich benommen hat.«

Ich nickte. Sie war es schließlich auch, die ihm anfangs erklärt hatte, dass er mir Angst machte. Vermutlich musste ich Cooks danken.

»Also, kein Grund zur Eifersucht«, meinte Hawk und zwinkerte.

»Ich bin nicht eifersüchtig«, rechtfertigte ich mich, aber Hawk lachte nur und verließ das Zimmer. »Bin ich wirklich nicht.«

»Lüge!«, krächzte Blanca.

Ich funkelte sie an. »Ich glaube, du nimmst manchmal falsche Gefühle wahr.«

»Nur richtige!«, erwiderte sie und flog auf mein Bett. »Müde!«

»Ich oder du?«, brummte ich, weil mir nicht gefiel, dass sie mir Eifersucht unterstellte. Was sollte ich mit dem Captain?

»Beide! Schlafen.«

Ich stieß den Atem aus. »Wunderbar, jetzt nehme ich auch Befehle von einem Papagei entgegen.«

»Freund!«, meinte Blanca und begann, ihre Federn zu putzen.

»Gut, Freund.« Ich grinste und zog mir mein Nachthemd an, dann gähnte ich und streckte mich. Der Tag war ziemlich anstrengend, das Verlies würde ich auf morgen verschieben. Irgendwann gab es bestimmt einen unbewachten Moment.

Blanca hatte sich inzwischen auf meinen Bettpfosten gesetzt und den Kopf tief in ihrem Gefieder versteckt. Ich legte mich auf die Matratze, und das Licht in meinem Zimmer ging von selbst aus.

Der Papagei hatte recht, ich war wirklich müde. Trotzdem lag ich mit offenen Augen in meinem Bett, starrte an die Decke, dann aus dem Fenster, hinter dem nur die Dunkelheit der Nacht lauerte. Die Dunkelheit und Monster, denen ich lieber nicht begegnen wollte.

Außerdem ließ ich mir den vergangenen Tag durch den Kopf gehen. Was wollte der Captain mit mir auf der Insel? Wozu hatte er mir all diese Aufgaben gestellt? Und wie war es möglich, dass dieser jähzornige Pirat tatsächlich in der Lage gewesen war, nett zu mir zu sein? So nett, dass ich ihn an diesem Abend vermisst hatte.

Ich fuhr mir mit der Hand über die Stirn. Das Gift schien meinen Verstand zu benebeln. Wieso sollte mir dieser Pirat fehlen? Er brüllte ständig, war grob und hatte mich entführt. Ganz gleich, wie gut er mir zugeredet hatte.

Aber vielleicht … nur vielleicht … gab es eine Seite an ihm, die echtes Mitgefühl empfinden konnte. Wenn es so war, bestand Hoffnung. Denn wenn es mir gelang, diese Seite an ihm freizulegen, würde er mich vielleicht gehen lassen.

Kapitel 12

Ich fuhr hoch, als das Schiff wild zu beben begann. Obwohl mir schnell klar wurde, was gerade geschah, versetzte es mich dennoch jedes Mal in Panik. Ich sah gerade noch, wie die Luftblasen vor meinem Fenster aufstiegen und der purpurne Horizont immer schmaler wurde, bevor klares Wasser das Einzige war, was sich in meinem Sichtfeld befand.

Blanca schlug aufgeregt mit den Flügeln und ich strich ihr über das Gefieder. »Schon gut, man gewöhnt sich irgendwann daran. Ich weiß nur nicht, wann«, redete ich beruhigend auf sie ein.

Es klopfte und die Tür schwang auf, obwohl ich nicht geantwortet hatte. Cooks trat ein, einen Stapel Kleider auf dem Arm.

»Hawk schickt mich, ich soll dir das geben«, verkündete sie, nachdem wir uns begrüßt hatten. »Ich helfe dir dann, deine Haare zu richten. Der Captain will dich sehen.«

Ich schluckte. »Habe ich schon wieder etwas falsch gemacht?«, fragte ich und musterte den Kleiderstapel. Sah nicht so aus, als hätte Hawk Hosen dazwischen geschummelt. Aber was hatte ich auch erwartet?

Cooks zog eine Augenbraue hoch. »Nein« war alles, was sie darauf antwortete.

Sie hängte meine Kleider auf und wartete, bis ich eines gewählt hatte. Der Captain wollte mich sehen, Diskussionen waren also mit Cooks genauso wenig zielführend wie mit Hawk. Ich zog ein himmelblaues Kleid heraus und schlüpfte hinein. Cooks schloss es und steckte meine Haare hoch. Mit den Fähigkeiten von Hawk konnte sie nicht mithalten, aber sie war zumindest schnell.

Blanca beobachtete auch Cooks misstrauisch, was diese nicht zu stören schien.

Als wir fertig waren, führte mich die Piratin durch den Korridor, vorbei an dem Abgang zum Verlies, aus dem ich diesmal seltsame Laute hörte. Aber entweder bildete ich sie mir ein oder Cooks ignorierte sie absichtlich und ging weiter, damit ich keine Fragen stellte. Meine Neugierde wuchs allerdings. Was befand sich wirklich dort hinter der Gittertür? Ich fasste einen Entschluss, nämlich, dass ich dem heute noch auf den Grund gehen würde.

Aus dem Speiseraum drangen lautes Gelächter und ein Krachen, als hätte jemand einen Stuhl zertrümmert.

»Geht es hier immer so zu?«, fragte ich, als wir an den Piraten vorbeihuschten.

Cooks sah mich über die Schulter an. »Es ist auch manchmal lauter. Sie benehmen sich, weil du an Bord bist.«

Ich war nicht sicher darüber, ob ich das gut fand. Wenn sie sich jetzt gut benahmen, wie ging es dann zu, wenn sie es nicht taten?

Ich hatte keine Zeit mehr, darüber nachzudenken, denn wir erreichten die Kajüte des Captains. Cooks wartete, aber als ich keine Anstalten machte, zu klopfen, übernahm sie das für mich.

»Eintreten«, erklang seine tiefe Stimme und die Piratin öffnete. Sie ließ mich hinein und schloss die Tür sofort wieder hinter mir, ohne selbst in den Raum zu treten.

Der Captain erhob sich aus seinem Stuhl. Diesmal befand sich ein großer Schreibtisch an jener Stelle, wo bei meinem letzten Besuch der

Esstisch gestanden hatte. Ich hatte zwar gesehen, wie sich der Tisch veränderte, aber beinahe war ich davon überzeugt gewesen, es mir nur eingebildet zu haben.

»Amara, danke, dass du gekommen bist.« Er räusperte sich.

Als hätte ich eine Wahl gehabt, dachte ich griesgrämig, nickte aber lediglich.

Blanca schlug mit den Flügeln. Ich konnte nur hoffen, dass sie ihm nicht sagte, was ich wirklich dachte oder fühlte. Denn dann hätte sie ihm auch erklären müssen, dass ich mir hier auf seltsame Weise beobachtet vorkam.

»Du hast noch nicht gefrühstückt, oder?«, fuhr er fort und ich war nicht sicher, ob er vorhin eine Antwort erwartet hatte.

»Nein, ich wurde gleich hergebracht, nachdem ich aufgewacht bin.«

»Gut, dann sei mein Gast. Bitte.« Das letzte Wort hauchte er fast und deutete mit einer Hand hinter sich zu dem großen Fenster, in dem man die magische Unterwasserwelt gut sehen konnte.

Ich nickte und trat näher. Hinter seinem Schreibtisch standen zwei Sessel aus Leder nebeneinander und dazwischen ein kleiner Tisch, der sich unter duftenden Leckereien bog. Rührei, Speck, frisches Brot, süße Kuchen und Obst warteten nur darauf, von mir verspeist zu werden. Aus einer silbernen Kanne stieg ein verführerischer Geruch.

»Du hast das Essen am Abend gut vertragen?«, fragte er, als ich vor dem Tisch stehen blieb.

»Ja, habe ich.«

»Dann ist das Gift der Nixe wohl nicht mehr in deinem Körper.« Er klang seltsamerweise erleichtert.

»Geholfen!«, krächzte Blanca.

Ich sah den Captain an. Irgendetwas an ihm hatte sich verändert. Erst da wurde mir bewusst, dass ich nur das Essen roch. Ich hatte auch schon gestern keinen Fischgeruch mehr an ihm wahrgenommen.

»Ich habe ein Gespräch belauscht, in dem jemand sagte, du hättest Magie genutzt, um mir zu helfen. Ist das wahr?«, nahm ich den Faden auf, den Blanca mir geboten hatte.

»Ein Gespräch belauscht, wie?« Irgendwie wirkte der Pirat verlegen. »Ich nehme eher an, jemand hat es dir erzählt.« Einen Moment fürchtete ich, dass er zornig würde, doch er ließ nur die Schultern sinken. »Aber um deine Frage zu beantworten: Ja, das habe ich wohl.« Er deutete auf einen Sessel. »Bitte, nimm Platz. Ich hoffe, es ist etwas für dich dabei?«

»Bei der Auswahl?« Ich schmunzelte, weil ich wirklich Hunger hatte und es köstlich aussah. »Da wäre wohl für jeden etwas dabei.«

Er betrachtete mich, als ich mich setzte, bevor er sich neben mir niederließ. »Nein, es gibt Menschen, die nicht zufrieden wären.« Er hob die Kanne an. »Möchtest du davon versuchen? Es handelt sich um ein Getränk aus Früchten von der Weißen Insel. Sie wachsen nur dort und sehen ähnlich aus wie Kakaoschoten, allerdings sind sie weiß und schmecken nussig.«

Ich nickte. »Ja, ich würde das gerne probieren.« Er schenkte mir ein und ich musterte die cremig weiße Flüssigkeit. »So etwas habe ich noch nie gesehen.« Neugierig roch ich daran, ehe ich davon probierte. »Köstlich«, murmelte ich und nahm noch einen Schluck. »Kann ich die Früchte anschauen?«

»Wenn du das möchtest, sage ich Cooks, dass sie dir welche zeigen soll. Aber sie wirken tatsächlich wie Kakaoschoten.«

»Na ja, ich weiß nur aus einem Buch, wie Kakaoschoten aussehen.«

»Ich dachte, Westwend handelt mit diesen Gütern?«, fragte er, während er sich selbst einschenkte.

»Das mag sein, aber zumindest kenne ich nur den gemahlenen Kakao, nicht die Schote selbst.« Ich stieß den Atem aus und starrte aus dem Fenster. »Ich habe nichts von der Welt gesehen. Dabei wollte ich immer Abenteuer erleben. Stattdessen wusste ich noch nicht einmal, wie die nächste Stadt aussieht, weil es mir nie erlaubt war, dorthin zu reisen.«

Er nickte, schwieg aber.

Ich nahm ein Stück Kuchen und hielt es Blanca hin. Sie schüttelte den Kopf. »Apfel!«

Ich schmunzelte und schnitt einen Apfel klein, bevor ich ihr ein Stückchen gab, das sie genüsslich verspeiste.

»Die Kekse hast du auch gegessen«, zog ich sie auf, als sie sich auf meine Armlehne setzte und aß.

»Regenbogenschwänze wissen, was ihnen guttut. Offenbar ist etwas in dem Kuchen, das sie nicht verträgt.« Er nahm sich vom Rührei und stocherte mit der Gabel darin herum. »Das bedeutet, du wolltest Abenteuer erleben?«

»Abenteuer!«, rief Blanca mit vollem Mund.

»Ich denke schon«, meinte ich und seufzte. »Weißt du, mein Plan war nicht, von einem Piraten gefangen zu werden, sondern vor einer Ehe mit einem Mann zu fliehen, an den mein Vater mich verschachert hatte. Es haben einige Männer um meine Hand angehalten und Vater hat sich den ausgesucht, der für ihn das beste Geschäft war. Damit ich ihm wohl mehr als nur Ärger einbringen würde.« Mit einem Mal wurde mir schwer ums Herz. »Ich habe keine Ahnung, warum ich dir das erzähle.«

»Es hat mich ohnehin verwundert, dass du noch nicht verlobt warst«, murmelte er und trank aus seinem Becher. »Wegen deines Alters, meine ich.«

»Ach.« Ich machte eine wegwerfende Geste. »Vater hat erst mit meinem siebzehnten Geburtstag erlaubt, dass Männer um mich werben. Warum auch immer. Das war letzten Herbst. Seitdem gaben sich die Heiratswilligen die Klinke in die Hand, allerdings hat keiner auch nur ein Wort mit mir gesprochen. Die Aussicht auf meine Mitgift und die Geschäfte mit meinem Vater genügten offenbar, um darüber hinwegzutrösten, dass ich als störrisch galt und jeder mich eigenartig fand.«

»Oder sie kamen, weil du schön bist?«, schlug der Captain vor.

Ich lachte. »Ich habe nie geglaubt, dass ich schön bin.«

»Aber das bist du«, erwiderte er und ich fühlte, dass er mich betrachtete.

Ich wandte mich ihm zu und er hielt meinem Blick stand. Blanca flatterte mit den Flügeln. »Wahrheit!«, rief sie.

»Kann der Vogel eigentlich Gedanken lesen?«, flüsterte ich, als mir das Schweigen unangenehm wurde.

»Ja und nein. Sie nimmt die Schwingung deiner Gefühle wahr und zieht ihre eigenen Schlüsse«, antwortete der Captain. »Also, du willst Abenteuer erleben.« Er wandte sich ab und stocherte erneut in dem Rührei herum.

»Ich würde sagen, das tue ich gerade«, meinte ich und deutete nach vorne. »Ich hatte keine Ahnung, dass es möglich sein könnte, die Tiere und Pflanzen des Meeres auf diese Weise zu sehen.«

Ich starrte aus dem Fenster, vor dem bunte Fischschwärme vorbeizogen. Wesen, die der Captain Qualle genannt hatte, schwebten durch den hellblauen Ozean. Wir konnten nicht tief getaucht sein, denn das Licht der Sonne über uns erhellte alles hier. Und doch war der Boden sehr nahe.

Ich stand auf und trat näher an das Fenster heran, um die roten Korallen zu bestaunen, die ich nur als Schmuck kannte. Ich hatte keine Ahnung gehabt, dass sie so groß wurden und unterschiedliche Farben besaßen. Seesterne, so groß wie Servierplatten, lagen auf dem Boden, dessen Sand vom Sog, den das Schiff machte, aufgewirbelt wurde.

Vor uns entdeckte ich die Überreste eines Schiffs, das in der Mitte zerbrochen auf dem Grund des Meeres lag. Man erkannte noch die

Masten und die zerfetzten Segel. Im Bug klaffte ein riesiges Loch und die Kanonen lagen verstreut rund um das Schiff herum.

Blanca flatterte wild mit den Flügeln und ich hörte, dass der Captain aufsprang. »Amara, weg vom Fenster!«, rief er, doch da schlugen bereits Hände gegen das Glas.

Ich schrie und taumelte zurück. Der Captain schob sich vor mich und straffte die Schultern.

Am Fenster klebten graublaue Hände und ein riesiges Gesicht mit tiefschwarzen Augen. Den Körper des Wesens erkannte ich nicht gut, aber es sah aus, als wäre es halb Mensch, halb Tintenfisch. Der Kopf war lang gezogen und es hatte unzählige Arme, allerdings besaßen nur zwei davon Hände.

Sein breiter Mund, mit scharfen Fangzähnen, bewegte sich und sein Blick war auf mich gerichtet.

»Was sagt es?«, wisperte ich.

»Herz!«, kreischte Blanca und flatterte vor mir herum, als wollte auch sie dem Wesen die Sicht auf mich versperren.

»Herz?«, fragte ich.

Der Captain ballte die Fäuste. »Es bekommt dich nicht!«, knurrte er. »Cooks!«

Die Tür sprang auf und die Piratin stürmte herein. »Captain! Mindestens zwei Dutzend Hanumankraken haben das Schiff in ihrer Gewalt!«

Mir war erst jetzt bewusst geworden, dass wir uns nicht mehr von der Stelle bewegten. Das Wrack lag noch immer gleich weit entfernt wie vorhin.

»Kanonen laden und feuern. Ich übertrage dir die Verantwortung. Ich kann Amara nicht allein lassen.«

»Ay!«, rief Cooks, salutierte und verließ den Raum hastig.

Ich sah ihr nach. Warum war der Captain bei mir geblieben? Er hätte auch Cooks oder Hawk zu meinem Aufpasser bestimmen können.

Immerhin schien er über gewaltige Kräfte zu verfügen. Wieso blieb er, statt selbst zu kämpfen?

Während ich noch nachdachte, drehte er sich zu mir um und legte die Hände auf meine Schultern. »Lass uns vom Fenster weggehen«, sagte er fast sanft. Seine tiefe Stimme klang warm und angenehm. Nicht so wie sonst.

»Wieso will das Ding mich?«, raunte ich, ohne ihn anzusehen. »Werden wir so enden wie dieses Schiff?«

Er drehte sich nicht um, sah nur mich an. »Du bist etwas Besonderes, Amara. Jedes Monster eines jeden Meeres will dich. Mich eingeschlossen.«

Ich schluckte. »Du willst mein Herz? Wirst du es mir rausreißen?«

»Wie kommst du darauf?«

»Blanca hat Herz gesagt! Die Nixe wollte auch mein Herz!«

Sein Blick aus roten Augen ruhte auf mir. »Ich werde dir dein Herz nicht herausreißen.« Er stieß den Atem aus und ich schluckte. »Du erinnerst dich, dass ein Schwur einen Piraten bindet?«

Ich nickte, während meine Hände zu schwitzen begannen. Da draußen schienen mehrere Unterwasserkreaturen nach meinem Leben zu trachten und er sprach von Schwüren.

»Schön. Er darf nicht gebrochen werden. Hiermit schwöre ich, dass ich dir dein Herz niemals herausreißen werde. Außerdem schwöre ich dir, dass ich dich vor jedem Wesen, das dich bedroht, beschützen werde.«

Es klopfte immer noch gegen die Fensterscheiben und ich wollte am Captain vorbeisehen, da landete Blanca auf seiner Schulter und kreischte leise. Er trat näher auf mich zu. Ich war mir jetzt sicher. Er roch nicht mehr nach Fisch. Und das Schwarz seiner Kleidung wirkte irgendwie heller.

Seine Berührung war behutsam, als er eine Hand zwischen meine Schulterblätter legte und mich an seine breite Brust zog. »Du solltest das nicht sehen«, sagte er und schob seine zweite Hand an meinen Hinterkopf.

Ich ließ es geschehen. Ließ zu, dass er mich hielt, während ich das Feuern der Kanonen hörte. Dass er da war, obwohl ich ihm nicht trauen wollte, als das Klopfen einem Kreischen wich.

Er gab mir seltsamerweise Halt und Geborgenheit, die ich bei ihm nie vermutet hätte. Und gleichzeitig war da etwas … eine Dunkelheit, die mein Blut gefrieren ließ. Lag es an ihm? An dem Schiff? An diesem Raum? Denn ich fühlte jetzt noch intensiver, dass mich etwas beobachtete, als wollte es nach mir greifen.

»Du bist hier sicher«, flüsterte der Captain und ich nickte.

Unaufhörlich feuerten die Kanonen. Ich wusste nicht, wie sie unter Wasser funktionierten, wie das Schiff in Muschelgestalt überhaupt feuern konnte. Obwohl meine Neugierde mich in den Wahnsinn trieb, fragte ich nicht nach.

Ich stand da, in den Armen jenes Mannes, der mich entführt hatte. Der mich das Fürchten gelehrt hatte und ständig viel zu laut brüllte, wenn er zornig wurde. Der mich gerettet und mir diese unglaubliche Insel gezeigt hatte, mir den Mut verlieh, die Schlucht zu überqueren und die Klippen hinabzuspringen. Ich ließ das alles zu, erlaubte mir einen Moment lang zu glauben, dass er nicht das Monster war, das ich hasste, und hoffte, dass Blanca nicht gerade jetzt etwas dazu sagen musste.

Denn etwas in mir hatte sich verändert. So wie sich etwas am Captain verändert hatte.

Kapitel 13

Ich wusste nicht, wie lange die Kanonen feuerten, aber irgendwann stand Cooks im Zimmer und verkündete, die Hanumankraken wären besiegt.

Noch bevor der Captain mich loslassen konnte, stand auch Einauge in der Tür. Er glänzte silbern, fast so, als hätte man ihn mit Puder überzogen.

»Einauge, Lagebericht«, forderte der Captain ihn auf.

»Maschine eins und vier haben ziemliche Schäden davongetragen.« Der Pirat keuchte und musste sich am Türrahmen abstützen. Mein Magen zog sich zusammen. Wie konnte dieser kräftige Mann so erschöpft sein? »Wir werden auftauchen müssen, Captain. Und beten, dass wir selbst dafür nicht zu stark beschädigt sind.«

Die Kiefer des Captains mahlten. Sein Körper war angespannt und ich fragte mich, wovor er sich so fürchtete. Immerhin besaß er Magie und ein mächtiges Schiff, um das sich Legenden rankten, die andere Schiffe wohl auf Abstand hielten. »Tagsüber auf dem Meer ist es zu riskant, außer wenn wir uns im Schutz der magischen Inseln befinden«, erwiderte er mit gefährlich leiser Stimme.

»Wenn wir hier unten bleiben, ist das Risiko ziemlich hoch, dass wir alle absaufen«, entgegnete Einauge trocken. »Bei allem Respekt,

Captain. Wir müssen auftauchen und die Maschinen in Ordnung bringen. Diese Biester waren verflucht hartnäckig und haben uns ein ziemliches Leck gerissen. Das konnten wir gerade noch stopfen, aber die Maschinen, die uns mit Sauerstoff versorgen, sind hinüber und es ist eine Frage der Zeit, bis das Leck erneut aufreißt.« Er stieß den Atem aus. »Ich weiß, dass wir über Wasser ein leichtes Ziel sind, aber wir müssen es riskieren. Bis zum Abend halten wir in dieser Gestalt nicht durch und die Ummantelung fliegt uns früher oder später um die Ohren.«

Der Captain sah mich einen Moment an, bevor er sich Cooks zuwandte.

Die straffte ihre Schultern. »Captain, Eure Befehle?«

Er senkte den Blick. »Ay. Auftauchen. Alle verfügbaren Kräfte auf Gefechtsstation.«

»Ay!«, rief Cooks und eilte davon.

Der Captain wandte sich Einauge zu. »Wie lange?«

»Einen Tag, höchstens zwei«, erwiderte der Pirat.

»Mach einen daraus.«

»Ay, Sir«, rief Einauge und drehte sich um.

Der Captain fuhr sich mit einer Hand über das dunkle Gesicht. Er wirkte erschöpft, als hätte er selbst mit den Kraken gekämpft und all seine Kraft dabei eingebüßt.

Mein Blick glitt zu dem Fenster, vor dem trübes Wasser der stille Zeuge der Schlacht war, die stattgefunden hatte. Blanca landete auf meiner Schulter und strich mit ihrem Kopf gegen meinen, als wollte sie mich davon abhalten, die Reste, die vor dem Glas schwebten, näher zu betrachten.

»Amara«, riss mich die ungewohnt leise Stimme des Captains aus meinen Gedanken.

Ich schauderte, als ich wieder das Gefühl hatte, aus der Dunkelheit beobachtet zu werden, und ging auf ihn zu.

Er hob den Blick kaum, dann jedoch legte er seine Hände auf meine Schultern. »Ich schulde dir eine Erklärung, das weiß ich. Aber ich finde die Worte nicht, um dir zu beschreiben, was hier vor sich geht.« Er stieß den Atem aus. »Ich muss dich bitten, dein Zimmer nur zu verlassen, wenn dich jemand abholt. Wenn wir über Wasser sind, gibt es zu viele Gefahren, um die wir uns kümmern müssen. Es ist zu gefährlich für dich, unbeaufsichtigt zu sein, und ich kann niemanden abstellen, der dich bewacht und für deine Sicherheit sorgt. Wenn die Nacht hereinbricht, kannst du dich wieder frei bewegen.«

Ich nickte und unterdrückte den Impuls, meine Hände zu Fäusten zu ballen. Ich war ohnehin eine Gefangene und sobald wir uns unter dem Meeresspiegel befanden, konnte ich außerhalb meiner Kajüte nicht viel machen.

»Ich bringe dich in dein Zimmer«, meinte er. »Es tut mir wirklich leid. Ich wollte dich nie einsperren.«

Ich hob den Kopf und mein Blick bohrte sich in seinen. Es war unnötig, zu sprechen. Er hielt mir nicht stand und wandte sich ab.

»Ich bringe dich in dein Zimmer«, wiederholte er und begleitete mich, ohne mich noch einmal anzusehen.

Blanca betrachtete das Buch, das ich aufgeschlagen hatte, mit schief gelegtem Kopf. Ich hatte Hawk, der mir etwas zu essen gebracht und über die Stimmung an Deck berichtet hatte, um etwas zu lesen gebeten.

Er war mit drei Büchern zurückgekehrt. Alles Gedichtbände. Ich hatte nichts gegen Poesie, aber im Moment war mir mehr nach einem Roman, um darin zu versinken. Oder einem Buch über Legenden. Ich wollte nach diesen Kraken forschen. Noch nie hatte ich auch nur ein Wort darüber gehört …

Als er mir die Bücher reichte, erzählte er mir von den Schäden und dass der Captain außergewöhnlich unruhig sei.

»Das liegt an dir, Mädchen. Das weißt du hoffentlich.«

»Soll ich mich jetzt entschuldigen?«, fuhr ich ihn an. »Ich habe ihn schließlich nicht gebeten, mich hierherzubringen. Er hätte mich einfach auf meinem Boot lassen sollen, ich wäre in den nächsten Hafen gerudert und hätte dort versucht, Arbeit zu finden.«

»Als Frau, Mädchen?«, wollte Hawk wissen. »Noch dazu als unverheiratete?«

»Cooks ist doch auch eine von euch! Sag mir nicht, das wäre für mich nicht ebenfalls möglich gewesen.«

Er lachte. »Wolltest du Piratin werden? Dann hättest du einen Captain finden müssen, der dich als Mitglied der Besatzung gesehen hätte und nicht als Gespielin. Du bist zu hübsch, um Piratin zu sein.«

»Dann hätte ich mich eben verkleidet.«

»Selbst wenn du dir die Haare abschneidest und Dreck ins Gesicht schmierst, bist du hübsch, Amara. Jeder Mann mit zwei Augen hätte erkannt, was du wirklich bist. Glaub mir, so einfach wäre es nicht gewesen.«

Ich schnaubte und trat nach dem Bettpfosten.

»Du hast manchmal mehr mit dem Captain gemeinsam, als uns lieb sein kann. Die Meeresgötter mögen geben, dass ihr nie richtig miteinander streitet.«

Da ich ihn danach angeschwiegen hatte, war er gegangen. Blanca hatte »Zornig!« gerufen und war zu dem Obstteller geflogen, den Hawk für sie gebracht hatte.

Aber ich ließ das Essen links liegen und warf das Buch, das ich hielt, auf den Stapel. Blanca sah mich mit ihren bunten Augen verwirrt an.

»Wir sind Freunde, richtig?«, fragte ich und sie nickte. »Freunde verraten sich nicht. Ich will das Verlies sehen, Blanca.«

Der Papagei schüttelte kurz den Kopf. »Gefährlich.«

»Ich will trotzdem hin. Niemand redet mit mir und weil ich auf offener See kaum fliehen kann, möchte ich zumindest wissen, wie es im

Schiff aussieht.« Blanca krächzte leise und es klang so, als würde sie klein beigeben. »Kommst du mit oder bleibst du hier?«

»Mitkommen«, verkündete sie und flog auf meine Schulter.

»Aber du musst leise sein.«

Sie nickte und zog den Kopf ein, fast so, als wollte sie sich kleiner machen und verstecken. Ich musste grinsen. Durch ihre weißen und bunten Federn würde sie überall auffallen. Ich konnte nur hoffen, dass kein Pirat unter Deck war.

Vorsichtig öffnete ich die Tür. Obwohl der Captain befohlen hatte, dass ich in meinem Zimmer blieb, war sie nicht abgeschlossen. Mein Glück.

Der Korridor lag still vor mir, nirgendwo schien ein Pirat Wache zu halten. Vielleicht befanden sich wirklich alle an Deck, zumindest nahm ich an, dass die Kanonen dort standen.

Trotzdem bemühte ich mich, kein Geräusch zu verursachen, während ich über den knarrenden Holzboden schlich und gedanklich Verwünschungen ausstieß, dass die Planken gerade jetzt verräterische Laute machen mussten.

Das Verlies lag etwa auf halbem Weg zur Kapitänskajüte und einige Schritte vom Aufgang zum Deck entfernt. An der Gittertür hing kein Schloss, also legte ich meine Hand an die Stangen und wollte sie öffnen, als ich ein leises Lachen hörte. Es drang eindeutig aus dem Verlies. Wer lachte dort?

Blanca plusterte die Federn auf. »Gefährlich«, krächzte sie leise. »Nicht gehen.«

Erst wollte ich ihr widersprechen, dann wurde das Lachen lauter, gemeiner. Gänsehaut breitete sich auf meinem Körper aus und ich ließ die Hand sinken. Nach allem, was heute mit den Hanumankraken geschehen war, brauchte ich nicht noch ein Monster, das mir nach dem Leben trachtete. Das Lachen ließ mich erneut schaudern und ich machte einen Schritt zurück.

»Captain«, meinte Blanca und deutete mit dem Kopf in Richtung Kajüte. Schritte erklangen von dort und ich wusste, dass er sich in der Nähe befand.

Er durfte mich nicht erwischen. Hastig machte ich kehrt und lief in mein Zimmer zurück. Mit klopfendem Herzen schloss ich die Tür hinter mir und lehnte mich dagegen. Blanca flog von meiner Schulter auf den Tisch und krächzte leise.

»Das war knapp«, keuchte ich und lauschte, konnte aber keine Schritte mehr hören. Vielleicht war der Captain an Deck zurückgegangen. »Mist«, zischte ich und schalt mich innerlich, weil ich mich wie ein Feigling benommen hatte. Das war die Chance gewesen.

»Sicherheit«, verkündete Blanca und deutete auf das Essen.

Ich hatte wirklich Hunger und im Moment wollte ich nicht noch einen Versuch wagen, das Verlies zu betreten. Das Lachen, das von dort gekommen war, hatte mich stutzig werden lassen. Vielleicht sollte ich beim nächsten Mal eine Fackel oder etwas anderes mitnehmen, das mir Sicherheit gab.

»Hunger!«, meinte Blanca und begann, sich über das Obst herzumachen.

»Ja«, murmelte ich und aß bedächtig.

Dieses Schiff war ein einziges Rätsel. Aber ich würde es schon lösen. Nur nicht heute.

Nachdem wir gegessen hatten, setzte ich mich mit dem ersten Gedichtband hin und las Blanca teilweise daraus vor. Manchmal ertappte ich sie dabei, wie sie nickte, ein anderes Mal gähnte sie. Die Gedichte um Freundschaft und Liebe mochte sie, jene, die mit dem Tod endeten, hingegen weniger.

Ein Gedicht erregte besonders ihr Interesse, denn sie kam näher, als ich es vorlas. Es ging um einen Tausch, ein Leben für ein Leben, und einen Abschied.

»So eile, Liebste, eile, verlasse mich geschwind,
zieh fort über das Wasser und fliege mit dem Wind.
Der Schmerz, er wird vergehen, quält er dich noch so sehr …«

Ich hatte nicht gehört, dass die Tür aufgegangen war. Aber die letzte Zeile musste ich nicht lesen.

»Ich gebe mein Leben für deines, also überlasse mich dem Meer«, beendete der Captain das Gedicht.

Ich fuhr herum und riss die Augen auf, als mir bewusst wurde, dass seine Kleidung wieder heller geworden war. Auch seine Haut schien nicht mehr pechschwarz zu sein, sondern dunkelgrau. Er wirkte … menschlicher. Meine Kehle schnürte sich zu. Ein Monster konnte ich hassen. Aber nach allem, was heute geschehen war, wie er mich beschützt hatte …

»Das ist mein liebstes Gedicht aus diesem Band«, erklärte er, nachdem ich ihn eine Weile einfach nur angestarrt hatte.

»Hawk hat es mir gebracht, als ich ihn um etwas zu lesen gebeten habe.«

»Ah«, machte der Captain nur und erst jetzt fiel mir auf, dass er noch erschöpfter aussah.

»Willst du dich nicht setzen?«, schlug ich vor und deutete auf den Sessel neben mir.

»Vielleicht sollte ich das«, krächzte er und schwankte dabei.

Ich sprang auf, fing ihn auf und hielt ihn, so gut ich es mit meiner im Vergleich zu ihm zierlichen Gestalt konnte. Er war über einen Kopf größer und seine Schultern doppelt so breit wie meine.

»Soll ich Cooks rufen? Oder Hawk? Oder …«

»Nein. Niemand soll mich so sehen«, flüsterte er, als wir es mit vereinten Kräften zum Sessel schafften und er sich setzte. »Niemand außer dir.«

»Warum?«

»Weil sie dann wüssten, wie schlimm es steht.«

»Womit? Oder worum?«

Er stützte seine Ellbogen auf dem Tisch ab und vergrub sein Gesicht in den Händen. »Wenn wir bei Sonnenlicht über dem Wasser sind, ist es schwerer, die Magie aufrechtzuerhalten«, murmelte er.

»Ich verstehe nicht …«

»Musst du nicht. Es muss dich nicht belasten. Ich brauche nur diesen Moment. Nur diesen Moment …«

Er schloss die Augen und schwieg. Blanca schlug mit den Flügeln. »Sorgen!«

Ich warf ihr einen finsteren Blick zu. Er musste nicht wissen, dass ich mich sorgte. Aber da stieß er den Atem aus. »Ja, Blanca, ich mache mir Sorgen. Ich hoffe, Einauge und seine Männer können die Maschinen instand setzen, bevor wir herausfinden müssen, ob wir noch in der Lage sind, uns zu verteidigen.«

Ich hörte, wie sich der Wind erhob, und atmete tief ein. Meine Haut prickelte und ich schloss die Augen, um das Bild besser zu erkennen, das meine Magie mir sandte.

»Fünf weiße Segel«, murmelte ich und keuchte, als der Captain mich bei den Armen packte.

»Was hast du gesagt?«, fuhr er mich scharf an und erinnerte mich wieder an jenes Wesen, das mich entführt hatte. Meine Lippen bebten und er lockerte den Griff. »Bitte entschuldige.«

»Ich sehe fünf weiße Segel«, erklärte ich mit brüchiger Stimme. »Der Wind hat sie mir gezeigt. Sie kommen, Captain.«

In dem Augenblick sprang die Tür auf und Hawk stürzte herein. »Captain, ein Kriegsschiff mit den Flaggen von Daris und Mantor. Sie haben uns entdeckt.«

Der Captain riss mich mit, als er aufsprang, und zog mich an sich. Ich war mir nicht sicher, ob ich mich unwohl fühlen sollte oder geborgen. Aber er hielt mich, als er mit Hawk sprach, als hätte er Angst, mich sonst zu verlieren.

»Wie weit weg?«

»Nicht weit genug, um in unserem Zustand zu fliehen.«

»Verflucht«, brüllte der Captain und ich zuckte, während Blanca »Leise!« krächzte. Er räusperte sich. »Hawk, bleib bei Amara. Sie verlässt diesen Raum nicht.«

»Captain«, warf Hawk ein, bevor ich das Wort erheben konnte. »Sie ist bei Euch sicherer.«

»Ich muss auf die Brücke!«

»Und dort ist sie an Eurer Seite sicherer als bei irgendjemand anderem.«

Hawk reckte das Kinn vor, als erwartete er, dass der Captain ihn anbrüllen würde. Er tat es nicht.

»Ay«, stieß er nur aus und sah dann mich an. »Du musst keine Angst haben. Ich werde nicht zulassen, dass dir etwas geschieht.« Sein Blick glitt über meinen Körper und er atmete geräuschvoll aus. Ja, ich trug ein Kleid. Weil ich nichts anderes besaß. Aber das würde ich ihm in diesem Moment nicht vorhalten, denn er wirkte mit einem Mal nicht nur erschöpft, sondern wirklich besorgt. »Komm, ich muss an Deck. Hawk, du bleibst dennoch in unserer Nähe.«

»Ay«, erwiderte der Pirat.

Der Captain verschränkte seine Finger mit meinen. Mir wurde erst jetzt bewusst, dass er nicht nur kaum noch nach Fisch roch, sondern auch das schleimige Gefühl auf seiner Haut verschwunden war. Mit hastigen Schritten führte er mich zur Treppe.

Ein Schrei ließ mich zusammenfahren. Er kam aus dem Verlies. Der Captain drehte den Kopf kurz in die Richtung, dann lief er weiter.

»Was hältst du dort gefangen?«, keuchte ich, als wir die Stufen hinaufhasteten.

»Ich werde es dir irgendwann erklären«, murmelte er. »Aber nicht jetzt.«

Blanca schlug mit den Flügeln. »Vertrauen!«, rief sie und ich wusste nicht, ob sie mich damit meinte oder den Captain. Aber es war auch gleich, denn meine Gedanken überschlugen sich bereits, als ich die weißen Segel eines gewaltigen Fünfmasters am hellblauen Horizont entdeckte.

Die Flaggen von Daris, meinem Heimatland, und seinem Nachbarn Mantor wehten am größten Mast im Wind. Einen Moment schöpfte ich Hoffnung, dass ich aus meiner Gefangenschaft befreit würde. Dann jedoch wurde mir bewusst, dass dieses Schiff versuchen würde, uns zu versenken. Und selbst wenn sie mich verschonten, brächten sie mich im besten Fall meinem Vater zurück.

Nein, dieses Schiff war keine Rettung für mich. Es war der sichere Tod, auf die eine oder andere Weise. Außerdem … wollte ich nicht, dass dem Captain und den anderen etwas zustieß. Ich schluckte.

»Freunde«, krächzte Blanca leise, während der Captain in ein Fernrohr blickte und mich nicht beachtete. »Helfen.«

»Aber wie?«, flüsterte ich und strich über ihre Federn, die sie aufgestellt hatte, als hätte sie Angst.

Der Captain drehte sich um und warf Hawk das Fernrohr zu. »Wie steht es um unsere Kanonen?«

»Einauge meint, sie seien einsatzbereit, aber ihre Reichweite nicht so stark.«

Hawk tänzelte nervös von einem Fuß auf den anderen, während der Captain nachzudenken schien.

»Wie steht es um unseren Schutzschild?«

»Captain, Eure Kräfte sind geschwächt. Der Schild wird die ersten Salven vermutlich nicht überstehen«, erwiderte Hawk.

»Wir müssen es dennoch versuchen«, brummte der Captain.

»Was versuchen?«, fragte ich, aber keiner der beiden antwortete.

»Auf Positionen. Ich will, dass ihr das Schiff unschädlich macht.«

Hawk ließ seinen Blick zu mir wandern, dann salutierte er. »Ay, Captain.« Er drehte um und begann, Befehle zu rufen.

Cooks, die das Steuer gehalten hatte, machte Platz für den Captain. »Sir?«, erwartete sie seine Anweisungen.

»Du führst die Männer an, die entern werden«, verkündete der Captain.

»Mit Verlaub, soll ich nicht in Eurer Nähe bleiben und auf Amara …«

»Ich beschütze sie«, fuhr er Cooks an. »Geh. Ich brauche dich bei den anderen.«

Sie nickte, warf mir noch einen letzten Blick zu und ging.

»Du willst das Schiff entern?«, hauchte ich neben ihm, unsicher, ob er mir überhaupt antworten würde oder ob ich es hören wollte.

»Ich will gar nichts«, brummte er. »Aber ich habe keine Wahl. Wir können ihrem Schiff nicht entkommen und da unsere Kanonen im Moment in der Unterzahl sind und meine Magie geschwächt ist, muss ich es auf einen Nahkampf ankommen lassen.« Er drehte am Steuerrad und das Schiff änderte den Kurs. »Was auch immer geschieht, bleib in meiner Nähe.«

Ich straffte die Schultern. »Willst du mir nicht irgendetwas geben, mit dem ich mich verteidigen kann?«

Er warf mir einen Blick über die Schulter zu. »Kannst du denn mit einer Waffe kämpfen?«

Ich biss mir auf die Unterlippe. »Direkt geübt habe ich nichts, aber …«

»Amara«, seufzte er und sah wieder nach vorne zu dem Schiff, das seinen Kurs ebenfalls geändert hatte. »Wenn du mit einer Waffe nicht umgehen kannst, bist du sowohl für dich als auch für jeden anderen eine Gefahr. Ich lasse nicht zu, dass jemand dir etwas antut. Also bleib in meiner Nähe.«

Von dir abgesehen, meinst du?, dachte ich, schwieg aber.

Die Rufe der Piraten wurden lauter, als das Schiff die Wellen durchbrach. Wir waren schnell. Viel zu schnell und steuerten genau auf den Fünfmaster zu.

Ich stand neben dem Steuerrad und starrte auf das Schiff und dann zum Captain. »Wir werden es rammen!« Ich keuchte.

»Ay«, entgegnete der Captain und ehe ich michs versah, packte er mein Handgelenk und brachte mich zwischen sich und das Steuerrad. »Festhalten.«

Ich hörte das Holz krachen, fühlte den Druck, als die beiden Schiffe einander trafen. Beinahe verlor ich das Gleichgewicht, aber der Captain hielt mich sicher fest.

»Klarmachen zum Entern!«, rief Cooks und die Piraten an Deck erwiderten es mit lautem Gebrüll.

Noch während sie auf das andere Schiff hinüberschwangen, hörte ich schwere Stiefel neben uns aufschlagen.

»Bleib hinter mir«, befahl der Captain, zog sein Schwert und seine Pistole aus dem Gürtel. Dann breitete er die Arme aus.

Blanca schlug energisch mit den Flügeln, als wir uns vier Männern in den königlichen Uniformen von Daris gegenübersahen.

»Wer hätte gedacht, dass uns das Glück hold ist, die gefürchteten schwarzen Piraten zu stellen.« Einer von ihnen grinste und hob seine Pistole. »Ihr werdet heute alle Fischfutter sein.«

Der Captain schwieg und breitete die Arme noch weiter aus, als würde er mich auf diese Weise unsichtbar machen. Es kam mir so vor, als zitterte er. Er war gerade noch so erschöpft gewesen, wie sollte er es da mit vier ausgebildeten Soldaten aufnehmen?

Mit lautem Gebrüll stürzten sich die Männer auf ihn. Der Captain machte zwei Schritte vor und schlug mit seinem Schwert zu, fing einen Schlag mit der Pistole ab und schoss. Ein Körper ging zu Boden, während sich Blanca erhob und auf einen der Männer zustürzte.

Der Captain gab einen Schrei von sich und hieb wie wild auf zwei der Männer ein, die darauf aus waren, ihn niederzuringen. Etwas schlitterte über den Boden und ich hob eine kleine Pistole auf. Sie schien geladen zu sein.

Noch während ich sie betrachtete, hörte ich Schritte hinter mir und erstarrte. Ein weiterer Soldat war die Treppen zur Brücke hinaufgekommen, packte mich und hob mich hoch. Ich schrie und trat um mich, traf ihn irgendwo am Knie.

Zornig schleuderte er mich auf den Boden und schlug mir mit der Faust ins Gesicht, während ich versuchte, wieder aufzustehen, um die Waffe zu erreichen, die mir aus der Hand gefallen war. Sterne tanzten vor meinen Augen und ich schmeckte Blut, als er mich am Kragen meines Kleides packte.

»Ich hätte dich am Leben gelassen«, zischte er, während er einen Dolch zog. »Aber wenn du hier ausbluten willst wie all die anderen Piraten, sollst du es so haben.«

Die Klinge blitzte im Licht der Sonne auf und ich machte mich bereit, zu sterben. Markerschütterndes Gebrüll ließ den Soldaten taumeln und ich sah, wie der Captain ihn zu Boden riss.

»Fass sie nicht an!«, schrie er und hieb mit dem Schwertgriff auf den Kopf des Mannes ein, bevor er ihn hochhob und über Bord warf.

Um Atem ringend drehte sich der Captain zu mir um. Seine Augen glühten wie weißes Licht und sein Körper bebte vor Wut. Panik erfasste mich, als er auf mich zukam, und ich wich zurück. Er war ein Monster … ein abscheuliches …

»Geht es dir gut?«, fragte er sanft, als er auf die Knie sank und seine Hand behutsam an meine Wange legte. »Es tut mir leid, ich habe versagt.«

»Was?«, hauchte ich und fühlte mich schlecht.

Er war kein Monster, er hatte mich beschützt.

Ich suchte die Brücke nach den anderen Soldaten ab, konnte sie aber nicht entdecken, weder lebend noch ihre Leichen. Keuchend starrte ich wieder den Captain an, als er seine Hand an die pochende Stelle in meinem Gesicht legte.

Kühle breitete sich von seinen Fingerspitzen aus und das Pochen nahm ab, bis es ganz verschwand. Ich bemerkte sein Zittern und fing ihn auf, als er nach vorne sank.

»Captain?«, flüsterte ich und ließ zu, dass er seine Arme um mich legte.

»Ich brauche nur … einen Moment«, stöhnte er und begann, noch mehr zu zittern.

»Gefahr!«, rief Blanca und ich entdeckte den Soldaten, der sich über die Treppe zu uns gestohlen hatte.

Sein Gesichtsausdruck war grimmig und er hob sein Gewehr an. Der Captain versuchte, sich aufzurichten, da packte ich die Pistole, die in meiner Reichweite lag, zielte und drückte ab.

Ein Gurgeln war alles, was ich noch von dem Soldaten hörte, bevor er rückwärts die Stufen hinabstürzte, ohne selbst einen Schuss abgefeuert zu haben.

Ich warf die Pistole weg. »Bei allen Heiligen«, keuchte ich. »Was habe ich getan?« Jetzt zitterte ich und atmete viel zu schnell.

Ich hatte einen Mann erschossen.

Ich hatte einen Mann erschossen!

Ich war eine Mörderin.

Eine kaltblütige Mörderin!

»Amara«, raunte der Captain und umfasste mein Gesicht mit seinen bebenden Händen. »Du hast ihn nicht getötet.«

»Ich habe ihn erschossen«, schluchzte ich und blinzelte die Tränen weg.

»Nein«, flüsterte der Captain. »Du wärst bereit gewesen, ihn zu töten, um mich zu schützen. Aber du hast ihn nicht getroffen.«

»Wovon sprichst du?« Ich schluckte die Galle, die meine Kehle hinaufkroch, hinunter. »Wie willst du das wissen?«

»Weil ich ihn abgestochen habe«, verkündete Hawk, den ich nun erst hinter dem Captain bemerkte. »Entschuldigt, dass ich erst jetzt hier erscheine. Waren mehr, als ich erwartet hatte.«

Der Captain stand schwankend auf und half auch mir auf die Beine. Er hielt mich und ich versuchte, ihn zu stützen. »Du hast ihn nicht umgebracht«, wiederholte er und strich über meine Wange. Während ich noch um Fassung rang, wandte er sich Hawk zu. »Lagebericht.«

»Die Mannschaft ist verschnürt und die Waffen sind unschädlich gemacht. Wir haben ihre Segel zerstört, sie können uns nicht folgen.« Er richtete sich auf. »Sollen wir sie versenken?«

Ich hielt den Atem an und musterte das Gesicht des Captains. Er wirkte unentschlossen, fast so, als wollte er das andere Schiff nicht zerstören. Aber … warum?

»Beidrehen und Kurs setzen. Wir müssen Abstand zwischen uns bringen, um uns zu tarnen«, verkündete er schließlich.

Mein Mund klappte auf.

Er … verschonte die restliche Mannschaft?

»Ay«, hörte ich Hawk sagen, der sich entfernte und Befehle brüllte.

»Du … du willst das Schiff nicht versenken?«, flüsterte ich, während ich dem Captain half, ans Steuerrad zurückzukehren.

»Ist es dein Wunsch, dass ich es versenke?«, erwiderte er und musterte mich.

Ich schüttelte den Kopf. »Ich verstehe es nur nicht. Ihr seid Piraten.«

Der Captain gab ein Knurren von sich. »Nicht alle Piraten sind gleich«, murmelte er. »Aber ich gebe zu, es gab Zeiten, da hätte ich nicht gezögert, das Schiff auf den Meeresgrund zu befördern.« Er stieß den Atem aus. »So bin ich nicht mehr.«

Er sank über dem Steuerrad zusammen, hielt sich nur noch mühsam auf den Beinen. Blanca schlug mit ihren Flügeln und ein seltsamer

Wind kam auf, der neben angenehmer Wärme auch süßlichen Duft zu uns trug. Der Captain atmete tief ein und schaffte es, sich wieder aufzurichten.

»Bis der Abend hereinbricht, bitte ich dich, in dein Zimmer zu gehen«, sagte er schwach.

»Soll ich nicht bei dir bleiben?«, fragte ich und umfasste eine seiner Hände. Er zitterte immer noch und es versetzte mir einen Stich, ihn so zu sehen.

Vielleicht war es nur Einbildung, aber mir kam es so vor, als wäre seine Haut noch ein wenig heller geworden.

»Du bist an Deck nicht sicher«, erwiderte er und sah mich erschöpft an. »Obwohl ich mir wünschte, du würdest bei mir bleiben. Aber es geht nicht.«

Ich ließ ihn los und schluckte die Enttäuschung hinunter. Der Captain atmete geräuschvoll aus.

»Würdest du mir heute Abend Gesellschaft leisten?«, fragte er und als ich ihn nur verwirrt anstarrte, fügte er ein leises »Bitte« hinzu.

»Einverstanden«, murmelte ich. »Ich warte dann in meinem Zimmer.«

Der Captain nickte und konzentrierte sich darauf, die Conch von dem Fünfmaster fortzubringen.

Ich schwankte die Treppen hinunter und war froh, als Hawk mich zu meinem Zimmer begleitete. Aus dem Abgang zum Verlies drangen keine Geräusche mehr. Aber selbst wenn ich etwas gehört hätte, verspürte ich im Moment keinen Drang, dort hinunterzugehen. Nicht nach dem Lachen, das ich gehört hatte. Was auch immer dort war, schien nicht wirklich ein Gefangener zu sein. Sonst hätte es kaum gelacht. Oder doch?

Als ich allein in meinem Zimmer war, sank ich erschöpft auf das Bett und erlaubte den Tränen, sich endlich ihren Weg zu bahnen. Ich sah den Captain, wie er gegen die Soldaten gekämpft hatte, um mich zu schützen, fühlte seine Magie, die mich geheilt hatte, obwohl er so schwach war. Und ich hörte seine Stimme, als er das Gedicht zitierte: »Ich gebe mein Leben für deines, also überlasse mich dem Meer.«

Etwas Eiskaltes legte sich um mein Herz und ich schloss die Augen. Gedankenverloren strich ich über Blancas Gefieder, die neben mir saß. »Ich habe kein gutes Gefühl bei der Sache.«

»Vertrauen«, krächzte sie.

Ich holte tief Luft und begann erneut zu zittern. Der Wind brachte eine Veränderung mit sich. Und ich hatte die Befürchtung, dass sie nichts Gutes verhieß.

KAPITEL 14

Hawk holte mich ab, als die Sonne untergegangen war. Auch er wirkte verändert, aber bei Weitem nicht so erschöpft wie der Captain.

»Bereit für das Abendessen?«, fragte er dennoch beschwingt, als versuchte er, mich seinen Zustand nicht sehen zu lassen.

Ich tat ihm den Gefallen und spielte mit, wehrte mich auch nicht, als er mich in ein purpurnes Satinkleid steckte, das ziemlich eng anlag. Er bürstete meine Haare nur aus und ließ sie locker über meine Schultern fallen.

»Starr mich nicht so an, Papagei«, brummte er und zog einen Keks aus seiner Tasche, auf den sich Blanca gierig stürzte. Er lachte und frisierte weiter.

»Du siehst müde aus«, stellte ich fest, als sich unsere Blicke im Spiegel trafen.

»Hatte schon bessere Tage«, murmelte er und drehte eine Strähne über seinem Finger ein. »Es ist immer schwierig, wenn wir über Wasser sind und die Sonne scheint. Besonders, wenn wir dann auch noch ein Kriegsschiff treffen. Der Captain kämpft nicht gerne.«

»Es sind nicht nur die Schiffe, die ihr meiden wollt, oder?«, hakte ich nach.

Er schüttelte den Kopf. »Nein, es gibt noch andere Dinge, denen wir im Sonnenlicht lieber aus dem Weg gehen.«

»Aber wenn unter dem Wasser so viele Monster lauern, wie kann es dann sein, dass es ungefährlich ist, bei Tag dort zu reisen?«

Er stieß den Atem aus. »Mädchen, du willst nicht wissen, welche Monster über dem Wasser auf uns lauern. Die unter Wasser können wir besser bekämpfen, deswegen nehmen wir sie eher in Kauf.« Er ließ die Strähne los und legte sie behutsam ab. »So, lass uns gehen, der Captain wartet.«

Ich schluckte meinen Ärger darüber, wieder nicht in alles eingeweiht worden zu sein, hinunter. Etwas lauerte im Verlies und ich fühlte mich in der Kajüte des Captains ständig beobachtet. Also gab es auch hier, an Bord der Conch, genug Gefahren. Außerdem hatten Kraken das Schiff beinahe zerstört und Soldaten uns angegriffen. Sie waren bereit gewesen, jeden zu töten, und der Captain hatte sie dennoch verschont. Ich wollte Antworten, vor allem, warum die Monster hinter mir her zu sein schienen. Aber ich wusste, dass dies der falsche Moment war, sie einzufordern. Oder … nicht?

Ich hob den Arm, und Blanca landete darauf. »Hunger!«, krächzte sie mehrfach, während wir durch den Gang schritten.

Am Abgang zum Verlies horchte ich genau, konnte aber wieder nichts vernehmen. Vielleicht hatte ich mir bisher auch alle Schreie und das Lachen nur eingebildet.

Es war ziemlich still an Bord und ich fragte mich, woran das lag. Aber da wir die Tür bereits erreicht hatten und Hawk, ohne zu zögern, klopfte, blieb mir keine Zeit, nachzudenken.

Der Pirat schob mich in den Raum und schloss die Tür hinter mir. Es dauerte einen Moment, bis ich mich an die Lichtverhältnisse gewöhnt hatte. Ich entdeckte den Esstisch, der sich unter Köstlichkeiten bog, und den Captain am Kopfende. Er erhob sich, als ich näher kam, rückte mir den Stuhl zurecht und setzte sich wieder auf seinen Platz, nachdem er mir geholfen hatte. Er wirkte noch erschöpfter als zuvor.

»Bist du sicher, dass wir gemeinsam essen sollen?«, fragte ich, als er den Kopf auf seine Hand stützte. »Du siehst eher so aus, als würdest du Schlaf benötigen.«

Er stieß den Atem aus. »Wenn ich schlafen könnte, wäre das vielleicht eine gute Idee.« Er hob den Blick und sah mir in die Augen. »Dir ist doch bestimmt schon aufgefallen, dass wir anders sind als gewöhnliche Piraten.«

Ich rang mir ein Lächeln ab. »Wirklich? Wann hätte mir das auffallen sollen? Als das Schiff sich selbst umgebaut hat und abgetaucht ist? Oder als du mit einer Nixe unter Wasser gesprochen hast? Wieso bin ich damals eigentlich nicht ertrunken? Ich muss ewig ohne Sauerstoff gewesen sein.«

»Weil die Magie des Schiffs dich geschützt hat«, erwiderte er müde. »Als mein … Gast … gehörst du zum Schiff und es verleiht auch dir gewisse Kräfte.«

»Wirklich?« Ich biss mir auf die Unterlippe.

Sollte ich wegen meiner Gabe fragen? Die auf dem Schiff nicht zu gehorchen schien, auf der Insel aber sehr wohl? Von dem Moment, als ich das Kriegsschiff gesehen hatte, einmal abgesehen.

»Ja«, murmelte er und starrte den leeren Teller vor sich an. »Wir sollten jetzt essen. Du hast bestimmt Hunger.«

Ich nickte und füllte meinen Teller mit etwas Fleisch und Gemüse, während Blanca sich auf das Obst stürzte. Der Captain griff nach einem Hühnerschenkel, aß ihn aber nicht einmal zur Hälfte auf. Er trank nur recht viel Wein, der ihm wieder über das Kinn lief und auf seine Kleidung tropfte.

»Dein Mund«, wagte ich schließlich anzusprechen, was mich schon länger beschäftigte. »Er ist …«

»Abscheulich? Eines Monsters würdig?«, schlug er leise vor und stellte den Weinkelch ab.

»Es sieht aus, als hätte ihn jemand zusammengenäht. Warum …«

Ich zuckte zusammen, als er mit einer heftigen Bewegung seinen Teller und den Kelch auf den Boden fegte, ehe er aufsprang und die Hände auf der Tischplatte abstützte. Blanca schlug panisch mit den Flügeln und krächzte. Ich war mit meinem Sessel zurückgerutscht und hielt den Atem an. Er schaffte es immer noch, mir Angst zu machen, ganz gleich, was er für mich getan hatte.

Seine Augen leuchteten hell, aber er sah mich nicht an. Ich bemerkte, dass seine Hände zitterten, als müsste er sich beherrschen, nicht in Wutgebrüll auszubrechen.

Mein Magen zog sich zusammen und ich machte mich auf einen heftigen Tobsuchtsanfall gefasst, als es in seiner Manteltasche zu leuchten und klingeln begann.

Er drehte sich so plötzlich um, dass der Tisch wackelte, und zog etwas heraus, das ich nicht genau sehen konnte. »Ich muss auf die Brücke«, murmelte er, ließ den Gegenstand wieder in seiner Tasche verschwinden und drehte sich zu mir um. »Bist du fertig mit dem Essen oder soll ich dir noch etwas bringen lassen?«

»Nein, ich bin fertig«, sagte ich mit zittriger Stimme und betrachtete Blanca, die sich von ihrem Schock schnell erholt hatte und wieder aß. »Außerdem ist es gut, wenn ich den Papagei vom Essen wegbringe. Sonst kann ich sie bald nicht mehr tragen, wenn sie so schwer wie eine Kanonenkugel ist.«

Blanca hob den Kopf und schlug mit den Flügeln. »Gemein!«, krächzte sie. »Freund!« Sie flog auf meinen Arm und ich strich über ihren Kopf.

»Du weißt, dass ich dich sehr gerne mag, oder? Auch wenn du mehr isst als ich und bald zu schwer für mich bist.«

»Freund?«, wollte sie wissen.

»Ja, wir sind Freunde«, erwiderte ich und lächelte.

Mein Blick fiel auf den Captain, der uns schweigend beobachtet hatte. Er war wieder vollkommen ruhig und seine Augen leuchteten nicht mehr.

»Wenn es in Ordnung wäre, würde ich zu dir kommen, sobald ich auf der Brücke fertig bin?«, fragte er.

Ich hob eine Augenbraue und betrachtete ihn. Gerade hatte er einen Wutanfall niedergekämpft, warf mich aus seinem Zimmer, obwohl ich kaum gegessen hatte, und wollte doch wieder Zeit mit mir verbringen?

Wusste er überhaupt, was er wollte?

Er fasste mein Schweigen wohl als Absage auf. »Aber wenn du müde bist, dann verstehe ich das.«

»Nein. Ich würde mich freuen, wenn du danach bei mir vorbeisiehst«, erklärte ich und meinte es auch so.

Ich wollte Zeit mit ihm verbringen, wenn er nicht gerade einen Tobsuchtsanfall bekam, obwohl ich immer noch nicht sicher war, weswegen. Erhoffte ich mir Antworten?

Er nickte, deutete schweigend auf die Tür. Ich erhob mich und verließ mit ihm seine Kajüte. Wieder war es viel zu still in dem Schiff, während er mich zu meinem Zimmer brachte.

»Ich … Bis gleich«, murmelte er, machte kehrt und eilte die Treppen hinauf, die nicht weit von meinem Zimmer lagen.

»Einsam!«, krächzte Blanca.

»Der Captain?«, fragte ich und der Vogel nickte. »Aber er hat doch die Mannschaft.«

»Einsam!«, wiederholte sie, legte den Kopf schief und betrachtete mich mit ihren Augen, die ständig ihre Farbe wechselten. »Freunde?«

Ich zuckte die Schultern. »Er hat mich entführt, weißt du?«

»Gerettet!«, meinte Blanca.

Ich lachte. »Ja, wenn du meinst.«

Nun musste ich mich auch noch vor einem Vogel rechtfertigen. So weit war es mit mir gekommen. Dabei waren der Captain und ich garantiert keine Freunde. Ich hatte ihn anfangs nach seinem Namen gefragt, den er mir bis heute nicht verraten hatte. Wie konnten wir da befreundet sein?

Als Blanca nicht weiter nachhakte, setzte ich mich auf einen Sessel neben dem kleinen Tisch und starrte aus dem Fenster. Ich hörte das Rauschen der Wellen und schloss die Augen.

Der Wind flüsterte etwas, das ich nicht verstand. Manchmal, wenn Gefahr drohte, konnte ich nicht recht verstehen, was die Magie mir sagen wollte. Niemand hatte mir beigebracht, meine Gabe zu beherrschen, und auch jetzt wusste ich nicht, wovor der Sturm mich warnen wollte. Oder warum ich ihn jetzt wieder hören konnte.

Als es klopfte, erzitterte ich unwillkürlich. »Herein«, rief ich und erhob mich aus dem Sessel.

Der Captain stand mit einigen Karten in der Hand im Türrahmen und schien einen Moment unsicher zu sein, ob er willkommen war.

»Bitte«, flüsterte ich und deutete auf den Tisch neben mir.

Er schloss die Tür und kam auf mich zu.

»Was ist das?«, fragte ich, als er neben mir stand.

»Du wolltest doch Abenteuer erleben«, begann er, schob die Bücher beiseite und breitete eine der Karten auf dem Tisch aus. »Dann solltest du auch wissen, wie man Karten liest. Oder wo unsere Reise uns hinführen wird.«

Ich betrachtete das vergilbte Pergament vor mir. Die Karte war schon sehr oft benutzt worden und wirkte ziemlich alt. Aber sie stimmte mit dem überein, was ich von der Welt wusste.

»Zeig mir, wo Daris liegt«, forderte er mich plötzlich auf.

Ich sah ihn an, dann ließ ich meine Hand über die Länder und das Meer schweben, das man in verschiedene Bereiche teilte, deutete auf die Stelle auf dem östlichen Kontinent unserer Welt, an der Daris eingezeichnet war. Natürlich hatte die Karte keine Namensbeschriftungen. Deswegen war es nicht so einfach, etwas zu finden, wenn man nicht wusste, wo es lag. »Und hier ist Westwend«, erklärte ich und sah ihn wieder an.

Sein Blick ruhte auf mir und er nickte. »Sehr gut.« Er legte seinen Finger auf einen Punkt etwas südlich von Westwend. »Hier ist die Weiße Insel und hier« – er fuhr mit dem Finger ein Stück weiter – »befinden wir uns im Moment.«

Weit waren wir noch nicht gekommen, aber es waren ja auch erst einige Tage vergangen. Deswegen hatte es mich auch nicht gewundert, ein Kriegsschiff von Daris und Mantor gesehen zu haben. Sie lagen uns von allen Reichen immer noch am nächsten.

»Möchtest du wissen, was unser nächstes Ziel ist?«, fragte er unsicher.

Ich nickte eifrig, weil ich es wirklich wissen wollte. Schon allein, weil ich immer noch vorhatte, zu fliehen. Der Captain mochte nicht das Monster sein, das ich anfangs in ihm gesehen hatte, aber ich fürchtete mich noch immer vor dem, was nach Ablauf des Jahres geschehen würde.

Er betrachtete mich einen Moment, bevor seine Hand weit nach Norden wanderte, bis zu einem Kontinent, den man ›Eiswüste‹ genannt hatte. Niemand wusste angeblich, wie es wirklich dort aussah. Schiffe kamen nicht bis zur Küste, weil das Meer das ganze Jahr über von einer dicken Eisschicht überzogen war. Es gab nur Gerüchte, dass dort Hexen lebten, die den Winter in die Welt schickten. Wenn den Bauern von Daris die Ernten im Frühling erfroren, hieß es, die Magie der Eiswüste hätte daran Schuld. Natürlich wagte man das auch nur im

Geheimen zu sagen, denn alles Magische war schließlich verboten. Dennoch hielt sich der Glaube an unheilbringende Zauber hartnäckig in den Köpfen der Menschen, weswegen Frauen, die angeblich über Kräfte verfügten, die man sich nicht erklären konnte, auch verbrannt wurden. Nur Feuer zerstörte Hexen, hieß es.

Ich fühlte, wie sich Angst in mir ausbreitete. Angst und Hoffnungslosigkeit. Im tiefsten Winter konnte ich nicht fliehen, ohne zu erfrieren. »Da willst du hin? Warum?«

»Weil dort die Insel aus Eis liegt«, erwiderte er schulterzuckend. »Man nennt sie auch die Purpurne Insel. Sie wird dir gefallen.«

Ich biss mir auf die Unterlippe und überschlug meine Möglichkeiten, während ich die Karte anstarrte. Auf dem direkten Weg dorthin lag kein Hafen, es gab also keine Gelegenheit, an Land zu gehen und zu flüchten. Ins Meer springen konnte ich nicht einfach. In der Nacht lauerten Wesen wie Nixen auf mich und tagsüber reisten wir unter Wasser. Und wenn wir bei unserem Ziel an Land gingen, wäre es eiskalt und mehr als fraglich, ob ich dort Hilfe finden würde.

»Woran denkst du?«, fragte er und klang besorgt.

»Die Reise wird mindestens einen Monat dauern und ich bezweifle, dass du die Küste von Daris oder Alastair ansteuern wirst, damit wir Proviant aufnehmen könnten. Außerdem ist an deinem Ziel nichts als Eis und ich …« Ich starrte an mir herab. Er folgte meinem Blick. »Ich habe nur diese leichten Kleider.«

»Es wird mindestens drei Monate dauern, bis wir dort sind«, meinte er und es klang, als hätte er gelächelt, wenn er dazu in der Lage gewesen wäre. »Du musst dir keine Sorgen machen. Das Schiff versorgt dich mit allem, was du brauchst. Ich mache diese Fahrt nicht zum ersten Mal. Es wird dir gefallen.« Ich sah ihn verwirrt an. »Die Insel. Alles dort ist aus Eis, und ihre Magie ist einzigartig.«

»Einzigartig!«, stimmte Blanca zu.

Er deutete auf die Karte und hielt mir einen Kompass hin. »Willst du versuchen, die schnellste Route zu planen?«

Ich hob eine Augenbraue und zog mit dem Finger eine Gerade zwischen dem Punkt, wo wir uns befanden, und der Eiswüste.

Der Captain schüttelte den Kopf. »Siehst du diese Linien, die hier eingezeichnet sind?«, fragte er und deutete auf die verschieden gefärbten Striche, die wirr und willkürlich die Karte überzogen.

»Ja.«

»Das sind Strömungen. Wenn wir gerade hinaufsegeln würden, hätten wir Gewässer mit starker Gegenströmung zu durchqueren. Manchmal muss man einen Umweg nehmen, um schneller zu sein.«

Er erklärte mir zusammengefasst, welche Farbe für welche Strömungsstärke stand, wie ich den Kompass nutzen musste, wenn ich auf der Brücke den Kurs festlegen wollte, und zu welcher Jahreszeit welche Winde halfen, schneller vorwärtszukommen.

»Ich hatte keine Ahnung, wie viel man bedenken muss, wenn man zur See fährt«, stieß ich am Ende seiner Ausführungen erstaunt aus.

»Ja, darum dauert die Ausbildung eines Navigators meist sehr lange. Alleine könntest du auch den Kurs nicht halten, selbst nach den Erklärungen nicht«, erwiderte er und musterte erneut mein Kleid.

Ich wollte gerade fragen, ob etwas damit nicht stimmte, da begann wieder etwas in seiner Tasche zu leuchten.

»Ich muss auf die Brücke. Du solltest schlafen. Ich lasse dir morgen das Frühstück herbringen.«

»In Ordnung«, entgegnete ich enttäuscht und beobachtete seine Hände, wie sie die Karte aufrollten. Die Haut kam mir noch heller vor. »Geht es dir eigentlich wieder besser?«

Er hob den Blick und sah mich verständnislos an.

»Du warst so … erschöpft. Ich hatte schon Sorge …«

»Ich habe mich noch nicht bedankt, dass du mir geholfen hast«, sagte er und seine Stimme klang ungewohnt sanft. »Du warst bereit, mich zu beschützen. Dafür bin ich dir zu Dank verpflichtet.«

»Du schuldest mir nichts«, murmelte ich. »Ich habe ja im Endeffekt nichts getan.«

»Doch.« Er trat näher, legte seine Hand an meine Wange und betrachtete mich mit seinen blutunterlaufenen Augen. »Doch, das hast du. Du hast mir bewiesen, dass du etwas Besonderes bist.«

»Ich verstehe nicht …«

»Bald, Amara«, versprach er und trat zurück, während das Leuchten in seiner Tasche heller wurde. »Ich muss jetzt gehen. Es tut mir leid.« Er verstaute die Karten unter seinem Arm. »Ich wünsche dir eine gute Nacht.«

»Danke. Bis morgen«, erwiderte ich, weil ich mittlerweile wusste, dass er nicht schlafen würde.

Als er fort war, schlug Blanca mit den Flügeln. »Freunde!«, verkündete sie.

»Nur weil er mir zeigt, wie man ein Schiff navigiert, ist er nicht mein Freund«, brummte ich und fuhr die Stelle an meiner Wange nach, die er berührt hatte.

Wieso prickelte meine Haut so?

»Doch!«

»Ach«, zischte ich und blickte wieder aus dem Fenster. Was wusste der Vogel denn schon?

Kapitel 15

Aufstehen, du Landratte!«, rief Hawk und lachte, als er mir die Decke vom Leib riss. Ich rollte mich zusammen und stieß leise Verwünschungen aus, aber das schien ihn nur noch mehr anzustacheln. »Na los, na los. Der Tag hat begonnen und das Frühstück wartet auf dich! Und eine Überraschung, aber dazu musst du an Deck kommen!«

Ich knurrte und wandte den Blick zum Fenster. »Die Sonne ist noch nicht einmal aufgegangen.«

»Eben darum. Beeil dich!« Er klatschte in die Hände und stellte mir ein Tablett auf das Bett. Dann hechtete er zum Schrank und kramte ewig darin herum.

Als er wieder hervorkam, hatte ich meine Eier und das Brot bereits aufgegessen. Ich nahm gerade einen Schluck von dem Getränk, das aus den Früchten der Weißen Insel bestand, als Hawk mir etwas auf die Bettdecke warf, das nicht wie die üblichen Kleider aussah.

Neugierig betrachtete ich erst das Bündel, dann den Piraten.

»Geschenk vom Captain. Ich warte draußen, also beeil dich!« Er zwinkerte und schloss die Tür hinter sich.

Blanca hatte gerade ihr Frühstück beendet und hüpfte zu dem Bündel, das Hawk neben mich geworfen hatte. »Geschenk!«, rief sie vergnügt.

Ich nahm es in die Hände und rollte es auf. Ein Lächeln breitete sich auf meinem Gesicht aus, als ich es erkannte. Es handelte sich um eine Hose und einen Mantel aus schwarzem Leder, eine Leinentunika, die meine Schultern frei ließ, und eine rote Samtkorsage mit Häkchen vorne zum Schließen. »Aber wie …«, fragte ich atemlos und starrte zum Schrank. Ich hatte ihn mehr als einmal durchwühlt, aber nie etwas anderes als furchtbare Kleider darin gefunden. Woher hatte Hawk diese Kleidung? Er hatte sie nicht bei sich gehabt, als er eingetreten war.

»Geschenk vom Captain«, hatte der Pirat gesagt.

Ich schwang die Beine aus dem Bett und stieß gegen etwas, das sich daneben befand. Mein Blick wanderte nach unten und ich entdeckte Stiefel, die bequem und robust aussahen. Wo waren die denn hergekommen?

Verwirrt schüttelte ich den Kopf und hob die Tunika vor mein Gesicht. Dabei fielen große Creolen heraus.

Ich konnte mir das Lachen nicht länger verkneifen, als ich mich hastig umzog und in die Stiefel schlüpfte. Vor der Tür lehnte Hawk an einer Wand, musterte mich von Kopf bis Fuß und stieß sich ab. Er verschränkte die Arme hinter dem Rücken, als er mich, mit Blanca auf dem Arm, umrundete.

»Etwas fehlt bei deiner Aufmachung noch«, murmelte er und blieb stehen. »Ah, ich weiß!«

Er zog seine Hände hinter dem Rücken hervor und präsentierte mir einen schwarzen Dreispitz mit einer roten Feder.

»Für mich?«, fragte ich.

»Nein, für den Vogel. Natürlich für dich, Mädchen. Und jetzt ab aufs Deck!«

Er scheuchte mich die Stufen hinauf, wo einige Piraten versammelt waren und mich neugierig musterten, als sie mich entdeckten. Cooks war eine von ihnen und nickte mir zu, als sich unsere Blicke trafen. »Der Captain wartet«, erklärte sie und bedeutete mir, zum Steuerrad hochzugehen.

Sowohl sie als auch Hawk blieben auf dem Hauptdeck stehen, während ich die Stufen mit viel zu schnell schlagendem Herzen erklomm. Der Captain hielt das Steuerrad und wandte sich mir erst zu, als ich direkt vor ihm stand. Seine Augen weiteten sich.

»Komm bitte näher«, forderte er mich auf und starrte wieder nach vorne.

Ich trat ganz nah an das Steuerrad heran. Er hielt mir einen Kompass hin, den ich verwirrt musterte.

»Du wirst ihn brauchen, wenn du den Kurs bestimmst«, erklärte er, ohne mich anzusehen.

»Ich soll den Kurs bestimmen?«, keuchte ich. Ich hatte mit vielem gerechnet, jedoch sicher nicht damit.

Er nickte. »Ich bin aber hier, also keine Sorge. Wie schon gesagt, würdest du Jahre brauchen, um uns alleine navigieren zu können.« Er räusperte sich, während er mich musterte. »Du erinnerst dich an die Richtung, die wir einschlagen wollten, als wir gestern die Karte betrachtet haben?«

Ich schluckte. »Nord … Nordwest«, antwortete ich.

»Ausgezeichnet. Jetzt nimm den Kompass und finde heraus, wo Norden ist.«

Ich griff nach dem Kompass, wobei ich seine Finger einen kurzen Moment berührte, bevor ich meine Hand hastig zurückzog und auf das Gerät hinabblickte. Die Nadel drehte sich ein wenig und ich wendete das uhrenähnliche Gehäuse, bis sie auf Norden zeigte. Ich hob meine Hand und deutete auf einen Punkt auf dem Horizont, der sich bereits in ein dunkles Purpur färbte.

»Gut. Jetzt übernimm das Steuerrad«, forderte er mich auf und trat einen Schritt zur Seite.

Er hielt das Rad mit einer Hand fest, während ich mich direkt davorstellte und meine Finger um die Vertiefungen im Holz verkrampfte.

»Sei lockerer, du wirst Schmerzen haben, wenn du länger so dastehst«, erklärte er und trat hinter mich.

Ich verkrampfte mich noch mehr und wünschte mir, er würde wieder nach Fisch riechen. Dann hätte ich einen Grund, mich von ihm abzuwenden. Aber so ging das nicht.

»Lockerer«, raunte er nah an meinem Ohr.

Ich löste meine Finger ein wenig.

»Gut, jetzt steuere das Schiff und versuch, die Strömung zu fühlen.«

Ich schlug das Steuerrad ein, aber noch während ich es drehte, bemerkte ich einen Widerstand.

»Ist das die Strömung?«, fragte ich mit kratziger Stimme. Es machte mich nervös, dass der Captain so nah bei mir stand.

Er legte seine zweite Hand wieder auf das Steuer. »Ja, das ist die Strömung. Wir müssen sie durchqueren, um den Kurs zu halten. Du wirst mehr Kraft brauchen.«

Ich nickte und gab mir Mühe, das Rad zu drehen, aber er musste mir helfen. Langsam wurde ich unruhig, weil die Sonne aufgegangen war und ich am Steuer stand, obwohl der Captain es vermeiden wollte, dass ich bei Tageslicht hier war.

Als hätte er meine Gedanken gelesen, sagte er: »Beweg dich nicht, in Ordnung?« Er trat einen Schritt zur Seite. »Fertig machen zum Tauchen!«, rief er mit lauter Stimme, die über das Deck polterte und mit »Ay!« wie aus einem Mund beantwortet wurde.

»Hat Einauge die … Maschinen denn schon, ähm, geflickt?«

»Ja, ich hoffe, er hat mir nicht zu viel versprochen«, erwiderte der Captain und trat wieder hinter mich. »Bleib genau hier.«

»Ich kann ja auch nicht weg, wenn du so hinter mir stehst«, murmelte ich.

Der Pirat lachte und Blanca flatterte mit den Flügeln. »Da hast du wohl recht!«

Eine Glocke erklang und ich fühlte Magie, die unter meinen Füßen pulsierte. Das Schiff veränderte sich, die Segel zogen sich ein und verschwanden in den Masten, die wiederum schrumpften und im Boden versanken. Das Deck zog sich zusammen und formte eine gewaltige Spitze nach vorne aus, über die Brücke spannte sich ein Baldachin und ließ das Schiff tatsächlich wie eine geschwungene Muschel aussehen. Als die Verwandlung abgeschlossen war, legte sich eine magische Kuppel über alles.

»Halt dich fest und genieß den Anblick«, flüsterte der Captain, als das Schiff ruckelte und sich absenkte.

Meine Finger verkrampften sich wieder um das Holz. Er legte seine Hände darauf und löste meine schmerzhafte Haltung.

»Dir kann nichts passieren.« Seine Stimme war warm und angenehm und ich beruhigte mich tatsächlich.

Neugierig richtete ich den Blick nach oben, wo das Wasser bereits über die Kuppel schlug. Es sah atemberaubend aus, wie sich die Schichten des Meeres veränderten. Erst wirkte alles hellblau, dann wurde es türkisblau und schließlich färbte es sich immer dunkler.

»Halte den Kurs«, forderte der Captain mich auf und deutete auf den Kompass.

Die Nadel hatte sich bewegt und ich drehte das Rad, bis wir wieder Richtung Nordwest unterwegs waren.

Fische kreuzten unseren Weg und wichen hastig aus, als wir durch ihren Schwarm stießen. Einige davon waren riesig und bunte Muster zierten ihre Schuppen, andere waren winzig und wirkten so, als wären sie Teil des Meeresbodens gewesen, der sich erhoben hatte und sich bewegte.

Vor manchen Fischen fürchteten sich die anderen. Als ein großer, vollkommen grauer Fisch mit scharfen Zähnen an uns vorbeizog, entdeckte ich sonst nirgendwo ein anderes Lebewesen.

»Was ist das?«, wollte ich wissen und betrachtete diesen Meeresbewohner interessiert.

»Ein Hai«, meinte der Captain. »Die Menschen sagen, es sei das schrecklichste Monster des Meeres. Kann ich nicht bestätigen.«

Ich schauderte, als ich an die Hanumankraken dachte.

»Danke übrigens für die Kleidung«, murmelte ich, um uns beide von den Monstern abzulenken.

»Sie steht dir. Du siehst jetzt aus wie eine von uns.«

»Bin ich das denn?«, wollte ich wissen.

»Ay«, flüsterte er und half mir, den Kurs zu halten.

»Freunde!«, krächzte Blanca wieder.

Keiner von uns beiden sagte etwas dazu. Aber langsam konnte ich mir tatsächlich vorstellen, mich mit den Piraten anzufreunden.

Immerhin behandelten sie mich gut und ich mochte die Gespräche, die wir führten. In Westwend hatte ich mich immer wie ein Sonderling gefühlt, aber hier nicht, obwohl ich der einzige Mensch an Bord war. In der kurzen Zeit hatte ich das Schiff und seine Besatzung bereits in mein Herz geschlossen.

Aber dann fiel mein Blick auf die Uhr, die mit der Wand des Schiffes verwachsen war. Ein Jahr. Ich war ein Jahr hier geduldet. Aber was würde danach geschehen?

Kapitel 16

Die Tage zogen dahin und aus dem Verhalten des Captains wurde ich nicht schlau. Einmal rief er mich auf die Brücke, ließ mich den Kurs bestimmen und blieb bei mir, bis Cooks oder Skipper, der kaum ein Wort sprach, uns ablöste. Danach verschanzte er sich zwei Tage in seiner Kajüte und ich bekam ihn erst wieder zu Gesicht, wenn er mich zum Abendessen einlud.

Anders als tagsüber sollte ich bei den gemeinsamen Essen immer noch die aufgerüschten Kleider tragen und Hawk gab sich dann besondere Mühe, meine Frisur zu stecken.

Anfangs hatten meine Arme nach dem Steuern fürchterlich geschmerzt. Bei meinem ersten Versuch, die Conch durch die Strömungen zu bugsieren, musste der Captain mir auch sehr viel mehr helfen, als mir lieb war. Er griff immer wieder ein und ich brauchte seine Unterstützung, um das Ruder zu drehen.

Nach etwa einer Woche gelang es mir, selbst bei starker Strömung den Kurs zu halten, und der Captain lobte mich. Es bedeutete mir viel und ich hätte es nie zugegeben, wenn Blanca es nicht hinausposaunt hätte.

»Glücklich!«, rief sie, kaum dass der Captain mir gesagt hatte, wie gut ich mich anstellte.

Danach hatte ich drei Tage lang nichts von ihm gehört oder gesehen.

Das Schiff erschien mir immer noch wie ein Gefängnis, besonders, weil ich nie wirklich allein einen Schritt machen konnte. Seitdem die Kraken uns angegriffen hatten, blieb immer jemand an meiner Seite, sobald ich mein Zimmer verließ. Deswegen konnte ich weder den Maschinenraum noch den Ort in den Tiefen des Schiffs, den sie Verlies nannten, erforschen. Obwohl ich den Piraten mitteilte, dass ich kein Kindermädchen brauchte, zuckten sie nur mit den Schultern und meinten, sie würden die Befehle des Captains befolgen. Damit war meine Hoffnung, eventuell eine Waffe oder Hilfe zu finden, fast vollkommen zerstört.

An jenen Tagen, in denen sich der Captain vor mir zurückzog, gab es kaum etwas zu tun. Hätte ich Blanca nicht gehabt, wäre ich vermutlich durchgedreht. Hawk hatte mir noch mehr Gedichtbände gebracht, die ich mittlerweile auswendig konnte. Cooks versuchte, mir beizubringen, zu kochen, und lobte mich, wenn mir einmal nichts anbrannte. Was nicht oft vorkam. Aber ganz gleich, was ich tat, die Zeit verging viel zu langsam. Nur wenn ich das Steuer führen durfte, hatte ich das Gefühl, nicht wahnsinnig zu werden.

Immer wieder regte sich etwas in mir, wenn der Wind mir einen seltsamen Geruch in die Nase trug. Es lag etwas in der Luft, das ich nicht zuordnen konnte. Meine Magie hatte mir immer gesagt, ob Gefahr für mich bestand, aber hier an Bord fühlte ich sie nicht so wie sonst. Was wohl am Schiff selbst lag, mich aber zusätzlich beunruhigte.

Außerdem waren da diese Augen, die ich mir unter Wasser oft einbildete und die uns zu beobachten schienen. Oder vielmehr mich. Ich fühlte sie besonders stark, wenn ich beim Captain zu Abend aß. Als versteckten sie sich in seinem Zimmer. Was völlig verrückt war, aber ich konnte dieses Gefühl nicht abschütteln.

Zumindest hatte nach den Hanumankraken kein anderes Monster mehr unseren Weg gekreuzt. Jedenfalls keines, das versucht hatte, das Schiff zu zerstören, um an mich heranzugelangen. Da wir wieder tauchen konnten, kam es zu keinen weiteren Angriffen von Kriegsschiffen mehr. Was vermutlich auch an unserer Route lag, denn kein Handelsschiff wagte sich in diese Gegend und vermutlich galt das ebenfalls für die Kriegsschiffe der Königreiche.

Je weiter nach Norden wir kamen, umso weniger farbenfroh wirkten die Fische und Pflanzen. Das Wasser wurde zunehmend kälter, ebenso wie die Luft, und ich war froh, als Hawk mir eines morgens einen dicken Wollumhang überreichte.

Unter Deck sanken die Temperaturen ebenfalls. Mein Zimmer war zwar angenehm warm, aber der Korridor, der zum Essraum führte, und der Speiseraum selbst fühlten sich eisig kalt an. Die Piraten störte das wohl nicht, denn sie liefen immer noch in derselben Kleidung herum wie in den wärmeren Gegenden.

Um uns die Zeit zu vertreiben, brachten Cooks und Einauge mir bei, wie man in der Nacht fischte. Nicht dass wir den Fisch gebraucht hätten, aber es schien, dass auch sie Ablenkung bitter nötig hatten.

Die Nächte wurden immer kürzer, aber ich gewöhnte mich bald daran, auch bei Tageslicht zu schlafen. Schließlich verbrachten wir diese langen Stunden unter Wasser, wo es immer dunkel war. So hatte ich in der Nacht genug Kraft, um mit den Piraten zu angeln.

Der Captain erklärte mir, dass die kurze Nacht etwas mit dem Stand der Sonne zu tun hatte. »Je näher wir den Polen kommen, umso länger wird der Tag im Sommer. Dafür ist die Nacht unerträglich lange, wenn es Winter wird«, hatte er mir beschrieben, als wir bei einem Abendessen zusammensaßen.

Selbst bei dieser Gelegenheit trug ich meinen dicken Mantel, denn auch in seiner Kajüte lagen die Temperaturen im besten Fall rund um den Gefrierpunkt. Ich hatte für Blanca deswegen schon längst einen Umhang aus Stoffresten, die Hawk mir gegeben hatte, gefertigt. Denn offenbar stellte das Schiff nur für mich Kleidung zur Verfügung, nicht für meine gefiederte Freundin.

Doch bei der Kälte hier konnte ich sie unmöglich ohne einen Umhang oder eine Decke herumfliegen lassen. Sie zitterte wie Espenlaub, als sie vor ihrem Teller mit halb gefrorenen Früchten saß. Ich hielt das Obst kurz über die Flamme der Kerze, bevor ich es ihr reichte. Sie aß nur sehr wenig, seitdem die Temperaturen so gefallen waren, und sprach noch viel weniger, was mir wirklich Sorgen bereitete.

»Wir werden die Insel morgen Abend erreichen«, riss mich der Captain aus meinen Gedanken. »Diesmal betreten wir sie nachts. Versuch also morgen tagsüber zu schlafen. Danach geht es wieder in wärmere Gegenden.«

Ich nickte und dachte an die Uhr, die in der Wand an Deck eingelassen war. Der Zeiger hatte sich bereits um ein Viertel gedreht. Ich hatte schon länger nicht mehr versucht, herauszufinden, was nach Ablauf des Jahres mit mir geschehen würde. Mir war klar, dass der Captain es mir nicht sagen würde, und auch Cooks, Hawk und Einauge mieden das Thema. Immer noch fürchtete ich mich vor der Antwort, obwohl der Captain geschworen hatte, mich nicht zu töten. Es gab allerdings schlimmere Dinge als den Tod. Deswegen hielt ich an meinem Plan, vor Ende der Frist zu fliehen, fest. Zwar fühlte ich mich langsam auf der Conch wohl, sah sie beinahe als mein Zuhause an, denn die Piraten hatten mich wohl wirklich als eine von ihnen aufgenommen. Trotzdem wusste ich, dass ich hier nicht sicher war und das Schiff verlassen sollte, so schnell es ging.

Aber zuerst musste ich mich auf diese Purpurne Insel konzentrieren. Denn mir war klar, dass der Captain die Insel aus Eis nicht ansteuerte, um dort besondere Güter zu tauschen. Er wollte etwas von dort, genau wie er etwas von der Weißen Insel gewollt hatte. Ich konnte es mir nicht erklären, aber es schien die Magie zu sein, die er wohl irgendwie benötigte. Und wie es aussah, gab es etwas, das ich auf den Inseln tun musste. Auf der Weißen Insel hatte er ständig von dem Geschenk gesprochen. Was würde mich auf der Purpurnen Insel erwarten?

»Hawk wird dir helfen, das Kleid anzuziehen, das du morgen benötigst.«

Ich sah auf und meine Lippen bebten vor Kälte und Zorn. »Ein Kleid? Auf einer Insel aus Eis?«

»Ich weiß, was du denkst«, murmelte er. »Aber die Insel verlangt es.«

Ich schnaubte und schob den halb vollen Teller heftig von mir. »Die Insel weiß offenbar nicht, wie es ist, zu frieren und mit luftigen Söckchen und rutschigen Schuhen herumzulaufen.« Ich versuchte noch nicht einmal, meine Wut zu unterdrücken.

Was bildete sich dieser Pirat ein?

Er gab einen Laut von sich, den ich fast als Lachen gewertet hätte, wenn er nicht so finster geschaut hätte. »Du hast das Kleid noch nicht gesehen. Vielleicht ist es warm.«

»Es bleibt ein Kleid. Hast du schon einmal eines getragen und bist im Winter damit herumspaziert?«

Jetzt war ich mir sicher, dass er lachte, weil sich seine Augen veränderten, während er den Kopf schüttelte. »Du darfst mir glauben, dass ich in einem Kleid nicht einmal in meinen besten Zeiten eine gute Figur gemacht habe.«

Obwohl er sich locker gab und auf meine Spitze eingegangen war, konnte ich nicht schmunzeln. Zu sehr lastete all das auf mir. Die Insel beherbergte Magie, das hatte der Captain schon gesagt. Und sie forderte eine gewisse Kleiderordnung, was absolut verrückt war.

Weil ich ihn nicht mehr ansehen konnte, wandte ich den Blick vom Captain ab und holte tief Luft. »Ich nehme nicht an, dass du mir erzählst, was mich dort erwartet?«

»Ich kann nicht.« Es lag etwas wie Bedauern in seiner Stimme. »Aber sei dir gewiss, dass sich dir ein Anblick bieten wird, den du nicht mehr vergessen wirst.«

»Ich hoffe, im positiven Sinn«, murmelte ich und musterte erneut sein Gesicht.

»Natürlich«, versicherte er schnell. Aber etwas in seiner Miene wirkte dennoch bedrückt.

Wir schwiegen einen Moment, in dem nur das Klappern von Blancas Schnabel die Stille durchbrach.

Dann hörte ich, wie er geräuschvoll einatmete. »Wenn du die Wahl hättest, dich selbst zu retten oder jemanden, der dir viel bedeutet …«, begann er und starrte in das Flackern der Kerze vor uns. »Welche Entscheidung würdest du fällen?«

»Was meinst du mit ›retten‹?«, hakte ich nach und betrachtete ihn dabei. »Das Leben retten? Und was würde mit mir selbst geschehen?«

»Vergiss es. Es war eine dumme Frage.« Er musterte mich. »Bist du warm genug angezogen, um mit mir an Deck zu gehen?«

Ich sah an mir herab. Ich trug ein Winterkleid und einen Wollumhang. Nicht gerade ideal für die Temperaturen, aber ich würde es aushalten, schon allein, weil ich dieses seltsame Gefühl, beobachtet zu werden, nicht mehr ertrug. »Um Blanca mache ich mir Sorgen«, sagte ich ausweichend. »Vielleicht geht es, wenn ich sie unter meinem Mantel trage.«

»Wir bleiben nicht lange und ich habe dein Zimmer aufheizen lassen. Aber ich möchte dir die Sterne zeigen.«

»Die Sterne?«

»Ay. Ein guter Seefahrer kann sich auch ohne Kompass durch das Meer bewegen. Was wir auch müssen, denn in diesen Gewässern liegen Steine, die unseren Kompass stören. Ich will dir beibringen, an welchem Gestirn du dich orientieren kannst.«

Ich lächelte und meine Angst und der Zorn waren wie weggeblasen. Er wollte mir etwas beibringen. Ich mochte es, wenn er mir zeigte, wie man Kurse berechnete, oder mir von Ländern erzählte, die ich nicht kannte. All das würde mir helfen, wenn mir die Flucht gelang, denn so konnte ich mich an jedem Ort zurechtfinden. Außerdem erklärte der Captain wirklich gut und hatte in diesem Fall unglaublich viel Geduld. Mir gefielen diese kleinen, gestohlenen Momente mit ihm. »Ja, das würde ich gerne lernen. Danke.«

Er nickte, stand auf und hielt mir seinen Arm hin. Ich war verwirrt. Das hatte er noch nie getan.

Als ihm das wohl auch bewusst wurde, wollte er ihn zurückziehen, aber ich umfasste ihn und hielt mich daran fest. Es war eine vertraute Geste und ich wollte sie annehmen. Seine Augen funkelten zufrieden und er nickte mir erneut zu, dann führte er mich an Deck.

Ich wollte es nicht zugeben, aber der Captain war mir mittlerweile ebenso ein Freund wie Hawk, Cooks und sogar Einauge. Der gab zwar immer wieder mürrische Kommentare von sich, war aber stets bemüht, mich zu beschützen. Er hatte sogar angeboten, mir den Maschinenraum zu zeigen, sobald wir wieder in wärmere Gewässer kämen. Denn die Maschinen liefen angeblich zu heiß bei der Kälte, was auch immer das bedeutete. Es klang jedenfalls seltsam.

Der Wind pfiff eisig um meine Nase und ich drückte Blanca enger an meinen Körper, weil sie immer noch zitterte. Ich hätte sie in mein Zimmer bringen können, aber Blanca ließ mich nie allein. Niemals. Deswegen hatte ich es gar nicht vorgeschlagen.

Die Luft fühlte sich noch klirrender an als in den Nächten zuvor. Trotzdem war ich froh, an Deck zu sein. In der Kajüte des Captains hatte ich mich beobachtet gefühlt, wie jedes Mal, wenn ich dort war.

Aber hier schien es mir, als wäre ich sicher. Vielleicht lag es an der Magie der Insel des Eises.

Der Captain ließ meinen Arm los und deutete in den dunklen Himmel. Ich riss die Augen auf. So viele Sterne hatte ich noch nie gesehen.

»Wo kommen all diese Lichter her?«, fragte ich heiser. Die Kälte tat mir nicht gut.

»Hier, am Pol, sind die Sterne besser zu sehen, weil die Luft klarer ist. Es gibt keine Menschen, keine anderen Lichter und kaum Wolken. Deswegen musst du wissen, an welchem Stern du dich immer orientieren kannst, wenn du verloren bist.«

Ich nickte und staunte, als er von den Alpha-Sternen einer Konstellation sprach, ihre Namen nannte und welche Himmelsrichtung sie wiesen. Ich saugte das Wissen in mir auf, lauschte gebannt, bis er endete.

»Woher weißt du das alles?«, flüsterte ich. »Und wie merkst du dir die Namen und Positionen?«

»Es ist ganz einfach: Wenn ich es nicht tue, verirren wir uns vielleicht. Schon mal etwas von einem Geisterschiff gehört?«

Ich schluckte unbehaglich. »Gibt es so etwas wirklich?«

»Wer weiß?«, murmelte er und zwinkerte dann, als mein Körper vor Angst zu zittern begann.

»Du wolltest, dass ich schlafe? Tja, ich fürchte, ich werde jetzt nie wieder schlafen.«

Er lachte. »Mal ehrlich, kann ein Geisterschiff schlimmer sein als dieses hier?« Plötzlich war er wieder ernst und verschränkte die Hände hinter dem Rücken.

Ich hob mein Kinn und sah ihm in die Augen. »Mal abgesehen davon, dass ich immer noch nicht weiß, was du in neun Monaten mit mir machen wirst, ist die Antwort: Ja. Dieses Schiff ist mir bereits mehr ein Zuhause, als Westwend es jemals war.«

Erst als ich es ausgesprochen hatte, wurde mir bewusst, was ich ihm gestanden hatte. Plötzlich konnte ich ihn kaum noch ansehen, während er mich musterte. Er hob eine Augenbraue, schien nach Worten zu suchen. Schließlich schüttelte er den Kopf. »Ich bringe dich in dein Zimmer. Wir sind schon viel zu lange hier.«

Ich stieß den Atem aus und betrachtete die feinen grauen Wölkchen, die sich dabei bildeten. Meine Finger waren schon längst taub, aber ich legte meine Hand wieder auf seinen Arm, als er ihn mir anbot, und ging neben ihm unter Deck.

Vor meiner Zimmertür blieb er stehen. »Willst du nicht noch mit reinkommen?«, fragte ich, als er seine Arme wieder hinter dem Rücken verschränkte.

Er zögerte, dann stieß er den Atem aus. »Ich kann nicht.«

»Verstehe.« Ich hoffte, er merkte nicht, dass ich enttäuscht war. »Dann gute Nacht.«

»Gute Nacht, Amara«, erwiderte er und blieb stehen, bis ich die Tür hinter mir geschlossen hatte.

Erst danach entfernten sich seine Schritte und ich setzte mich auf mein Bett.

»Enttäuscht«, krächzte Blanca und machte sich an ihrem Umhang zu schaffen. Schließlich war es im Zimmer warm genug.

»Ja«, flüsterte ich und ließ mich auf meine Matratze kippen. »Wenn ich nur wüsste, warum.«

»Mögen!«, sagte der Papagei. »Einsam!«

»Ich sollte ihn aber nicht mögen«, brummte ich. »Ich muss fliehen, Blanca. Bevor das Jahr um ist, muss ich einen Weg finden, dieses Schiff zu verlassen. Sonst bin ich vielleicht tot oder wer weiß was.«

Blanca betrachtete mich mit ihren funkelnden Augen, die zwischen Purpur, Blau und Grün wechselten. Dann nickte sie. »Helfen!«

»Danke«, flüsterte ich und strich über ihr Gefieder.

Zumindest würde sie mich nicht verraten. Dann konnte ich nur hoffen, dass sich bald eine Gelegenheit zur Flucht fand. Mir war klar, wenn ich zu lange blieb, wäre es mir vielleicht gleichgültig, was die Piraten mit mir vorhatten. Denn ich hatte sie bereits alle in mein Herz geschlossen. Sogar den Captain.

Kapitel 17

Die Sonne stand bereits tief, als Hawk mir beim Anziehen half. Ich hatte keine Gelegenheit mehr gefunden, mit dem Captain über das Kleid zu sprechen. Egal wie oft ich versuchte, Hawk davon zu überzeugen, dass es Unsinn war, so bekleidet in die Kälte zu gehen, er hatte es abgeblockt.

»Ich bin der Falsche, Mädchen«, meinte der Pirat. Mitgefühl schwang in seiner Stimme mit. »Glaub mir, wenn ich es ändern könnte, würde ich es tun.«

Er hatte mir Abendessen mitgebracht, das ich kaum anrührte. Mein Magen rebellierte und ich starrte aus dem Fenster, vor dem bereits um die Mittagszeit Land in Sicht gekommen war.

Purpurne Berge erhoben sich hinter trübem Nebel, der die Insel einhüllte. Je näher wir kamen, umso mehr erkannte ich, dass diese Berge aus Eis bestehen mussten.

Jetzt, im Licht der sinkenden Sonne, schien das Eis in unterschiedlichen Farben zu leuchten. Die innerste Schicht wirkte purpurn und diese Farbe erkannte man am deutlichsten, was den Namen der Insel rechtfertigte. Die nächste Schicht schimmerte bläulich und die äußerste war grünlich.

Es sah wunderschön aus und doch machte es mir Angst. Was würde mich hier erwarten? Welcher Magie musste ich mich stellen? Denn dass die Insel eine eigene Magie besaß, fühlte ich mehr als deutlich. Sie rief nach mir, als wollte sie mir etwas zeigen, und gleichzeitig warnte sie mich, nicht zu nahe zu kommen.

»So lange hast du es nicht mehr getan«, meinte Hawk und schnalzte mit der Zunge. »Und jetzt denkst du wieder zu viel nach. Mädchen, du wirkst viel älter, als du bist.«

»Kannst du mir etwas über die Insel erzählen?«, fragte ich und knetete meine Hände. Sie steckten in weichen Handschuhen aus Leder, die innen gefüttert waren.

»Ay! Sie besteht aus Eis.«

Ich schnaubte und versetzte ihm einen Stoß mit dem Ellbogen. »Das weiß ich schon.«

»Alles andere wirst du auf dich zukommen lassen müssen.«

Ich schnaubte noch einmal.

»Gib nicht solche Laute von dir, das passt nicht«, tadelte er mich, bevor er zwinkerte. »Komm jetzt, Mädchen. Wir sollten zu den Beibooten.«

Wie auch schon bei der Weißen Insel nahm der Captain mit Cooks und einigen Männern das erste Boot und teilte mich mit Hawk, Einauge und zwei weiteren Männern ein.

Allerdings begleitete uns diesmal nicht die gesamte Mannschaft. Ich war nicht sicher, ob ich das gut finden sollte oder nicht.

Die Piraten führten die Boote, bis wir ans Eis anstießen. Mit Seilen wurden sie an Eisbrocken festgebunden, deren Form an Steine erinnerte.

Der Captain persönlich half mir, auszusteigen. Ich hatte Blanca am Kragen meines Kleides unter den Stoff geschoben und den Umhang so platziert, dass sie alles sehen und vor allem Luft bekommen konnte. Sie krächzte, als ich mich aus dem Boot hievte. Lieber hätte ich sie zurückgelassen, aber als ich versucht hatte, das Zimmer ohne sie zu verlassen, flog sie so schnell auf meine Schulter, dass mir keine Wahl blieb.

Mir tat jetzt schon alles vor Kälte weh. Sie fraß sich selbst in den dicken Stoff des Kleides, und auch die zwei Lagen Unterkleidung, die ich trug, konnten mich nicht wärmen. Ich fühlte meine Zehen nicht mehr, die in viel zu leichten Stiefeln steckten. Auch meine Finger hatten nur mehr wenig Gefühl, trotz der Handschuhe.

Meine Lippen bebten, als ich das Eis betrat. Ich wusste nicht, wie kalt es war, aber hier sollte sich kein Mensch länger als nötig aufhalten. Und wir waren in der Nacht hier, was die Luft vermutlich noch einmal kälter werden ließ.

»Wir brauchen nicht lange«, erklärte der Captain und legte seine Hände auf meine Oberarme. Seine Augen verengten sich. »Hawk, bring ihr noch zwei Decken. Ihre Lippen sind schon blau. Sie wird das nicht durchstehen, wenn wir sie nicht besser wärmen.«

Ich fühlte, wie mir etwas um die Schultern geworfen wurde, und rückte es zurecht. »Wir müssen auf Blanca achtgeben«, sagte ich bibbernd.

Der Captain stieß den Atem aus. Kein Wölkchen bildete sich, obwohl ich richtig zu dampfen schien, wenn ich atmete. »Gut, beeilen wir uns. Cooks, Hawk, ihr kommt mit uns. Der Rest bewacht die Boote. Je weniger Geräusche wir machen, umso besser.«

Ich war bereits zu erschöpft, um nach dem Grund zu fragen. Der Captain legte einen Arm um mich und zog mich mit sich in Richtung der Berge, die unendlich weit weg erschienen. Ich drehte mich zu Hawk und Cooks um, die ebenso wenig unter der Kälte litten wie der Captain. Allerdings trugen sie beide prall gefüllte Säcke.

Aber auch um danach zu fragen, fehlte mir die Kraft. Ich stapfte neben dem Captain her, hoffte, dass ich nicht strauchelte, denn ich wäre nicht in der Lage gewesen, allein wieder auf die Beine zu kommen, und hatte Angst, Blanca zu zerdrücken, falls ich fiel.

Irgendwann verlor ich wohl doch die Besinnung, denn alles wurde schwarz. Und als ich die Augen wieder öffnete, lag die Welt seitlich. Ich strampelte, bis mir klar wurde, dass mich jemand trug.

»Halt still, sonst lasse ich dich noch fallen«, murmelte der Captain.

Ich hörte auf, mich zu bewegen. Trug er mich? Das ging doch nicht, ich konnte selbst gehen. »Wo …«, krächzte ich und unterdrückte einen Schmerzenslaut, der sich meiner Kehle entrang. Es war viel zu kalt, um den Mund zu öffnen, und ich musste gestehen, ich war nicht mehr fähig, selbst zu gehen. Nur dieses Mal würde ich hinnehmen, dass er mich trug.

»Nicht sprechen. Spar deine Kräfte. Wir sind gleich da«, erklärte der Captain und zog mich enger an seinen Oberkörper heran. »Halte noch ein wenig durch.«

Die Berge waren schon sehr nahe und ich erkannte eine Öffnung in den aus massivem Eis gewachsenen Wänden. Eine dunkle Höhle mitten im ewigen Eis. Es sah aus wie der Eingang zur Hölle selbst. Falls sie purpurn schimmerte.

Ich berührte Blanca, die ebenso starr war wie ich, aber auf meine Wärme reagierte, und atmete erleichtert durch. Sie zu verlieren, hätte ich nicht überstanden.

Der Captain musste sich ducken, als wir den Eingang erreichten. Er blieb gebeugt, während wir weiter in die Höhle vordrangen. Zu meiner Überraschung lag sie nicht in absoluter Dunkelheit vor uns. Ein Feuer loderte darin und ließ die unterschiedlichen Farben des Eises leuchten. Erst da wurde mir bewusst, dass es sich dabei um dieselben Farben wie Blancas Augen handelte. Ob das ein Zufall war?

»Ihr seid spät!«, erklang eine kratzige Stimme.

Der Captain setzte mich behutsam ab und musterte mich. Als er sicher war, dass ich selbst stehen konnte, wandte er seinen Blick nach vorn und verneigte sich. »Vergebt mir, Weiße Hexe. Wir hatten unterwegs einen kleinen Zwischenfall.«

Ich rieb mir über die Augen. Vor mir stand eine Frau, deren langes weißes Haar bis zum Boden reichte. Sie war nicht besonders groß, ging mir gerade bis zur Brust und ihr Gesicht war faltig. Aber in ihrem Blick lag etwas Erhabenes.

Wärme durchflutete meinen Körper und alle Steifheit fiel ab, als hätte ich mich nie durch dickes Eis bewegt. Dass Magie im Spiel war, fühlte ich sofort, weil sie auf meiner Haut knisterte. Diese Frau war mächtig.

Obwohl niemand mich dazu aufgefordert hatte, verneigte auch ich mich vor ihr.

»Amara, ich freue mich, dich kennenzulernen.«

Ich hob den Kopf und sah sie an. »Woher kennt Ihr meinen Namen?«

»Ich weiß alles über dich.« Sie betrachtete mich, dann schnalzte sie mit der Zunge. »Was hast du ihr nur angezogen? Sie muss auf dem Weg fast erfroren sein.«

Der Captain blinzelte. »Aber die Vorgaben …«

Die Alte winkte ab. »Nutze einmal in deinem Leben deinen Kopf. Oder wahlweise dein Herz. Nicht alle Vorgaben sind so streng, wie du denkst. Zieh ihr das nächste Mal etwas Wetterfestes an, ja?« Sie trat einen Schritt vor und musterte mich noch genauer. »Du hast gut daran getan, sie zu wählen. Sie ist stark.«

Der Captain schwieg, ebenso wie alle anderen. Mein Blick wanderte zwischen der Frau und dem Piraten hin und her.

»Ihr habt bei euch, worum ich euch gebeten habe?«, wollte die Alte wissen.

»Natürlich.« Der Captain schnippte.

Hawk und Cooks überreichten der Frau die beiden Beutel, die sie mit sich geschleppt hatten.

Die Hexe öffnete die Säcke nicht, sondern wog sie in den Händen und nickte. »Das sollte als Bezahlung genügen. Ihr beiden wartet hier. Der Captain und sein Gast begleiten mich.«

Obwohl das Feuer in der Höhle eine fast angenehme Wärme erzeugte, zitterte ich wieder, diesmal aus Angst. Etwas an diesem Ort gefiel mir nicht. Seine Magie lastete schwer auf meinen Schultern und diese Alte hatte etwas vor, bei dem ich nicht sicher war, ob ich es überleben würde.

Der Captain legte einen Arm um mich. »Keine Angst. Ich bin bei dir.«

»Ich weiß nicht, ob mir das nicht noch mehr Angst macht«, murmelte ich, aber ich wusste, dass er es gehört hatte.

Er schluckte und richtete seinen Blick starr nach vorne. Der Arm um meine Schultern blieb dennoch und er begleitete mich durch den endlos lang erscheinenden Tunnel, der sich vor uns erstreckte. Unsere Schritte hallten von den Wänden wider, deren Eis glitzerte wie die Sterne, die wir am Abend zuvor betrachtet hatten.

Am Ende des Tunnels öffnete sich eine weitere breite Höhle, in der sich die Luft dampfig warm anfühlte. In der Mitte des Raumes befand sich eine Quelle mit Wasser, das zu kochen schien. Woher diese Wärme kam, war mir ein Rätsel, aber ich war froh darüber, endlich nicht mehr fürchten zu müssen, zu erfrieren.

Von oben drang eisige Kälte herunter und als ich hinaufblickte, wusste ich auch, wieso: Es gab keine Decke. Ein riesiges Loch klaffte über uns und gab den Blick auf die Sterne und etwas anderes frei.

Ein Vorhang aus tanzendem Licht, das Purpur, Grün und Blau schimmerte und sich ständig veränderte, war über uns erschienen. Dazwischen zog sich silbernes Licht wie eine Kette, als versuchte es, die Farben zu vereinen und zu formen. Ich legte den Kopf in den Nacken.

»Es ist unglaublich schön«, raunte ich.

Ich fühlte den Blick des Captains auf mir. »Ich habe doch gesagt, du wirst etwas sehen, das du niemals vergisst. Es ist das Nordlicht. Man kann es nur zu dieser Zeit des Jahres sehen und das auch nur hier.«

»Es ist pure Magie«, erklang die Stimme der Alten, die vor mir stand. Sie sah den Captain an. »Warte im Gang auf das Mädchen. Sie muss das alleine bestehen.«

Sein Griff verstärkte sich. »Ich habe geschworen …«

»Hier gibt es keine Monster, Junge. Sie ist sicher. So wie du. Also geh und vertrau auf ihre Kraft.«

Unsicher wandte ich mich dem Captain zu, der mich immer noch nicht losließ. »Was wird hier geschehen?«, fragte ich ihn.

Seine Kiefer mahlten, als er mich zu sich drehte, seine Hände auf meine Schultern legte und mir in die Augen sah. »Dir wird nichts geschehen. Ich bin draußen und komme, wenn du um Hilfe rufst.« Ich schluckte und verkrampfte meine Finger an seiner zerrissenen Kleidung. Ich wollte nicht, dass er ging. »Verstehst du das? Ich werde dir helfen, wenn du nach mir rufst.«

»In Ordnung«, stammelte ich.

Er zog mich an sich und ich ließ es zu, legte nur eine Hand schützend über Blanca, in der neue Kraft erwacht zu sein schien.

»Wir sehen uns gleich wieder«, flüsterte er an meinem Ohr. »Ich komme, wenn du mich brauchst.« Er strich über meinen Rücken, dann ließ er mich los und ging hinaus.

Ich blieb mit der Alten allein zurück und sah ihm nach.

»Dass ich das noch erlebe, grenzt an ein Wunder.« Sie lachte und als ich mich zu ihr umdrehte, wirkte sie plötzlich viele Jahre jünger. Blanca schlüpfte aus meinem Kleid und kletterte auf meine Schulter.

Die Alte musterte den Papagei und nickte. »Der Regenbogenschwanz hat dich also erwählt. Wunderbar. Dann sollte das hier auch ganz einfach werden.«

»Was erwartest du von mir?«, fragte ich und verschränkte die Arme.

»Nicht viel.« Sie deutete auf die Mitte des Raumes, in der die heiße Quelle sprudelte. »Siehst du das Wasser? Es ist nicht wirklich heiß, du musst dich nicht fürchten. Aber es ist manchmal heimtückisch. Es zeigt dir Dinge, die dich schmerzen können. Dinge, die du nicht verstehst. Und doch musst du hineinsehen und herausholen, was es dir gibt.«

»Ich soll da hineinsteigen?«, hauchte ich und dachte an den Rückweg. In nasser Kleidung würde ich erfrieren, ganz gleich, wie viele Decken man mir um die Schultern hängte.

»Das habe ich nicht gesagt. Du sollst hineinsehen und alles ertragen, was du siehst. Das, was das Wasser dir schenkt, wirst du nehmen, gleich, was es ist.« Sie legte den Kopf schief. »Du wirst nicht sterben, falls du das fürchtest. Aber es könnte sein, dass die Trauer, die du vielleicht empfindest, dir auch körperliche Schmerzen zufügt.«

»Warum soll ich das machen?«, wollte ich wissen und sah ihr in die Augen. Auch sie veränderten die Farbe, genau wie jene von Blanca.

»Weil das die Bedingung der Insel ist. Du weißt noch nichts, und das ist auch gut. Zu gegebener Zeit wirst du alles erfahren. Das Einzige, was ich dir jetzt mitteilen werde, ist, dass du eines Tages mächtige Magie beherrschen wirst, wenn du es willst. Und ich gebe dir einen Rat mit auf den Weg.« Sie hielt inne und ich fühlte, wie mein Herz gegen den Brustkorb schlug, während ich darauf wartete, dass sie weitersprach. »Ein Mensch definiert sich nicht immer über das, was er getan hat, sondern über das, was er bereit ist zu geben, um andere zu schützen. Verstehst du das?« Ich schüttelte den Kopf und sie stieß den Atem aus. »Noch zu früh, wie mir scheint, aber merke dir diese Worte. Und jetzt komm her und blick ins Wasser.«

Ich drehte mich zum Ausgang der Höhle um, vor welcher der Captain auf mich wartete.

Sollte ich einfach zu ihm laufen? Die Alte stehen lassen und hoffen, dass sie mir nicht folgte?

»Sein Schicksal ist seit der ersten Insel an deines gebunden«, erzählte die Frau mit ihrer krächzenden Stimme. Ich wandte mich wieder ihr zu. »Er hat dir geschworen, dich zu beschützen. Ist dir bewusst, was der Schwur für ihn bedeutet?« Ich wollte antworten, da lachte sie. »Nein, natürlich nicht. Wie sollte es? Aber auch das wirst du erfahren, wenn die Zeit dafür reif ist.« Sie streckte eine Hand nach mir aus. »Eines nicht zu fernen Tages wirst du die Wahrheit erkennen. Wirst erkennen, was er wirklich ist. Was du wirklich bist. Aber dazu musst du jetzt ins Wasser blicken.«

Ich wich zurück und betrachtete Blanca, die mir zunickte, als wollte sie mir Mut machen. Zögerlich trat ich wieder auf die Alte zu, ergriff ihre Hand und ließ mich zu der Quelle führen. Wir gingen nebeneinander in die Knie und beugten uns über den angenehmen Dampf. Undeutlich erkannte man die Reflexion des Polarlichts, das über uns tanzte, und ich hörte das leise Singen dieser Magie.

Blanca hüpfte auf den Boden neben mich und wandte den Kopf ab, während ich auf die Oberfläche sah und mein Körper sich plötzlich schmerzhaft verkrampfte.

Kapitel 18

Ich stand auf dem Marktplatz von Westwend, ein loderndes Feuer vor mir, und hörte die Schreie meiner Großmutter. So lange hatte sie sich dagegen gewehrt, ihren Schmerz hinauszubrüllen. Aber als das Ende kam, konnte sie die Qualen nicht mehr schweigend erdulden.

Ich entdeckte das Kind, das ich einst war, sah die Tränen in seinen Augen und brach auf die Knie zusammen. »Nein … nein …«, schluchzte ich und die Schreie verstummten.

»Das war der Moment, in dem du deine Gabe versiegelt hast«, hörte ich die alte Frau neben mir und riss meinen Kopf zu ihr herum.

»Wieso bringst du mich hierher?«

Sie schnalzte mit der Zunge. »Hast du mir nicht zugehört? Das war der Moment, in dem du deine Gabe versiegelt hast. Weil deine Großmutter dich dazu ermahnt hat. Dabei bist du so unvergleichbar stark. So wie sie es war, bis sie sich entschied, ein gewöhnliches Leben zu führen, sich anzupassen. Nicht dem zu folgen, wofür sie bestimmt war.«

»Wovon sprichst du?«

Meine Stimme klang seltsam hohl. Als würde ich in einem leeren Raum stehen. Dabei kniete ich auf dem Marktplatz jener Stadt, die einst meine Heimat gewesen war.

Sie schwieg und nur die Schreie waren noch zu hören. Schreie und die Worte, die sich so seltsam in mein Gedächtnis eingebrannt hatten. »Wasser, aus Sturm geboren, setzt die Magie in Gang …«

»Du trägst eine alte Magie in dir. Eine Magie, älter als die Menschheit selbst. Jedes Reich besitzt eigene Fähigkeiten, die, einmal vereint, selbst den mächtigsten Gegner zerstören können. Du verfügst über die Gabe, sie zu vereinen. Genau wie deine Großmutter damals. Du bist der Sturm, Amara. Der Sturm über dem Meer, über der Wüste. Du bist der langersehnte Regen in einer Trockenzeit. Dein Element ist das Wasser, ohne das kein Leben möglich ist. Du verleihst den anderen drei Elementen erst die Kraft, sich zu entfalten. Dazu musst du sie alle in dir annehmen. Deine wie die drei anderen. Du kannst diese Welt retten, Amara. Wenn du deine Gabe annimmst und dich auf sie einlässt.«

»Die Welt retten? Wovor?« Ich schluchzte und konnte den Blick nicht von den Flammen wenden. Wie oft hatte ich meine Großmutter in meinen Träumen sterben sehen?

»Es gibt eine alte Legende, Amara«, sagte die Alte sanft. »Hast du schon einmal etwas von den Kristallelementen gehört?«

Ich schüttelte den Kopf und bebte vor Trauer und Angst.

»Wenn die Zeit reif ist, wirst du mehr darüber erfahren. Doch wisse, Kind, dass die Welt von einer alten Macht bedroht wird. Jener Macht, die auch den Captain verleitet hat, unrecht zu tun. Nur das stärkste Herz, von Sturm erfüllt, kann helfen, diese Macht aufzuhalten. Dazu musst du deine Magie beherrschen, alle Elemente vereinen.«

»Aber meine Großmutter hat gesagt, ich dürfte es niemandem zeigen.« Ich dachte einen Moment an den Captain. Ihm hätte ich sie offenbart. Aber warum?

»Es war zu jenem Zeitpunkt ein weiser Rat, denn unter den Menschen wärst du gefürchtet gewesen. Du gehörst aber nicht mehr in diese Gesellschaft, bist nicht länger das Mädchen, das sich den Regeln des Vaters beugt. Du bist etwas Besonderes, Amara. Ganz gleich, was geschieht, du wirst nie wieder dorthin gehören.«

Ich starrte wehmütig auf die Flammen, die meine Großmutter bereits verschlungen hatten.

Hätte ich sie retten können, wenn ich es gewollt hätte?

»Entfessle den Sturm und erwecke das Element Wasser. Du warst so kurz davor, sie zu retten. Entfessle sie jetzt.«

»Ich kann sie nicht mehr retten! Das ist nur eine Erinnerung«, wimmerte ich.

»Du hast recht. Sie kannst du nicht retten. Aber dich.«

Ich riss die Augen auf, als ich plötzlich an jenem Pfahl stand und die Flammen an meinem Kleid rissen. Feuer brannte auf meiner Haut, versengte meine nackten Fußsohlen.

Ich schrie aus Leibeskräften, riss an den Ketten, mit denen meine Hände an dem Pfahl festgebunden waren.

»Rette dich!«, hörte ich die Stimme der Alten und sah sie durch den Ruß und die Feuerzungen nicht mehr.

»Captain!«, brüllte ich. »Captain!« Ich hustete. Ich würde hier sterben, weil ich nie gelernt hatte, Magie zu wirken. Magie, die mir selbst Angst machte.

»Du musst dich selbst retten!«, knurrte die Alte. »Ruf deine Kräfte! Ruf sie! Fürchte sie nicht. Sie sind ein Teil von dir! Befehle dem Sturm, das Wasser zu gebären, und du bist frei!«

Mein Herz schlug mir bis zum Hals.

Angst. Ich hatte Angst!

Ich blickte nach oben in den Himmel, während meine Haut langsam verbrannte. Keine Wolke zeigte sich.

»Ich kann nicht!«, schrie ich, als das bisschen Hoffnung, das ich in meine Angst gesetzt hatte, erstarb. Panisch zerrte ich an den Fesseln. »Ich kann es nicht!«

»Doch! Du kannst! Tu es! Für dich. Für das Schiff und die Mannschaft. Für den Captain.«

Ich riss die Augen noch weiter auf. Nicht nur ich brannte – auf dem Meer, das ich trotz des Qualms sehen konnte, stand auch das Schiff in Flammen.

»Nein.« Ich hustete, als der Rauch mir wieder die Sicht nahm.

Der Wind kam auf, als ich mir wünschte, sie zu retten. Cooks. Hawk. Einauge. Den Captain. Blanca, die vielleicht auch dort war, jetzt, da ich in dieser Erinnerung gefangen war. Aus dem Wind wurde ein Sturm, der donnernde Wolken vor sich herschob. Blitze zuckten über den Himmel, der seine Schleusen öffnete und Wassermassen auf das Feuer goss.

Die Hitze ebbte ab und was blieb, waren Asche und Glut zu meinen Füßen. Meine Hände waren frei und ich taumelte leicht, als mir bewusst wurde, dass ich nicht länger auf einem Scheiterhaufen stand.

In meiner Nähe glänzte etwas. Ich wandte den Kopf und fiel auf die Knie vor dem Aschehaufen, der ich hätte sein können. Mit bebenden Händen grub ich in den heißen Überresten des Feuers, während der Regen auf mich niederging. Es schmerzte, aber ich hörte nicht auf.

Der Wind kam mir zu Hilfe, als ich den Sturm erneut rief, schob die Glut beiseite und offenbarte einen Dolch aus hellem Silber. An seinem Griff befanden sich drei Edelsteine. Es überraschte mich nicht mehr, dass je einer Purpur, Blau und Türkis war.

Ich nahm ihn mit rußgefärbten Fingern an mich, schloss die Augen und ließ den Tränen, die sich aufgestaut hatten, freien Lauf.

»Zurück!«, hörte ich Blanca und schlug die Lider auf.

Die Alte war nicht mehr neben mir und zu meiner Überraschung waren meine Hände sauber und meine Kleidung trocken. Aber den Dolch hielt ich in meinen zittrigen Fingern.

Ich drehte mich um und keuchte, als ich den Captain auf dem Rücken liegen sah und die Alte auf seinem Bauch saß. Sie zog genüsslich an einer Pfeife und grinste.

»Er hat gesagt, er würde kommen, wenn du nach ihm rufst. Er kam wirklich, aber ich konnte ihn nicht zu dir vorlassen. Du musstest es alleine schaffen.«

»Dann geh zumindest jetzt von mir runter«, knurrte der Pirat. »Dein Hintern ist ziemlich knochig und spitz.«

Die Alte lachte und klopfte ihm auf den Oberschenkel. »Mit der Schönheit der Jugend kann ich eben nicht mehr mithalten.« Sie erhob sich ächzend und schnippte. Erst jetzt schien der Captain wieder in der Lage zu sein, sich zu bewegen. »Hat sich gut geschlagen, die Kleine. Obwohl ich erst dachte, ihre Angst und Trauer würden sie hindern.«

Blanca flog auf meine Schulter. »Traurig.« Sie lehnte den Kopf an meine Wange.

Ich strich über ihre Federn. Ihre Nähe beruhigte mich, als die Tränen wieder kamen.

»Sie trägt eindeutig den Sturm und das Wasser in sich. Du hast diese Aufgabe gemeistert, Junge, und das erste Element gefunden.« Die Alte schwieg einen Moment, dann sagte sie leise: »Wind, aus Angst zerrissen, überwindet tiefen Schmerz. Merke dir diese Zeile, Captain. Sie ist ein Teil zur Lösung deiner Prüfung.« Wieder schwieg sie einen Moment, während ich darum kämpfte, nicht umzukippen. Sie betrachtete den Captain mit schief gelegtem Kopf. »Du hast geschworen sie zu beschützen. Warum?«

»Weil ich es wollte«, murmelte der Pirat und ich fühlte seinen Blick auf mir.

»Ich hoffe, du weißt, was das bedeutet?«, hakte die Alte nach.

Er schwieg eine Weile, dann antwortete er so leise, dass ich es kaum hörte: »Ja.«

»Ich verstehe.« Ein Lächeln umspielte den faltigen Mund der alten Frau. »Nun geht. Eure Reise ist noch nicht zu Ende und ihr habt einige Dinge, die ihr klären solltet.«

»Warte«, hauchte ich und war froh, dass die Alte mich ansah. Ich hob den Dolch in meinen Händen und hielt ihr den Griff hin. Eigentlich hatte ich erwartet, dass sie ihn an sich nehmen würde.

Das Lächeln auf ihrem Gesicht vertiefte sich, während sie vor mir auf die Knie ging und mir in die Augen sah. »Er gehört dir. Die Purpurne Insel schenkt ihn dir, um deine Aufgaben zu erfüllen und dein Schicksal neu zu wählen.« Sie legte ihre Finger unter mein Kinn. »Dein Herz ist so stark, Amara. So unglaublich stark und gleichzeitig so weich, dass es selbst einen dunklen Piraten nicht verachten kann.« Ich wagte nicht, den Captain anzusehen, dessen Blick ich immer noch auf mir spürte. »Du bist würdig, die Kristallelemente zu erwecken. Wasser und Wind gehören dir bereits, finde die anderen beiden.«

Ich schluckte und starrte in die hellen Augen der Frau, die ihre Farbe nicht mehr wechselten. Sie schimmerten jetzt purpurn und ich wunderte mich, wieso das so war.

»Weißt du, wofür das Purpur steht, mein Kind?«, fragte die Alte. Ich schüttelte den Kopf. »Es vereint die Wahrheit mit der Lüge, steht für das Irdische und alles, was darüber liegt. Es steht für den Tanz zwischen dem Männlichen und dem Weiblichen. Ein Gegensatz und doch eine Einheit. Diese Macht zu bündeln, wird schwierig, aber es wird dir gelingen. Sie wird in deinen Träumen zu dir kommen und nur in Träumen wirst du sie verstehen und weitergeben können, wenn du das wünschst.«

»Aber wieso …«, begann ich, doch die Alte schnalzte mit der Zunge.

»Noch bist du nicht so weit, Amara. Lerne erst zu erkennen, was Wahrheit und was Lüge ist. Vertraue den Elementen und lass sie dich führen, um die anderen zu finden. Der Regenbogenschwanz hilft dir, sie zu verstehen und deine eigenen Gefühle wahrzunehmen. Höre auf den Papagei und vergiss niemals, dass du der Sturm bist, aus dem Wasser geboren wird.«

Ich keuchte bei den Worten, doch die Alte sagte nichts mehr. Sie hob die Hand und schnippte. Das Licht erlosch, bevor purpurnes Feuer um den Captain, Blanca und mich aufloderte. Hastig zog ich den Papagei an mich und schützte ihn, während der Captain plötzlich neben mir kniete und mich festhielt.

Ich kniff die Augen zusammen und versuchte, den Regen zu rufen, als mich eisige Kälte umfing. Blinzelnd hielt ich den Atem an und erkannte, dass ich in den Armen des Captains an Bord der Crimson Conch stand.

Kapitel 19

Ich zitterte immer noch, als ich das steif gefrorene Kleid losgeworden war und unter meiner Bettdecke lag. Selbst dann noch, nachdem Cooks mir aufgeheizte Steine in Tücher gewickelt unter das Leintuch geschoben hatte.

Dabei hatte ich den Rückweg nicht wirklich durchhalten müssen. Wir alle waren durch die Magie der Weißen Hexe auf die Conch zurückgebracht worden. Der Captain hatte mich sofort in mein Zimmer bringen lassen und war danach in seiner Kajüte verschwunden. Ich verstand nicht, warum er nicht mit mir kam. Ich hatte Fragen, auf die ich Antworten erwartete. Vielleicht wusste er das und hielt sich deswegen von mir fern.

Niemand beachtete den Dolch, den ich ziemlich offensichtlich in den Händen gehalten hatte. Die Hexe hatte klargemacht, dass er mir gehörte, weswegen ich ihn wohl behalten durfte.

Hawk war nach einiger Zeit zu uns gestoßen, brachte mir Tee und ein Fußbad, weil ich meine Zehen immer noch nicht fühlen konnte. Er blieb bei mir, während Cooks die Steine erneut erhitzte. Wir schwiegen, was mich in diesem Moment nicht störte. Erst als Cooks zurückkam, verabschiedete er sich. Es waren die einzigen Worte, die wir wechselten.

Blanca schlief bereits neben mir. Ich war froh, dass sie nicht erfroren war.

Cooks hatte, im Gegensatz zu Hawk, versucht, mich in ein Gespräch zu verwickeln. Aber abgesehen von brummenden Lauten erwiderte ich nichts, weil ich nicht über belanglose Dinge wie die Farbe des Eises sprechen wollte und sie das Gespräch über die Kristallelemente, welche die Hexe erwähnt hatte, mied. Irgendwann gab Cooks auf, verabschiedete sich und ließ mich mit Blanca allein zurück.

Kein Fünkchen Kraft steckte noch in meinem Körper und doch gelang es mir nicht, einzuschlafen. Draußen war es immer noch dunkel, weswegen wir nicht abgetaucht waren. Alles fühlte sich sonderbar an, als wäre ich gerade aus einem seltsamen Traum erwacht, den ich immer noch nicht verstand.

In meinem Kopf ratterten die Gedanken. Was waren die Kristallelemente? Und was hatte die Hexe gemeint damit, dass ich alle davon erwecken musste?

Sie hatte mich den Sturm genannt, der das Wasser hervorbringt. Der Reim meiner Großmutter brannte erneut in meinem Kopf, während ich die Worte der Hexe wieder und wieder hörte. ›*Wind, aus Angst zerrissen, überwindet tiefen Schmerz.*‹ Meinte sie damit … mich?

Ob sich an Bord noch andere Bücher als die Gedichtbände, die Hawk mir brachte, befanden? Vielleicht fand ich irgendwo eine Sammlung von Legenden und eventuell stand dort etwas über die Kristallelemente. Ich war mir sicher, noch nie davon gehört zu haben, aber wenn ich daran dachte, breitete sich eine seltsame Gewissheit in mir aus, die ich selbst nicht verstand.

Während ich so nachdachte, hörte ich fast nicht, wie es klopfte, und gab gähnend »Herein« von mir. Die Tür ging langsam auf und ich hielt den Atem an, als sich der Captain neben mein Bett stellte. Ich hatte nicht mehr erwartet, dass er doch noch zu mir kommen würde, war sicher, er würde sich tagelang vor mir verstecken. Aber er stand hier, in meinem Zimmer, und hatte eine Flasche Wein sowie zwei Gläser in der Hand.

»Entschuldige, ich dachte …«, begann er und räusperte sich. »Ich lasse dich schlafen.«

»Ich bin nicht müde«, erklärte ich viel zu laut und setzte mich auf. Mein Blick fiel auf Blanca, die trotz meiner erhobenen Stimme nicht wach geworden war, und falls doch, ließ sie es sich nicht anmerken.

»Bist du sicher?«, fragte er und ich nickte. Er deutete auf die beiden Sessel vor den Fenstern. »Möchtest du mit mir Wein trinken? Nach dieser Nacht würde ich dir ja etwas Stärkeres anbieten, aber ich weiß nicht, ob das so klug wäre.«

»Wein klingt gut«, erwiderte ich und legte mir einen Morgenmantel um die Schultern, ehe ich vor ihm zu den Sesseln ging.

Blanca rührte sich immer noch nicht, was mich wunderte. Vielleicht war sie der Meinung, der Captain und ich bräuchten Zeit für uns. Wir setzten uns und er schenkte Wein in die Gläser. Da mir die Kälte immer noch in den Gliedern steckte, legte ich mir eine Decke über die Beine.

Er reichte mir ein Glas und ich führte es an meine Lippen. Wein hatte ich noch nie gemocht, aber nach den Ereignissen der letzten Stunden hatte ich nichts dagegen, wenn mir der Alkohol ein wenig die Sinne vernebelte.

»Es tut mir leid«, murmelte der Captain plötzlich.

Ich sah von meinem Glas auf. »Was genau?«

»Alles.« Er stieß den Atem aus. »Aber vor allem, dass ich dir nicht habe helfen können, wie ich es versprochen hatte.«

»Du hast dich von einer alten Frau überrumpeln lassen.« Ich kicherte, während er vollkommen ernst blieb. »Entschuldige. Ich weiß, dass du zu mir wolltest. Es war ihre Magie.«

»Ja«, brummte er. »Elende Hexe. Dann setzt sie sich auch noch auf mich, als wäre ich erlegtes Vieh.«

Ich konnte nicht anders, ich musste schmunzeln. Der jähzornige Pirat, der mich das Fürchten gelehrt hatte, grollte einer alten Frau. Fühlte er sich in seinem Stolz verletzt, weil sie ihn so behandelt hatte? Oder plagten ihn tatsächlich Schuldgefühle, weil er mir nicht hatte beistehen können?

Mein Schmunzeln verschwand, als ich ihn musterte. Der Captain fühlte sich schuldig und er wusste vermutlich, was die Alte mit den Kristallelementen gemeint hatte. Es schien ihn nie überrascht zu haben, wenn ich Gewitter aufziehen ließ oder dass ich Magie besaß. Vielleicht war er in dieser Stimmung gesprächiger und würde mir ein paar Fragen beantworten. Ich durfte es nur nicht überstürzen.

Er trank sein Glas leer und der Wein lief ihm wieder das Kinn hinab. Dann schenkte er sich nach. »Was hast du im Wasser gesehen? Was hat sie mit dir gemacht?«

Ich schüttelte den Kopf. »Das willst du doch gar nicht wissen«, erwiderte ich und betrachtete die blutrote Flüssigkeit in meinem Glas. Eigentlich wollte ich es ihm nicht erzählen, obwohl ich in der Erinnerung gedacht hatte, dass ich ihm alles sagen könnte.

»Doch, Amara«, entgegnete er und griff nach meiner Hand. »Bitte.«

Da lag etwas so Flehentliches in seiner Stimme, das mich seufzen ließ.

»Schön. Wenn du es wissen willst. Sie hat mir die Hinrichtung meiner Großmutter gezeigt.« Er schaute mich mit diesen roten Augen an, die mir heute weniger rot erschienen. Also erzählte ich ihm von dieser Erinnerung und wie sie sich gewandelt hatte und plötzlich ich auf dem

Scheiterhaufen brannte. Das Schiff verschwieg ich ihm, aber ich nahm an, dass auch er die Worte der Weißen Hexe gehört hatte.

»Großmutter hat mir eingebläut, niemals jemandem zu zeigen, wozu ich fähig bin«, schloss ich meine Erzählung. »Vermutlich lebe ich deswegen noch.«

Er schnaubte und strich fast zärtlich über meine Hand. »Ihr eigener Sohn hat sie angezeigt?«

Ich nickte und trank mein Glas Wein leer. In meinem Kopf drehte sich bereits alles. »Für meinen Vater ging es immer nur um Geld. Deswegen war er bereit, mich an einen Earl zu verkaufen. Ich weiß nicht mal mehr, wie er heißt.« Ich lachte. Offenbar vertrug ich Wein wirklich nicht.

Trotzdem hielt ich dem Captain auffordernd mein Glas hin, obwohl ich eigentlich klar bleiben sollte, wenn ich Antworten wollte. Aber der Alkohol betäubte mich und das war mir in diesem Moment fast wichtiger. Der Pirat zögerte, dann schenkte er nach.

»Er war schon dreimal verheiratet, dieser Earl. Jede seiner Frauen kam auf ziemlich grausame Weise ums Leben. Aber das war meinem Vater vollkommen gleichgültig, denn der Earl ist ein entfernter Verwandter des Königs von Daris. Vater hätte Geschäfte mit dem Hof machen können. Dafür opfert man doch das Leben seiner Tochter gerne. Vor allem, wenn sie so aufmüpfig ist wie ich und man sie jeden zweiten Tag verprügeln lassen muss. Ist nur ziemlich unpraktisch, wenn die anderen Leute die blauen Flecken sehen, weswegen er immer Stellen ausgesucht hat, die man gut unter einem Kleid verbergen kann. Und anstatt mir zu helfen, hat meine Mutter auf mich eingeredet, dass ich niemals jemanden meinen Schmerz sehen lassen darf, aufrecht gehen und den Kopf erheben soll. Wie denn, wenn man sich gerade nur einrollen will und kämpft, um überhaupt gegen den Schmerz atmen zu können?«

»Amara«, versuchte der Captain mich zu unterbrechen, aber ich hatte mich in Rage geredet und der Wein lockerte meine Zunge.

»Deswegen habe ich dich so gehasst!«, fuhr ich ihn an und schauderte, weil er zusammenzuckte. Mein Herz setzte einen Schlag aus, als ich seine Miene betrachtete, die so verletzt und reumütig wirkte. Also sprach ich weniger feindselig weiter. »Ich dachte, du bist wie er! Weil ich für dich eine Ware bin, die du an den Meistbietenden verschacherst.« Ich ließ das Glas sinken. »Aber du bist nicht wie er«, hauchte ich und drückte seine Hand.

Er schloss die Augen. »Ich bin viel schlimmer als er«, erwiderte er mit rauer Stimme. Zumindest dachte ich das, denn bevor ich ihm widersprechen konnte, sah er mich auffordernd an. »Zeigst du mir den Dolch, bitte?«

»Schublade im Schrank«, murmelte ich.

Der Captain stand auf und holte ihn. Als er zurück war, drehte er die Klinge im Licht der Kerze und musterte die Steine auf dem Griff. Dann legte er ihn hin und stieß den Atem aus. »Verwahre ihn gut. Am besten trägst du ihn bei dir. Ich lasse dir eine Hülle für den Gürtel machen.«

»Du willst, dass ich mit einer Waffe herumlaufe?« Ich grinste, was am Wein liegen musste. Eigentlich war mir gerade mehr nach heulen. »Du hast mir doch bei dem Angriff des Kriegsschiffs erklärt, ich wäre eine Gefahr, wenn man mir den Umgang mit der Waffe nicht beigebracht hat. Hast du keine Angst, dass ich jemanden damit verletze? Dich zum Beispiel?«

»Ich hätte es verdient.« Er seufzte und trank wieder aus seinem Glas. »Wir werden morgen Richtung Süden reisen. Das Schiff wird deine Magie nicht länger unterdrücken, also kannst du sie nutzen, wenn du musst.«

»Du wusstest es schon die ganze Zeit, nicht wahr?«, hakte ich nach. »Von meiner Magie. Es war für dich nicht neu.«

»Natürlich wusste ich es«, sagte er. »Deine Kräfte haben mich zu dir geführt, Amara.«

»Ich dachte, mein Geruch hätte mich verraten«, lispelte ich und trank noch einen Schluck Wein. Langsam gewöhnte ich mich daran.

»Deine Kräfte bestimmen deinen Geruch«, erklärte er. »Also, du kannst sie ab jetzt nutzen, wenn du das wünschst. Ich konnte nicht zulassen, dass du deine Magie einsetzt, bis ich sicher war, dass du uns nicht alle damit töten würdest. Aber ich denke, es ist an der Zeit, dir zu vertrauen. Versuch uns aber bitte nicht in einem Sturm versinken zu lassen.«

»Kann ich nicht versprechen. Außer du brüllst mich nicht mehr an. Für gewöhnlich kommt ein Sturm auf, wenn ich mich fürchte.«

Er hob eine Augenbraue. »Ich habe dich schon lange nicht mehr angebrüllt.«

»Jetzt, wo du es erwähnst …«, murmelte ich und kicherte wieder. »Verflucht, ich vertrage wohl wirklich keinen Wein.«

Er neigte den Kopf leicht. »Das ist absolut untertrieben. Das müssen wir noch üben, wenn du eine richtige Piratin sein willst. Cooks trinkt jeden unter den Tisch.«

Irgendwie ließ mich das zornig werden. »Tja, ich bin aber nicht Cooks.«

Er betrachtete mich und etwas funkelte in seinen Augen. »Nein, bist du nicht. Du bist etwas Besonderes. Lass dir von niemandem etwas anderes weismachen.«

»Und du kannst richtig nett sein.« Ich gähnte. »Wer hätte das gedacht?«

»Selbst ein Monster hat einen guten Tag«, erwiderte er leise.

»Du bist kein Monster«, raunte ich und meine Lider wurden schwer. Ich wollte ihn wegen der Elemente fragen, aber meine Zunge klebte an meinem Gaumen. Das zweite Glas Wein war wirklich keine gute Idee gewesen.

Wie aus weiter Ferne hörte ich seine Stimme. Aber es hätte auch ein Traum sein können. »Oh, doch, Amara. Ich bin ein Monster. Das schlimmste von allen.«

KAPITEL 20

Ich wachte in meinem Bett auf, obwohl ich sicher war, auf dem Sessel vor dem Fenster eingeschlafen zu sein. Neben dem Captain. Nach zwei Gläsern Wein.

Mein Kopf schmerzte zum Glück nicht, allerdings erinnerte ich mich nicht, worüber der Captain und ich gesprochen hatten. Ich konnte nur hoffen, dass ich ihm nicht wieder unschöne Dinge an den Kopf geworfen oder ihn mit meinen Fragen zur Weißglut getrieben hatte. Immerhin hatte er tatsächlich versucht, mir zu helfen, als ich ihn gebraucht hatte.

Langsam sickerte die Erkenntnis durch, dass ich nicht nach den Kristallelementen gefragt haben konnte. Daran hätte ich mich ziemlich sicher erinnert. Ich stieß den Atem aus. Gestern wäre der ideale Zeitpunkt dazu gewesen.

Mein Magen rumorte und zog sich schmerzhaft zusammen. Ich hatte am Vortag kaum gegessen und der Wein war vermutlich nicht die beste Idee gewesen. In mehrfacher Hinsicht. Deswegen schlug ich die warme Decke zurück und begann, mich anzuziehen, um mir Frühstück zu holen.

Als hätte sie nur darauf gewartet, dass ich mit dem Anziehen fertig wurde, trat Cooks mit einem Tablett ein, nachdem sie geklopft hatte.

»Guten Morgen«, sagte sie und wirkte wesentlich entspannter als die Tage zuvor. »Wenn du fertig bist, sollst du bitte an Deck kommen. Die Sonne ist bereits untergegangen und wir sind schon aufgetaucht.«

Ich starrte sie mit weit aufgerissenen Augen an. »Du meinst, sie ist inzwischen aufgegangen? Ich habe fast einen Tag verschlafen?«

»Ay. Der Captain wollte, dass wir dich schlafen lassen. Und wie es aussieht, hatte er recht, du warst anscheinend ziemlich erschöpft.«

Ich nickte. Nach der Rückkehr von der Insel war mir das gar nicht so sehr aufgefallen, aber ich war während eines Gesprächs eingeschlafen, soweit ich mich erinnerte. Wobei das auch am Wein hätte liegen können …

»Außerdem hat er mich gebeten, dir das zu geben«, meinte Cooks und hielt mir etwas aus Leder hin. »Für deinen Dolch«, erklärte sie, als ich es verwirrt betrachtete.

Der Captain hatte die Waffe sehen wollen. Langsam erinnerte ich mich daran, dass er meinte, ich solle sie bei mir tragen.

»Mach die Hülle an deinem Gürtel fest«, wies mich Cooks an. »Wenn du möchtest, bringe ich dir auf der Fahrt bei, wie du damit umgehst. Ein Dolch mag nicht so gefährlich sein wie eine Pistole, aber du kannst damit vielleicht dein Leben retten.« Sie klatschte in die Hände. »Und jetzt beeil dich. Der Captain wartet.«

Ich sah ihr einen Moment nach, dann schlang ich mein Frühstück, oder vielmehr Abendessen, hinunter und machte mich auf den Weg an Deck. Kurz blieb ich vor dem Abgang zum Verlies stehen. Kein Geräusch drang herauf und niemand beobachtete mich in dem Moment. Sollte ich mein Glück noch einmal versuchen? Ob ich etwas Wichtiges finden würde?

Zittrig hob ich die Hand an das Gitter. »Weiter!«, krächzte Blanca in dem Moment und ich machte einen Satz rückwärts vor Schreck.

Sie war mit mir aufgestanden, hatte mir das Brot weggegessen und sich in ihren Umhang hüllen lassen, bevor sie unter meinen Mantel geschlüpft war. Jetzt steckte sie den Kopf heraus und sah mich mit ihren bunten Augen an. Obwohl sie fror, wollte sie mich nicht allein lassen, und irgendwie gab mir das Sicherheit. Allerdings fand ich es trotzdem lustig, wie sie sich an mich schmiegte.

»Du bist kein Vogel, du bist eine Katze.« Ich grinste sie an, während ich die Treppen hochging.

»Kalt!«, gab sie bibbernd zurück und versteckte sich tiefer in meinem Mantel.

Ich kicherte und betrat das Deck. Der Himmel war sternenklar und man sah noch das Polarlicht der Insel des Eises ein Stück hinter uns. Zielstrebig ging ich zur Brücke, wo der Captain hinter dem Steuer stand. Er nickte mir zu und ich schlenderte zu ihm.

»Wir werden uns jetzt südlich halten. Den Kurs haben wir noch nicht besprochen, aber ich dachte, du möchtest versuchen, dich anhand der Sterne zu orientieren?« Er deutete nach oben. »Erinnerst du dich, welches Bild uns den Weg nach Süden weist?«

Ich folgte seinem ausgestreckten Finger, während sich Blanca unter meinem Mantel bewegte und den Kopf heraussteckte.

»Gefahr!«, rief sie, aber da fühlte ich die Warnung des Windes bereits.

Leider war ich nicht schnell genug, als meine Sinne mir zubrüllten, ich solle in Deckung gehen. Klauen bohrten sich in meine Kleidung und mein Fleisch und zerrten mich in die Lüfte. Eisiger Wind brannte auf meiner Haut, während die Conch unter mir immer kleiner wurde.

Ich keuchte und tastete meine vor Schmerz pochende Brust ab. »Bitte lass sie nicht da sein«, wimmerte ich und stieß den Atem aus, als ich Blanca nicht spüren konnte. Sie wäre von den Klauen zerquetscht worden, die in meiner Schulter steckten. Die Wunden brannten wie Feuer, aber erstaunlicherweise ebbte der Schmerz ziemlich schnell ab, solange ich mich nicht bewegte.

Noch einmal sah ich nach unten und schluckte, als mir bewusst wurde, wie hoch ich mich bereits befand. Dann richtete ich den Blick nach oben.

Ein Wesen, das aussah wie eine Kreuzung aus Panther und Adler mit komplett weißem Fell und Gefieder, hielt mich mit seinen gewaltigen Klauen gefangen und schlug heftig mit den Flügeln. Es wandte den Kopf nach unten, als ich aufsah, und es kam mir vor, als würde es grinsen.

»Was willst du von mir, du Bestie?«, fauchte ich und versuchte, an den Dolch zu kommen, der an meinem Gürtel hing.

Die Krallen des Wesens bohrten sich tiefer in mein Fleisch bei der Bewegung, und der brennende Schmerz kehrte zurück, aber ich gab nicht auf.

»Dein silbernes Herz, Menschenmädchen«, erwiderte die Bestie und flog schneller.

Warum wunderte es mich nicht, dass dieses Ding sprechen konnte? Vielleicht, weil mein Verstand damit beschäftigt war, einen Ausweg aus dieser Situation zu finden. Es gab nur irgendwie keinen, außer es würde mir gelingen, selbst zu fliegen.

»Was habt ihr alle mit meinem Herzen?«, fauchte ich und fühlte nach meiner Magie.

Tatsächlich zogen Wolken auf und Blitze zuckten rund um uns. Die Bestie war einen Moment abgelenkt, und ich riss den Dolch aus der Halterung. Aber noch bevor ich ihn ihr in die Klauen rammen konnte, kreischte sie und ließ mich fallen.

Ich sah nicht nach, was mit ihr geschehen war, denn ich stürzte gerade vom Himmel. Panisch rief ich den Wind zu Hilfe, aber er konnte meinen Fall nur verlangsamen. Mein Atem ging schneller und ich kämpfte gegen die Übelkeit an. Wenn nicht ein Wunder geschah, würde ich auf dem Wasser zerschellen. Ich war so gut wie tot. Ein Schluchzen entrang sich meiner Kehle.

Wieso hatte das geschehen müssen?

In dem Moment, als ich mit meinem Leben abschloss, packten erneut Klauen zu und bremsten meinen Sturz. Ich zögerte nicht, und bevor das Wesen mich wieder höher ziehen konnte, stach ich mit dem Dolch zu.

Es kreischte, lockerte den Griff, ließ mich aber nicht los. Ich wand mich in den Klauen der Bestie und erstarrte, als ich feststellte, dass sie zwar aussah wie jene von vorhin, jedoch vollkommen schwarz war. Offenbar gab es mehr als eines von diesen Dingern, aber sie würden mich nicht bekommen.

Ich zog den Dolch aus der Wunde und holte erneut aus, da knurrte das Wesen. »Willst du uns beide umbringen?«

»Captain?«, keuchte ich. Die Bestie nickte. »Aber wie …?«

»Können wir das klären, wenn wir sicher sind?«, meinte er und begann einen Sinkflug.

»Dieses Ding ist hinter dir«, rief ich ihm gegen den pfeifenden Wind zu.

»Ich weiß.«

»Es hat uns gleich.«

»Ich weiß! Vertrau mir.«

Die weiße Bestie kam immer näher, während die Conch noch ein gutes Stück entfernt war.

»Jetzt!«, brüllte der Captain und schoss plötzlich in die Höhe.

Kanonenschüsse erklangen und ich hörte das Kreischen des weißen Wesens.

»Kannst du ihm einen Blitz hinterherschicken?«, fragte der Captain und klang dabei ziemlich atemlos.

»Ich versuche es«, erwiderte ich und konzentrierte mich auf meine Kräfte.

Erst geschah nichts, aber als meine Panik wuchs, weil die Bestie sowohl den Captain als auch mich töten würde, wenn ich sie nicht aufhielt, kam Bewegung in den Himmel. Die Wolken schoben sich enger zusammen und es donnerte und blitzte heftig. Ich sah auf das Wesen unter uns hinab, das verletzt wirkte, sich aber bereits nach uns umschaute. Gerade als sein Blick uns erfasste, ließ ich den Blitz los, den ich gesammelt hatte.

Ein Knall ertönte und ich fühlte die Druckwelle, die von dem Blitz ausging und uns ein Stück von der Conch wegschleuderte.

»Gut gemacht«, keuchte der Captain. »Das sollte genügen.« Er schlug mit den Flügeln und steuerte auf das Schiff zu.

Das Deck kam immer näher und es schien den Captain Kraft zu kosten, mich nicht abstürzen zu lassen. Kaum berührten meine Füße den Boden, verwandelte sich der Captain zurück und lehnte sich ächzend an die Schiffswand. Ich sah das dunkle Blut, das aus seiner Schulter auf die Planken tropfte.

»Liebe Güte«, keuchte ich, riss mir den zerfetzten Umhang von den Schultern und drückte ihn auf seine Wunde. Die Verletzungen, die dieses Wesen mir zugefügt hatte, waren wie durch ein Wunder verschwunden. Aber der Captain … Der Stoff sog sich sofort mit dem dunklen Blut voll, das unaufhaltsam aus dem klaffenden Riss quoll, den ich ihm zugefügt hatte. »Was habe ich getan?«

»Dich verteidigt«, stöhnte der Pirat und sah mich an. »Wäre nur schön gewesen, wenn du dem anderen Biest eine Wunde zugefügt hättest, nicht mir. Aber ich denke, das habe ich verdient.« Er schloss die Augen und hustete.

Ich drückte fester zu, hoffte, die Blutung stoppen zu können. Es war immer noch eiskalt, aber ich fühlte die Kälte gerade nicht. Ich presste den blutdurchtränkten Stoff auf seine Wunde und betete, dass er überleben würde.

»Ich wollte dich nicht verletzen«, schluchzte ich.

»Ich weiß. Ich bin nur froh, dass du den Vogel nicht getroffen hast.« Er zog Blanca unter seinem Mantel hervor, die zitternd zu mir hüpfte und sich unter meinem Ledermantel versteckte. »Sie hat mir die Fähigkeit verliehen, zu fliegen. Sonst hätte ich dich nicht holen können.«

Das Blut hatte den Stoff durchweicht und lief mir über die Finger. »Wenn ich die Blutung nicht stoppe, wirst du sterben.« Ich sah mich überall um, aber ich entdeckte keinen Piraten auf dem Deck.

»Wäre das denn schlimm?«, hakte der Captain nach.

Die Tränen liefen mir die Wangen hinab. »Ja! Ich wollte dich nicht verletzen und ich will ganz sicher nicht, dass du stirbst!«

Etwas in seinem Blick veränderte sich und als er blinzelte, waren seine Augen nicht länger rot. Sie färbten sich hellblau und eine seltsame Wärme lag in ihnen.

»Deine Augen«, flüsterte ich und drückte fester gegen seine Schulter. Es half nichts. Das Blut lief mir bereits die Handgelenke hinab.

»Was ist damit?«, fragte er heiser.

»Sie sind … blau.«

Er hielt den Atem an, dann legte er seine Hand zittrig auf meine. »Ich werde nicht sterben. Egal, wie viel Blut ich verliere.«

»Aber …«

»Amara, dass ich kein gewöhnlicher Mensch bin, ist dir bewusst, oder?«

Ich nickte.

»Normalerweise kann mich keine Waffe verwunden. Was denkst du, warum nie Leichen meiner Männer gefunden wurden, wenn wir Städte überfielen? Nicht weil sie herausragend kämpfen, sondern weil sie von gewöhnlichen Waffen nicht verletzt werden können. Dein Dolch ist aber eine magische Waffe. Trotzdem werde ich nicht sterben. Nur Schmerzen erdulden müssen. Und die habe ich verdient.«

»Aber es wird doch heilen, oder?«, wollte ich wissen und gab mir keine Mühe mehr, die Tränen hinunterzuschlucken. Er durfte nicht sterben. Ganz gleich, was er behauptete, das hatte er nicht verdient.

»Wer weiß?«, murmelte er und schob meine Hände fort. »Es soll nicht deine Sorge sein. Wenn sie heilt, dann von selbst. Es hätte keinen Sinn, sie zu verbinden oder Medizin daran zu verschwenden.« Er stieß den Atem aus. Wieder bildete sich kein Wölkchen. »Du solltest hineingehen. Du bist schon eiskalt. Ich muss das Schiff auf Kurs bringen.«

»Aber …«

»Amara, bitte. Dieses Ding, das dich geholt hat, ist ein Eisgreif. Wie es scheint, jagen sie hier auch nachts. Solange wir also nicht in wärmeren Gebieten sind, wo sie nicht hinkommen, solltest du unter Deck bleiben. Zu deiner Sicherheit. Denn ich befürchte, noch einen Kampf mit so einem Wesen kann ich in meinem derzeitigen Zustand nicht bestreiten.«

Ich ließ den Kopf sinken. Er hatte recht, ich brachte ihn in Gefahr. »In Ordnung«, flüsterte ich und rutschte von ihm weg, ohne ihn anzusehen. Zittrig stand ich auf.

Der Captain stützte sich mit dem unverletzten linken Arm an der Wand ab und versuchte, ebenfalls aufzustehen. Er rutschte wieder hinunter. Ich hielt den Atem an und stürzte zu ihm. Behutsam half ich ihm, auf die Beine zu kommen.

»Danke«, keuchte er. Seine Haut schien noch heller geworden zu sein.

»Bist du sicher, dass wir nicht besser einen Verband anlegen?«, fragte ich ängstlich. Er blutete immer noch.

»Ja«, gab er zurück und sah mir in die Augen.

Ich schluckte. Ich hatte noch nie so blaue Iriden gesehen. Mein Herz flatterte, als ich seinem Blick standhielt.

›*Du wirst erkennen, was er wirklich ist. Was du wirklich bist*‹, hörte ich die Stimme der Hexe in meinem Kopf.

War der Captain trotz allem ein Mensch?

»Geh jetzt bitte unter Deck«, hauchte er, bevor er sich von mir löste und einen Schritt zurück machte.

Ich zögerte einen Moment, aber er verschränkte die Arme hinter dem Rücken und hob das Kinn. Ganz der Captain dieses Schiffs. Er würde seine Meinung nicht ändern und ich schuldete es ihm in diesem Moment, zu gehorchen.

Blanca steckte ihren Kopf unter dem Mantel hervor. Sie betrachtete ihn, sagte aber nichts.

Zornig und enttäuscht eilte ich die Treppe hinunter, froh darüber, niemanden sehen zu müssen. Ich hatte einen Käfig gegen einen anderen getauscht. Die Piraten respektierten mich nicht, das war mir mittlerweile klar. Sie verhätschelten mich, ganz gleich, was sie sagten. Ich musste mich um nichts kümmern und noch nicht einmal jetzt, da der Captain mich hätte brauchen können, ließ er zu, dass ich ihm half.

War ich denn für ihn nicht mehr als eine Trophäe? Ich dachte, er wäre anders …

»Konflikt«, krächzte Blanca, als ich die Tür zu meinem Zimmer hinter mir zuwarf und schluchzte.

»Was meinst du?«, brachte ich hervor und starrte sie an.

Sie legte den Kopf schief und stieß den Atem aus. »Herz oder Freiheit« war ihre Antwort.

Kapitel 21

Sieben Tage lag der Angriff des Eisgreifs zurück. Sieben Tage, die der Captain mir aus dem Weg ging. Er erlaubte mir nicht, an Deck zu kommen, und rief mich nie zum Abendessen zu sich. Auch mein Zimmer mied er.

Hawk, Cooks und sogar Einauge bemühten sich dafür, mir die Zeit zu vertreiben. Allerdings hatte ich ihnen nach jenem Abend erklärt, dass ich ab jetzt selbst für mich sorgen wollte. Niemand hatte Einwände erhoben und ich fragte mich, ob ich mich schon früher hätte durchsetzen können. Vermutlich nicht.

So bereitete ich mir das Frühstück und Abendessen selbst zu und aß in meinem Zimmer. Ich ließ auch nicht mehr zu, dass mir jemand beim Anziehen half.

Es war mir erlaubt, mich unter Deck frei zu bewegen, allein war ich jedoch nie. Die drei Piraten wichen nur von meiner Seite, wenn ich ihnen die Zimmertür vor der Nase zuschlug. Sonst blieben sie bei mir und versuchten, mich aufzuheitern.

Einauge brachte mir ein Kartenspiel bei, in dem ich ihn jedes Mal schlug, nachdem ich die Regeln verstanden hatte. Anfangs hatte er getobt, aber irgendwann hatte er nur mehr über mein Glück gelacht. Ich mochte diesen Piraten, denn er war direkt und ehrlich. Er brummte nur, wenn ich ihn über Dinge ausfragen wollte, die er mir nicht erzählen durfte. Im Gegensatz zu den anderen, die oft ausweichend antworteten.

Hawk versuchte mir seine Begeisterung für das Stricken näherzubringen. Das war allerdings vergebliche Liebesmühe und so saß ich neben ihm, während er einen Überwurf für mein Bett strickte, und redete mit ihm über alles Mögliche. Ich hatte ihn sogar überreden können, mir neue Bücher zu bringen, und einige davon beinhalteten Legenden. Aber über die Kristallelemente fand ich ebenso wenig wie über Hanumankraken oder Eisgreifen. Hawk tat so, als hätte er von diesen Kristallelementen noch nie etwas gehört, berichtete mir aber über die Monster, was er wusste. Sobald ich allerdings nach dem Captain fragte, wurde er wortkarg und fing an, Blanca zu füttern.

Nur Cooks erzählte manchmal von ihm. So auch am achten Tag.

»Warum will er mich nicht sehen?«, fragte ich, als ich mit dem Finger eine Linie auf einer Landkarte nachzog. »Ich hatte gehofft, er verrät mir zumindest, wohin wir jetzt reisen.«

»Zum Kaiserreich Sarabor«, erwiderte Cooks mit einem Schulterzucken. »Die Insel, die wir ansteuern, nennt sich Sandinsel, manchmal auch Türkise Insel. Sie liegt ein gutes Stück vor der Küste Sarabors.«

»Heißt das, wir werden auch nach Sarabor gelangen?«, wollte ich wissen und war mir sicher, dass meine Augen leuchteten. »Ich habe so viel davon gehört! Dort soll angeblich Schokolade aus den Brunnen fließen!«

Cooks lachte und mittlerweile klang es nicht mehr wie das Gurgeln vom Anfang unserer Reise. Ihre Augen hatten seit dem Zwischenfall mit dem Eisgreif ein dunkles Braun angenommen und erinnerten mich an die Schokolade, von der ich gerade schwärmte. »Es tut mir leid, Sarabor werden wir nicht betreten. Aber ich kann dir versichern, dass du nichts verpasst. Es gibt dort keine Brunnen, in denen Schokolade fließt. Nur Staub und den Tod.«

Ich schluckte. »Schönen Dank, dass du mir meine Fantasien zerstörst.«

»Mädchen, die Welt ist nicht so schön, wie uns Märchenbücher weismachen wollen.« Cooks seufzte und lehnte sich auf dem Stuhl neben meinem Bett zurück. »Sarabor wird von einem grausamen Kaiser regiert, der denkt, dass Menschen gewisser Herkunft weniger wert wären als der Staub in seinem Palast.«

»Woher weißt du das?«, hakte ich nach und musste an das denken, was ich in Büchern gelesen hatte.

Man erzählte von den unermesslichen Reichtümern des westlichen Kontinents. Sarabor, das größte Reich des Westens, galt als wohlhabendste Region. Von goldenen Straßen wurde gesungen und den herrlichsten Edelsteinen, die man sich nur vorstellen konnte. Niemand sprach von einem Kaiser, der grausam war. Andererseits kannte ich auch niemanden, der wirklich dort gewesen war. Ich wusste alles eben nur aus Büchern. Alten Büchern.

»Weil ich aus Sarabor stamme«, murmelte sie.

Ich betrachtete sie von Kopf bis Fuß. Kamen alle Piraten der Conch etwa aus Sarabor? Ich hatte gelesen, dass sie dunkle Haut und pechschwarze Haare hatten. Haare, nicht Haut. Diese wurde eher mit Karamell verglichen.

Cooks schien meine Gedanken zu erraten und schüttelte den Kopf. »Vergiss, was ich gesagt habe. Jedenfalls ist es in Sarabor im Moment zu gefährlich und wir werden dieses Land nicht betreten. Nur die Sandinsel.«

Ich verschränkte die Arme und brummte. Immer noch wichen alle meinen Fragen aus oder erzählten mir nur Bruchstücke. »Wie lange wird die Reise dauern?«

»So wir keine Zwischenfälle mehr haben, etwa vier Monate.«

Vier Monate. Dann wäre mehr als die Hälfte des Jahres vorbei. »Will der Captain mir bis dahin aus dem Weg gehen?«

»Amara, die Wunde macht ihm immer noch zu schaffen. Sie heilt nicht und er will nicht, dass du ihn so siehst.«

»Aber wenn er nichts unternimmt, dann …«

»Medizin hilft ihm nicht, Amara. Es gibt nichts, was wir tun können«, erklärte Cooks ruhig, doch ihr Blick ruhte dabei aufmerksam auf mir, sie beobachtete mich.

»Heilen!«, krächzte Blanca, die bis gerade eben noch die Lider geschlossen gehalten hatte.

Ich hob die Augenbrauen. »Er sagte doch, man kann nichts machen?«

»Heilen! Magie!«

»Meine Magie?«

Blanca nickte.

»Also kann ich ihm helfen?«

Wieder nickte der Vogel und ich wandte mich Cooks zu.

»Ich will zu ihm.«

Die Piratin stieß den Atem aus und erhob sich von dem Stuhl. »Ich habe befürchtet, dass du das sagst.« Sie baute sich vor meiner Tür auf. »Ich kann dich nicht gehen lassen. Er will dich nicht sehen.«

»Du musst mich auch nicht begleiten, wenn du seinen Zorn fürchtest. Ich sage einfach, ich bin dir entwischt.«

Cooks lachte. »Als ob du mir entwischen könntest.«

Ich rang die Hände und sah sie flehentlich an. Das war die erste Möglichkeit seit Tagen, ihn zu sehen. Er litt wegen mir und ich ertrug die Vorstellung nicht, dass es ihm nicht gut ging. »Bitte, Cooks. Ich kann nicht hier sitzen und nichts tun. Ich habe ihm die Wunde zugefügt! Ich muss ihm helfen.«

Die Piratin kratzte sich am Kopf. »Du wirst ohnehin keine Ruhe geben, bis ich dich gehen lasse. Also schön, ich tue so, als wüsste ich nichts und du hättest es irgendwie geschafft, dich fortzuschleichen.« Sie trat beiseite, umfasste aber meinen Ellbogen, als ich an ihr vorbeiwollte. »Klopf erst dreimal an. Er wird nicht antworten, aber klopf trotzdem dreimal. Das gibt ihm genug Zeit.«

»Zeit wofür?«

»Etwas in Schach zu halten«, murmelte sie und ließ mich los. Meinte sie seinen Zorn? »Mach keinen Umweg, Amara. Bitte. Sosehr du auch das Verlies betreten willst, geh heute nicht hinunter.«

Ich betrachtete Cooks einen Moment, die meinem Blick auswich. »Woher weißt du, dass ich dort hineinwill? Und was ist dort unten?«

»Denkst du, ich bemerke nicht, wie du die Tür anstarrst?«, stellte sie die Gegenfrage. »Dort lauert etwas so Dunkles, dass selbst der Captain es fürchten sollte. Etwas, das unser Schicksal viel zu lange bestimmt hat. Wenn du mehr wissen willst, musst du den Captain fragen, er würde mich kielholen lassen, wenn ich es dir verrate ohne sein Einverständnis. Versprich mir, dass du nicht hinuntergehst und an der Tür des Captains dreimal klopfst.«

»Einverstanden«, erwiderte ich und trat in den Gang hinaus. Ich war viel zu aufgeregt, den Captain zu sehen, um jetzt nachzuhaken. Vor allem, weil ich wusste, dass Cooks mir nicht mehr viel sagen würde.

Blanca flog auf meine Schulter und ich eilte den Korridor entlang. Bei dem Abgang zum Verlies erklang ein grauenhafter Schrei und ich blieb wie angewurzelt stehen, als ich meinen Namen hörte.

»Weiter!«, krächze Blanca und schlug mit den Flügeln.

Ich starrte in die Dunkelheit, die sich hinter einer geschwungenen Treppe verbarg. Und woher kannte das, was dort angeblich lauerte, meinen Namen?

»Amara!«, brüllte Blanca mir ins Ohr und ich wandte den Blick von dem Abgang fort.

»Au«, zischte ich und schob sie ein Stück von meinem Kopf weg. »Schon gut, ich gehe da nicht hinunter. Heute zumindest nicht.«

Der Papagei gab ein zustimmendes Gurren von sich, als sich meine Beine wieder in Bewegung setzten. Doch die Stimme erklang wieder, flehentlich, als würde jemand Hilfe benötigen.

»Captain!«, rief Blanca, als ich langsamer wurde.

»Du hast recht«, stimmte ich zu. »Er braucht meine Hilfe.«

Ich lief weiter, ließ die Stimme hinter mir, verdrängte die Schuldgefühle, dass ich einem armen Wesen vielleicht nicht helfen konnte. Ich musste mich um den Captain kümmern. Das war wichtiger. Danach würden wir weitersehen.

Wo auch immer sich die Mannschaft aufhielt, im Inneren des Schiffs war sie wohl nicht. Kein Pirat kreuzte meinen Weg und ich war froh darüber. So erreichte ich die Kajüte des Captains schneller, ohne jemandem erklären zu müssen, was ich wollte.

Vor der Tür blieb ich stehen und warf Blanca einen unsicheren Blick zu. »Klopfen. Dreimal«, krächzte sie und wippte mit dem Körper auf und ab, als würde sie nicken.

Ich straffte die Schultern, hob eine Hand und klopfte. »Captain? Ich bin es, Amara.«

Kein Geräusch drang aus dem Zimmer, aber ich wusste, er war da. Seine Magie lag wie ein Schleier rund um die Tür. Es gab keinen Zweifel, dass er sich in der Kajüte befand. Ich klopfte noch mal. »Captain? Bitte, ich mache mir Sorgen.«

Immer noch rührte sich nichts. Also klopfte ich das dritte Mal. »Ich komme jetzt rein. Ich weiß, dass du da drinnen bist!«

Ich legte meine Hand auf die Klinke und wollte sie gerade nach unten drücken, da riss er von innen die Tür auf. Ich taumelte nach vorne und fiel an seine Brust. Hastig wich ich zurück und sah ihn an.

Seine Augen wirkten müde, sein rechter Arm hing schlaff hinunter. Er trug dieselbe zerrissene Kleidung wie sonst auch, allerdings sah der

Stoff rund um die Wunde immer noch feucht und blutgetränkt aus. Es gab kein Anzeichen, dass der Schnitt auch nur im Geringsten geheilt wäre.

»Du solltest nicht hier sein.« Seine tiefe Stimme klang ungewohnt kratzig.

»Ich kann dir helfen«, erwiderte ich entschlossen. »Lass mich bitte hinein.«

»Du bist schon drinnen.« Er drehte sich auf die Seite, ließ mich in das Zimmer. Einen möglichen Fluchtweg versperrte er mir und blieb vor der wieder verschlossenen Holztür stehen. Sein Atem ging viel zu hastig und er lehnte sich gegen die Tür, als würde er sonst umkippen. »Wieso bist du hier? Ich habe Befehl gegeben, dich nicht zu mir zu lassen.«

»Weil ich dir helfen kann. Blanca meinte, meine Magie könnte dich heilen.«

Er lachte trocken. »Das würde ich nicht annehmen«, sagte er schließlich, als ich ihn immer noch ernst ansah.

»Wieso nicht? Ich habe dich verletzt, also heile ich dich auch.«

»Du verstehst nichts von Magie, oder?«

»Woher denn auch?«, schnaubte ich. »Als hätte es mir irgendjemand beigebracht.«

»Frag den Vogel, was geschieht, wenn du diese Wunde heilst.«

Ich sah Blanca an, die auf meinem Arm saß. »Verbindung«, krächzte sie.

»Na, dann ist das jetzt nichts, was wir nicht schon hätten«, meinte ich mit einem Schulterzucken.

»Du hast keine Ahnung«, brummte der Captain und ließ den Kopf sinken. Es schien ihn Mühe zu kosten, stehen zu bleiben und nicht an der Tür hinabzurutschen.

»Die Eishexe hat gesagt, ich wäre seit der Weißen Insel an dein Schicksal gebunden. Was wäre jetzt anders?«

Er hob den Blick, um mich anzusehen. »Es ist recht einfach. Wenn du diese Wunde heilst, lädst du einen Teil des Fluchs auf dich, der auf mir lastet.«

»Und welcher Fluch wäre das?«, wollte ich wissen.

»Das … kann ich dir noch nicht sagen. Aber du solltest ihn nicht auf dich nehmen! Nicht einmal den geringsten Teil davon.«

Ich trat näher auf ihn zu und weil er die Tür im Rücken hatte, gelang es ihm nicht zurückzuweichen. »Und deswegen soll ich jetzt zusehen, wie du meinetwegen fürchterliche Schmerzen leidest?«

Er wandte seine blauen Augen ab. »Ich werde es überleben. Das habe ich doch gesagt.«

»Aber du leidest! Denkst du, ich sehe es nicht? Niemand verdient es, so zu leiden.«

»Es lenkt von einem anderen Leid ab«, erwiderte er und sah mich eindringlich an. »Mach es bitte nicht.«

Ich schnaubte. »Blanca, sag mir bitte, was ich tun muss.«

»Herzverbindung. Hände«, rief sie aufgeregt.

Bevor der Captain reagieren konnte, packte ich seine Hand und legte sie an jene Stelle, wo sich mein Herz befand, dann platzierte ich meine Hand über seinem Herzen. Er versuchte, sich zu wehren, aber selbst dafür fehlte ihm augenscheinlich die Kraft. Ohne mein Zutun floss plötzlich Magie über unsere Fingerspitzen, und die Wunde an seiner Schulter schloss sich.

Mehr noch, sein Mund veränderte sich. Die fürchterlich entstellten Hautstücke, die unglücklich zusammengenäht schienen, verformten sich und sahen plötzlich aus wie ganz normale Lippen.

Als die Magie abebbte, zog er langsam die Hand von mir zurück und legte die zitternden Finger auf seinen Mund. Er keuchte, dann starrte er mich an, packte mich bei den Schultern und betrachtete mich, als würde er etwas suchen. Als er es offenbar nicht fand, lachte er und sank auf die Knie. Er schlang die Arme um mich und presste sein Gesicht an meinen Bauch, während sein Körper bebte.

»Captain?«, hauchte ich, unsicher, wie ich mich verhalten sollte.

»Es tut mir leid«, brachte er hervor, ließ mich aber nicht los. »Ich habe nicht verdient, was du für mich getan hast, und ich kann es nie wiedergutmachen.«

Ängstlich fasste ich in mein Gesicht und befürchtete, dass meine Lippen nun so aussähen wie seine zuvor. Aber sie fühlten sich unverändert an. »Ich … Da gibt es nichts gutzumachen«, stammelte ich.

Er hob den Kopf und seine blauen Augen glitzerten. »Wenn wir die dritte Insel hinter uns gelassen haben, schulde ich dir eine Erklärung«, verkündete er und stand auf. Ungeschickt wischte er sich mit dem Ärmel über das Gesicht. »Soll ich dir unsere Route zeigen?«

Ich nickte und rang mir ein Lächeln ab. Ich hatte ihn geheilt, aber da war noch etwas, das ihn belastete. Etwas, das er offensichtlich nicht mit mir teilen wollte. Warum versetzte mir dieser Gedanke einen solchen Stich in der Brust?

»Dann geh bitte in dein Zimmer vor, ich komme gleich mit den Karten nach.«

»Aber sie liegen doch schon hier …«, warf ich ein, da drehte er sich um und sah mich an.

Jetzt, da sein Gesicht normale Züge hatte, erkannte ich, dass er zornig war. Er wollte keinen Widerspruch. Ich sollte Folge leisten. »Vertrau mir bitte. Lass uns in dein Zimmer gehen.«

Ich biss mir auf die Unterlippe und ballte die Fäuste. »Gut, ich warte dann dort.«

Ich ging voraus und kämpfte gegen den Zorn an, der in mir anschwoll. Wieso konnte er nicht einfach offen mit mir sprechen?

Mit Schwung warf ich die Tür seiner Kajüte hinter mir zu und stapfte durch den Korridor. Ich hatte all seine Geheimnisse so satt.

Blanca flatterte auf meiner Schulter mit den Flügeln. »Schuldgefühle«, rief sie, als würde das sein Verhalten rechtfertigen.

»Ist mir gleich«, erwiderte ich und hielt an, als ich vor dem Abgang zum Verlies ankam. »Wenn er mir keine Antworten geben will, dann hole ich sie mir. Und ich bin ziemlich sicher, dass dort unten etwas ist, das mit alldem hier zu tun hat.«

Ich zog meinen Dolch und rammte ihn in das Schloss, das Cooks an der Tür aus rostigen Metallstangen angebracht hatte, vermutlich weil sie ahnte, was ich vorhatte. Der Verschluss ächzte und fiel klirrend zu Boden.

»Gefahr«, krächzte Blanca und packte mit ihrem Schnabel den Stoff meiner Tunika.

»Lass mich«, fuhr ich sie an. »Ich gehe da jetzt hinunter. Da ruft etwas nach mir. Also sehe ich nach. Vielleicht erzählt mir diese Person, was ich wissen will.«

Blanca zerrte immer noch an mir, folgte mir aber in die Dunkelheit hinab. Ich hatte nicht erwartet, dass das Schiff so tief sein würde. Offensichtlich hatte ich keine Ahnung von magischem Schiffsbau.

Es knarrte, je tiefer ich den Treppen hinab folgte, was ich darauf zurückführte, dass die Wassermassen das Holz je nach Strömung anders zusammenpressten. Hier gab es kein Tageslicht, keine Wärme. Es war eisig kalt und feucht. Ein falscher Schritt und ich würde stürzen.

Blancas Augen waren die einzige Lichtquelle, die ich besaß. Sie leuchteten plötzlich und warfen abwechselnd blaues, türkises und purpurnes Licht auf die rutschigen Holzdielen vor uns.

»Gefahr.« Sie drängte sich dichter an meinen Kopf. »Umkehren.«

»Nein«, brummte ich. »Hier ist jemand. Er hat mich gerufen.«

»Magie! Gefahr«, flüsterte Blanca und begann, am ganzen Leib zu zittern.

»Was hast du?«, fragte ich und fing sie auf, als sie von meiner Schulter fiel.

»Du kommst zu mir«, erklang eine tiefe Stimme.

Ich fuhr herum, zog meinen Dolch, der wohl durch seine Magie in silbernem Licht glänzte, und suchte die Dunkelheit nach der Quelle der Stimme ab.

»Wer bist du? Woher kennst du meinen Namen?«

»Ich weiß alles«, erwiderte die Stimme. »Ich weiß, was dein Herz ist, Amara von Daris. Du wirst die Dunkelheit nicht besiegen. Ganz gleich, was du tust.«

Etwas streifte meinen Arm und ich sprang zur Seite, die bewusstlose Blanca in meinen Händen.

»Welche Dunkelheit?«, rief ich und drehte mich um die eigene Achse.

»Das silberne Herz wird nicht siegen. Jedes Monster, das ich einst erschuf, wird nach dir suchen. Du wirst nie sicher sein, kleines Mädchen. Niemals, ganz gleich, wie viele Elemente du an dich bindest. Du wirst mir gehören und mit dir gehört mir die Welt.«

Ein Fauchen erklang und ich drehte mich in die Richtung, aus der es kam. Etwas schabte über das Holz und ich hob den Dolch, bereit, mich zu verteidigen. Da hörte ich schwere Schritte, die sich mir hastig näherten.

Ich wusste, dass er bei mir war, lange bevor ich seinen Arm um meine Taille fühlte und er mich schützend an sich zog.

»Wage es nicht, ihr zu nahe zu kommen«, bellte er und der Boden bebte unter meinen Füßen. »Du wirst sie nie bekommen.«

Lachen durchbrach die Dunkelheit. »Irgendwann gehört sie mir. Denkst du, nur weil du diese Gefühle in dir hast, kannst du meiner Macht jetzt trotzen? Das konntest du nie. Deine Seele hat immer mir gehört und bald wird auch sie mein sein. Du selbst wirst es sein, der sie mir bringt. Du persönlich.« Erneut erklang ein Lachen, bevor es leiser wurde und verschwand.

Blanca gab ein Ächzen von sich und begann, sich in meinen Händen zu bewegen. Ich wollte gerade mit ihr reden, da packte mich der Captain bei den Schultern und drehte mich zu sich.

»Hast du den Verstand verloren?«, brüllte er mich an und alles an ihm erinnerte mich an jenes Monster, das ich am ersten Tag kennengelernt hatte. »Weißt du, in welcher Gefahr du geschwebt hast?«

»Es hat meinen Namen gerufen«, rechtfertigte ich mich halbherzig. Selbst in meinen Ohren klang das einfach nur dumm.

Seine Augen leuchteten weiß und sein Körper bebte. Er rang mit seiner Fassung, das konnte ich fühlen.

Dennoch schlug meine Angst in Wut um. »Wenn mir endlich mal jemand erklären würde, was hier vor sich geht, müsste ich nicht selbst nach Antworten suchen.«

Er ließ mich los, machte einen Schritt zurück und drehte sich um. Ich hörte, wie Holz krachte, in das er wohl seine Faust gerammt hatte. Sein Atem wurde ruhiger und auch mein Zorn klang ab, als die Kälte durch meine Kleidung kroch. Blanca, die wieder auf meiner Schulter saß und schwieg, zitterte.

»Ich wünschte, ich könnte dir alles erklären«, murmelte er, ohne sich zu mir umzudrehen. »Aber ich fürchte, du würdest mir nicht glauben.«

»Versuch es«, hauchte ich und stand plötzlich hinter ihm. Warum ich die Arme um ihn schlang und mein Gesicht an seinen Rücken schmiegte, verstand ich selbst nicht. Aber ich wollte ihm nahe sein. »Bitte, versuch es. Ich werde sonst wahnsinnig.«

Er stieß den Atem aus. »Dieses Schiff besitzt eine Magie, die ich mir einst angeeignet habe. Sie gehörte nicht mir, aber ich konnte sie beherrschen und sie wurde ein Teil von mir«, begann er zu erzählen. »Aber mit der Magie kam auch die Dunkelheit. Ich will nicht behaupten, dass es nicht meine eigenen Entscheidungen waren, die mich zu dem gemacht haben, was ich heute bin, aber diese Dunkelheit, die sich manchmal in dem Schiff festsetzt, hatte damit ebenfalls zu tun. Sie erinnert mich jeden Tag daran, dass ich ein Monster bin.«

»Hör auf, das immer zu sagen«, bat ich ihn. »Du bist kein Monster.«

»Doch, Amara, das bin ich«, erwiderte er lauter und spannte jeden Muskel in seinem Körper an. »Ich werde dir vieles erklären. Aber nicht jetzt. Jetzt will ich dir beibringen, wie man ein Schiff navigiert, weil das wichtig ist. Ich weiß, ich habe kein Recht dazu, aber ich bitte dich, mir noch diese Frist zu geben und mir zu vertrauen. Denn wenn du alles weißt, wirst du mich wieder hassen.« Er senkte den Kopf.

»Nein«, hauchte ich. »Das glaube ich nicht.«

Der Captain seufzte noch einmal. »Komm jetzt. Wir sollten hier nicht länger bleiben. Du hast noch viel zu lernen.«

Er nahm meine Hand und führte mich aus dem Verlies. Ich sah nicht zurück, aber ich wusste jetzt, dass dort etwas lauerte, das ich entweder fürchten oder bekämpfen musste. Ich würde mich für Letzteres entscheiden.

Kapitel 22

Von dem Tag an war die Mannschaft verändert. Was kein Wunder war, schließlich hatte jeder wieder einen normal geformten Mund und somit fiel das Essen leichter. Und ich konnte endlich die Mienen meiner Gesprächspartner erahnen.

Hawk grinste ständig. Er meinte zwar, er hätte anfangs Schmerzen gehabt, weil sein Gesicht die Bewegung nicht mehr gewohnt war, allerdings hielt ihn das nicht davon ab, ständig die Mundwinkel zu heben.

Cooks aß plötzlich mit einer Leidenschaft, die ich an ihr nicht vermutet hatte. Als könnte sie erst jetzt wirklich alle Geschmäcker wahrnehmen.

Einauge hingegen zeigte kaum Regungen. Hawk erklärte mir, dass der Pirat einst eine Verletzung gehabt hatte und eine Gesichtshälfte seitdem taub war. Dennoch war der alte Griesgram viel freundlicher zu mir und versprach wieder einmal, mir den Maschinenraum zu zeigen.

Der Captain kam jeden Abend in mein Zimmer und wir unterhielten uns. Manchmal brachte er Essen mit. In seine Kajüte rief er mich kaum noch. Ich verstand den Grund nicht und er wollte ihn mir auch nicht nennen, aber ich dachte immer wieder an das Gefühl, von etwas beobachtet zu werden. Ich hatte mich in der Kajüte nie wirklich wohlgefühlt und daher störte es mich nicht.

Solange wir das Eismeer nicht hinter uns gelassen hatten, wollte der Captain mich nicht an Deck sehen. Er meinte, es wäre zu gefährlich. Als ich erwiderte, dass es auch unter Wasser genug Monster gebe, stimmte er zu, erklärte aber, dass ich im Schiff immer noch am sichersten sei.

»Captain?«, fragte ich eines abends, als er mit Wein und Käse zu mir gekommen war. »Kannst du … andere Wesen eigentlich spüren?«

Er hob eine Augenbraue. Seit seine Iriden blau und sein Mund ganz normal geformt waren, hatte sich auch sein Wesen deutlich verändert. Nachdem wir das Verlies verlassen und er mich ermahnt hatte, es nie wieder zu betreten, war unser Zusammenleben wirklich freundschaftlich. Ich hatte keine Angst mehr, ihn Dinge zu fragen. Außerdem beantwortete er mir viel mehr als noch vor wenigen Wochen und wich den meisten Themen nicht mehr aus. Nur wenn ich das Ende der Reise oder die Kristallelemente zur Sprache brachte, hüllte er sich nach wie vor in Schweigen.

»Was meinst du?«, stellte er die Gegenfrage.

Ich stieß den Atem aus. »Ich wusste immer schon lange im Voraus, wenn ein Sturm aufzog, und ich habe eure Ankunft gefühlt, lange bevor die Conch sichtbar wurde«, begann ich und schwenkte mein Weinglas. »Ich nehme auch die Kreaturen wahr, die im Wasser lauern, und ich weiß, dass sie nach mir suchen.«

Er betrachtete mich einen Moment, ehe er antwortete. »Ich fühle es nicht. Aber ich weiß, was du meinst.«

»Wieso wollen diese Dinger mich?« Ich musterte ihn, aber er starrte nur auf sein Weinglas. »Es hat etwas mit meinem Herzen zu tun. Und mit den Kristallelementen. Nicht wahr?«

»Nach der dritten Insel, Amara. Ich weiß, ich verlange viel, aber ich bin noch nicht bereit … ich kann es dir noch nicht erklären.«

»Warum nicht?«, brummte ich und stellte das Weinglas viel zu fest auf den Tisch. Die Flüssigkeit schwappte über und tropfte auf das Holz.

»Weil du mich nicht mehr mit denselben Augen sehen wirst und ich diese Vorstellung nicht ertrage«, murmelte er und legte den Kopf in den Nacken. »Die dritte Insel ist die schwierigste Prüfung. Wenn wir heil herauskommen, werde ich dir erzählen, was uns folgt und vor allem … was dieses Schiff hier ist und welche Verbindung du zu uns hast. Und ich sage dir, was ich über die Kristallelemente weiß. Es ist nicht viel, aber ich teile jede Information mit dir, die ich besitze, sobald wir die dritte Insel verlassen haben.«

»Das dauert noch drei Monate«, erwiderte ich trotzig und verschränkte die Arme. »Du erwartest, dass ich noch einmal drei Monate warte?«

Er nickte. Und von da an sprachen wir nicht mehr darüber.

Als wir die Kälte hinter uns gelassen hatten, zeigte mir Einauge den Maschinenraum, in dem riesige Kessel standen. Sie produzierten Hitze und Dampf, der dabei half, das Schiff unter Wasser zu bewegen, und es uns erlaubte, beim Tauchen zu atmen.

»Aber in Wahrheit wäre es ohne die Magie des Schiffes gar nicht möglich«, sagte er, als er den Rundgang vollendete. »Die Maschinen nehmen ihre Arbeit erst auf, wenn die Conch umgebaut ist. Sind wir über Wasser, kann man sie nicht in Gang setzen. Deswegen kann man sie auch nur reparieren, wenn wir nicht tauchen.«

Cooks und der Captain hatten uns begleitet und Einauge schweigend gelauscht, während drei Piraten unaufhörlich Kohle in einen riesigen Ofen schaufelten.

»Allerdings wandelt das Schiff die Hitze in jeder Form in den Schutz um, der uns umgibt. Weswegen der Maschinenraum besonders wichtig ist. Unter Wasser baut er die Ummantelung aus, um dem Druck standzuhalten. Über dem Meeresspiegel hilft er, uns zu verteidigen, wenn wir angegriffen werden.«

Der Captain nickte, während ich an den Angriff des Kriegsschiffs denken musste und zitterte. Er trat neben mich und beugte sich zu mir herüber. »Außerdem hat er ein besonderes Fenster.« Er zwinkerte, umfasste meinen Ellbogen und zog Blanca und mich vorbei an den Kesseln zu einer Tür. »Mach die Augen zu«, forderte er mich auf. Ich zögerte. »Bitte. Ich will dein Gesicht betrachten, wenn du es siehst.« Er räusperte sich. »Was ich sagen will …«

»Schon gut.« Ein Schmunzeln umspielte meine Lippen, weil er fast schüchtern wirkte, und ich schloss die Lider.

Er öffnete die Tür und führte mich ein paar Schritte in einen Raum hinein. Die Luft fühlte sich viel kühler an als im Maschinenraum.

»Bereit? Dann öffne die Augen.«

Ich befolgte die Anweisung und hielt den Atem an, als ich feststellte, dass wir in einem Raum aus Glas standen. Selbst der Boden bestand aus Glas und man konnte bis auf den Grund des Meeres sehen.

Ich ging näher an eine der Wände heran und berührte sie, als ein schillernder Klecks daran vorbeischwebte. Er veränderte seine Farbe und leuchtete einmal gelb, dann blau und schließlich rot. Die Ränder des Kleckses waren ausgefranst und seine Form wechselte ebenso schnell wie seine Farben.

»Das ist eine Rüschenqualle«, erklärte der Captain. »Es gibt sie nur in diesen Gewässern. Sie braucht Kälte und Wärme, um zu leben.«

»Ist sie gefährlich?«

»Nein. Aber durch ihre Farben denken Fische, dass sie giftig wäre. Was nicht stimmt.«

»Sie schützt sich, indem sie auffällt. Andere Tiere und Pflanzen tarnen sich dafür.« Ich sah dem Klecks nach, der langsam aus meinem Blickfeld verschwand.

»Jedes Wesen nutzt seine ihm gegebenen Gaben. So wie du.«

Ich ging nicht darauf ein, musterte einen Fisch, dessen Nase wie ein langes Schwert aussah. »Warum hast du mir diesen Raum bisher nicht gezeigt?«

»Weil wir ihn erst gebaut haben«, murmelte er.

Ich drehte mich zu ihm um. »Warum?«

»Ist das nicht offensichtlich?«, wollte er wissen und verschränkte die Arme hinter dem Rücken.

»Für dich!«, krächzte Blanca und flatterte mit den Flügeln.

Mein Herz schlug schneller. Er hatte den Raum für mich bauen lassen? Einfach so? Am liebsten wäre ich ihm um den Hals gefallen. Aber ich ließ es, denn er wirkte immer noch distanziert, ließ selten Berührungen zu, ganz gleich, wie flüchtig sie waren. Dabei wollte ich ihm nahe sein …

Der Captain betrachtete mein Gesicht, als versuchte er, meine Gedanken zu erraten. Dann holte er tief Luft und stieß sie wieder aus. »Du solltest nicht alleine hier sein. Deine eigene Magie schreckt viele Meeresbewohner zwar ab, aber manche werden das Risiko dennoch eingehen, um dich zu bekommen.«

»Ich … Danke«, brachte ich hervor und griff nun doch nach seinen Händen. Seine Haut war wieder etwas heller geworden, aber immer noch fast schwarz. Sie fühlte sich allerdings nicht mehr glitschig an.

»Keine Ursache.« Er räusperte sich, als wäre es ihm unangenehm, in meiner Nähe zu sein. »Soll ich Cooks rufen oder …«

»Bleib bitte«, erwiderte ich schnell und drückte seine Hände fester.

Er hob die Mundwinkel. Eine Bewegung, die ihm fremd zu sein schien und Mühe kostete. Aber er wirkte dadurch noch weniger wie ein Monster.

Der Captain nannte mir noch einige Fische und Pflanzen, die unseren Weg kreuzten, bevor wir den Raum wieder verließen.

»Woher kennst du all diese Namen?«, wollte ich wissen, als wir mein Zimmer betraten und uns auf die Sessel niederließen, wo wir jeden Abend zusammen saßen. Wein und Gebäck standen auf dem Tisch, und Blanca bediente sich an den Keksen, die wohl Hawk für sie hingestellt hatte.

»Ich hatte ein wenig Zeit, etwas über die Tiere und Pflanzen der Meere zu lernen. Und ich merke mir Dinge recht gut. Was als Navigator eines Schiffs oft von Vorteil ist. Und wie man sieht, kann ich sogar schöne Damen damit beeindrucken.«

Ich brauchte einen Moment, bis ich begriff, dass er mich meinte. Es war seltsam, ein Kompliment von ihm zu bekommen, und irgendwie … machte es mich glücklicher, als ich mir selbst eingestehen wollte. Ich verschränkte meine Finger ineinander. Er sollte nicht wissen, wie sehr er mich damit aus dem Konzept brachte.

»Du bist jetzt ein halbes Jahr an Bord«, sagte er plötzlich wieder ernst.

Ich schwieg und mied seinen Blick. Es verging kein Tag, an dem ich nicht die Uhr an Deck anstarrte und mich fragte, was geschehen würde, wenn sie ablief.

»Das bedeutet, wir nähern uns der Sandinsel. Außerdem ist bald danach Wintersonnenwende.«

Meine Gedanken begannen zu arbeiten. Als ich von Westwend fortgegangen war, hatte gerade der Sommer begonnen. Ob mein Vater jemals versucht hatte, mich zu finden? Vermutlich hatte er mich längst abgeschrieben. Aber … war das wirklich noch wichtig?

»Tanz mit mir bei der Wintersonnenwende«, bat er leise.

Ich hob den Blick und begegnete seinen blauen Augen. »Tanzen?«, keuchte ich. »Wieso?«

»Es ist ein besonderer Tag für die Seefahrer«, erklärte er und diesmal griff er nach meiner Hand. »Die dunkle Zeit des Jahres endet, auch wenn man die Veränderung kaum bemerkt. Wenn eine Frau an Bord ist, gibt es einen Tanz unter dem Sternenhimmel. Normalerweise tanze ich mit Cooks, aber dieses Jahr bist du hier.« Er betrachtete mich einen Moment lang. »Es würde mir viel bedeuten. Bitte.«

Ich war kurz davor, zuzustimmen, als mir etwas anderes einfiel. »Was ist mit den Frauen, die vor mir hier waren?«, wollte ich wissen. Hawk hatte mir gesagt, dass er sie vor Ablauf des Jahres hatte gehen lassen, weil sie nicht waren, was er gesucht hatte. Aber wie früh hatten sie die Conch verlassen?

»Keine von ihnen befand sich so lange an Bord. Ich habe sie alle an andere Orte gebracht, nachdem wir die Weiße Insel betreten hatten.«

»Wieso? Und wieso mich nicht?«

»Das mag dir jetzt nicht gefallen, aber: weil du etwas Besonderes bist.«

»Aber was das genau bedeutet, wirst du mir erst nach der dritten Insel sagen, oder?«, schnaubte ich und entzog ihm meine Hand.

»Nein. Das sage ich dir erst nach der vierten Insel«, erwiderte er.

»Aber du hast …«

»Ich habe«, unterbrach er mich hastig, »dir gesagt, ich würde dir erklären, was ich bin und welche Verbindung du zu uns hast, ebenso wie ich dir die Legende der Kristallelemente erzählen werde. Nicht, was dich besonders macht. Ich breche also kein Versprechen.«

»Und dann? Kommt noch eine fünfte Insel oder ist das Jahr dann vorbei?«

»Amara … falls du nach meinen Offenbarungen nach der dritten Insel noch mit mir sprechen solltest, wirst du den Rest nach der vierten erfahren. Es ist die letzte Insel und man nennt sie die Blaue Insel. Aber erst bringen wir die Türkise Insel hinter uns.«

Wir schwiegen uns an, bis Blanca mit ihrem Keks fertig war und zwischen uns beiden hin und her sah. »Tanzen!«, rief sie in die Stille.

Ich stieß den Atem aus. »Schön. Ich tanze mit dir«, murmelte ich und mein Herz schlug schneller. Ich wollte wirklich mit ihm tanzen, wollte herausfinden, wie es sich anfühlte, von ihm auf diese Weise gehalten zu werden.

Es sah so aus, als würde der Captain schmunzeln. »Danke. Das bedeutet mir wirklich viel.«

Ich nahm mein Weinglas in die Hand und trank einen Schluck. »Aber vielleicht werde ich dir absichtlich auf die Füße treten«, brummte ich.

Er lachte. »Einverstanden. Ich werde dich trotzdem nicht über Bord werfen.«

Ich stimmte in sein Lachen ein, dachte aber insgeheim darüber nach, ob es mir gelingen würde, von der Sandinsel aus nach Sarabor zu fliehen. Der Captain und ich verhielten uns vielleicht wie Freunde, aber es lagen zu viele Geheimnisse zwischen uns. Ich wusste ja nicht einmal, wie sein Name lautete oder was er mit mir vorhatte.

Kapitel 23

Warmer Wind wehte durch mein Haar, als wir vor Anker gingen und Cooks das Steuer übernahm.

»Beiboot bereit machen«, rief der Captain.

Ich hob eine Augenbraue. Er wollte nur ein Boot zu Wasser lassen? Sollte ich allein gehen?

Etwas in mir regte sich. Wenn nur wenige Piraten mit mir auf die Insel gingen, konnte ich vielleicht wirklich fliehen. Ich hatte die Karten studiert, die Insel lag etwa drei Seemeilen von der Küste Sarabors entfernt. Die Strömungen waren günstig, ich würde die Strecke schwimmen können, wenn ich wollte. Zumindest hoffte ich das. Drei Meilen klangen nicht nach viel, aber vermutlich täuschte das.

Noch während ich nachdachte, stellte sich der Captain neben mich an die Reling und blickte mit mir über das Meer, das so hell und türkis schimmerte wie die Polarlichter, die wir gesehen hatten. Die Insel erschien ewig weit weg, aber das Wasser war wohl so flach, dass die Conch nicht näher herankonnte, ohne auf Grund zu laufen.

Ich setzte meinen Dreispitz auf und beobachtete das Stück Land, das sich vor uns erhob. Es bestand wohl wirklich ausschließlich aus hellem Sand. Ich konnte keine Pflanze durch das Fernrohr, das Einauge mir gereicht hatte, erkennen.

»Was wird mich dort erwarten?«, fragte ich den Captain, während ich das Fernrohr sinken ließ.

»Wenn wir Glück haben, ein Stück Magie. Wenn wir Pech haben, der Tod.«

»Beruhigend. Als ich sagte, ich wollte Abenteuer erleben, dachte ich mehr an Wanderungen oder Besuche auf fremden Märkten.«

Er schmunzelte, blickte aber weiterhin auf die Insel. »Das würde dir schnell langweilig werden. Du willst mehr erleben, dich Gefahren stellen und Rätsel lösen.«

»Vermutlich«, stimmte ich zu und betrachtete ihn. »Du denkst an dein Versprechen?«

Er sah mich nicht an. »Ay. Du lässt es mich ohnehin nicht vergessen.«

»Du lässt nichts aus? Auch nicht, was unsere Bindung betrifft?«

Der Captain stieß den Atem aus. »Wie gesagt, du wirst mich wohl darauf festnageln. Welche Wahl habe ich schon?«

»Du hast immer eine Wahl«, erwiderte ich.

Er wandte sich mir zu. »Lass es mich anders formulieren. Natürlich könnte ich mich weigern, mit dir zu reden. Aber ich müsste auch mit den Konsequenzen leben, oder?«

»Wenn du bei der Wintersonnenwende mit mir tanzen willst, wirst du wohl mit der Wahrheit herausrücken müssen.«

»Ay, aber ich bin nicht sicher, ob du mich danach nicht umbringen wirst.«

»Vielleicht will ich dann gerade deswegen mit dir tanzen?«, schlug ich vor, was ihm nur einen ungläubigen Laut entlockte. »Ich kann mir vorstellen, dass diese Nähe beim Tanz von Vorteil ist, falls ich wütend bin und dich …« Ich vollendete den Satz nicht, weil sein Gesichtsausdruck mir einen Stich im Herzen versetzte. »Vergiss, was ich gesagt habe.«

Er wandte sich ab und nickte. »Wir müssen jetzt ohnehin ins Boot.«

»Nur ein Boot?«, fragte ich und musterte das unförmige Etwas, das sich aus dem Schiff gelöst hatte. »Wobei das eher ein Floß ist.«

»Du hast bemerkt, wie flach das Wasser hier ist, oder? Wir würden stecken bleiben, wenn wir ein normales Boot nehmen. Und außer uns beiden sollte niemand die Insel betreten. Ich sagte schon, sie ist die gefährlichste.«

Er half mir, mich auf die zusammengebundenen Bretter zu knien, und stieg selbst auf. »Du hast deinen Dolch bei dir?«

»Ja«, erwiderte ich und strich Blanca über das Gefieder, als sie ein wenig nervös herumtänzelte. »Aber ich bezweifle, dass der Dolch mir viel nutzen wird. Cooks hat mir zwar versucht beizubringen, wie ich damit kämpfe, aber … ich muss gestehen, ich bin wirklich ungeschickt dabei.«

»Er ist magisch und er hat das Wesen im Verlies davon abgehalten, sich auf dich zu stürzen. Er ist also hilfreich gegen Monster. Immerhin hast du mich damit auch beinahe umgebracht.«

Ich zuckte zusammen, als er das erwähnte.

»Entschuldige, das war fehl am Platz«, murmelte er und rief an die Mannschaft gerichtet: »Hinablassen!«

Wir wurden langsam abgeseilt und der Captain machte uns los, als wir auf dem Wasser aufsetzten. Er stand auf und paddelte mit einem Holzruder, während ich sitzen blieb und die näher kommende Insel betrachtete.

Sand, so weit das Auge reichte. Blanca auf meiner Schulter wurde immer unruhiger. »Gefahr!«, kreischte sie, lange bevor wir die Insel erreichten.

Ich legte meine Hand an den Griff des Dolchs und versuchte, meine Magie zu rufen, für den Fall, dass ich sie brauchen würde. Aber nicht ein Wölkchen verdunkelte den Himmel.

»Meint sie ein Wesen im Wasser oder die Insel?«, fragte ich den Captain, der immer noch ruderte.

»Ich gehe davon aus, dass sie die Insel meint.« Er biss sich auf die Unterlippe. »Hör zu, Amara. Wir müssen rennen. Im Sand lauern Kreaturen, gegen die der Eisgreif harmlos war. Und sie kennen nur ein Ziel: töten.«

»Woher weißt du das alles?«

»Ich muss jede Insel betreten. Jedes Jahr zur selben Zeit. Ich kenne ihre Tücken. Mehr als einmal ist es für mich knapp geworden. Aber ich bin kein gewöhnlicher Mensch. Für dich könnte ein Biss einer dieser Kreaturen tödlich sein, weswegen wir die Insel so schnell wie möglich durchqueren müssen.«

»Warum lassen wir uns von Blanca nicht in Vögel verwandeln und fliegen über die Insel hinweg bis zu dem Ort, wo wir hinmüssen?«

»Weil Blanca nur einen verwandeln kann. Abgesehen davon würde die Insel ihre Magie blockieren. So wie deine auch. Jede Insel hat eigene Regeln.«

»Wer sie betritt, nimmt die Bedingungen an, ich weiß«, murmelte ich und strich dem zitternden Papagei über das Gefieder. Zumindest hatte ich diesmal kein Kleid an, also war diese Vorgabe wohl eher veraltet. »Bei den ersten beiden Inseln waren wir nie in Lebensgefahr, oder?«

»Ich hatte die Befürchtung, dass du auch bei der zweiten sterben könntest, deswegen habe ich dir gesagt, dass ich komme, wenn du mich brauchst.« Er stieß den Atem aus. »Dabei wusste ich immer, dass du es schaffen wirst.«

»Ja, deswegen hast du mir auch erklärt, dass du mir helfen würdest.« Ich konnte das Grinsen nicht verbergen, als ich daran dachte, wie die Weiße Hexe auf ihm gesessen hatte.

»Ich wollte dir klarmachen, dass du nicht alleine bist.« Er seufzte.

»Kommst du deswegen mit? Auf die Sandinsel, meine ich.«

Er schüttelte den Kopf. »Ich muss immer mitkommen. Aber ich würde dich auch nicht alleine herschicken, wenn es nicht so wäre.«

Ich wandte mich zu ihm um und betrachtete ihn. Er sah mich nicht an, richtete seine blauen Augen auf die Küste vor uns. Er hatte sich verändert. Oder vielleicht nahm ich jetzt auch nur wahr, wie er, verborgen hinter all der Wut und dem dunklen Aussehen, wirklich war.

»Danke«, hauchte ich.

»Ohne mich wärst du gar nicht in Gefahr«, brummte er. »Ich schulde dir das.«

Den Rest des Weges schwiegen wir, bis das Floß im Sand der Insel stecken blieb. Der Captain sprang über das Wasser hinweg und ich folgte ihm. Ich durfte auf dieser Insel meine Piratenkleidung tragen, war also in der Lage, schnell zu laufen und zu springen. Was bei drohender Gefahr von Vorteil war.

Er packte meine Hand. »Wir werden jetzt rennen. Lass mich niemals los, hörst du? Sie werden versuchen, uns zu trennen, weil sie uns dann besser töten können.«

Ich verschränkte meine Finger mit seinen, und Blanca umklammerte das Leder meines Mantels fester, damit sie nicht verloren ging. »Bin bereit.«

»Dann los«, sagte er und wir sprinteten vom Floß fort.

Noch während meine ersten Schritte im Sand versanken, fühlte ich das Beben unter meinen Füßen. Etwas schoss aus dem Boden hervor, wirbelte die feinen Körner auf und verschwand wieder darin.

»Nicht hinsehen! Lauf weiter!«, rief der Captain mir zu.

Ich verstärkte den Griff meiner Hand und versuchte, schneller zu werden. Neben meinen Füßen tat sich ein Loch auf und etwas sprang heraus, verfehlte mein Bein nur um Haaresbreite.

Es sah aus wie eine dicke gelbe Raupe. Allerdings hatte sie statt eines Kopfs nur ein riesiges Maul voller spitzer Zähne.

»Sandwurm!«, kreischte Blanca und flatterte mit den Flügeln, um das Gleichgewicht nicht zu verlieren.

»Versuch die Dinger nicht zu berühren!«, brüllte der Captain, als vor uns ein noch viel größeres Loch entstand und sich ein gewaltiger Körper emporschob.

Der Captain schlug einen Haken und wich dem Wesen aus. Doch der Umweg kostete uns Kraft, da wir jetzt eine Düne hinauflaufen mussten.

Der Boden unter uns zitterte immer mehr und ich erkannte die Umrisse eines riesigen Kraters, durch den wir gerade hetzten.

»Captain!«, keuchte ich.

»Lauf weiter. Wir schaffen das!«, forderte er mich auf und wir beschleunigten unsere Schritte nochmals.

Es bebte und ich fühlte, wie etwas durch den Sand brach.

»Spring!«, befahl der Captain und stieß sich im Laufen ab.

Ich tat es ihm gleich, versuchte, seine Hand festzuhalten. Aber er hatte mehr Kraft in den Sprung legen können und segelte weiter als ich, erreichte den Rand vom Krater spielend, während meine Füße ins Leere gingen. Seine Hand entglitt mir und ich schrie, als das Wesen erst hochschoss und sich dann in das Loch zurückzog.

Ich bekam den Rand des Kraters zu fassen, grub meine Nägel in den Sand, der unter mir wegrutschte. Als ich nach unten blickte, wartete der ekelhaft gelb leuchtende Sandwurm mit offenem Maul auf mich.

»Amara, ich bin gleich bei dir!«, rief der Captain.

Ich hatte keine Ahnung, wie er es schaffen wollte, mich hier rauszuziehen, ohne selbst abzurutschen. Noch dazu, wo der Boden immer noch bebte, fast so, als wollte der Sandwurm sicherstellen, dass ihm seine Beute nicht entging.

»Amara, halte durch!« Die Stimme des Captains klang verzweifelt.

Ich vergrub meine Nägel tiefer in dem kalten Sand, der immer mehr bröckelte und nach unten rieselte. Bald würde ich den Halt verlieren und als Sandwurmfutter enden. Mein Magen zog sich zusammen.

Wenn der Captain versuchte, mich zu retten, würde auch er abstürzen. Das durfte nicht geschehen.

»Blanca, was soll ich machen?«, keuchte ich, als mir Schweißperlen auf der Stirn standen.

Sie flog neben mir, wich nicht von meiner Seite. Ihr Blick wanderte zum Maul des Sandwurms, dann wieder zu mir. »Loslassen!«

»Was? Ich soll da runterspringen?« Ich schüttelte den Kopf. »Ich kann nicht. Das ist doch nicht dein Ernst!« Ich wollte leben, wollte endlich Antworten, wollte mit dem Captain tanzen …

»Loslassen. Vertrauen«, beharrte sie und blickte hinunter in den Schlund des Wurms.

»Amara!«, hörte ich den Captain.

Ich sah nach oben, starrte in seine blauen Augen und entdeckte die Furcht darin. Er wusste nicht, was er machen sollte, wollte mich retten. Aber ich durfte nicht zulassen, dass wir beide starben.

Ich löste meinen Blick nicht von ihm, als ich die Entscheidung traf. »Blanca? Kommst du … mit mir?«

»Mit dir!«

»Was hast du vor?«, keuchte der Captain und streckte die Hand nach mir aus. Er erreichte mich um zwei Armlängen nicht. »Amara!«

Ich lächelte. Dann hörte ich auf, meine Finger immer tiefer in die Sandschichten unter mir zu graben. Und ließ mich fallen.

Kapitel 24

Er brüllte meinen Namen, aber unter dem Gurgeln, das der Sandwurm von sich gab, verblasste seine Stimme immer mehr. Ich konnte ihn nicht länger ansehen und die Verzweiflung, die in seinen Augen geschrieben stand. Denn es brach mir das Herz, ihn so zu sehen, ihm das anzutun. Aber es gab keinen anderen Weg.

Ein Gedanke schlich sich in mein Bewusstsein. Hatte er Angst um mich oder eher darum, seine Beute zu verlieren? Ich wollte glauben, dass ich ihm nicht gleichgültig war, aber ich wusste es eben nicht mit Sicherheit. Er hatte sich verändert, ebenso wie ich. Nur deswegen wollte ich nicht zulassen, dass ihm etwas geschah.

Im Fallen drehte ich mich und bereute es sofort. Das Sandmonster besaß nicht nur *eine* Reihe scharfer Reißzähne, die sich mir entgegenstreckten, sondern mindestens *zehn*, die sabbernd auf- und zuklappten.

»Blanca?«, keuchte ich.

Sie landete auf meiner Schulter und bohrte ihre Krallen in meine Haut. »Retten!«, krächzte sie.

Während das Maul des Monsters immer näher kam, hüllte mich Licht ein.

Erst war es türkis, dann blau und schließlich purpurfarben. Ich hörte ein lautes Schmatzen, dann wurde alles dunkel.

»Wach auf!«, befahl mir eine raue Frauenstimme. »Ich habe nicht den ganzen Tag Zeit, also öffne die Augen, Amara.«

»Wieso kennt ihr alle meinen Namen?«, stöhnte ich blinzelnd.

Vor mir stand eine Frau, die mich an die Hexe der Eisinsel erinnerte. Sie war klein und ihr langes weißes Haar fiel bis zum Boden. Ihre Augen schimmerten türkis, purpur und blau, und ihr faltiges Gesicht wirkte streng.

»Wo bin ich hier?«

»In einer Zwischenwelt. Aber das ist nicht wichtig.«

Blanca, die neben mir gesessen hatte, hüpfte auf meine Schulter. »Prüfung!«, rief sie.

»So ist es. Du musst eine Prüfung bestehen, dann schicke ich dich zurück in deine Welt.«

»Und wenn ich nicht bestehe?«

Sie hob ihre Mundwinkel zu einem finsteren Lächeln. »Dann wirst du im Bauch des Sandwurms verrotten.«

»Na dann.« Ich hustete, weil meine Kehle plötzlich rau war, stand auf und klopfte mir den Sand von der Kleidung. »Verrätst du mir noch, wer du bist?«

»Wozu?«, erwiderte sie und zuckte mit den Schultern. »Ich bin nicht wie meine Schwester.«

»Die Weiße Hexe ist deine Schwester?«

»Das hast du doch bereits geahnt, weil wir uns ähnlich sehen«, schnaubte sie. »Und jetzt komm.«

Blanca flatterte mit den Flügeln und krächzte. Die Frau warf ihr einen amüsierten Blick zu. »Ich erzähle ihr etwas, wenn sie die Prüfung besteht. Reg dich nicht auf, Regenbogenschwanz.«

Ich betrachtete Blanca, die zu nicken schien, dann konzentrierte ich mich auf den Weg vor mir. Er lag in absoluter Dunkelheit. Nur ein schmaler Pfad war von einer Lichtquelle, die ich nicht ausmachen konnte, beleuchtet. Ich wollte nicht wissen, was geschähe, wenn ich den Pfad verließe, aber ich vermutete, dass ich in die Tiefe stürzen würde. Oder mich einfach auflöste.

Vor uns tat sich plötzlich ein großes Tor auf, durch das wir hindurchschritten. Der Raum, der dahinterlag, war aus sandfarbenem Stein gebaut. Hohe Säulen stützten die mit kunstvollen Ranken verzierten Decken ab. Es gab kein Fenster und bis auf die Tür, durch die wir getreten waren, keinen Ausgang.

Die Frau blieb stehen und drehte sich zu mir um. »Du weißt mittlerweile, welches Element du besitzt? Von der Tatsache, dass du die anderen Elemente bündeln kannst, einmal abgesehen, denn davon bist du noch weit entfernt.«

»Ich trage den Sturm in mir und mein Element ist das Wasser«, murmelte ich.

»Richtig. Aber du kannst diese Kraft nicht lenken. Es ist nicht deine Schuld, und doch würde es dir jetzt sehr nützen.«

Sie schüttelte den Kopf, dann breitete sie die Arme aus und hob sie langsam an. Hinter ihr loderten türkise Flammen auf. Sie wuchsen an, bis der gesamte Raum in Feuer gehüllt war.

»In den heiligen Flammen der Sandinsel liegt ein Amulett verborgen. Nur wer würdig ist, kann es finden und an sich bringen. Ohne das Amulett wird das Element Feuer dir nicht gehorchen und dein Leben endet hier.«

Die Flammen tänzelten um mich herum, berührten mich allerdings nicht. Noch nicht. Ich fühlte die Hitze und wusste, sie würden mich verbrennen.

»Warum muss ich das Amulett suchen? Und wieso soll ich die Elemente vereinen?«, wollte ich wissen.

»Finde es und ich beantworte die Fragen, die du schon lange mit dir herumträgst. Versagst du, gehört sein Leben mir.«

»Wessen Leben?«, hakte ich nach und war doch sicher, dass sie den Captain meinte.

Die Hexe antwortete nicht darauf. Sie hob ihre Nase an, und wieder lag ein boshaftes Lächeln auf ihrem Gesicht. »Nimmst du die Prüfung an?«

»Habe ich denn eine Wahl?«, zischte ich und hob Blanca von meiner Schulter, setzte sie auf dem Boden ab.

Sie flog wieder hoch. »Mitkommen!«, rief sie.

»Aber das Feuer könnte dir schaden.«

»Mitkommen!«, wiederholte sie und hielt sich stärker fest.

»Gut. Wenn du es willst.« Ich wandte mich der Frau zu. »Sollte ich sonst etwas wissen?«

»Ja. Du kannst deine Magie hier verwenden. Was ich an deiner Stelle tun würde, sonst bist du in wenigen Augenblicken tot. Wenn du Glück hast, wird dir der Dolch helfen. Der Regenbogenschwanz ist hier nur moralische Unterstützung.«

Kaum hatte sie die Worte ausgesprochen, verschwamm sie vor meinen Augen und löste sich auf. Das Feuer, das sich bisher zurückgehalten hatte, loderte hoch und fraß sich jetzt auch in meine Richtung.

Meine Hände zitterten trotz der Hitze, als ich versuchte, mich auf Gewitterwolken zu konzentrieren. Regen würde das Feuer eindämmen, ich musste ihn nur auf mich niedergehen lassen und mir eine Schneise schlagen.

»Captain!«, rief Blanca und ich fuhr panisch herum.

War er hier? War er mir nachgesprungen?

»Wo?«, schluchzte ich. Er durfte nicht in diesem Feuer umkommen. Ich würde ihn nicht retten können.

»Nicht hier! Kopf!«, erwiderte der Papagei und schlug mit den Flügeln.

Ich schluckte. »Du willst, dass ich an ihn denke?«

»Ay!«, krächzte sie und es sah aus, als würde sie lächeln. »Dolch. Captain.«

Die Flammen kamen näher und ich zitterte noch mehr. Ich musste es schaffen. Schon allein, weil ich wissen wollte, was der Captain mir erzählen würde. Ich hob die Hände, und tatsächlich entstanden rund um mich Wolken, sammelten sich und schienen darauf zu warten, dass ich ihnen einen Befehl gab. Allerdings fiel kein Tropfen Regen.

»Dolch!«, rief Blanca panisch.

Ich zog die Klinge und betrachtete sie. Das Silber schimmerte türkis wie die Flammen, sie sich in meine Richtung fraßen. Die Steine leuchteten nicht, von dem türkisen in der Mitte abgesehen.

»Was soll ich tun?«, flüsterte ich, während die Luft langsam unerträglich vor Hitze flirrte.

Eine ungeahnte Kraft ging plötzlich von dem Dolch aus, verband sich mit mir und entfachte einen gewaltigen Sturm. Dies war das Element Wind, das mir half, das Feuer zu bekämpfen. Ich umfasste den Griff mit beiden Händen und hob sie über meinen Kopf. »Regne!«, rief ich und die Wolken gehorchten.

Dicke Tropfen fielen auf mich herab und überzogen die Flammen, die zischend zurückwichen, aber nicht ausgingen.

»Suchen!«, rief Blanca und flog zu jenen Stellen, wo das Feuer niedriger geworden war. »Dolch!«

Ich folgte Blanca, die Waffe in einer Hand, und versuchte, meine Magie zu halten, nicht die Verbindung zu den Wolken zu verlieren. Es gab keinen Ort, an dem ich vorhin eine Schatulle oder etwas anderes, in dem ein Amulett aufbewahrt wurde, vermutet hätte. Aber vielleicht lag es auch irgendwo zwischen den Flammen auf dem Boden.

Ich lief kopflos herum. Der Rauch des Feuers brannte in meinen Augen und ich fiel auf die Knie.

»Suchen!«, hörte ich Blanca. »Aufstehen! Dolch!«

»Ich weiß nicht, wo«, murmelte ich. »Ich bin so müde.« Meine Beine fühlten sich an wie Blei.

»Aufstehen!«, rief Blanca verzweifelt. »Vertrauen!«

Ich schüttelte den Kopf.

»Captain! Tanzen!«

Ich stieß den Atem aus. »Schön«, stöhnte ich und rappelte mich hoch.

Das Feuer hatte an Kraft zugenommen, vermutlich, weil ich schwächer wurde. Ich drehte mich um die eigene Achse und fand … nichts.

Beinahe wollte ich wieder auf die Knie sinken, als der Dolch zu leuchten begann. Das Licht, das ihn umhüllte, wurde stärker, wenn seine Spitze in eine bestimmte Richtung zeigte.

»Dolch! Suchen!«, rief Blanca.

»Ja«, hauchte ich und ließ mich von der Waffe führen.

Vor einer Wand blieb ich stehen. Das Licht der Klinge erstrahlte so hell, dass ich die Augen zukneifen musste. Ich hob ihn an und rammte ihn in die Mauer, in der sich feine Risse bildeten.

Das Feuer loderte hoch und ich sammelte meine letzte Kraft, um die türkisen Flammen zurückzudrängen. Sie fraßen sich bereits in meine Stiefelsohlen, schmolzen sie unter mir hinweg. Es brannte höllisch und ich wusste, meine Kräfte neigten sich dem Ende zu.

»Nicht aufgeben«, feuerte ich mich selbst an, zog den Dolch aus der Wand und stach erneut zu. Wieder und wieder rammte ich ihn in die sandige Mauer, während die Schmerzen beinahe unerträglich wurden.

Kein Tropfen Regen fiel noch aus den Wolken über mir und ich konnte noch immer nichts in der Wand erkennen.

»Schnell!«, rief Blanca.

Ich biss die Zähne zusammen und stieß noch einmal zu. Die Wand bröckelte und gab ein Medaillon frei. Eine runde Scheibe aus Silber mit einem blauen, türkisen und purpurnen Stein über seltsamen Symbolen.

Während ich auf die Knie sank, packte ich das glühend heiße Metall. Es fraß sich in meine Haut und ich schrie, ließ es aber nicht los. Mir wurde übel, als ich den Geruch nach verbranntem Fleisch und Haar wahrnahm. Ich würgte und schloss die Augen.

In dem Moment verschwanden die Flammen und selbst die Schmerzen ebbten ab. Das Medaillon fühlte sich plötzlich kühl an und obwohl ich sicher war, die Abdrücke davon auf meiner Handfläche zu finden, war dort nichts zu sehen. Blanca saß auf meiner Schulter. Ich hatte befürchtet, dass sie von den Flammen verbrannt worden wäre. Aber auch sie schien unversehrt zu sein.

»Aber wie …«, stammelte ich und drehte mich um, als ich ein Räuspern hörte. Die Hexe stand hinter mir, die Arme verschränkt.

»Meinen Glückwunsch, Amara. Du hast das Medaillon der Sandinsel errungen.« Ihre Iriden schimmerten nur noch türkis. »Hoffnung, in Sanden verloren, beherrscht das Feuer, erweckt den eisigen Klang«, murmelte sie und ich wusste, dass sie mir einen weiteren Teil des Rätsels um die Elemente genannt hatte.

Ich keuchte und betrachtete das Schmuckstück noch einmal genauer. Drei Edelsteine, umrahmt von Mustern und Zeichen, die ich nicht kannte und die mir doch vertraut erschienen. »Wasser, aus Sturm geboren, setzt die Magie in Gang. Hoffnung, in Sanden verloren, beherrscht das Feuer, erweckt den eisigen Klang.« Ich schluckte. »Wind, aus Angst zerrissen, überwindet tiefen Schmerz …« Mein Blick suchte ihren. »Wie geht es weiter?«

Sie schüttelte den Kopf. »Türkis ist die Farbe der Aufrichtigkeit«, sagte sie, statt meine Frage zu beantworten. »Es ist selten in der Welt und so wertvoll wie die Wahrheit selbst. Es verleiht Hoffnung und Harmonie. Seine Magie dient als Schutz, während das Purpur dem Kampf dient und hilft, die Wahrheit zu erkennen.« Sie kam auf mich zu und musterte mich. »Du bist so stark, Amara. Niemand konnte dich brechen.«

Ich hielt ihrem Blick stand. »Sag mir, was genau ich bin.«

Sie stieß den Atem aus. »Leg das Medaillon an und lass es niemanden außer dir jemals anfassen. Hast du verstanden?«

Ich nickte.

»Gut. Und jetzt hör mir zu. Der Captain trägt einen Fluch in sich, den nur er dir offenbaren darf. Ihr beide seid verbunden, bestimmt das Schicksal des anderen. Du bist das silberne Herz des Meeres und er braucht dich, um den Fluch zu lösen, den er auf sich gezogen hat. Aber die Welt braucht dich, weil nur du die Kristallelemente vereinen kannst.«

»Das silberne Herz des Meeres?«, wiederholte ich ihre Worte. Erst jetzt wurde es mir bewusst. Dieser Eisgreif hatte ›mein silbernes Herz‹ gefordert. »Es ist eine Legende«, murmelte ich und starrte in ihre Augen. »Ein unermesslicher Schatz, den jeder Seefahrer erringen will …«

»Ja. Du bist wertvoller als jeder Schatz«, stimmte die Hexe zu und klopfte auf meine Brust. »Und deswegen bist du in Gefahr, bis du das Silber ablegst und der Kristall des Meeres wirst. Dann kann niemand dich besitzen, denn du wirst mächtiger sein als alles andere in dieser Welt. Nur als Kristallherz kannst du gegen das kämpfen, was Reich um Reich mit einem Fluch belegt und die dunklen Piraten erschaffen hat.«

»Aber wieso will der Captain dann …«

»Das muss er dir erklären, Amara. Bedenke, dass du wertvoller bist als alles Gold und Silber dieser Welt. Lass dich nicht von falschen Gefühlen ablenken. Erringe die Macht.« Sie betrachtete mich wieder. »Du kennst die Legende vom Kristallherzen nicht, oder?«

»Nein, ich weiß nur vom silbernen Herzen. So nannten die Seefahrer immer den größten Schatz der Welt.«

»Menschen«, brummte die Hexe und schüttelte den Kopf. »Die Legende des Kristallherzens ist die Schöpfung allen Lebens. Es beschützte alle Wesen vor einer tiefen Dunkelheit.« Ihre Augen verengten sich. »Du hast diese Dunkelheit bereits getroffen. An Bord der Conch. Sie zieht ihr schwarzes Netz über die Meere und Länder und mit jedem Fluch, den sie auslöst, selbst wenn sie ihn nicht selbst ausspricht, wird sie stärker, und irgendwann sind die Kristallelemente zu schwach, sie noch aufzuhalten. Es sei denn, sie werden vom silbernen Herzen vereint.« Sie hob ihr Kinn. »Du könntest die Welt retten.«

Blanca schlug mit den Flügeln, aber die Hexe schnippte und der Vogel ließ den Kopf sinken und schnarchte laut.

»Was hast du getan?«, keuchte ich und fing Blanca auf, als sie von meiner Schulter fiel.

»Sie redet und fordert zu viel«, meinte die Hexe. »Ich bringe euch jetzt zurück. Mögen die Meeresgötter geben, dass ich dich und diesen Vogel nie wiedersehe.«

Sie schnippte erneut und Wind kam auf, der den Sand um uns hochwirbelte.

Ich kniff die Augen zusammen und atmete erleichtert auf, als ich das Geräusch von Wellen hörte. Ich war zurück.

Kapitel 25

Amara!«, rief der Captain, und noch bevor ich die Augen geöffnet hatte, wurde ich gepackt und an seine breite Brust gedrückt. »Den Meeresgöttern sei Dank, du lebst.«

Seine Stimme bebte, während er mich fester umarmte. Ich konnte nicht anders, ich erwiderte die Geste und ließ meinen Kopf sinken.

In dem Moment schob er mich von sich und seine blauen Augen funkelten mich an. »Was hast du dir dabei gedacht? Du hättest sterben können!«

Ich hob eine Augenbraue. »Ja. Aber es war die einzige Chance. Sonst wären wir vielleicht beide gestorben.«

Seine Augen weiteten sich und er presste die Kiefer aufeinander, als müsste er sich beherrschen, mich nicht anzubrüllen. Hastig zog er mich wieder an sich. »Du hast es geschafft, nicht wahr?«

Ich nickte an seiner Brust. Wir standen an Deck der Conch bei Tageslicht, aber außer uns befand sich niemand hier. Was mich wunderte und gleichzeitig auch nicht. Vermutlich wussten die Piraten, dass sie uns allein lassen sollten, falls wir zurückkehrten, und die Magie der Insel schützte uns offenbar vor allen Bedrohungen, die sonst auf uns lauerten. Ich nahm jetzt auch nichts wahr, was uns gefährlich werden konnte. Nichts außer der Uhr, die ich anstarrte und die mir verriet, dass sich mein Jahr langsam, aber sicher dem Ende zuneigte.

»Du schuldest mir jetzt Antworten«, murmelte ich und löste mich von ihm.

Blanca schlug wieder mit den Flügeln. »Ay, Antworten!«

Der Captain ließ die Schultern sinken. »Ay. Aber nicht hier, nicht bei Tag.«

»Warum?«, wollte ich wissen.

»Weil manche Dinge nur in der Nacht ausgesprochen werden sollten.« Er drehte sich um. »Bereit machen zum Tauchen!«, rief er, obwohl wir allein waren. Dann verschwand er unter Deck und ließ mich einfach stehen.

Ich hatte in meinem Zimmer zu Abend gegessen, gemeinsam mit Cooks und Hawk, die mich über die Insel ausgefragt hatten. Sie waren erleichtert gewesen, dass ich zurückgekehrt war, und wirkten doch angespannt.

»Ihr wisst also, dass der Captain mir heute erzählt, was ihr seid?«, fragte ich.

»Ay«, brummte Hawk. »Ich hoffe, du redest danach noch mit uns. Ich mag dich wirklich, Mädchen. Wäre schade, wenn wir uns ab jetzt anschweigen.«

Cooks nickte und wollte etwas hinzufügen, wurde aber vom Klopfen unterbrochen. Ich hatte die beiden Piraten noch nie so schnell essen und dann mit den Tellern aufspringen sehen. Sie hatten das Zimmer bereits fast verlassen, als die Tür aufging und der Captain zerknirscht eintrat. In den Händen hielt er eine Flasche Wein und zwei Gläser.

Blanca, die eben noch Obst gegessen hatte, flatterte auf das Bett, als wollte sie uns ungestört reden lassen. Ob sie auch wusste, was die Piraten waren, und uns deswegen Freiraum geben wollte? Oder fürchtete sie meine Reaktion ebenso wie der Captain? Bei dem Gedanken wurde mir mulmig zumute.

Der Captain blieb neben mir stehen und wich meinem Blick aus.

»Setz dich doch«, forderte ich ihn auf.

Er nickte und ließ sich im Sessel neben mir nieder.

Ich sah zu, wie er die Weinflasche entkorkte und uns beiden einschenkte. Seine Hände bebten dabei und ich befürchtete, er würde den Wein nicht in die Gläser bekommen, aber es gelang ihm, nicht einen Tropfen zu verschütten.

Er trank das erste Glas leer und schenkte sich nach. »Gut, ich habe dir mein Wort gegeben und ich stehe dazu«, sagte er leise und sah mich immer noch nicht an. »Aber du musst mir versprechen, mich ausreden zu lassen und bis zum Schluss anzuhören.«

»Ich schwöre es«, erwiderte ich ernst.

Er nickte und holte tief Luft. »Du weißt, dass wir keine gewöhnlichen Menschen sind. Ein Fluch liegt auf uns. Ein Fluch, den ich verschuldet habe.« Er schwenkte sein Weinglas und stellte es dann ab, ohne einen weiteren Schluck davon getrunken zu haben. »Was weißt du über das silberne Herz des Meeres?«

Ich hob die Augenbrauen. Sollte ich ihm erzählen, was die Sandhexe mir offenbart hatte? »Es ist ein Märchen über einen sagenhaften Schatz«, begann ich unverfänglich. »Er soll unermesslich groß sein und wertvoller als alles, was in den königlichen Schatzkammern der Welt zu finden ist. Aber wie es aussieht, lag ich damit falsch.«

Er sah mich aus den Augenwinkeln an und ich holte tief Luft, bevor ich die letzten Worte aussprach, die ich selbst kaum glauben konnte.

»Die Hexe meinte, ich sei das silberne Herz.«

Er schwieg einen Moment, dann nickte er. »Ja, das bist du. Nach all den Jahren habe ich es gefunden …«

»Bist du verflucht, weil du das silberne Herz stehlen wolltest?«

War er meinetwegen zu dem geworden, was er war? Weil er nach mir gesucht hatte?

Er schüttelte den Kopf. »Nicht ganz. Weißt du, wie ein menschlicher Körper aussieht, wenn das Fleisch und die Haut entfernt wurden?«

»Was hat das damit zu tun?«

Er zog ein Büchlein aus seiner Manteltasche und legte es aufgeschlagen vor mich hin. Es zeigte den Brustkorb eines Menschen: die Rippenbögen, das Brustbein und die Wirbelsäule.

»Es ist ein Käfig«, hauchte er.

»Was?«

»Die Rippen. Sie sind ein Käfig, nicht Schutz für unser Herz. Denn dieser Käfig soll verhindern, dass wir das Monster, das in uns lebt, herauslassen.«

Er trank einen Schluck Wein und starrte die Abbildung an.

»Ich verstehe nicht, was du mir sagen willst«, murmelte ich und meine Hände zitterten.

»Du hast mich Monster genannt, Amara. Mehrmals.« Ich wollte etwas einwerfen, aber er ließ mich nicht zu Wort kommen. »Du hattest immer recht damit. Selbst vor dem Fluch war ich ein Monster. Deswegen hat mich dieses Wesen, das du im Verlies getroffen hast, ausgewählt, um seine Ziele zu verfolgen. Damals wusste ich das allerdings noch nicht.«

Er starrte aus dem dunklen Fenster. Die Nacht hatte sich über das Meer gelegt und das bereits so vertraute Rauschen des Wassers schenkte mir Ruhe. Bis jetzt.

»Captain?«

»Kai.«

»Was?«

»Du hast mich danach gefragt und ich habe ihn dir nie genannt. Mein Name ist Kai. Er war es zumindest einmal.« Er seufzte.

»Warum verrätst du ihn mir jetzt?« Ich verstand nicht, was er mir zu erklären versuchte.

Ungeduldig klopfte ich auf den Tisch, der zwischen uns stand. Ich hatte es noch nie gemocht, wenn man nicht auf den Punkt kam und Ausflüchte suchte. Dass es ihm schwerfiel, mir sein Geheimnis anzuvertrauen, verstand ich. Aber es würde nicht einfacher werden, wenn er es hinauszögerte.

»Weil ich will, dass du weißt, wie das Monster heißt, mit dem du dich unterhältst.«

Ich schlug mit der flachen Hand auf den Tisch. Kai zuckte noch nicht einmal. »Hör jetzt auf, in Rätseln zu sprechen, und sag mir, was du getan hast, um verflucht zu werden!«

Er ließ den Kopf sinken. »Ich bin Pirat, Amara. Ich war es mein Leben lang. Als mein Vater starb, wurde ich Captain der Conch. Ich war jung und niemand nahm mich ernst. Das musste ich ändern.«

Er zog einen Gegenstand aus seiner Tasche und legte ihn auf den Tisch. Ich betrachtete ihn. Es sah aus wie ein Kompass, nur waren keine Himmelsrichtungen eingezeichnet, sondern die Fläche war in vier Farben unterteilt: Blau, Weiß, Türkis und Purpur. Die Nadel zeigte starr auf einen Punkt in der Mitte des blauen Felds.

»Ich kannte kein Mitleid. Mit nichts und niemandem«, raunte Kai und falls das möglich war, ließ er seinen Kopf dabei noch tiefer sinken. »Ich brannte Städte nieder, ermordete andere Piraten. Weil ich ihnen beweisen wollte, dass sie mich ernst nehmen mussten.«

Ich wusste nicht, was ich erwidern sollte, also beobachtete ich ihn schweigend, während meine Gedanken Fahrt aufnahmen. Er hatte das Kriegsschiff nahe Daris nicht versenkt, gemeint, er würde so etwas nicht mehr tun. Konnte ein Mensch sich wirklich ändern?

»Ich bin nicht stolz auf das, was ich getan habe«, fuhr er leise fort und verschränkte seine Finger vor seinem Gesicht. »Aber in dem

Moment dachte ich, es wäre richtig. Und meine Mannschaft bestärkte mich darin. Sie waren blutdürstig und ebenso gnadenlos wie ich. Nachdem ich ein anderes Schiff versenkt und seine Schätze an mich gebracht hatte, kehrten wir im Hafen von Skyr, nahe dem Eismeer, in einen Gasthof ein, der Piraten aufnahm. Ich hörte, wie jemand über das silberne Herz des Meeres sprach. Damals dachte ich auch, es wäre ein sagenumwobener Schatz. Also zwang ich den alten Mann, der einem anderen Piraten davon erzählte, mir sein Wissen anzuvertrauen. Ich will dir nicht sagen, wie ich das angestellt habe.«

Ich schluckte. Nein, ich wollte es wirklich nicht wissen. Wenn er so grausam gewesen war, wie er behauptete …

»Jedenfalls schien er Kenntnis von dem Versteck des Schatzes zu besitzen. Ich nahm nur wenige Männer mit mir und folgte der Karte, die der Alte mir gab, um sein Leben zu retten. Sie führte uns auf eine Insel, die durch Magie vor Menschen wie mir verborgen wurde. Aber mit der Karte fanden wir sie. Es war die Weiße Insel, bevor ich ihr genommen habe, was sie silbern glänzen ließ. Denn dort bestand einmal wirklich alles aus purem Silber. Die Blüten, die Früchte … Die Mannschaft machte sich über die Pflanzen her, aber ich wollte den richtigen Schatz. Eine Stimme in mir befahl mir, ihn zu finden. Erst dachte ich, es wäre meine Gier, heute weiß ich es besser.«

Er schob mir den Kompass näher hin, ohne aufzublicken.

»Was ist das?«, fragte ich, als er nicht weitersprach.

»Er zeigt die Magie an, die ich suchen muss, um den Fluch zu lösen«, murmelte er. Ich wollte fragen, was das bedeuten sollte, da erzählte er weiter. »Auf der Insel fand ich eine Höhle und ging hinein. Dort saß ein Mädchen mit silbernen Haaren. Sie war unendlich schön und sang ein so bezauberndes Lied, dass ich fast den Schatz vergaß. Doch die Stimme in meinem Kopf erinnerte mich daran, erklärte mir, dass ich mir holen müsste, was mir zustand. Ich wollte diesen sagenumwobenen Schatz mehr als irgendetwas sonst auf der Welt. Wenn ich das silberne Herz besäße, würde sich niemand mehr über mich lustig machen. Ich wäre nicht nur gefürchtet, sondern eine lebende Legende. Sie musste etwas über das Versteck des Silbers wissen, also sprach ich das Mädchen an.«

Er schwieg wieder und ich betrachtete den Kompass. Die Nadel bewegte sich immer noch nicht, obwohl ich ihn herumdrehte.

»Was ist dann geschehen?«, wollte ich wissen, als das Schweigen unerträglich wurde.

»Sie sagte, ich wäre nicht würdig, das silberne Herz zu besitzen. Es müsse freiwillig zu mir kommen. Erst versuchte ich sie zu überreden, dann drohte ich ihr. In mir brach ein Sturm aus Wut und Verlangen aus, der mir alle Sinne raubte. Doch das Mädchen gab sein Geheimnis nicht preis. Weil all meine Einschüchterung nichts nützte, setzte ich ihr mein Schwert an die Kehle.« Er verschränkte seine Finger wieder ineinander, aber ich sah das Zittern seiner Hände dennoch. »Ich fragte sie noch einmal danach, aber sie schwieg. Also habe ich sie … ich habe …«

»Du hast sie getötet«, flüsterte ich, als er sich fast an den Worten verschluckte.

»Ich war so wütend«, schluchzte er und seine Hände bebten noch stärker. »Ich hatte meine Wut nie im Griff und sie wurde durch diese Dunkelheit noch verstärkt, machte mich zu einem Mann ohne Gewissen. Ich sehe heute noch ihr Gesicht vor mir, wenn ich die Augen schließe. Sie war so unschuldig und ich habe ihr die Kehle aufgeschnitten.« Er vergrub sein Gesicht in den Händen. »Als ihr Blut den Boden tränkte, erschienen drei alte Frauen.«

»Die Weiße Hexe«, murmelte ich.

»Sie war eine davon. Sie legten mich in Ketten und ich war sicher, dass sie mich töten würden. Aber sie meinten, der Tod wäre zu gut für ein Monster wie mich, das etwas so Heiliges wie dieses Mädchen tötete. Sie hütete vier Elemente. Eines gehörte dem silbernen Herzen selbst, die anderen bündelte sie, um eine uralte Macht fernzuhalten. Sie schützte diese Magie, bis ihr rechtmäßiger Besitzer kommen und sie einfordern würde. Die Artefakte, die du sammelst, gehören zu den Elementen. Jedes steht für eine andere Farbe.«

»Der Dolch für Purpur, das Medaillon für Türkis«, sagte ich und fühlte die Magie, die von den Gegenständen ausging.

Kai stieß den Atem aus. »Nur eine Frau, die würdig wäre, das silberne Herz zu sein, kann sie finden«, erklärte er und trank einen Schluck Wein. »Die drei Hexen hoben drei weitere Inseln aus dem Meer, auf denen sie je einen Gegenstand verbargen. Und mich verwandelten sie in ein beinahe unsterbliches Wesen, menschenähnlich, aber entstellt, hässlich und verabscheuungswürdig. Ein Fluch, den ich selbst auf mich geladen hatte, als ich der Dunkelheit in mir die Tore geöffnet hatte im Gegenzug für die Magie, über die ich verfügte. Die Hexen belegten auch meine Mannschaft mit einem Bann, den ich nur würde lösen können, wenn ich das silberne Herz fand und ihm half, die anderen Elemente einzufordern.«

»Blanca ist …«

»Der Gefährte des silbernen Herzens. Die Hexen nannten mir Städte, in denen ich es finden konnte, weil es nur dort die Magie gab, die du in dir trägst. Sie überreichten mir den Kompass, den du hier siehst. Er half mir, Frauen aufzuspüren, in denen das Element Wasser schlummert. So habe ich auch dich gefunden, lange bevor ich deinen Geruch wahrnehmen oder dich sehen konnte.«

Ich schluckte und schob ihm den Kompass zurück. Meine Lippen bebten und ich wollte ihn nicht ansehen.

»Die Weiße Insel ist die erste Prüfung. Schenkt sie einem nicht den Regenbogenschwanz, ist die Person nicht das silberne Herz.«

»Wie viele silberne Herzen gibt es denn?«

»Eines in jeder Generation. Ich habe bisher nur dich gefunden. In fast hundert Jahren. Du warst meine letzte Chance.«

Es ergab endlich alles Sinn. Die altmodischen Kleider. Das Aussehen des Schiffs.

»Also war ich immer deine Beute.« Meine Stimme zitterte und ich stand langsam auf. Er sah mich nicht an. »Du musstest mich beschützen, damit ich die Gegenstände finde und die Elemente vereine, um deinen Fluch zu lösen. Weil ich das silberne Herz bin.«

Er biss sich auf die Unterlippe, immer noch nicht imstande, meinen Blick zu erwidern.

»Da ist noch mehr, nicht wahr? Du verschweigst mir noch etwas.« Ich merkte erst, was ich tat, als ich ihn am Kragen gepackt hatte und schüttelte. »Was hast du wirklich mit mir vor? Schneidest du mir auch die Kehle durch, wenn ich alle Gegenstände gefunden habe? Löst du so den Fluch?«

Tränen liefen mir über die Wangen und ich war nicht sicher, ob ich sie aus Wut oder Enttäuschung vergoss. Ich hatte mich in ihm geirrt. Nach all den Monaten, in denen er sich verändert hatte, war ich sicher, sein wahres Wesen hätte nichts mit dem Monster zu tun, das jetzt wieder vor mir saß. Wie hatte ich mich so täuschen können? Es ging ihm immer nur um sich selbst, nie um mich.

Ein Stechen in meiner Brust ließ mich um Atem ringen. Ich hatte mir so sehr gewünscht, dass er aufrichtig zu mir war. Aber alles, was er getan hatte, geschah aus Berechnung. Jetzt genauso wie vor seinem Fluch.

Er legte seine Hände auf meine Handgelenke, hielt sie fest, als auch er aufstand und mich aus seinen blauen Augen traurig musterte. »Ich bin nicht mehr der Mann, der ich damals war. Ich habe dich nicht nur beschützt, weil du den Fluch, den ich über uns alle gebracht habe, lösen kannst. Anfangs ja, aber … du hast mich verändert.«

»Lass mich los«, zischte ich leise, weil ich meiner Stimme nicht mehr traute.

Ich hatte ihn gerngehabt. Hatte gehofft, dass ich mehr wäre als seine Beute. Dass ich ihm – so dumm es auch klang – etwas bedeutete. Weil ich mehr in ihm sah als einen Piraten.

Er mochte mich entführt haben, aber er hatte mir beigebracht, wie man ein Schiff steuerte, hatte stundenlang Sternenbilder erklärt, mir einen eigenen Raum errichten lassen, von dem aus ich die Tiere und Pflanzen des Meeres beobachten konnte. Er hätte das nicht tun müssen.

Verzweiflung machte sich in mir breit. Er hatte geschworen, mir mein Herz nicht herauszureißen. Aber in diesem Moment, als mir klar wurde, wofür er mich wirklich brauchte, war es in Tausende Teile zerbrochen. Ich war ihm nie wichtig gewesen. Nicht auf die Art, die ich mir gewünscht hatte.

»Lass mich los!«, schluchzte ich. »Geh weg und sprich mich nicht mehr an! Fahr zur Hölle mit deinem silbernen Herzen! Meines bekommst du nicht.«

»Ich verdiene es auch nicht«, hauchte er, hielt mich aber immer noch fest. »Aber glaube mir, dass ich dich nicht nur beschützt habe, weil ich den Fluch lösen will.«

»Lügner!«, brüllte ich und versuchte, mich loszureißen. »Warum sollte ich dir glauben?«

»Als ich dich mitnahm, war meine Haut pechschwarz. Ich roch wie der Fischabfall, der ich bin, mein Mund war der eines Monsters und meine Augen ebenso. Mein Haar war Seetang, was es seit heute auch nicht mehr ist. Sieh mich an!« Er hob meine Hände an seinen Kopf und schob den Hut zurück. Blondes Haar kam darunter zum Vorschein. »Ich verlor etwas von dem Monster, das ich war, und wurde menschlicher. Wegen der Entscheidungen, die ich deinetwegen traf. Wegen dem, was ich … was du …«

Er stieß den Atem aus und ließ unsere Hände sinken.

»Was hast du mit mir vor, wenn ich die vierte Insel hinter mich gebracht habe? Wenn das Jahr zu Ende ist?«

»Wenn du alle Gegenstände findest und auf die Weiße Insel zurückkehrst, kannst du die vier Kristallelemente erwecken und in dich aufnehmen. Dann bist du nicht länger das silberne Herz, du wirst zum Kristallherz.«

»Und du bist frei?«

Er senkte den Blick. »Ich weiß es nicht. Das wollten die Hexen mir erst sagen, falls ich jemals das silberne Herz finden würde.«

»Du lügst«, fauchte ich. »Du weißt es!«

»Ich ahne es. Aber ich weiß es nicht!« Er ließ meine Hände los und umfasste dafür mein Gesicht. »Aber ich habe geschworen, dich zu beschützen. Diesen Schwur werde ich halten.«

Ich stieß ihn fort. »Ich will deinen Schutz nicht! Halte dich fern von mir!«

»Amara, bitte … ich …«

»Du sagst mir nicht, was du mit mir vorhast, und erwartest, dass ich so weitermache wie bisher? Nach allem, was du mir gerade gebeichtet hast? Du bist ein Monster! Ich war verrückt, jemals etwas anderes in dir zu sehen! Du würdest keinen Moment zögern, mich wie das silberne Mädchen in dieser Höhle zu töten, wenn du einen Vorteil davon hättest.«

»Das ist nicht wahr«, sagte er mit bebender Stimme. »Warum, denkst du, will ich nicht mehr, dass du in meine Kajüte kommst?«

»Woher soll ich das wissen?« Ich warf ihm einen finsteren Blick zu. »Es ist ja nicht so, als würdest du mir irgendetwas erklären!«

Er stieß den Atem aus, als müsste er eine Entscheidung auf Leben und Tod treffen. Dann sah er mich ernst an. »Wenn du willst, zeige ich es dir.«

»Denkst du wirklich, es würde etwas ändern?«, fuhr ich ihn an. »Was kann in deinem Zimmer lauern, das meine Meinung über dich ändern könnte? Du willst mich opfern, um selbst frei zu sein!«

Der Captain setzte dazu an, etwas zu erwidern, da flog Blanca vom Bett auf meine Schulter. »Zeigen!«, krächzte sie und wippte auf und ab.

Kai nickte dem Vogel zu, dann drehte er sich um und ging zur Tür. Nachdem er sie geöffnet hatte, blieb er stehen, als würde er auf mich warten.

Ich schnaubte. Wider besseres Wissen folgte ich ihm.

Kapitel 26

Der Captain hielt vor der Tür zu seiner Kajüte an. Den ganzen Weg über hatten wir nicht eine Person gesehen. Ob sie sich versteckten? Wut stieg in mir auf. Hatten Cooks, Hawk und Einauge gewusst, was mit mir geschehen würde, wenn ich alle Inseln überlebte? War ich für sie auch nichts weiter als die Erlösung von ihrem Dasein?

Kai legte seine Hand auf den Türknauf, ließ ihn dann aber los und drehte sich zu mir um. »Auch wenn du meinen Schutz nicht willst … da drinnen wirst du ihn brauchen.«

Ich straffte die Schultern. »Ich war schon da drinnen. Wenn du jetzt also nicht vorhast, mir ein Messer in den Rücken zu rammen, sehe ich keine Gefahr.«

Er stieß den Atem aus. »Bleib hinter mir. Bitte.«

Bevor ich antworten konnte, hatte er sich wieder umgedreht und die Tür geöffnet. Fauliger Geruch drang mir entgegen und ich hielt mir die Hand vor den Mund. Blanca schlug heftig mit den Flügeln und krächzte unverständliche Worte.

Der Captain ging hinein und ich folgte ihm. Wie von Geisterhand fiel die Tür hinter mir zu und ich hörte, wie sich ein Schlüssel drehte.

»Bist du also doch auf meinen Vorschlag eingegangen?«, vernahm ich eine zischende Stimme. »Bring sie her zu mir, ich will sie sehen.«

Der Raum wirkte vollkommen verändert. Alles lag in Fetzen vor mir, mit schwarzem Schleim überzogen. Tische und Stühle waren umgekippt worden, das Bett schien in der Mitte gebrochen zu sein. Nichts erinnerte an das Zimmer, das ich gekannt hatte. Nichts außer dem Fischgeruch, den ich beinahe schon vergessen hatte.

»Bring sie endlich her!«, bellte die Stimme und es klang, als würde der Sprecher sabbern.

»Nein. Ich habe sie nicht hergebracht, um sie dir zu geben«, verkündete der Captain und umfasste meinen Arm, als ich an ihm vorbeigehen wollte. »Bleib hinter mir, habe ich gesagt!«

In dem Moment erklang ein Fauchen und eine dürre, schwarze Hand schoss aus der Dunkelheit im hinteren Teil des Raums hervor. »Ich will sie sehen! Zeig sie mir endlich! Sie riecht so gut!«

Ich schauderte, als ich leuchtend rote Augen ausmachen konnte, die auf mich gerichtet waren. »Was ist das?«, keuchte ich und ließ zu, dass der Captain mich wieder hinter sich verbarg.

»Was ich bin?«, fauchte das Geschöpf in der Dunkelheit. »Ich bin seine Geißel und seine Rettung! Er braucht mir dich nur zu überlassen und er wäre frei. Ich bin ein Teil der Dunkelheit. Jener Teil, der ihm einst Macht verlieh. Meine Kraft ist stärker als diese Hexen, er muss nur der Versuchung nachgeben.«

»Welcher Versuchung?«, wollte ich wissen, aber der Captain sagte kein Wort, schirmte mich nur vor dem Blick der Kreatur ab.

Das Wesen zischte. Ich hörte Ketten klirren und plötzlich erleuchtete eine Kerze das abscheuliche Geschöpf. Der Körper war ausgemergelt und erinnerte an etwas, das längst tot sein müsste. Viel zu große rote Augen schimmerten in dem abgemagerten Schädel, die langen dürren

Finger glichen Klauen. Es saß in einem Käfig, der mich an … einen Brustkorb erinnerte.

»Die Rippen sind ein Käfig für das Herz«, murmelte ich die Worte des Captains und sah ihn an. »Das ist dein Herz?«

Er blickte mich über seine Schulter hinweg an und nickte. »Ein Teil davon. Er entstand, als ich die Magie an mich riss und das Schiff damit ausstattete. Du erinnerst dich an die Stimme im Verlies? Es ist dieselbe Magie, die dieses Wesen erschuf. Ein Monster. Ein Teil von mir, der sich irgendwann, als der Fluch mich zu dem machte, was ich jetzt bin, gelöst hat und seitdem meine Seite nicht mehr verlässt. Aber ich will so nicht mehr sein. Nie wieder.«

»Narr!«, brüllte das Wesen. »Du könntest frei sein! Du musst sie mir nur geben. Du hättest sie mir von Anfang an geben sollen! Die Hexen dürfen sie nicht haben, sie werden sie zu einer abscheulichen Kreatur machen. Aber ich … ich würde mich um sie kümmern und du wärst frei.«

Die Augen des Wesens starrten mich gierig an, fast so, als wollte es mich mit Haut und Haaren verschlingen. Mein Magen krampfte sich zusammen und doch siegte meine Neugierde, während ich den Käfig betrachtete.

»Wie könnte er frei sein?«, fragte ich und schob mich wieder an dem Captain vorbei.

Das Wesen kam in seinem Käfig weiter nach vorne. »Sie ist so schön, Kai. So schön. Sie könnte dir gehören, wenn du sie mir gibst.«

»Ist das nicht ein Widerspruch?«, hakte ich nach und hielt dem Blick der Kreatur stand.

Das Wesen verzog den Mund. »Einfältig ist sie«, meinte es und schnalzte mit der Zunge. »Dein Kai könnte frei sein, denn ich habe ihm angeboten, seinen Fluch zu lösen, wenn er mir das silberne Herz gibt. Keine Prüfungen, keine Gegenstände, keine Elemente, nichts. Ich will nur deine Schönheit, deine Magie und mich zehn Jahre an deinem Leid weiden. Danach gebe ich dich frei. Kai wäre den Fluch los und ich hätte das, was ich mir wünsche. Ich habe mich an dir gelabt, jeden Tag, wenn du hier warst. Du hast mich bemerkt, aber nicht, was ich wirklich bin, was ich getan habe. Nur hat er seine Meinung geändert, dieser elende Mistkerl! Und jetzt hält er dich fern von mir und schwächt sich dadurch selbst!«

»Was meinst du?«

»Ich hätte diese Wunde geheilt, die du ihm beigebracht hast. Hätte ihm die Macht gegeben, diese Hexen auf ihren Inseln zu vernichten. Er hätte dich nur teilen müssen, mir gestatten müssen, von deiner Schönheit zu naschen und dein Element zu beherrschen. Er wollte nicht!«

Die Kreatur tobte in ihrem Käfig und streckte die Klauen aus. Der Captain ging dazwischen, schob mich wieder hinter sich.

»Gib sie mir!« Das dunkle Geschöpf hämmerte gegen seinen Käfig. »Ich brauche sie! Ich gebe dir alles, was du willst. *Alles!*«

»Du bekommst sie nicht. Niemals. Lieber sterbe ich«, brüllte Kai und der Raum erbebte.

Ich klammerte mich an seinen Mantel, während das Wesen laut kreischte und um sich schlug. Dieses Ding war abgrundtief böse. Aber wenn es stimmte, was es sagte … wieso hatte der Captain mich dann nicht einfach geopfert, um frei zu sein?

»Dann stirb, du Narr!«, fauchte die Kreatur. »Denn das wirst du, wenn ich sie nicht haben kann! Ihr seid beide dem Untergang geweiht, weil du denkst, du müsstest für sie ein Gewissen besitzen!«

»Solange du in meinem Käfig sitzt, bist du keine Gefahr für mich, Amara oder irgendjemand anderen«, brummte der Captain. »Du wirst hier drinnen bleiben und wenn der Fluch gelöst ist, werde ich dich vernichten.«

»Starke Worte für ein schwaches Herz.« Ein hässliches Grinsen breitete sich auf der Fratze aus. »Wir werden sehen, Kai. Wir werden sehen.« Er sank im Käfig zurück, nur um erneut an seinen Ketten zu rütteln und zu versuchen, mich zu erreichen.

Der Captain schob mich aus der Kajüte, als das Wesen ein weiteres Mal kreischend zu toben begann.

Erst als sich die Tür geschlossen hatte, erlaubte ich mir, wieder zu atmen.

»Er hat dich nicht berührt, oder?«, fragte der Captain und suchte mich offenbar nach Wunden ab. »Wenn er es getan hätte, müsste Blanca helfen, dich zu läutern. Diese Magie würde dich zerstören …«

»Es hat mich nicht berührt«, flüsterte ich und wich vor ihm zurück. »Ich … ich will dich jetzt nicht sehen.« Ich ließ all die Worte unausgesprochen. Er hatte mich vielleicht dieser Kreatur nicht überlassen, dennoch fühlte es sich an, als hätte er mich all die Zeit über verraten. So schnell konnte ich das nicht vergessen.

»Das verstehe ich«, seufzte er und ließ den Kopf sinken.

Ich ging rückwärts, während ich ihn anstarrte. Er bewegte sich nicht. Erst als er aus meinem Blickfeld verschwunden war, drehte ich mich um und hastete in mein Zimmer. Tränen liefen über meine Wangen und ich verfluchte mich selbst dafür.

»Verliebt!«, krächzte Blanca.

»Du meinst sicher nicht mich!«, fuhr ich sie an. »Ich kann kein Monster lieben. Und das ist er, so wie er es immer gesagt hat. Ein Monster.«

Am nächsten Morgen trat Hawk mit gesenktem Kopf ein und stellte wortlos Frühstück auf meinen Tisch, weil ich es bisher nicht selbst geholt hatte. Es schien, als wartete er darauf, dass ich ihn ansprach. Ich tat ihm den Gefallen nicht.

Er ließ den Kopf noch tiefer hängen und blieb in der Tür stehen. »Heute ist die Wintersonnenwende. Falls du kommen willst, findest du ein besonderes Kleid in deinem Schrank.« Ich verschränkte die Arme und sah ihn nicht an. Hawk stieß den Atem aus. »Amara, ich weiß, was du denkst. Aber er hätte dich schon nach der ersten Insel opfern können, als klar war, dass du das silberne Herz bist. Er hat es nicht getan.«

»Wie edelmütig von ihm«, zischte ich und starrte immer noch geradeaus. »Erst entführt er mich, dann bin ich, was er braucht, um seinen Fluch zu lösen, und er verfüttert mich nicht an diese Bestie …«

»Amara«, seufzte Hawk. »Wir sahen von Beginn an aus wie Monster. Du hast uns trotzdem eine Chance gegeben. Der Captain hat dir diese Dinge vorenthalten, weil … weil …«

»Weil was?« Mit vor Zorn bebenden Lippen drehte ich mich zu ihm um. »Weil er Angst hatte, dass ich mich dann weigere, die Inseln zu betreten? Weil ich mich dann lieber ins Meer gestürzt hätte, als noch länger hierzubleiben?«

»Zu allem ja und doch nein. Den wahren Grund muss er dir selbst sagen. Aber dazu müsstest du mit ihm sprechen.«

»Eher friert die Hölle zu!« Ich wandte mich wieder ab, weil ich seinen Gesichtsausdruck nicht mehr ertrug. »Du wusstest es, oder?«, fragte ich leise. »Ihr alle wusstet es. Die ganze Zeit über habt ihr so getan, als wären wir Freunde. Dabei bin ich nur hier, damit ihr nicht länger wie Monster leben müsst.«

Hawk schwieg, dann seufzte er noch einmal. »Wintersonnenwende. Denk daran. Falls du Hilfe brauchst, sag einfach meinen Namen. Ich höre ziemlich gut.«

Ich schnaubte und Hawk verließ meine Kajüte. Blanca, die mich die ganze Zeit über angestarrt hatte, schnalzte mit der Zunge. »Tanzen! Heute!«

»Den Teufel werd ich«, murmelte ich und verschränkte die Arme fester. »Ich muss von diesem Schiff runter, bevor dieser Pirat doch noch auf die Idee kommt, mich dem Ding im Käfig zu verfüttern.«

»Verliebt!«, krächzte Blanca.

»Ich? In den Captain? Mach dich nicht lächerlich.«

»Tanzen!«, rief Blanca erneut, ehe sie zum Tisch mit dem Frühstück flog. »Tanzen!«

»Nein«, brummte ich, als ich mich erhob.

»Wichtig!«, nuschelte sie, als sie einen Keks fast unzerkaut hinunterschluckte. »Wichtig! Tanzen! Sprechen!« Sie legte den Kopf schief und zwinkerte mir zu. »Mir vertrauen! Retten!«

Ich ließ die Schultern sinken. »Gut, du hast immer auf mich aufgepasst. Aber das ist etwas anderes.«

»Warum?«

»Weil … Aaaah!«, knurrte ich und warf mich auf den Sessel. Meine Gefühle verstand ich selbst nicht. Ich musste den Captain hassen, da er mir nur etwas vorgemacht haben konnte. Weil ich so dumm war, etwas anderes in ihm zu sehen als einen blutrünstigen Piraten. Er konnte nichts anderes sein. Und doch … wenn ich an seinen Blick dachte, an alles, was er für mich getan hatte … »Lass mich in Ruhe.«

Sie nickte. »Tanzen«, wiederholte sie noch einmal, dann war sie still.

Ich starrte aus dem Fenster und betrachtete die farbenfrohen Fische. Die letzte Insel lag am südlichsten, in der Nähe des Königreichs Katschis, in dem angeblich das ganze Jahr über Sommer herrschte. Wie die Fische dort wohl aussahen? Und würde es mir gelingen, von jener Insel zu fliehen?

Aber um zu fliehen, musste ich dafür sorgen, dass keiner glaubte, ich würde auch nur daran denken. Ich nahm ein Stück Brot und kaute darauf herum.

Vielleicht sollte ich so tun, als wäre alles in Ordnung. Als würde ich dem Captain vergeben. Dann wäre er vielleicht unachtsam, und wenn sich die Möglichkeit bot, würde ich sie ergreifen.

»Also schön, Blanca«, murmelte ich und sie sah auf. »Wir gehen heute tanzen.«

Kapitel 27

Hawk betrachtete mich und wischte sich verstohlen über die Augen. »Du bist so wunderschön!« Er schniefte, zog ein Taschentuch aus seinem Ärmel und schnäuzte sich geräuschvoll.

Cooks, die neben ihm stand, rollte mit den Augen. »Du bist so weinerlich«, murmelte sie, bevor sie mich im Spiegel ansah. »Aber er hat recht. Du bist wunderschön.«

Ich nickte nur und musterte mich selbst. Das Kleid für die Wintersonnenwende war eisblau mit funkelnden silbernen Schneesternen, Sonnen und Monden darauf. Der Ausschnitt war ziemlich gewagt, aber da es bereits angenehm warm war und ich wusste, dass mir niemand – vom Captain abgesehen – zu nahe kommen würde, hatte ich es hingenommen. Ich hatte zugestimmt, das Kleid zu tragen. Heute würde ich mitspielen, würde die Piraten in dem Glauben lassen, dass ich nicht zornig war.

Hawk hatte meine walnussbraunen Haare so kunstvoll aufgesteckt, dass wohl sämtliche Königinnen aller Reiche neidisch auf mich geworden wären. Er hatte auch kleine Schneesterne aus Silber eingearbeitet und anschließend mein Gesicht geschminkt. Mühevoll hatte er mir winzige Schneeflocken aus Silber auf die Wangen geklebt. Meine Lippen hatte er Kirschrot angemalt. Ich musste zugeben, ich fand es wirklich schön an mir, wenn auch ziemlich übertrieben. Ich hätte jeder Schneekönigin aus Märchen Konkurrenz machen können.

»Genug bewundert«, meinte Cooks an Hawk gewandt. »Wir sollten sie jetzt hinaufbringen. Der Captain wird sonst vor lauter Nervosität das Schiff zerlegen.«

»Warum sollte er nervös sein? Er macht das wohl schon über hundert Jahre«, murmelte ich, hielt Blanca meinen Arm hin und sie hüpfte hinauf.

Cooks verzog den Mund zu einem schiefen Lächeln. »Ay. Aber die Dame, mit der er diesen Tanz gewagt hat, hat ihm nie etwas bedeutet. Bis heute.«

Ich warf ihr einen verwirrten Blick zu. Die Piratin zuckte immer noch grinsend mit den Schultern, drehte sich um und ging voran. Hawk blieb hinter mir, als wollte er sichergehen, dass ich meine Meinung nicht mehr änderte und fortlief.

Es war ein seltsames Gefühl, flankiert von den beiden die Stufen zum Deck hinaufzusteigen. Beinahe fühlte ich mich, als würde ich zu meiner Hinrichtung erscheinen. Vielleicht traf das ja irgendwann einmal zu.

Der Mond hatte gerade seine größte Rundung erreicht und sein silbernes Licht tauchte das Deck in ein leuchtendes Rot. Überall standen Kerzenhalter, deren Flammen im Wind flackerten.

Kein Mensch befand sich an Deck. Und kein Monster.

Ich sah Cooks fragend an, aber sie grinste nur, hob die Hand und schnippte. Musik erklang und der Captain betrat die Brücke, schritt langsam auf mich zu.

Seine Kleidung war immer noch so schwarz wie seine Haut, aber sie wirkte edler. Nicht so zerrissen wie das, was er sonst trug. Es war seltsam, ihn ohne den Hut, dafür mit blonden Haaren, zu sehen. Sie wirkten vollkommen fehl am Platz im Gegensatz zur dunklen Haut. Wie würde er wohl als Mensch aussehen?

Ich schüttelte den Kopf und wandte mich ab. Es sollte mir gleichgültig sein. Er war ein Monster, würde es immer bleiben. Blanca irrte sich. Ich empfand nichts für ihn. Ich hatte ihn gemocht. Als Kameraden, als Freund. Aber nicht einmal so würde ich ihn jetzt noch nennen.

Sein Geständnis arbeitete immer noch in mir. Wie blind ich doch gewesen war, um nicht zu sehen, dass er ein Pirat war, allein auf seinen eigenen Vorteil bedacht, und es immer sein würde. Er hatte so viele unschuldige Menschen getötet, selbst dieses silberne Mädchen, weil es ihm nicht gegeben hatte, was er verlangte.

Auch wenn er mich nicht an diese Kreatur in seiner Kajüte verfüttert hatte, konnte ich ihm nicht dankbar sein. Er hatte mich gefangen genommen, und selbst wenn er mich ›Gast‹ nannte, so wussten wir beide, dass ich seine Gefangene war, auf Gedeih und Verderb ausgeliefert. Ich war seine Beute, seine Erlösung aus dem Fluch. Noch nicht einmal sein Schwur beruhigte mich.

Ganz gleich, wie sehr er betonte, er hätte sich geändert, ich wusste es tief in mir besser. Denn wäre er wirklich ein anderer Mensch geworden, hätte er mich irgendwo freigelassen. Er wusste, dass ich andere Pläne für mein Leben hatte, und doch hielt er mich fest, ließ mich mein Leben riskieren, um den Inseln die Gegenstände zu entreißen, die er brauchte, damit er selbst freikam.

Aber jetzt würde ich das Spiel verändern. Ich würde ihm vorspielen, was auch immer er zu sehen wünschte, und meine Flucht vorbereiten. Meine Magie würde mir bestimmt helfen, wenn es mir nur gelang, sie einzusetzen.

Der Captain hatte mich inzwischen erreicht und blieb vor mir stehen. Widerwillig hob ich den Blick und sah ihm in das Gesicht. Schwer vorstellbar, dass jemand mit solchen Augen derart grauenhafte Dinge getan hatte wie er.

»Du siehst wunderschön aus«, murmelte er und hielt mir seine Hand auffordernd hin. »Danke, dass du gekommen bist.«

Ich nickte und legte meine Hand in seine. Der Captain umfasste meine Finger behutsam und führte mich in die Mitte des Decks.

»Wo sind die anderen?«, fragte ich verwirrt.

»Sehen von der Brücke aus zu. Wir brauchen Platz.«

»Wozu? Wenn das ein besonderer Tanz ist, wirst du ihn doch mit Cooks tanzen müssen. Wir haben keine Schrittfolge geübt!«

Ein Lächeln umspielte seine Lippen. »Denkst du, du kannst mir noch einmal genug vertrauen und dich von mir führen lassen?«

»Für diesen Tanz, meinst du?«, hakte ich zur Sicherheit nach.

Das Lächeln verschwand. »Ja, Amara. Für diesen Tanz.«

»Meinetwegen«, flüsterte ich, trat näher an ihn heran und legte meine Hand an seine Schulter. »Walzer wäre mir aber lieber.«

»Den können wir danach tanzen«, erwiderte er, hob seinen Arm, als würde er jemandem hinter mir ein Zeichen geben, und zog mich dann enger an sich. »Ich weiß, es ist schwer, aber … lass dich einfach fallen und spür die Musik.«

Ich schnaubte und schüttelte den Kopf. Blanca, die sich auf ein Holzfass nahe der Reling gesetzt hatte, krächzte etwas von »Vertrauen«. Sie hatte leicht reden. Ich hatte nie vorgehabt, sie bei nächster Gelegenheit vielleicht einem Monster als Tausch anzubieten wie der Captain mich.

Die Musik setzte ein und er wirbelte mich über das Parkett. Meine Schritte waren schwerfällig. Ich hatte jahrelang Tanzunterricht gehabt, hätte mich nicht als ungeschickt bezeichnet, aber mit ihm hier über das Deck zu tanzen, war einfach zu seltsam.

Immer wieder ließ er eine Hand los, drehte mich von sich fort und wieder zurück. Jedes Mal stieß ich viel zu fest gegen seinen Oberkörper, weil ich zu schnell wurde.

Als er mich wieder nah an sich zog, hielt ich es nicht mehr aus. »Du solltest mit Cooks tanzen.« Ich wollte mich von ihm lösen, aber er ließ mich nicht gehen.

»Amara, ich will aber nur mit dir tanzen. Wenn ich dir all das, was du jetzt weißt, nicht erzählt hätte …«

»Hast du aber. Allerdings weiß ich immer noch nicht, was am Ende des Jahres auf mich wartet und was aus dir wird. Oder was es mit den Kristallelementen auf sich hat.«

Er ließ mich eine Drehung vollführen, dann zog er mich wieder zu sich. »Über die Kristallelemente können wir noch reden. Was dich betrifft, weiß auch ich nicht sicher, was genau passieren wird. Aber was auch immer es ist, ich werde meinen Schwur halten.«

»Der wäre?«, fragte ich gereizt und versuchte, seine Arme um mich zu lockern. Er gab nicht nach.

Der Captain beugte sich zu mir und raunte mir ins Ohr: »Ich werde dich beschützen.«

Meine Haut kribbelte bei diesen Worten. »Das kannst du nicht«, flüsterte ich. Meine Hand wanderte wie von selbst an sein Gesicht.

Ich musste mir in Erinnerung rufen, dass er ein Monster war. Er war ein Monster. Ein Monster … Ein …

»Verliebt!«, krächzte Blanca, die ich fast vollkommen vergessen hatte.

Ich setzte gerade zu einer Bemerkung an, um das ins Lächerliche zu ziehen, da räusperte er sich. »Der Vogel weiß wirklich nicht, wann er ein Geheimnis für sich behalten soll.«

»Was?«, wisperte ich.

Dass die Musik zu Ende war und wir uns nicht mehr bewegten, fiel mir erst auf, als er eine Hand unter mein Kinn legte. Er beugte sich zu mir herab und ich fühlte seinen Atem auf meiner Haut. Dann hauchte er mir einen Kuss auf die Wange.

»Ich verstehe, dass du mir misstraust«, sagte er, verschränkte seine Finger mit meinen und betrachtete sie. »Und ich verdiene es nicht, dass du mich als etwas anderes als ein Monster siehst. Ich war ein Monster. Aber das liegt lange zurück und ich bin nicht mehr der, der diesen Fluch auf sich gezogen hat.« Er hob den Blick, bis sich unsere Augen trafen. »Und wenn du es mir erlaubst, werde ich dir das jeden Tag aufs Neue beweisen.«

»Captain, ich …«

»Kai«, unterbrach er mich. »Bitte, und wenn es nur einmal ist, ich möchte meinen Namen aus deinem Mund hören.«

Ich schluckte. Da lag etwas in seinen Augen, eine Verletzlichkeit, die nicht zu dem Monster passen wollte, als das ich ihn sah.

»Kai«, flüsterte ich und seine Mundwinkel hoben sich. »Sag mir, was mit mir nach der vierten Insel geschehen wird.«

»Erzählen!«, rief Blanca.

Der Captain nickte, hielt mir seinen Arm hin und führte mich zum Bug. Sanfter Wind kräuselte das Wasser und ich löste mich von ihm, schlang meine Arme um mich. Blanca flog von meiner Schulter, als Kai eine Decke um mich legte.

»Danke«, murmelte ich und starrte nach vorn auf das Wasser. Ich wollte nicht fragen, woher die Decke kam. Er besaß Magie, vermutlich hatte er sie, genau wie das Essen, einfach damit erschaffen.

Er stellte sich neben mich und hielt sich an der Reling fest, während wir das Meer beobachteten. Ich suchte mit den Augen die Oberfläche ab. Ob es hier keine Nixen gab? Oder fürchteten sie Kai genug, um sich fernzuhalten?

»Du fühlst die Anwesenheit von Monstern immer noch, oder?«, fragte er, ohne seine Augen von den Wellen zu nehmen.

»Im Moment befindet sich keines in der Nähe.« Mir wurde erst bewusst, was ich gesagt hatte, als er sich mir zuwandte. Aber ich hatte es ernst gemeint. Von ihm ging keine Gefahr aus.

Einen Moment betrachtete er mich, dann blickte er wieder auf das Meer hinaus. »Ich bin nicht der Einzige, der freikommt, wenn er das silberne Herz besitzt. Es gibt viele Kreaturen, die einen Vorteil davon hätten, dich gefangen zu nehmen.«

»Es gibt noch andere wie dich?« Ich bohrte meine Finger in das rote Holz des Schiffs, bis es schmerzte.

»Nicht wie mich. Aber es gibt andere, die wie ich das Herz gesucht haben. Etwa die Nixen oder die Hanumankraken. Sie alle sind hinter dir her.«

»Tja, du warst schneller, also haben sie wohl Pech.«

»Amara, solange du nicht den vierten Gegenstand besitzt, bist du nicht sicher. Jedes Monster des Meeres würde unermesslich belohnt werden, wenn es dich eintauscht.«

»Also wirst du mich eintauschen?«, fragte ich und drehte mich zu ihm. »Nach der vierten Insel? Weil ich dann das vollständige silberne Herz bin?«

»Danach bist du nicht mehr das silberne Herz. Du bist das Kristallherz, falls du herausfindest, wie alle vier Kristallelemente vereint werden können. Verwandelst du dich, ist niemand mehr gefährlich für dich.«

Ich schnaubte. »Also, was wird nach der vierten Insel passieren? Was musst du tun, um den Fluch abzulegen? Erweckst du das Kristallherz oder wirfst mich in einen Vulkan oder …«

»Ich glaube, dass die drei Hexen dich im Tausch gegen meine Freiheit einfordern«, unterbrach er mich. »Weil sie dich zum Kristallherz machen wollen.«

»Und das bedeutet für mich was?«

Ich zuckte zusammen, als er sich zu mir drehte und meine Schultern umfasste. »Du hörst auf zu existieren. Das Kristallherz ist pure Magie. Es speist die Meere, es lenkt die Gezeiten, es hält das Gleichgewicht mit der Dunkelheit und verhindert, dass sie sich ausbreitet. Es ist kein menschliches Wesen mehr. Zumindest laut der Legende, die ich kenne.«

»Das Mädchen, das du getötet hast … hätte sie das Kristallherz werden sollen?«

»Ich weiß es nicht«, flüsterte er. »Aber wenn der Preis dafür, ein Mensch zu werden, dein Leben ist, werde ich ihn nicht bezahlen.«

Er hielt mich immer noch an den Schultern fest, als er sich den Wellen zuwandte.

»Was geschieht mit dir, wenn ich nicht zum Kristallherz werde? Wenn du mich nicht eintauschst?«

»Dann werde ich sterben«, erwiderte er so leise, dass ich ihn kaum hörte. »Sie haben mir hundert Jahre gegeben, das silberne Herz zu finden. Jedes Jahr, kurz vor der Sommerwende, musste ich Frauen entführen, in deren Adern Magie floss, musste sie zu der ersten Insel bringen und die Reise immer alleine beenden. Dies ist meine letzte Chance.« Er stieß den Atem aus. »Es wäre eine gerechte Strafe für mich. Allerdings wird die Mannschaft mit mir sterben und das ist nicht gerecht. Denn ich habe sie zu diesem Schicksal verdammt.«

Er wandte sich mir zu, zog die Decke um meine Schultern enger. Blanca krächzte und flog fort. Ich sah ihr einen Moment nach, bevor ich meine Aufmerksamkeit auf ihn richtete.

»Aber dich zu opfern, ist schlimmer.« Er betrachtete mich mit seinen hellen blauen Augen und ich versank darin. »Ich … ich könnte nicht damit leben.«

»Wenn ich die vierte Insel überstehe … dann werde ich doch so oder so das Kristallherz. Oder nicht?«

»Nein, nicht, wenn ich die Weiße Hexe richtig verstanden habe. Du müsstest auf die Weiße Insel zurück und die Kristallelemente freiwillig erwecken. Auf jener Insel, auf der ich verflucht wurde, der Heimat des silbernen Herzens. Dort soll ich dich hinbringen, wenn du alle vier Gegenstände gefunden hast.«

Ich schluckte. »Gut, aber wenn ich nicht erweckt werde, werden mich doch alle anderen weiterhin jagen.«

»Nein, denn dann wird dich nur derjenige erkennen, für den du einen der Gegenstände aufbewahrst. Du wirst Macht besitzen, aber bei Weitem nicht die, welche das Kristallherz befehligt.«

»Aber wozu sammle ich sie? Ich verstehe von Magie nichts.«

Er fuhr sich durch die blonden Haare. »So genau habe ich es auch nicht verstanden«, gab er zu und schloss die Lider. »Es gibt da eine Legende von dem Kristallherz, das der Dunkelheit trotzte. Als es verraten wurde, zersprang es in vier Elemente, die gemeinsam gegen die Bedrohung ankämpften. Aber es ist wohl nur eine Frage der Zeit, bis diese vier Elemente aufhören, Magie zu verströmen. Außer wenn sie die richtigen Träger finden, die es schaffen, ihre Kräfte zu vereinen. Zumindest steht es so in dem alten Buch, das mir die Eishexe gab.«

Ich verstand immer noch nichts, aber zumindest fiel mir ein Stein vom Herzen, da ich nicht sofort aufhören würde, zu existieren. Allerdings war ich mir nicht sicher, ob ich damit leben könnte, dass Kai und die anderen deswegen starben.

Ich räusperte mich, als der Captain mich erwartungsvoll ansah. »Also verwandle ich mich nicht sofort in das Kristallherz? Mehr noch, ich muss mich dann nicht vor jeder Meereskreatur fürchten?«

Kai seufzte. »Es sind nicht nur Meereskreaturen, wie du seit dem Eisgreif wohl weißt. Aber die Antwort lautet Ja, du bist dann sicher. Und bis es so weit ist, werde ich dich beschützen. Nach der vierten Insel werden die Hexen zu mir kommen und mir sagen, was ich tun soll, um den Fluch zu lösen.«

»Mich zu ihnen bringen.«

»Wenn es das ist, werde ich ablehnen.«

Meine Kehle schnürte sich zu. Er würde ablehnen. Und dann … sterben? Durfte ich das annehmen? *Wollte* ich das annehmen? »Ich würde gerne das Buch sehen, von dem du gesprochen hast.«

»Natürlich«, sagte er.

»Was alles andere betrifft … Lass uns erst die letzte Insel erreichen und sehen, was geschieht«, murmelte ich, unfähig, mit den Gefühlen, die mich in dem Moment lähmten, umzugehen.

Seine Hände hielten immer noch meine Decke fest. Ich fühlte, wie sie zitterten.

War er zornig? Oder hatte er tatsächlich … Angst?

»In Ordnung«, seufzte er. »Darf ich … möchtest du wieder mit mir das Schiff steuern? Ich meine, nicht heute, aber … auf unserer weiteren Reise?«

Überrascht musterte ich ihn, nickte dann jedoch. »Ja. Das würde ich gerne.«

Der Captain schien erleichtert. »Gut.« Er sah sich um. »Den Tanz hätten wir überstanden. Es ist noch recht kühl, vielleicht solltest du wieder hineingehen.«

»Ja, das sollte ich«, überlegte ich laut und bewegte mich doch nicht.

»Darf ich dich auf dein Zimmer bringen?«

»Einverstanden«, antwortete ich und ging neben ihm zu den Stufen unter Deck.

Schweigend schritten wir durch den kaum erleuchteten Gang, bis wir mein Zimmer erreichten. Einen Moment wirkte es so, als wollte er mich hineinbegleiten.

»Gute Nacht«, wünschte ich ihm deswegen schnell, trat ein und verschloss die Tür vor seiner Nase.

»Vertrauen«, meinte Blanca vorwurfsvoll und setzte sich auf das Bett.

»Du hast leicht reden.« Ich verrenkte mir fast die Schulter, als ich das Kleid öffnete und hinausschlüpfte. Aber ich wollte es allein schaffen.

Bevor ich mich bettfertig machte, warf ich einen letzten Blick in den Spiegel auf mein Gesicht und meine Frisur. Ich musste daran denken, wie die Augen des Captains geleuchtet hatten, als wir uns gegenüberstanden.

Meine Meinung war immer noch dieselbe. Obwohl … das war vermutlich gelogen. Denn ich sah in ihm noch immer ein Monster, aber etwas hatte sich in meinem Herzen verändert. Ich wollte nicht glauben, dass er mich nicht bloß ausnutzte, und dennoch konnte ich nicht aufhören, an seine Worte zu denken. ›*Wenn der Preis dafür, ein Mensch zu werden, dein Leben ist, werde ich ihn nicht bezahlen.*‹

Er hatte so ernst ausgesehen, dass ich ihm fast glauben musste. Aber nur fast. Denn es änderte nichts daran, was er war und was er getan hatte.

Trotzdem … Etwas in mir wollte ihm vertrauen, wollte glauben, dass er jetzt anders war und mich nicht belog. Aber der Großteil von mir wollte einfach nur fliehen.

Kapitel 28

Vom Verlies hielt ich mich fern, ebenso wie von Kais Kajüte. Trotzdem wanderte ich durch das Schiff, öffnete jeden Schrank, zog jede Lade auf. Die Piraten ließen mich nicht viel allein, aber sie gestanden mir doch etwas Abstand zu.

Kai hatte mir das Buch gegeben, das er von der Eishexe erhalten hatte. Aber wirklich schlau wurde ich aus der Geschichte nicht. Sie erzählte vom Anbeginn der Zeit und zwei Arten von Magie, wobei eine hell und die andere dunkel war. Es ging darin um die Entstehung der Meere, Pflanzen und Tiere. Sie glich jenen Geschichten, die man in den heiligen Büchern der Kirche lesen konnte, und doch wurde nicht von einem Gott gesprochen, sondern eben von diesen zwei Arten von Magie.

Allerdings endete die Legende, als das Kristallherz sich auflöste, seine Kräfte jedoch verteilte, um dafür zu sorgen, dass die Welt geschützt wurde. In keinem Wort wurden das silberne Herz oder die anderen Elemente erwähnt. Langsam hegte ich Zweifel, dass diese Geschichte tatsächlich mit mir verbunden war.

Außerdem zweifelte ich an meinen eigenen Gefühlen. Immer, wenn ich Kai betrachtete, versuchte ich mich daran zu erinnern, dass er mich nur ausnutzen wollte, um seinen Fluch zu lösen. Aber jedes Mal, wenn ich in seine Augen blickte, flüsterte etwas in mir, dass er sich geändert hatte. Die Tatsache, dass er diese scheußliche Kreatur von mir fernhielt, mich ihr nicht vorwarf, bekräftigte das. Nur wusste ich nicht, weswegen er nicht den einfachen Weg gewählt hatte.

War es ihm wichtig, die Welt zu schützen vor dem, was ihn dazu gebracht hatte, all die schrecklichen Dinge zu tun? Konnte es sein, dass Kai tief in seinem Inneren ein guter Mensch war?

Ich ertappte mich dabei, dass ich dies tatsächlich in Betracht zog, es mir beinahe wünschte. Bis zu seinem Geständnis war ich davon überzeugt gewesen, dass er aufrichtig zu mir war.

Doch was, wenn ich mich wieder irrte? Ich konnte mir keinen Fehler leisten, meine Zeit lief ab, Stunde um Stunde, Tag für Tag …

»Du machst das gut«, lobte mich der Captain und verschränkte die Arme hinter dem Rücken.

Die Conch war bereits abgetaucht und ich stand mit ihm allein auf der Brücke. Zum ersten Mal ließ er mich das Steuer unter Wasser ohne Hilfe führen. Es war ein seltsames Gefühl, als die Strömung uns erfasste und ich all meine Kraft hineinlegen musste, damit wir den Kurs hielten.

»Bei dir sieht das immer so leicht aus«, sagte ich und fluchte leise, als mir das Steuerrad fast aus der Hand gerissen wurde.

»Ich bin erstens größer und zweitens habe ich schon etwas mehr Erfahrung«, erwiderte er und half mir, als die Strömung zu stark wurde. »Aber dafür, dass du erst recht kurz auf diesem Schiff bist, stellst du dich wirklich gut an.«

Ich konnte nicht anders, ich lächelte. Niemand hatte mich jemals gelobt. Für meine Eltern war ich eine einzige Enttäuschung gewesen, weil ich nicht in die Gesellschaft, die für sie so wichtig war, zu passen schien. Aber hier, auf diesem Schiff, fühlte ich mich nicht fehl am Platz.

Das änderte nichts daran, dass ich hier nicht bleiben konnte, ganz gleich, was der Captain versprach. Auch wenn sich Schuldgefühle in meiner Brust breitmachten. Der Captain und seine Besatzung würden sterben, wenn sie nicht von dem Fluch erlöst würden. Und vielleicht wollten die Hexen mich auch gar nicht. Vielleicht würde sogar der Captain sein Wort halten und mich nicht eintauschen. Aber ich wollte kein Risiko eingehen.

Drei Monate waren wir seit der Sandinsel unterwegs. Ich konnte mittlerweile die Magie der letzten Insel fühlen. Der Kompass des Captains hatte die Nadelspitze immer noch auf die blaue Fläche gerichtet und ich nahm diese sonderbar dunkle Magie wahr. Bis jetzt hatte ich nicht herausgefunden, wie der Kompass funktionierte, aber er schien zu leuchten, wenn wir vom Kurs abkamen.

Das Meer hatte sich in den letzten Tagen stark verändert. Es wirkte nicht mehr freundlich oder magisch schön. Alles hier fühlte sich düster an. Und ich war sicher, dass dies der Magie der Insel geschuldet war, die etwas seltsam Trauriges und Feindseliges besaß.

»Was hast du?«, wollte der Captain wissen. Ich musste ihn eine ganze Weile angestarrt haben.

»Das Meer hier ist … anders«, murmelte ich und beobachtete die Fische, die fast aggressiv wirkten.

Sein Blick wurde ernst. »Ich weiß. Ich komme hier nur ungerne her.«

»Hast du diese Reise jedes Jahr gemacht?«

»Es ist Teil meines Fluchs«, erwiderte er und wandte sich ab. »Ich muss die Inseln wie vorgesehen aufsuchen und überstehen. Jedes Jahr zur selben Zeit. Bisher immer alleine.«

»Wieso?«

»Vermutlich, um zu wissen, was uns erwartet.«

»Du meinst, welche Prüfungen das silberne Herz bestehen muss?«

Er nickte schweigend.

»Was erwartet uns auf der Blauen Insel? Welcher Gefahr müssen wir uns stellen?«

Kai drehte sich zu mir und ich erkannte das Schmunzeln auf seinem Gesicht.

»Warum lächelst du? Ist es etwas Lustiges?«, fragte ich verwirrt. Ich hatte eigentlich angenommen, dass die letzte Insel noch gefährlicher würde als alle davor.

»Ich freue mich nur, weil du ›wir‹ gesagt hast«, erklärte er.

»Oh, das.« Ich räusperte mich. »Also, was erwartet uns auf der Insel?«

Das Schmunzeln verschwand und er stieß den Atem aus. »Irrlichter.«

Ich hob eine Augenbraue. Irrlichter waren eine Legende wie fast alles Magische. Es hieß, sie führten Menschen, die nachts in ihr Gebiet eindrangen, vom Weg ab. Manche tauchten Tage später wieder auf und erzählten von Festen mit Feen. Andere sah man nie wieder. Was vielleicht eine Gnade war, denn jene, die wieder zurückkamen, hatten den Verstand verloren.

»Also sollten wir unsere Augen verbinden und die Ohren zuhalten?«, fragte ich.

»Das wird nicht viel nützen, weil wir dann den Weg nicht sehen.«

Das Steuerrad riss an mir und ich verlor fast das Gleichgewicht. Der Captain stützte mich und half mir, das Schiff wieder auf Kurs zu bringen.

»Was schlägst du also sonst vor?«, rang ich um Worte, während ich das Ruder festhielt.

Wieso musste es gerade jetzt so stark beidrehen?

Er zuckte mit den Schultern. »Ich habe keinen Plan. Weil ich auch hier nicht sicher bin, welche Prüfung auf dich wartet. Von der Weißen

Hexe abgesehen hat keine der drei mit mir gesprochen. Und was ich weiß, habe ich von der Weißen Hexe erfahren.«

»Was ich nicht verstehe …«, überlegte ich laut. »Wenn die drei wollen, dass jemand das Kristallherz erweckt, wozu die Prüfungen?«

»Weil du deinen Wert beweisen musst«, erwiderte er. »Nicht jeder würde diese Prüfungen bestehen, selbst wenn er das silberne Herz ist. Zumindest hat die Weiße Hexe das behauptet. Die Elemente gehorchen nicht jedem und es braucht wohl eine sehr starke Magie, um fremde Kräfte zu beherrschen.«

»Sie hat dir also keinen Hinweis gegeben, wie du die Irrlichter überstehen könntest?«

Er schüttelte den Kopf. »Aber ich werde alles tun, um dir zu helfen. Immerhin bin ich schuld, dass du hier bist.«

»Gerettet!«, rief Blanca, bevor ich etwas sagen konnte. »Gerettet!«

Der Captain sah den Papagei mit zusammengezogenen Augenbrauen an. »Ich bin mir nicht sicher, ob du damit recht hast.«

Blanca nickte. »Gerettet! Abenteuer! Verliebt!«

Wäre seine Haut nicht schwarz gewesen, wäre der Captain vielleicht rot geworden. Zumindest fuhr er sich durch die blonden Haare und räusperte sich ertappt.

Cooks ersparte ihm eine Rechtfertigung, da sie auf die Brücke trat, um das Steuer zu übernehmen.

Wir nickten uns nur schweigend zu. Seit Kais Geständnis hatten wir alle uns Mühe gegeben, wieder freundschaftlich miteinander umzugehen. Aber seitdem ich wusste, warum das Schiff und seine Mannschaft verflucht waren, wollte die Leichtigkeit von zuvor nicht wiederkommen.

Ich wusste, dass Piraten nicht gerade zimperlich waren, ganz gleich, wie sehr manche das freie Leben dieser Männer und Frauen romantisierten. Cooks und die anderen waren mir aber nicht wie Verbrecher, die keine Gnade kannten, vorgekommen. Zu erfahren, dass sie grausamer und brutaler waren als andere Piraten, lag schwer auf mir.

»Wir werden die Insel in zwei Tagen erreichen«, erklärte der Captain, während wir unter Deck gingen.

»Und zu welcher Tageszeit sollen wir sie betreten?«

»Nachts.«

»Hatte ich befürchtet«, murmelte ich.

Wir blieben vor meiner Tür stehen und ich verschränkte die Arme vor der Brust. Der Captain wippte auf seinen Füßen vor und zurück. Sollte ich ihn hereinbitten?

»Das Ding in deiner Kajüte«, begann ich stattdessen und er hielt inne, »ist wirklich ein Teil von dir?«

»Ja und nein. Bevor ich zu dem Monster wurde, das ich jetzt bin, erlernte ich, Magie zu nutzen. Dadurch gelang es mir, das Schiff zu verändern, damit es tauchen konnte. Als diese Magie, die du im Verlies gefühlt hast, in mein Leben trat, verkümmerte der Rest Menschlichkeit in mir. Nachdem ich verflucht wurde, riss sie mir das, was einmal mein Herz war, heraus und erschuf diese Kreatur. Ein ständiger Begleiter, der meine Wut schürte und mich daran erinnerte, was ich immer sein würde.«

»Und seitdem sperrst du es ein?«

Er schüttelte den Kopf. »Es war immer an meiner Seite, hielt sich aber meist im Hintergrund. Eingesperrt habe ich es erst, seitdem es dich gefordert hat.« Er kratzte sich am Kopf. »Es hat bemerkt, dass du meine Entscheidungen beeinflusst. Du bist etwas Besonderes, auch für dieses Wesen. Weil du dich nicht verändert hast in seiner Nähe.«

»Wie verändert?«, hakte ich nach.

»Die meisten Frauen, die wir an Bord hatten, reagierten auf dieses Wesen, sobald sie mein Zimmer betraten. Waren sie davor verängstigt, machte es sie bösartig. Sie forderten immer mehr. Mehr Kleider, mehr

Schmuck, anderes Essen.« Er hielt inne und betrachtete mich. »Du nicht. Du hast bei unserem ersten Abendessen keine Forderungen gestellt. Da wusste ich, dass du etwas Besonderes bist.«

»Hm«, machte ich und ließ die Arme sinken. »Möchtest du … vielleicht ein wenig mit mir in den Maschinenraum gehen? Ich wollte mir die Fische ansehen. Sie sind hier so anders.«

»Weil sie magisch sind«, meinte er und hielt mir seinen Arm hin.

Wie selbstverständlich nahm ich ihn. Ich musste an die Wesen denken, die ich gesehen hatte, und fragte mich, ob ich sie wieder sehen würde.

Seepferdchen hatte der Captain sie genannt. Sie waren wunderschön, mit ihren geschwungenen Schwänzen und der farbenfrohen Mähne, die in Wahrheit aus Schuppen bestand. Aber am schönsten fand ich die Augen. Sie strahlten so türkis, purpurn und blau wie die von Blanca.

Als ich die Seepferdchen vor dem Schiff entdeckte, lief ich an die Fenster und drückte meine Nase daran platt.

»Die haben es dir wirklich angetan, nicht wahr?« Ich sah sein Schmunzeln in der Spiegelung auf der Scheibe vor mir. An diesen Anblick hatte ich mich immer noch nicht wirklich gewöhnt und mir wurde flau im Magen, wenn ich ihn dabei ertappte.

»Ja, sie sind wunderschön. Zart und doch so stark.«

»Wusstest du, dass bei den Seepferdchen die Männchen den Nachwuchs bekommen?«

Ich riss die Augen auf und drehte mich zu ihm um. »Wirklich?«

»Ja. Sie tragen die Eier herum und brüten sie aus.«

»Unglaublich!«, hauchte ich und betrachtete den Schwarm vor dem Fenster wieder. »Ich hätte nie gedacht, dass ich jemals solche Wesen sehen würde.«

Der Captain stellte sich neben mich und berührte die Scheibe. Seine Hand glitt hindurch und ich keuchte, als er sie zurückzog mitsamt einer tiefen Schüssel aus Glas, in der vier Seepferdchen in Wasser schwammen.

»Wie hast du …«

»Magie«, erklärte er schulterzuckend und reichte mir die Schüssel. »Jetzt kannst du sie besser beobachten.«

»Aber ich kann ihnen doch nicht ihre Freiheit nehmen.« Meine Stimme zitterte und Wut stieg in mir auf. Er nahm auch diesen Wesen einfach die Freiheit, nicht nur mir. Weil er es konnte.

»Wir lassen sie danach wieder frei«, erwiderte er, legte seine Finger unter mein Kinn und hob es an. »Alle.«

Ich wusste, er meinte damit mich, wollte mir zeigen, dass ich ihm vertrauen konnte. Zumindest in dem Moment. Aus der Wut wurde eine seltsame Schwere. Er würde sterben, damit ich leben konnte.

»Danke«, murmelte ich, weil ich nicht wusste, was ich sonst sagen sollte.

Ich betrachtete die Seepferdchen und hielt meinen Finger in das Wasser. Neugierig kamen sie näher und ich lächelte, als sich eines von ihnen an mir festhielt.

Die ganze Zeit beobachtete mich der Captain und als sich die Conch bereit machte, aufzutauchen, ließ er die Seepferdchen tatsächlich wieder frei.

Ich sah ihnen nach, als sie schimmernd im trüber werdenden Wasser verschwanden.

»Wir werden wieder welche sehen«, versuchte mich der Captain zu trösten.

Erst da merkte ich, dass ich weinte. »Ja, ich freue mich darauf«, erwiderte ich, wischte mir mit dem Ärmel über die Augen und hakte mich bei ihm unter. »Würdest du mich zum Essen begleiten?«

Ein Lächeln stahl sich auf sein Gesicht. »Ja, sehr gerne.«

Blanca krächzte zufrieden. Und ich verstand nicht, warum mir bei dem Gedanken, tatsächlich zu gehen, so schwer ums Herz wurde.

Kapitel 29

Schwarze Spitzen ragten wie Knochen in den blutroten Himmel und zeichneten ein gespenstisches Bild. Die Blaue Insel mochte uns in ihren Schutz stellen, allerdings hieß sie uns nicht willkommen. Selbst das Wasser, das sie umspülte, wirkte in der untergehenden Sonne rot wie Blut, das sich in den schwarzen Strand fraß.

Wir hatten den Anker bereits gesetzt, dennoch ließ der Captain noch kein Boot zu Wasser. Er stand neben mir an der Reling und betrachtete die Insel.

»Sie ist dunkler als das letzte Mal«, murmelte er. »Dabei ist die Sonne noch nicht ganz untergegangen. Für gewöhnlich wirkt sie dunkelblau, aber jetzt ist sie fast … schwarz.«

Ich verkrampfte meine Finger um das dunkelrote Holz der Reling. Stimmen regten sich von der Insel, lockten mich. Diese Magie war anders als alle, die ich bisher gefühlt hatte. Sie machte mir mehr Angst als die Monster, die versucht hatten, mich zu fangen.

Ich zuckte zusammen, als der Captain seine Hand auf meine legte. Dann lächelte ich und verschränkte meine Finger mit seinen. Etwas hatte sich zwischen uns verändert, nachdem wir die Seepferdchen freigelassen hatten. Oder vielmehr hatte ich mich verändert. Ich musste mir eingestehen, dass sein Verhalten nicht zu einem selbstsüchtigen Piraten passte. Seine Worte hatten nicht einstudiert geklungen, er meinte jedes davon ernst. Vielleicht brauchte ich alle Gegenstände und Elemente, um sicher sein zu können, wenn er mich nicht länger beschützte.

Meine Kehle schnürte sich zu und ich musterte sein Profil, prägte es mir ein. Wenn er mich nicht opferte, würde er sterben, und das versetzte mir einen heftigen Stich im Herzen. War ich denn selbstsüchtig und ungerecht?

Vielleicht … hatte ich ihm wirklich unrecht getan. Er hatte das Schiff nicht versenkt, obwohl er es gekonnt hätte. Es wäre leicht gewesen, seine Freiheit zu erlangen auf meine Kosten. Kai hatte es nicht getan. Irgendwie glaubte ich tatsächlich langsam, dass ich ihm nicht gleichgültig war und er das Monster hinter sich gelassen hatte.

Schnell schob ich den Gedanken beiseite. Denn ich hatte entschieden, dass dies mein letzter Tag auf der Conch war. Nachdem ich die Aufgabe der Blauen Insel erfüllt hatte, würde ich fliehen. Meine Magie war stärker als jemals zuvor, fast so, als wollte sie mir helfen. Der Captain würde mich nicht aufhalten können. Und falls Blanca mir die Kraft verlieh, mich in einen Vogel zu verwandeln, konnte ich bis zur nächsten Küste fliegen, die nicht weit entfernt lag. Ein Königreich namens Katschis, in dem angeblich die Frauen regierten, war auf der Landkarte recht nahe eingezeichnet. Ich würde es also spielend erreichen und vermutlich dort leben können.

Warum fühlte es sich dann so falsch an?

Kopfschüttelnd betrachtete ich die Insel, während ich die Berührung des Captains zuließ. Vielleicht wollte ich ihm jetzt nahe sein, weil dies ein Abschied war. Ein Abschied für immer.

Ich hatte auch viel Zeit mit Cooks und Hawk verbracht. Einauge hatte ich nur kurz gesehen, aber immerhin drei Sätze mit ihm gesprochen. Was mehr als eine durchschnittliche Unterhaltung mit ihm darstellte. Ich war also bereit, zu gehen. Zumindest redete ich mir das seit dem Morgen ein.

Ich trug meine bequeme Bekleidung und den Dreispitz. Man würde mich für eine Piratin halten, wenn man mich so sah, aber ich hatte die Hoffnung, dass ich durch meine Magie in der Lage war, mich allein durchzuschlagen. Mich irgendwohin zurückzuziehen, mir ein neues Leben aufzubauen und alles hinter mir zu lassen.

Und vielleicht würden die Schuldgefühle eines Tages verschwinden. Denn wenn ich ging, überließ ich dieses Schiff und seine Besatzung ihrem Schicksal. Immerhin waren diese Piraten das, was einer Familie für mich am nächsten kam. Ich gehörte hierher. Andererseits war ich gegen meinen Willen hergebracht worden und konnte nicht sicher sein, dass der Captain mich nicht doch opfern würde, wenn das Ende kam. Und wenn er es nicht tat, musste ich zusehen, wie alle, die ich hier kennen und mögen gelernt hatte, einfach starben.

Ein eiskalter Schauer lief mir über den Rücken, als die Sonne vollkommen hinter dem Horizont versunken war. Das Blutrot des Meeres war einem dunklen Purpur gewichen, ließ die Insel noch düsterer wirken.

»Es wird Zeit«, raunte Kai und drückte meine Hand fester. »Beiboot zu Wasser lassen!«

Der Captain ruderte allein, während ich ihm gegenübersaß und mich in die Decke hüllte, die er mir gegeben hatte. Obwohl diese Insel im tiefen Süden lag, fühlte sich die Luft eiskalt an. Das musste an der Magie dieses Ortes liegen.

Blanca saß auf meinem Oberschenkel und kuschelte sich an mich. Sie sah mich aus ihren funkelnden Augen an. Auch sie wirkte traurig, so wie ich mich fühlte, sprach aber zum Glück kein Wort.

Verlockende Gesänge wehten mit dem Wind zu uns herüber und ich hob den Blick. »Hörst du das auch?«, flüsterte ich dem Captain zu.

»Ay«, meinte er und ließ die Ruder sinken. »Du darfst nicht auf die Worte achten. Sie werden versuchen, dich zu verwirren und so zu sich zu locken.«

»Du solltest auch nicht zu genau hinhören.«

»Ay«, erwiderte er und ruderte weiter.

Kaum berührte unser Boot den Strand, färbte sich das rote Holz schwarz. Ich zögerte einen Moment, bevor ich auf den Sand sprang. Zumindest veränderte die Magie mich nicht. Der Captain band unser Schiff fest, während ich die Gegend betrachtete.

Palmen wuchsen recht nah am Wasser. Aber sie sahen nicht aus wie die Palmen, die ich aus Büchern kannte. Sie waren nicht nur schwarz, sie wirkten auch, als bestünden sie aus Knochen und Stein. Ihre Blätter erinnerten an spitze Geschosse, die nur darauf warteten, herabzufallen und jemanden zu durchbohren.

Doch das war nichts verglichen mit den Bergen, die aus der Nähe tatsächlich wie Gerippe aussahen und im Wind zu heulen schienen.

Blanca zitterte auf meiner Schulter und rückte näher an meinen Kopf heran. »Böse«, murmelte sie.

»Ja, die Magie hier ist boshaft«, stimmte ich ihr zu.

»Weil die Blaue Hexe die Herrin der Insel ist«, erklärte der Captain. »Sie ist die dunkelste von allen und sie hasst mich aus tiefstem Herzen.« Er seufzte.

Ich wusste nicht, wieso, aber ich nahm seine Hand und drückte sie. Er sah mich mit schief gelegtem Kopf an und hob die Mundwinkel.

»Wir beenden das jetzt«, meinte er. »Hör nicht auf die Stimmen und egal was geschieht, sieh nicht zurück.«

»Wieso nicht?«

»Mach es einfach nicht.«

Wir nickten uns zu und gingen bedächtig los. Der Boden fühlte sich so glatt wie Eis an, obwohl er schwarz schimmerte. Alles um uns wirkte finster und leblos, selbst die Bäume und Pflanzen, die hier wuchsen. Ich hörte kein Geräusch mehr, von unseren Schritten abgesehen. Noch nicht einmal den Wind nahm ich wahr, der um die Bergspitzen pfiff und diese grauenhaften Laute erzeugt hatte, die ebenfalls verstummt waren.

Erst als wir in dem Dickicht aus dunklen Pflanzen verschwanden, begannen die Stimmen zu singen. Sie klangen lieblich und versprachen mir Abenteuer, Freiheit und Sicherheit. Sie lockten mich mit Erinnerungen an eine längst vergangene Zeit.

Dann sah ich sie. Meine Großmutter, die unter einem blühenden Baum saß und mich anlächelte. Sie winkte mir zu und ich wünschte mir von Herzen, dass sie wirklich dort säße.

»Traum!«, krächzte Blanca und ich blinzelte. Verschwunden war meine Großmutter und an ihrer Stelle sah ich ein dunkelblaues Irrlicht, das flackernd auf und ab tanzte.

Ich wollte die Hand des Captains drücken, aber da bemerkte ich, dass er nicht mehr an meiner Seite war. Ich drehte mich um mich selbst und keuchte, weil die Pflanzen verschwunden waren.

»Hallo?«, rief ich und meine Stimme hallte von glatt geschliffenen Wänden wider, in denen ich mich schwach spiegelte. »Captain?« Keine Antwort. »Kai?«

»Wieso rufst du nach dem Monster?«, hörte ich eine alte Frau fragen und wandte mich hastig um. Sie stand hinter mir, ihre langen Haare schwarz wie die Insel, ihr Gesicht so faltig wie das der drei anderen Hexen und auch ihre Augen wechselten zwischen Türkis, Purpur und Blau.

»Bist du die Blaue Hexe?«

Sie nickte. »Die bin ich. Und du bist das silberne Herz.«

»Wo ist der Captain?« Ich gab meiner Stimme einen drohenden Unterton. Sie sollte nicht glauben, dass ich mich vor ihr fürchtete.

Ihr Gesichtsausdruck verfinsterte sich. »Warum interessiert dich das Schicksal dieses Monsters? Weißt du denn noch nicht, was er getan hat?«

»Doch. Aber er ist nicht mehr dieses Monster …« Ich schluckte, als ich es ausgesprochen hatte. Denn nun, da ich die Worte laut gesagt hatte, wurde mir klar, dass ich sie glaubte.

»Du hast keine Ahnung!«, fuhr sie mich an und kam näher. Wut flackerte in ihren Augen, als sie vor mir stehen blieb. »Aber ich werde es dich sehen lassen. Dann kannst du immer noch entscheiden, ob du dich um dieses Monster sorgen willst.«

»Was ist mit der Prüfung?«, stammelte ich. »Ich muss doch eine Prüfung bestehen.«

Ein kaltes Lächeln erschien auf ihrem Gesicht. »Wenn du gesehen hast, was du sehen sollst, bekommst du den vierten Gegenstand, kurz bevor du die Insel verlässt. Deine Prüfung ist es, die Insel lebend zu durchqueren.«

Wegen der Art, wie sie es sagte, konnte ich mir denken, dass die Irrlichter es mir nicht leicht machen würden. »Gut. Dann zeig mir, was ich sehen muss.«

Die Alte verblasste vor meinen Augen und es wurde dunkel und kalt, ehe ich ein Schiff erkannte. Es war nicht rot, aber ich war mir sicher, dass es nur die Crimson Conch sein konnte, bevor sie verflucht worden war.

Nichts rührte sich, als wäre die Zeit stehen geblieben. Ich entdeckte Piraten mit gezückten Säbeln und Pistolen, die gerade auf ein Schiff, das die Conch wohl gerammt hatte, hinübersprangen. Ich trat näher an die Reling heran, als ich einen blonden Schopf unter ihnen entdeckte.

Ohne zu zögern, sprang ich auf das andere Schiff und umrundete die schmale Gestalt. An der Augenpartie erkannte ich ihn, obwohl sein Blick kalt und ohne jegliche Emotion war. Anders als heute. Trotzdem fühlte ich mich unbehaglich.

Das war nicht der Mann, den ich kannte …

Der Captain hatte ein junges, sehr kantiges Gesicht mit hohen Wangenknochen. Seine blonden Haare trug er zu einem etwa schulterlangen Zopf zusammengebunden, die schwarze Kleidung war makellos. Der Gehrock sah mit der zweireihigen Knopfleiste mit goldenen Knöpfen teuer aus. Er hätte nicht wie ein Pirat gewirkt, würde er nicht diesen eindeutigen Hut und die weiten Stiefel tragen.

Er biss die Zähne zusammen und blickte seinen Gegner so hasserfüllt und zornig an, dass ich schauderte. Ich wollte gerade meine Hand nach ihm ausstrecken, als die Geräusche zurückkehrten und sich die Menschen bewegten.

Ein Seemann fiel durch mich hindurch, als er von einem Piraten mit einem Säbel durchstoßen wurde. Ich wandte mich hastig ab und betrachtete den Captain, der wie von Sinnen auf den Mann vor ihm einstürmte. Er ließ sich selbst kaum Zeit, zu atmen, und hieb ständig zu.

Dem Seemann lief bereits der Schweiß über das Gesicht und seine Bewegungen wurden langsamer. Kai kannte keine Gnade. Als der Mann den Hieb nicht mehr richtig parieren konnte, vollführte der Captain eine Drehung und schnitt ihm, ohne zu zögern, die Kehle auf.

Blut spritzte ihm ins Gesicht, als er den röchelnden Mann von sich stieß und sich dem nächsten zuwandte. Ich sah zu, wie Männer auf beiden Seiten starben, wie das Holz des Schiffs mit Blut getränkt wurde.

Dann ertönte ein Schuss und ein Mann erschien auf der Brücke. Er presste eine Frau an sich und hielt ihr eine Pistole an die Schläfe. Der Captain sah mit spöttischem Lächeln auf, während er seinen Säbel aus dem schlaffen Leib des Mannes vor ihm zog.

»Lasst eure Waffen sinken oder ich erschieße sie«, rief der Mann auf der Brücke.

Die Frau sah verzweifelt aus, richtete den Blick auf den Captain. Sie war jung und ihr Gesicht schön. Ihre langen schwarzen Haare glänzten in der Sonne und ihre Kleidung wirkte edel, wenn auch recht freizügig.

»Du denkst, ich lasse mir die Ladung dieses Schiffs entgehen, weil du eine Dirne in deine Gewalt gebracht hast?«, brüllte der Captain zurück und zog eine Waffe. »Ihr Leben ist das Pulver nicht wert, das du verschwendest. Nur zu, erschieß sie! Denkst du, es macht mir etwas aus?«

»Kai!«, kreischte die Frau und begann zu schluchzen.

Der Captain wandte sich ab, zielte auf den erstbesten Seemann dieses Schiffs und schoss.

Ein zweiter Schuss erklang und die Frau sank blutüberströmt zu Boden. Ich keuchte und suchte im Gesicht des Captains nach irgendeiner Regung. Nach Trauer, Reue. Irgendetwas.

Aber seine Augen blieben kalt und gleichgültig. Er zog eine zweite Waffe, zielte und erschoss den Kapitän des Schiffs damit, der gerade die Frau gerichtet hatte.

»Plündert die Laderäume, bindet die lebenden Ratten am Mast fest und dann zündet den Kahn an!«, befahl der Captain und ging zur Brücke.

Ich folgte ihm. Er kniete sich neben dem Körper der jungen Frau nieder. Ich dachte, er würde jetzt irgendeine Regung zeigen, aber er sah sie nicht richtig an, griff nur an ihren Hals und riss eine Kette ab.

Das Bild fror wieder ein. Ich taumelte zurück, während ich in das harte Gesicht des Captains blickte.

»Wie viele Leben, denkst du, hat er genommen?«, hörte ich die Alte fragen, als es um mich wieder dunkel wurde. »Was denkst du, warum sein Schiff blutrot ist? Es ist ein Mahnmal! Es soll an all das Blut erinnern, das seinetwegen geflossen ist! Glaubst du wirklich, ein Mann wie er könnte sich ändern?«

»Was erwartest du von mir?«, fragte ich mit brüchiger Stimme. »Was willst du von mir hören?«

Die Alte schwieg einen Moment und ich dachte schon, sie wäre fort. Dann stand sie plötzlich neben mir und musterte mich mit ihren mittlerweile fast schwarzen Augen. »Du willst fliehen, oder? Ich gebe dir die Möglichkeit dazu. Ergreife sie und überlass den Captain mir.«

»Ihn dir überlassen?«, flüsterte ich und ballte die Hände zu Fäusten. »Was hast du mit ihm vor?«

»Ihn seine gerechte Strafe finden lassen«, erwiderte sie gleichgültig.

»Wozu? In einem Monat wird euer Fluch ihn doch so oder so töten.«

Sie stieß den Atem aus. »Wenn schon? Was sind dann ein paar Tage mehr? Dann stirbt er jetzt und du bist frei. Lass es dir durch den Kopf gehen. Es ist vielleicht deine einzige Chance. Denn ich sehe eine Zukunft für dich, in der du keine Wahl mehr haben wirst.«

Ich verschränkte die Arme. »Was siehst du noch in meiner Zukunft?«

Sie lachte. »Vieles und doch nichts. Denn alles ist unsicher und nichts ist gewiss. Aber ich sehe eine Zukunft, in der du das Kristallherz bist, eine, in der du frei bist, und noch eine, in der du gefangen sein wirst. Welche davon deine ist, bestimmen deine Entscheidungen. Denk daran, wenn du zu dem Monster zurückkehrst und die Irrlichter euch verunsichern werden.«

Ich wollte mehr von dem wissen, was sie sah, aber da verschwand sie und der Dschungel, in dem ich vorhin gestanden hatte, kehrte zurück. Der Dschungel und mit ihm der Captain.

Kapitel 30

Amara!«, stieß er erleichtert aus und legte seine Hände auf meine Schultern. Fast dachte ich, er wollte mich umarmen, aber er konnte sich nicht dazu durchringen. Er hielt mich nur an den Schultern fest. »Ich hatte schon die schlimmsten Befürchtungen.«

Ich hob meine Hände an sein schwarzes Gesicht und sah ihm in die Augen. Dieselbe Farbe, aber die Kälte war daraus gewichen.

»Wie viele Menschen hast du getötet?«, fragte ich leise. Seine Pupillen weiteten sich und er machte Anstalten, sich abzuwenden. Aber ich hielt ihn mit den Händen fest. »Wie viele?«

»Zu viele, Amara«, murmelte er und ich erkannte die Reue in seinem Blick. »Ich war gnadenlos.«

Ich holte tief Luft. »Die Blaue Hexe hat mir gezeigt, wie du dich benommen hast, als du noch ein …«

»Mensch war?«, half er mir aus.

»Ja. Ihr habt ein Schiff gekapert«, begann ich und erzählte von der Szene, die ich gesehen hatte. Er schwieg und hörte zu, bis ich fertig war. Meine Augen brannten, aber ich musste diese Frage stellen. »Wieso hast du nicht versucht, sie zu retten? Du hast, ohne zu zögern, ihr Leben geopfert. Nur um ein weiteres Schiff zu plündern.«

»Ich war damals ein anderer. Ich habe nichts für irgendjemanden empfunden. Es war mir gleich, ob ein Mitglied meiner Mannschaft starb oder wen ich tötete.«

»Aber ihr wart ein Paar, oder nicht?«, fuhr ich ihn an und unterdrückte dieses Gefühl von Eifersucht, das in jede Faser meines Körpers kroch. Wieso reagierte ich so?

»Wir haben das Bett miteinander geteilt. Das ist nicht dasselbe.« Er atmete geräuschvoll aus. »Ich habe für sie nichts empfunden, aber ich hätte sie nicht so sterben lassen sollen. Wenn ich könnte, würde ich es ungeschehen machen. Mit meinem Verhalten habe ich genug Geister beschworen, die mich nachts verfolgen, und ich habe sie alle selbst erschaffen. Doch ich habe aus meinen Fehlern gelernt. So werde ich nie wieder handeln.«

Ich musterte sein Gesicht und strich über seine Wangen. Dieser Blick verriet mir, dass er mich nicht anlog. Er war ein anderer geworden. »Ich glaube dir«, hauchte ich und trat näher an ihn heran. Mein Entschluss schwankte, ich wollte nicht von ihm fort. Trotzdem musste ich gehen, es gab keinen anderen Weg für mich. Ich legte meinen Kopf an seine Schulter und er schloss seine Arme um mich.

Ein letztes Mal seine Nähe zulassen. Nur ein letztes Mal.

»Irrlichter!«, rief Blanca plötzlich und als wir auseinanderfuhren, bemerkte ich die unzähligen Flämmchen, die in unterschiedlichen Blautönen um uns tänzelten.

»Sie hat gesagt, wir müssen die Insel lebend durchqueren, dann wäre die Prüfung bestanden«, erklärte ich.

Der Captain nahm meine Hand. »Denk daran, blicke nie zurück! Irrlichter nutzen diese Schwäche, um dich einzufangen.«

»Dann los. Nur nach vorne sehen.«

»Nur nach vorne sehen.« Er nickte mir zu.

Erst gingen wir gemächlich, dann immer schneller. Die Irrlichter sangen anfangs nur, aber als sie merkten, dass sie uns damit nichts anhaben konnten, verwandelten sie sich.

Für mich sahen sie aus wie meine Großmutter, was der Captain in ihnen erkannte, wusste ich nicht. Aber seine Miene wirkte verkniffen und seine Hand zitterte. Welche Form auch immer die Irrlichter für ihn angenommen hatten, sie quälte ihn.

Als ein Ungetüm vor mir aufschlug, schrie ich und ließ die Hand des Captains los. Das Wesen sah aus wie einer der Hanumankraken, die mich zu Beginn der Reise fangen wollten und die Conch dabei fast zerstört hätten. Sein Oberkörper war menschlich, der Kopf viel zu lang mit riesigen schwarzen Augen. Er besaß zwei Hände an den obersten Fangarmen und ansonsten nur lange Tentakel an den sechs weiteren.

Die Zähne fletschend stürmte er auf mich zu, um mich zu packen.

»Dolch!«, rief Blanca und erhob sich in die Lüfte. »Kette!« Sie kreischte und fuhr auf den Kraken nieder, riss ein Stück Haut mit ihren Klauen ab.

Das Wesen brüllte und versuchte, Blanca vom Himmel zu fegen, doch sie wich geschickt aus und stürzte sich ein weiteres Mal auf ihn. Ich nutzte diesen kurzen Moment, holte das Medaillon unter meiner Kleidung hervor und zog den Dolch. Entschlossen schritt ich auf das Wesen zu, das wild fauchend um sich schlug.

Als es meine Schritte hörte, verharrte es und konzentrierte sich auf mich, bereit, mich anzugreifen. Aber ich war schneller. Ich hob den Dolch, der von meiner Magie aufgeladen silbern glänzte, und stach zu. Der Kraken erstarrte, dann zerfiel er zu winzigen Funken und verschwand in der Dunkelheit.

Ich hatte keine Zeit, aufzuatmen. Um mich herum hatten die Irrlichter allesamt die Form von Monstern angenommen.

»Kette«, rief Blanca mir zu. »Magie!«

Ich umfasste das Medaillon. »Was soll ich tun?«

»Vertrauen! Wahrheit!«

Ich schnaubte. Wie sollte mir das weiterhelfen? Die Monster kamen näher. Ihre Zähne waren spitz, ihre Klauen auf mich gerichtet. Ich presste die Lippen aufeinander und packte den Griff des Dolchs.

»Türkis für die Hoffnung. Sie sagte, es lässt mich die Wahrheit erkennen«, murmelte ich und umfasste das Schmuckstück fester. »Lass mich hinter den Schleier blicken!«, bat ich und das Medaillon erstrahlte silbern.

Wo das Licht die Monster berührte, verwandelten sie sich in Irrlichter zurück. Einige lösten sich auf und verschwanden, aber besonders die dunklen Irrwesen bedrängten mich dennoch. Ich lud den Dolch erneut mit der Kraft des Sturms auf und wehrte mich gegen die Wesen, die Tentakel ausgeformt hatten und versuchten, mich darin einzufangen. Wo sie mich berührten, brannte meine Haut wie Feuer.

Zischend zerstörte ich die Irrlichter, eines nach dem anderen. Schnittwunden und Verbrennungen hinterließen ihre Spuren auf meiner Kleidung und meinem Körper. Ich hatte nicht erwartet, dass Irrlichter so gefährlich werden konnten.

Erschöpft ließ ich den Dolch sinken, als ich das letzte Wesen niedergestreckt hatte. Der Weg vor mir veränderte sich, die knochenartigen Bäume wichen zur Seite und gaben den Blick auf das Meer frei, das im silbernen Licht des Mondes immer noch blutrot schimmerte.

Ich lachte und ließ das Medaillon los. »Geschafft, Blanca!«, rief ich und kreischte, als der Boden unter meinen Füßen aufbrach.

Ich stolperte zurück. Aus dem Riss drang helles Licht, in dessen Mitte etwas schwebte. Vorsichtig testete ich den Untergrund rund um den Riss, versuchte, ob er mein Gewicht tragen würde. Er gab nicht nach und ich kroch nach vorne.

Ein silberner Ring mit drei Edelsteinen, einem purpurnen, einem türkisen und einem blauen, schwebte über dem Boden.

»Der letzte Gegenstand!«, hörte ich die Stimme der Alten. Flüsternd fügte sie hinzu: »Erde, dem Hass entrissen, erschafft neu das Kristallherz.«

»Wofür kann ich den Ring nutzen?«, fragte ich.

»Du? Gar nicht. Geh jetzt.«

Mit ihren Worten erlosch das Licht und der Ring fiel zurück zu Boden. Er wäre wohl in dem Riss verschwunden, wenn ich ihn nicht mit einem Hechtsprung gefangen hätte. Ich öffnete die Hand und musterte ihn. Seine Magie knisterte in der Luft, während sich der Riss im Boden schloss. Das letzte Element, Erde, gehorchte mir nun also.

»Anlegen!«, sagte Blanca und landete auf meiner Schulter.

Ich zögerte einen Moment, dann schob ich ihn über meinen Finger. Ein tiefes Seufzen entrang sich meiner Kehle, als die Magie durch meine Adern floss. Ring, Dolch, Medaillon und Blanca erstrahlten in silbernem Licht, das auch mich umhüllte und mir unendliche Macht verlieh.

Als es abklang, fühlte ich die Magie immer noch durch mich hindurchfließen. Vorhin hatte ich noch die Gefahr, die von Monstern rund um mich ausging, gefühlt. Jetzt nicht mehr.

Ich betrachtete meine Hände, bis Blanca auf meinem Unterarm landete. Ihre Federn hatten das Weiß verloren und schimmerten silbern.

»Erwachsen!«, rief sie und legte den Kopf schief. »Freund?«

»Du wirst immer meine Freundin sein, Blanca.« Ich schmunzelte.

»Fliehen?«, fragte sie und sah zum Meer.

Ich wandte meinen Kopf nach links und rechts, konnte den Captain aber nirgendwo finden.

›Ich sehe eine Zukunft für dich, in der du keine Wahl mehr haben wirst‹, hörte ich die Stimme der Blauen Hexe in meinen Gedanken.

›*Dreh dich niemals um!*‹, erinnerte ich mich an die Warnung des Captains.

Ich konnte jetzt einfach gehen. Gehen und so tun, als wäre es das Richtige gewesen. Als hätte er es nicht anders verdient.

Ich sah das Bild von ihm vor mir, wie er die Männer, gegen die er gekämpft hatte, tötete. Wie er zuließ, dass man diese Frau hinrichtete, und nichts tat, um sie zu retten.

Aber dann musste ich daran denken, wie er mich angesehen hatte, als ich auf der Sandinsel auf den Rachen des Sandwurms zugestürzt war. Wie seine Augen geleuchtet hatten, während wir miteinander tanzten. Wie er reagiert hatte, als sein Mund wieder menschlich wurde.

Er mochte einst ein Monster gewesen sein. Aber das war er nicht länger. Vielleicht gab es keine Hoffnung für ihn, dennoch würde ich ihn nicht hier zurücklassen. Diese Hexe wollte keine Gerechtigkeit. Sie sann auf Rache, das fühlte ich deutlich, als ich einen Entschluss fasste.

Ich zog meinen Dolch und testete meine stärker gewordene Magie aus. Wolken schoben sich über den silbernen Mond und hüllten alles in Dunkelheit. Trotzdem konnte ich jedes Detail der Insel erkennen.

»Wir holen jetzt den Captain und dann sehen wir weiter«, sagte ich zu Blanca.

»Ay!«, rief sie und erhob sich in die Lüfte.

Ich tat genau das, was ich nicht tun sollte. Ich drehte mich um und vergaß dabei, zu fliehen.

Kapitel 31

Ich musste nicht weit gehen, ich hörte seine erstickten Schreie schon nach wenigen Schritten.

Mein Herz schlug schneller, weil ich an der Art, wie er klang, wusste, dass er um sein Leben kämpfte.

Hastig hob ich das Medaillon. »Lass mich hinter den Schleier sehen!«, bat ich mit zittriger Stimme, und die Pflanzen teilten sich vor mir, um den Blick auf den Captain freizugeben.

Er lag auf dem Rücken, die Augen weit aufgerissen, und krümmte sich, als müsste er fürchterliche Schmerzen erdulden. Fünf Irrlichter tanzten um ihn herum und wenn sie ihn berührten, presste er die Lippen aufeinander, als versuchte er, einen Schrei zu unterdrücken.

Seine Handgelenke sahen aus, als wären sie aneinandergefesselt, sein Atem kam stoßweise und Schweiß glänzte auf seinem dunklen Gesicht.

Als die Irrlichter mich zu bemerken schienen, hörten sie auf, um ihn zu tanzen, und umringten ihn. Ihre Tentakel erhoben sich, bereit, ihn damit gleichzeitig zu berühren.

Panik erfasste mich. Er hatte gesagt, gewöhnliche Waffen könnten ihn nicht töten. Aber etwas in mir wusste, dass die Irrlichter dazu in der Lage waren.

»Magie! Schnell!«, rief Blanca mir zu.

Es waren zu viele, um sie mit dem Dolch einzeln zu bekämpfen. Die Wolken über mir knisterten. Ich musste den Sturm nutzen und hoffte nur, ich konnte ihn wirklich beherrschen.

»Nehmt eure Tentakel von ihm oder ich zerstöre euch eigenhändig!«, rief ich den Irrlichtern zu und ging mit erhobenem Dolch näher.

Die fünf Flämmchen zischten mich an, bevor sie miteinander verschmolzen und sich zu einem riesigen schwarzen Ungetüm veränderten, das mich an das Wesen in der Kajüte des Captains erinnerte.

»Keine Angst!«, krächzte Blanca, als sie auf meiner Schulter landete. »Isst Angst!«

Das sagte sie so einfach, denn mein Körper war plötzlich wie erstarrt. Dunkelrote Augen durchbohrten mich regelrecht, als das Wesen seine Faust ballte und ausholte. Immer noch konnte ich mich nicht bewegen. Etwas an dieser Kreatur raubte mir den Atem und jegliche Kraft. Wieso fürchtete ich es so sehr?

»Captain!«, krächzte Blanca und ich blinzelte.

Er hatte sich auf die Seite gedreht und versuchte, aufzustehen. Aber seine Beine knickten jedes Mal unter ihm weg.

Das Monster hatte ihn ebenfalls bemerkt und seine Augen richteten sich auf ihn. Es wandte sich von mir ab, schritt auf ihn zu und ließ seine Faust niedergehen.

»Nein!«, brüllte ich.

Ein Blitz zerriss die Dunkelheit und bohrte sich in das Monster.

Das Wesen gab einen markerschütternden Schrei von sich und verfehlte den Captain knapp. Blanca erhob sich und stieß mit ihren Klauen in das Auge des Monsters, das fauchend um sich schlug und zurücktaumelte. Dadurch war der Weg zum Captain frei. Ich zögerte nicht und lief los.

Behutsam schob ich meinen Arm unter ihn und half ihm auf die Beine. Er stöhnte und hielt sich den Kopf. »Ich habe dir doch gesagt, du sollst nicht zurückschauen.«

Ich zuckte mit den Schultern. »Dein Glück, dass ich noch nie gut darin war, zu tun, was man von mir verlangt.«

Blanca schoss zu uns herab. »Laufen!«, rief sie uns zu, bevor sie sich wieder erhob und mit ihren Klauen das Monster angriff.

»Schaffst du das?«, fragte ich den Captain.

»Werde ich müssen, denn egal, was ich sage, du wirst nicht ohne mich gehen, oder?«, keuchte er.

Er war nicht in der Lage, allein zu laufen, weswegen ich ihn stützte. Blitze zuckten über den Himmel, manche trafen, andere verfehlten das Monster. Immerhin gehorchten sie, als ich sie rief. Zielen war wohl nicht meine Stärke. Doch gleich, wie oft ich es traf, es verschwand nicht. Anders als die Irrlichter, die ich zuvor bekämpft hatte, schien es über einen besonderen Schutz zu verfügen. Es war zu mächtig, und ich hatte eine Ahnung, wieso.

Als der Strand endlich näher kam, bebte der Boden und der Captain fiel auf die Knie. »Steh auf!«, flehte ich ihn an. »Wir müssen hier weg.«

Er hob den Kopf und unsere Augen trafen sich. »Sie wird mich diesmal nicht gehen lassen«, murmelte er. »Du musst ohne mich von der Insel runter.«

»Nein! Sie hat mir bereits angeboten, mir die Flucht zu ermöglichen, wenn ich dich hierlasse.«

»Warum bist du nicht geflohen?«, fragte er so leise, dass es in dem Sturm und dem Gebrüll des Monsters fast unterging.

»Weil du dieses Ende nicht verdienst!«, antwortete ich. »Weil ich es nicht übers Herz gebracht hätte, dich hier zurückzulassen.«

»Amara«, hauchte er. »Dann werden wir hier beide sterben. Geh endlich!«

»Nein!« Ich packte seinen Arm. »Du stehst jetzt auf und läufst weiter. Das ist ein Befehl!«

Er rang sich ein Lächeln ab. »Du bist so unglaublich stur.«

»Ein Befehl!«, wiederholte ich und zerrte an ihm.

»Ay«. Er kämpfte sich auf die Beine, während der Boden wieder bebte.

»Du dummes Mädchen!«, erklang die Stimme der Hexe. »Er wird dich verraten! Er wird dein Leben genauso opfern wie das der anderen Frau! Warum fliehst du nicht?«

Ich sah den Captain an, dessen Kiefer fest aufeinandergepresst waren. Er mied meinen Blick. Offenbar hatte er die Worte ebenfalls gehört.

»Du kennst ihn nicht!«, erwiderte ich atemlos und zerrte ihn weiter. »Du hast dir nicht die Mühe gemacht, herauszufinden, ob er immer noch ein Monster ist. Aber du kannst mir glauben. Er ist keines mehr.«

»Amara«, keuchte der Captain. »Danke.«

»Dank mir, wenn wir hier weg sind«, gab ich von mir und blickte mich nach dem Monster um, das uns taumelnd gefolgt war.

Blanca hatte ihm wohl die Augen ausgekratzt, denn es wirkte orientierungslos, was es nicht weniger gefährlich machte.

Ich starrte in den Himmel, der wieder sternenklar war. Die Hexe hatte meinen Sturm aufgelöst und ich konnte ihn nicht zurückrufen.

»Verflucht«, stieß ich hervor und umfasste das Medaillon. »Hilf mir!«

Der Anhänger leuchtete silbern und auch der Dolch erstrahlte plötzlich. Das Monster hob die Faust und schlug zu, verfehlte uns nur knapp. Es gab ein Knurren von sich und schien den Arm nicht heben zu können.

Ich ließ Kai los, drehte mich um und stürmte zu der Kreatur. Die Rufe des Captains, der auf die Knie sank, ignorierte ich, hob die Klinge und bohrte sie in das Fleisch des Monsters.

Dann ging es ganz schnell. Der Mond erstrahlte heller und sein Licht fiel türkis auf die Kreatur. Fauchend teilte sie sich in fünf Irrlichter, die silbern erstrahlten, bevor sie zu Staub zerfielen.

Erschöpft atmete ich durch und legte den Kopf in den Nacken. »Geschafft«, stieß ich aus und drehte mich zu dem Captain um.

Das Blut gefror mir in den Adern, als ich ihn seitlich auf dem Boden liegen sah. »Was hast du?«, fragte ich panisch und ging neben ihm auf die Knie. Ich wagte nicht, ihn anzufassen, als ich all die Wunden entdeckte, die ihm die Irrlichter zugefügt hatten. Wie hatte er es geschafft, mit diesen Verletzungen überhaupt aufzustehen? »Sag doch etwas!«, flehte ich. »Was haben sie dir angetan?«

Er hustete und Blut quoll aus seinem Mund. Zitternd wischte er sich mit dem Ärmel über das Gesicht. »Nichts, was ich nicht auch schon mit meinen Gefangenen gemacht hätte.«

»Wir kümmern uns um deine Wunden«, wollte ich mich selbst beruhigen. »Das Boot ist gleich da vorne. Du musst mir nur noch einmal helfen und aufstehen.«

»Amara. Du siehst doch, dass ich …«

»Kai! Du wirst nicht hier sterben!«, fuhr ich ihn an. Tränen ließen meinen Blick unscharf werden. »Du wirst nicht hier sterben!«

Er stieß den Atem aus. »Ay«, krächzte er und versuchte, wieder aufzustehen. Selbst mit meiner Hilfe schaffte er es nicht. »Es hat keinen Sinn«, stöhnte er und ließ den Kopf gegen meine Brust sinken. »Geh jetzt, bevor neue Irrlichter kommen.«

»Blanca!«, rief ich und sie kam zu uns. »Kann ich ihn heilen?«

»Tu das nicht«, flehte der Captain.

»Heilen! Herz!«, meinte Blanca.

Ich stützte Kai mit meiner Schulter, legte eine Hand auf seine Brust und zog seine zu mir heran. Silbernes Licht floss über unsere Finger und ich fühlte einen brennenden Schmerz, ehe die Magie abriss.

Keuchend sank ich nach vorne gegen ihn. Feuer breitete sich in meiner Brust und meinem Bauch aus und ich hustete Blut.

»Amara, wieso?«, raunte er, hob mich hoch und trug mich schwankend zum Boot.

Ich hatte in diesem Moment keine Kraft, auch nur ein Wort zu sagen, und ließ es zu, obwohl er selbst kaum in der Lage war, zu gehen.

Mein Körper zitterte, als Kai mich in das Boot legte, eine Decke über mir ausbreitete, bevor er den Kahn anschob und hineinsprang. Er brachte uns ein paar Ruderlängen von der Insel fort, dann sank er neben mir nieder und zog mich in seine Arme.

Der Schmerz wurde unerträglich, aber ich wollte nicht, dass er mich losließ.

Blanca landete auf meinem Oberschenkel und ich konnte den Schrei nicht länger unterdrücken. Ich war sicher, dass ich hier sterben würde.

»Helfen!«, krächzte sie und ich fühlte ihre Magie, die durch mich hindurchfloss und den Schmerz linderte. Erleichtert atmete ich durch und streichelte ihre Federn.

»Sie ist silbern«, stellte Kai überrascht fest.

»Weil ich alle Gegenstände besitze. Ich bin jetzt wohl wirklich das silberne Herz.«

»Ich weiß«, sagte er und strich mir über die Wange.

Ich wandte mich ihm zu und sah ihm in die Augen. Ich war erleichtert, die Wärme darin zu finden, die ihm in der Erinnerung der Hexe gefehlt hatte.

»Warum bist du nicht geflohen? Ich weiß, dass du es vorhattest«, fragte er, während er immer noch über meine Wange strich.

»Hat Blanca mich verraten?« Ich warf ihr einen finsteren Blick zu. Sie schüttelte energisch den Kopf und plusterte sich auf.

»Nein, aber ich habe es gespürt. Du wolltest fort und du hättest es gekonnt, wenn du mich zurückgelassen hättest. Stattdessen hast du dein Leben riskiert, um mich zu retten. Warum?«

Ich stützte mich auf den Ellbogen. »Ich habe es ernst gemeint.«

»Was?«

»Dass du kein Monster mehr bist. Es tut mir leid, dass ich so lange gebraucht habe, um es zu erkennen.«

»Du weißt gar nicht, was mir das bedeutet«, raunte er, stützte sich ebenfalls auf seinen Ellbogen und fuhr mit dem Daumen über meine Lippen. »Ich wünschte, ich könnte dich jetzt küssen.«

Blanca krächzte und flog auf den am weitesten entfernten Punkt des Bootes, bevor sie uns den Rücken zuwandte.

»Was hält dich davon ab?«, flüsterte ich Kai zu. »Blanca wird nicht hinsehen.«

Er lachte freudlos. »Ich denke einfach, dass es eine dumme Idee ist in Anbetracht dessen, dass ich in etwa einem Monat tot bin, vielleicht schon früher.«

»Tu es trotzdem. Bitte.«

»Warum?«

»Weil ich es bereuen würde, wenn du mich nicht küsst«, murmelte ich.

Er strich mit den Fingerspitzen noch einmal über meine Lippen. Seine Berührung jagte einen Schauer durch meinen Körper. Ich hatte noch niemals jemanden geküsst. Aber nach allem, was wir gerade gemeinsam durchgestanden hatten, wollte ich ausgerechnet den Piraten küssen, der mich mit sich genommen hatte. Der mein Leben auf den Kopf gestellt und mir zum ersten Mal das Gefühl gegeben hatte, nicht sonderbar zu sein.

Ich lehnte mich ein Stück nach vorne und Kai seufzte. Dann legte er seine Hand in meinen Nacken, strich zärtlich über meine Haut, bevor er sich ebenfalls nach vorne beugte und sein Gesicht meinem näher kam. Er war zurückhaltender, als ich erwartet hätte, hauchte den Kuss beinahe auf meine Lippen.

Als er sich zurückzog, fühlte ich mich leer und verloren. Aber noch ehe ich meinen Mund öffnen konnte, küsste er mich noch einmal. Ich schlang die Arme um ihn und zog ihn zu mir, als ich mich auf den Rücken legte.

Ich öffnete die Lippen und fühlte seine Zunge, die meine fand, während seine Finger meinen Nacken entlangstrichen. Als ich mutiger werden wollte, beendete er den Kuss, rollte sich auf den Rücken und brachte etwas Abstand zwischen uns.

»Habe ich etwas falsch gemacht?« Ich kam mir so dumm vor. Er fand mich bestimmt ungeschickt.

Er lachte und schüttelte den Kopf. »Nein. Aber wenn ich jetzt nicht aufhöre, werden wir nie auf die Conch zurückkommen. Und wir müssen dorthin.«

Ich rückte näher und lehnte meine Wange an seine Brust. »Lass uns noch einen Moment hierbleiben. Nur diesen einen Moment.«

Er legte seine Arme um mich. »Ich würde für immer mit dir hierbleiben, wenn es ginge. Aber …«

»Sch«, machte ich und schloss die Augen. Und Kai schenkte mir diesen einen perfekten Augenblick.

Kapitel 32

Die Conch lag in dichtem Nebel gefangen. Ich wusste, dass es die Magie der drei Hexen war, die sie einschloss und abhalten würde, davonzusegeln.

»Sie sind hier«, sagte ich mehr zu mir, während Kai nach der Strickleiter griff und sie für mich festhielt.

»Ich weiß«, erwiderte er leise und legte eine Hand auf meinen Rücken, als ich zu zittern anfing. »Sie werden dich nicht bekommen. Ich werde es nicht zulassen.«

Blanca nickte. »Beschützen!«, verkündete sie und landete auf meiner Schulter.

»Ich bin dicht hinter dir«, erklärte Kai und rang sich ein Lächeln ab.

Ich griff nach der Leiter und begann, sie hinaufzusteigen. Es war vollkommen still an Bord und der Nebel legte sich wie ein Schleier über das Schiff. Ich schauderte, als ich mich fragte, ob die Conch bald wie ein Geisterschiff durch das Meer treiben würde, falls die Mannschaft durch den Fluch starb. Unsicher sah ich mich um. Kein Pirat befand sich an Deck. Ob die Hexen sie eingesperrt hatten?

Als ich die Hand des Captains um meine Taille fühlte, wurde ich ruhiger. Er zog mich an sich, während wir über das Schiff schritten.

»Zeigt euch! Ich weiß, dass ihr hier seid!«, rief er nach einer Weile.

Es knisterte und der Nebel hob sich neben der Treppe zur Brücke genau vor jener Stelle, an der die Uhr in der Wand versunken war und mir zeigte, dass mein Jahr beinahe vorbei war. Wie wir die Weiße Insel bis zum Ablauf hätten erreichen sollen, war mir nicht klar, aber ich nahm an, dass wir besondere Strömungen genutzt hätten.

Ich hielt den Atem an, als ich die drei Lichter vor der Uhr tanzen sah. Eines so dunkelblau, dass es fast schwarz erschien, eines türkis und eines purpurn.

Die Lichter fielen zu Boden und aus ihnen entstand ein Strudel, der die drei Hexen hervorbrachte. Die Blaue Hexe stand ganz links, aus dem türkisen Licht war die Hexe der Sandinsel geworden und aus dem purpurnen jene der Eisinsel.

Alle drei hatten die Arme verschränkt und betrachteten uns schweigend. Schließlich trat die Weiße Hexe nach vorne. »Du hast es tatsächlich geschafft, das silberne Herz des Meeres zu finden, und ihr geholfen, alle vier Elemente in sich zu vereinen.«

Der Captain nickte und seine Kiefer mahlten, während er mich näher an sich zog.

»Damit ist deine Schuld noch nicht abgetragen«, erklärte die Sandhexe. »Um den Fluch, der auf dir und deinem Schiff liegt, zu lösen, fordern wir das silberne Herz.«

Mir wurde eiskalt. Also wollten sie mich wirklich im Tausch für seine Freiheit. Mit den Fingern tastete ich nach Kai, klammerte mich an den Stoff seines Mantels. Blanca rückte näher an meinen Kopf, schenkte mir durch ihre Nähe zusätzliche Sicherheit.

»Was habt ihr mit Amara vor?«, fragte der Captain mit bedrohlich tiefer Stimme.

Die Blaue Hexe lachte. »Ist das wichtig für dich? Sie ist dir doch vollkommen gleichgültig. Hundert Jahre war es dir einerlei, wen du geraubt hast.«

»Aber er hat keine von diesen Frauen getötet oder ihrem Schicksal überlassen«, warf die Weiße Hexe ein. »Er hat sie alle zu sicheren Orten gebracht.«

»Wie edelmütig, nachdem er ihre Heimat in Schutt und Asche gelegt hat, um sie zu entführen.« Die Blaue Hexe hob ihr Kinn. »Er ist und bleibt ein Pirat. Selbst wenn wir den Fluch von ihm nehmen, wird er nur Abschaum sein. Das Biest, das er in seiner Kajüte beherbergt, ist der lebende Beweis dafür.«

»Das ist nicht wahr«, hörte ich mich selbst sagen, löste mich von Kai und trat vor ihn. »Er ist nicht das Monster, für das du ihn hältst. Wenn du dir die Mühe gemacht hättest, ihn zu beobachten, wüsstest du das!« Die Hexe lachte, aber ich ließ mich nicht davon verunsichern. »Er hätte mich längst eintauschen können, um den Fluch loszuwerden. Aber er hat es nicht getan. Du hast mir gezeigt, wie er früher war. Ich kann dir versichern, dass er nicht mehr dieser Mann ist.«

Ich fühlte, wie der Captain seine Hände auf meine Schultern legte. »Ich danke dir, Amara. Aber diesen Kampf muss ich allein bestreiten.«

Die Sandhexe legte den Kopf schief. »Kann es wirklich sein, dass sich dein eiskaltes Herz für einen Menschen erwärmt hat?«, fragte sie Kai. »Dass du bereit wärst, alles zu opfern, um sie zu retten? Denn wenn wir sie mitnehmen, erwecken wir das Kristallherz. Sie wird unsagbar mächtig sein, aber ihr Wesen wird sich verlieren und aufhören, zu existieren.«

»Dafür werden die Meere wieder sicherer und wir können diese dunkle Magie, die nicht zuletzt durch dieses Monster so stark wurde, endlich eindämmen«, schnaubte die Blaue Hexe. »Dann werden wir Abschaum wie dieses Monster einfach auslöschen. Das Kristallherz wird die Piraten alle ihrer gerechten Strafe zuführen.«

»Es wird immer Monster geben, Schwester«, warf die Weiße Hexe ein. »Magische, die sich gegen das Kristallherz auflehnen werden, denn so verlangt es das Gleichgewicht, dem auch wir verpflichtet sind. Es wird nie vollkommen friedlich sein.«

»Alles ist besser als das«, spie die Blaue Hexe aus und deutete mit dem Kinn auf den Captain.

»Nun gut, Schwestern«, unterbrach die Sandhexe die anderen beiden. »Hier ist unser Angebot, Captain. Das silberne Herz gegen die Erlösung für dich und deine Mannschaft.«

Kai trat wieder vor mich, schirmte mich vor den Blicken der drei Frauen ab. »Ich gebe sie euch nicht. Sie soll frei sein und Abenteuer erleben dürfen. Sie soll eines Tages, wenn sie alt ist, auf ihr Leben zurückblicken können und nichts bereuen. Ich kann sie nicht zum Kristallherz werden lassen. Niemals.«

»Dann ist dein Schicksal eindeutig.« Die Weiße Hexe seufzte. »Du und deine Mannschaft werdet mit Ablauf des Jahres sterben.«

»Ich mache euch dennoch ein Gegenangebot«, sagte Kai mit fester Stimme.

Ich hielt den Atem an. Was hatte er vor? Ich wollte nicht glauben, dass er mich doch auslieferte. Aber was konnte er ihnen sonst anbieten?

Blanca schlug mit den Flügeln. »Vertrauen«, raunte sie mir zu.

Ich nickte. Ich wollte ihm vertrauen, weil ich tief in mir wusste, dass er sein Wort hielt und mich ihnen nicht überlassen würde. Gebannt starrte ich auf seinen Rücken, während wir warteten, was die Hexen erwiderten.

»Nur zu, Junge. Was, denkst du, könnten wir von dir nehmen, um dich von der Strafe zu befreien, die wir dir auferlegt haben?«, wollte die Weiße Hexe wissen.

»Ich trage eine starke Magie in mir, die ihr nutzen könnt, wie ihr wollt. Wieso ich sie erlangt habe, weiß ich nicht, aber dass sie nicht von euch ist, habe ich verstanden. Ich biete euch also mich und meine Magie an, wenn ihr meine Mannschaft verschont und Amara gehen lasst.«

»Du weißt, dass es grausame Folter ist, die Magie aus dir herauszuholen?«, hakte die Sandhexe nach. »Denn wir werden dich bei lebendigem Leib in deine Einzelteile zerlegen.«

Kai nickte. »Damit habe ich gerechnet. Es ändert nichts an meinem Angebot.«

Ich gab einen erstickten Laut von mir. Er wollte sich eintauschen? Aber dann würde er … er würde …

»Du, der Pirat, der wahllos gemordet hat, will sich opfern, um ein Mädchen zu retten, das er noch kein Jahr kennt?« Die Blaue Hexe lachte voll Verbitterung. »Will die grausamen Schmerzen erleiden, die es mit sich bringt, wenn man seine Magie von ihm löst, damit seine Mannschaft nicht sein Schicksal teilt?«

»Ay«, erwiderte der Captain mit fester Stimme.

Die Blaue Hexe lachte wieder. Die Sandhexe hingegen betrachtete Kai eindringlich. »Es wäre verlockend, diese Magie aus ihm herauszuschälen. Sie ist stark und so anders als alles, was ich bisher gesehen habe. Es würde helfen, die Flüche aufzuhalten, die sich über der Welt ausbreiten. Denn vom silbernen Herzen können wir wohl keine Hilfe erwarten.«

Ich packte den Saum seines Mantels. »Tu das nicht«, flehte ich leise. »Wir finden etwas anderes. Ich kann ihnen die drei Gegenstände geben. Oder wir suchen nach einem anderen Schatz oder …«

»Amara«, flüsterte er und wandte den Kopf zu mir um. »Ich habe das lange durchdacht. Es gibt keine andere Möglichkeit.«

»Bitte, Kai«, sagte ich, als mir bewusst wurde, was das bedeutete. Ich würde ihn für immer verlieren. »Bitte, denk nach. Es muss einen anderen Weg geben.«

Er drehte sich mir ganz zu, während die Hexen miteinander diskutierten. Seine Finger zitterten, als er sie an meine Wange legte und meine Tränen wegwischte. »Ich kann damit dich und meine

Mannschaft retten. Mehr will ich nicht. Das Schiff gehört dir und die Piraten werden dir folgen, darauf habe ich sie eingeschworen. Sei ihnen ein besserer Captain, als ich es war. Lebe deine Abenteuer, Mädchen. Lebe und sei glücklich.«

»Nein, ich will das nicht. Ich will diese Abenteuer nicht ohne dich erleben! Kai, ich … ich glaube, ich habe mein Herz an dich verloren.«

Er lächelte traurig. »Wenn ich noch eines hätte, würde es dir gehören, Amara.«

»Du hast ein Herz, du elender Pirat«, schluchzte ich. »Und wenn es nur meines ist.«

»Was heißt ›nur‹?«, raunte er und hauchte mir einen Kuss auf die Lippen. »Ich verdiene dein Herz nicht, Amara. Bitte, schenk es jemandem, der seiner würdig ist. Nicht mir.«

»Bitte, denk nach …«, flehte ich noch einmal. »Lass es nicht so enden.«

Er strich mir erneut die Tränen aus dem Gesicht. »Ich liebe dich, Amara. Aber du musst mich jetzt vergessen«, sagte er nah an meinem Ohr, dann wandte er sich wieder zu den Hexen um. »Was ist? Nehmt ihr mein Angebot an?«

Die Weiße Hexe trat vor. Ich klammerte mich wieder an seinen Mantel, als könnte ich ihn so davon abhalten, mit ihnen zu gehen, falls sie zustimmten. Die Alte sah mich voller Mitgefühl an, dann nickte sie.

»Wir nehmen deinen Vorschlag an. Deine Mannschaft ist frei, die Magie des Schiffs bleibt und Amara wird nicht zum Kristallherz.«

Sie schnippte und der Nebel löste sich auf. Mit ihm verschwanden die Hexen. Und Kai.

Kapitel 33

Die Sonne ging gerade hinter dem Schiff auf, als sich die Tür unter Deck knarrend öffnete. Eine Frau mit seidig glänzenden schwarzen Haaren trat als Erste heraus. Ihre Haut hatte die Farbe von Karamell und ihre Augen waren braun wie Schokolade. Ich hatte keinen Zweifel daran, dass es Cooks sein musste.

Sie sah sich auf dem immer noch purpurroten Deck um, und als ihr Blick auf mich traf, hielt sie den Atem an. »Amara?«, hauchte sie, bevor sie zu mir lief und mich in ihre Arme zog. »Den Meeresgöttern sei Dank, du lebst!« Sie schob mich ein Stück zurück und räusperte sich, als wäre ihr erst jetzt bewusst, was sie tat. Es war seltsam, sie als Mensch zu sehen, obwohl sich die Piraten alle nach und nach zurückverwandelt hatten. Genau wie Kai. »Was ist geschehen? Wo ist der Captain?«

Ich fühlte die Tränen, die in meinen Augen brannten, und war dankbar, dass sie mich wieder an sich zog. Blanca krächzte etwas, das ich ebenso wenig verstand wie die Worte, die Cooks beruhigend zu mir sagte. Ich hörte nur Kais Stimme.

›Ich liebe dich, Amara. Aber du musst mich jetzt vergessen.‹

Wie, bei allen Meeresgöttern, sollte mir das jemals gelingen?

Hinter Cooks kamen nach und nach die anderen Piraten hervor, aber ich beachtete sie kaum, schluchzte und versuchte schließlich zu erklären, was geschehen war.

»Er hat es also wirklich getan«, murmelte ein Mann und an der Stimme erkannte ich, dass es Hawk sein musste.

Er war immer noch groß und hager, seine hellbraunen Augen waren schwarz geschminkt und seine dunkelblonden Haare zu einem perfekten Scheitel frisiert. Das hatte ich bisher nicht gesehen, weil er ein Kopftuch getragen hatte … Irgendwie hatte ich ihn mir immer so vorgestellt.

»Du musst wissen, er hatte recht bald, nachdem du zu uns gestoßen bist, vor, sich selbst anzubieten. Die Magie, die er besitzt, kommt nicht von den Hexen. Er hat sie vor dem Fluch besessen und war sich sicher, dass sie sein Angebot annehmen würden«, erklärte Cooks und schob mich wieder ein Stück von sich. »Es ist also so weit. Hawk, den Hut!«

Hawk räusperte sich und reichte ihr einen Dreispitz mit dunkelroter Feder. Es war nicht jener, den ich zurückgelassen hatte, bevor wir zur Insel aufgebrochen waren, und auch nicht der von Kai. Ich betrachtete ihn, dann sah ich Cooks an, die ihn mir auffordernd hinhielt.

»Der Captain hat eindeutige Anweisungen hinterlassen. Er will, dass du das Schiff übernimmst. Wir haben ihm geschworen, dich zu wählen, wenn du uns führen willst.« Sie hielt den Hut höher. »Willst du unser Captain sein und uns den Schwur leisten lassen?«

Ich schluckte schwer. Ich hatte gerade Kai verloren und jetzt sollte ich tatsächlich das Schiff führen? *Sein* Schiff? Dazu war ich nicht bereit. Vielleicht würde ich es niemals sein.

Mein Blick glitt über die Piraten. In ihrer menschlichen Gestalt wirkten sie nicht weniger angsteinflößend als mit der pechschwarzen Haut. Aber ich wusste, dass sie nicht mehr die Mörder von einst waren. Ich hätte mich glücklich geschätzt, ihr Captain zu sein. Doch das war nun einmal Kai.

»Blanca?«, hauchte ich und sie hüpfte auf meinen Arm, um mich anzusehen.

»Der Vogel ist ja silbern!« Hawk pfiff und grinste. »Steht dir!«

Ich beachtete seine Worte nicht. »Blanca, gibt es eine Möglichkeit, den Captain zu retten?«

Es schien, als würde sie nachdenken, dann nickte sie. Erst wippte ihr Kopf nur leicht auf und ab, dann so schnell, dass sie fast von meinem Arm kippte. »Retten! Retten!«, krächzte sie.

»Wie?«, wollte ich wissen.

»Kompass! Hexeninsel! Tausch!«

»Und was soll ich tauschen?«

Es hatte keinen Sinn, einfach zu versuchen, ihn aus den Fängen der Hexen zu befreien. Sie waren mächtig und sie wollten etwas als Ausgleich dafür, dass sie den Fluch aufhoben. Natürlich könnte ich versuchen, gegen sie zu kämpfen. Immerhin war meine Magie ebenfalls mächtig. Aber im Gegensatz zu den drei Frauen beherrschte ich meine Kräfte nicht richtig.

»Herz!«, rief Blanca nur.

»Herz?«, murmelte ich, bis mir klar wurde, was sie vielleicht meinte. »Das in Kais Kajüte? Es ist noch da?«

Sie nickte wieder heftig und ich schauderte. Das Ding war gefährlich und ich fragte mich, wieso Kai es zurückgelassen hatte. Oder war er davon ausgegangen, dass es mit ihm verschwinden würde? Schließlich war es irgendwie ein Teil von ihm.

Cooks, die mich die ganze Zeit beobachtet hatte, hob eine Augenbraue. »Du hast nicht vor, auf die Weiße Insel zu segeln und ihn gegen dieses Ding auszutauschen, oder?«

Ich biss mir auf die Unterlippe, als ich mich an ihr vorbeischob und die Hände in die Hüften stemmte. »Hört mir zu!«, rief ich über die Köpfe der tuschelnden Piraten hinweg. »Es wäre mir eine Ehre, Kais

Wunsch zu erfüllen und euer Captain zu sein. Aber wir alle wissen, dass mir diese Rolle nicht zusteht. Deswegen werde ich euch nur vorläufig führen, bis wir den wahren Captain befreit haben.« Das Tuscheln wurde lauter, also musste ich auch lauter sprechen. »Ich zwinge niemanden von euch, mich zu begleiten! Das Schiff hat, soweit ich es feststellen kann, seine Magie behalten. Es wird mir also gelingen, es fast alleine zu steuern. Wer nicht mitkommen möchte, möge jetzt die Hand heben und ich lasse die Beiboote bereit machen. Aber ich werde diese Reise antreten und den Captain der Crimson Conch befreien.«

Cooks packte mich am Arm. »Sei kein Narr, Mädchen. Selbst wenn der Vogel recht hat und du dieses Geschöpf tauschen kannst – denkst du, sie lassen ihn einfach gehen? Die Blaue Hexe hasst ihn so sehr, dass sie alles tun würde, um ihn leiden zu sehen.«

»Und die Weiße wird ihm helfen«, erwiderte ich entschlossen.

»Woher willst du das wissen?«, zischte Cooks.

Ich zuckte mit den Schultern. »Keine Ahnung. Ich habe nur so ein Gefühl.« Ich legte meine Hand auf ihre. »Ich kann auf jeden hier verzichten, aber nicht auf dich«, flüsterte ich nahe an ihrem Ohr. »Wirst du an meiner Seite sein und versuchen, Kai zu retten?«

Sie presste die Lippen fest aufeinander und sah mich finster an. »Ay!«, rief sie nach einer gefühlten Ewigkeit und drehte sich zu den Piraten um. »Ihr habt den Captain gehört! Wer nicht mitkommt, möge die Hand heben und wir setzen ihn in ein Beiboot.«

Ihr Blick traf jeden Piraten, der auch nur mit der Hand zuckte und sie schließlich doch nicht hob. Dann nickte sie und wandte sich mir zu.

»Die Mannschaft wird vollzählig auf die Reise gehen, Captain.« Sie reichte mir den Hut. »Ihre Befehle, Ma'am?«

Ich nahm den Dreispitz und setzte ihn auf. »Bereit machen zum Tauchgang. Wir setzen Kurs auf die Hexeninsel.«

»Ay!«, riefen die Männer und begannen, die Vorbereitungen zu treffen.

Einer von ihnen trat auf mich zu. Er war groß, hatte eine Glatze, dafür einen sehr vollen Bart. Seine Miene war streng und unzählige Ohrringe zierten seine beiden Ohren. Außerdem war ein Auge blind.

»Einauge?«, fragte ich.

»Ay.« Seine Mundwinkel zuckten. »Ihr werdet meine Hilfe in der Kajüte brauchen, Captain. Ich befürchte, dieses Wesen hat sich aus seinem Käfig befreit, als der Captain ging. Es war seine Magie, die es dort festhielt, und ich nehme an, er hat gehofft, es würde mit ihm von den Hexen fortgebracht werden. Doch ich habe es toben hören.«

Ich schluckte und musste an das denken, was im Bauch des Schiffs auf mich gelauert hatte. »Weißt du, was mit der Magie im Verlies ist?« Meine Stimme war nicht mehr als ein Flüstern, damit die anderen Piraten es nicht hören konnten. Ich wollte nicht, dass Panik ausbrach.

Einauge schüttelte den Kopf. »Ich weiß, was Ihr meint, aber es war nie Teil des Schiffs. Vielmehr denke ich, hat es den Captain benutzt, um seine Ziele zu verfolgen. Nun, da er fort ist, wird es sich jemand anderen suchen, um zu bekommen, was es will.«

Ein Schaudern erfasste mich, als ich an die eiskalte Dunkelheit dachte. Ob ich mich ihr jemals würde stellen müssen?

»Captain?«, riss mich Einauge aus meinen Gedanken. »Wir sollten keine Zeit verlieren.«

»Ay. Cooks, Hawk, zu mir!«, rief ich. »Wir müssen uns um unser Tauschobjekt kümmern.«

Ohne mich zu versichern, dass sie hinter mir waren, trat ich den Weg zur Kajüte an. Ich hörte die Schritte der Piraten, das genügte. Bei dem Abgang zum Verlies wurde ich langsamer und sah Blanca auf meiner Schulter verstohlen an. »Weg«, krächzte sie leise und schüttelte ihr Gefieder.

Ich war mir nicht sicher, was ich davon halten sollte. Aber für den Moment musste ich mich um etwas anderes kümmern, und zwar Kais Rettung.

Ich beschleunigte meine Schritte, bis ich die Tür erreichte. Wieder sah ich Blanca an, während ich meine Hand auf die Klinke legte. »Irgendwelche hilfreichen Ideen?«

»Vertrauen!«, krächzte sie. »Magie!«

»Ich wünschte, du würdest in ganzen Sätzen sprechen«, murmelte ich und riss die Tür auf.

Fauliger Geruch stieg mir sofort in die Nase und ich hörte das Schleifen von Klauen auf dem Holz.

»Sieh an, wer zu mir gekommen ist«, zischte das Wesen in der Nähe des Fensters.

Glutrote Augen starrten mich aus der Dunkelheit an.

»Lass mich hinter den Schleier blicken«, flüsterte ich und das Medaillon glänzte hell, bis der ganze Raum in silbernes Licht getaucht war.

Das Wesen schnalzte mit der Zunge und sprang auf mich zu. Ich machte mich bereit, es mit dem Dolch zu verletzen, da trat Einauge zwischen uns, packte die Kreatur am Hals und drehte sich mehrmals mit ihr, bevor er sie losließ und das Wesen gegen die Wand krachte. Ich war viel zu überrascht, um mich darüber zu wundern, wie Einauge das geschafft hatte.

»Dreckiger Pirat«, knurrte es und richtete sich auf.

»Captain, Ihr solltet es nicht berühren«, erklärte Einauge, ohne seinen Blick von der Kreatur zu nehmen. »Könntet Ihr es durch Magie in Ketten legen?«

Ich sah Blanca an, die schweigend nickte.

»Wäre einfacher, wenn mir jemand erklärt, wie es geht«, brummte ich.

»Vertrauen!«, krächzte der Papagei.

Seufzend konzentrierte ich das Silber, das aus meinen Fingerspitzen zu tropfen begann, auf die Kreatur. Die Flüssigkeit bündelte sich und floss über den Boden auf das Wesen zu, das sich jaulend wand und brüllte, während sich Ketten um seine Haut formten.

»Alles, nur dieses elende Silber nicht!«, wimmerte es. »Lass mich frei! Ich werde dir auch nichts tun!«

»Einauge, in den Käfig mit ihm«, erklärte ich ungerührt.

»Ay!« Er packte das Wesen und hob es in den rippenartigen Käfig. »Ihr müsst es versiegeln, Captain.«

Ich trat zu den schwarzen Knochen, die Einauge zusammenhielt. Der Dolch leuchtete silbern, also stieß ich ihn hinein und sah zu, wie sich Ketten und ein Schloss um den Käfig wickelten.

»Was willst du von mir?«, zischte das Wesen. »Der Captain ist fort, lass mich auch gehen! Ich muss zu meinem Schöpfer zurück, sonst sterbe ich genauso wie dieser Schwächling von Pirat. Lass mich frei!«

»Ich werde dich niemals auf Menschen loslassen!«, fuhr ich die Kreatur an. »Ich bringe dich zu den Hexen!«

Die roten Augen leuchteten auf. »Du willst mich opfern? Dreckiges Balg! Ich werde dir dein Herz herausreißen und es quälen! Seines musste ich verschonen, da es ein Teil von mir ist, bis ich zu meinem Schöpfer zurückkehre. Aber dich muss ich nicht behutsam behandeln! Du wirst dir wünschen, dass du nie geboren wurdest!«

»Halt's Maul!«, knurrte Cooks ihn an. »Jetzt, da der Captain nicht mehr hier ist, können wir dich ins Verlies bringen! Da hättest du ohnehin hineingehört.«

Wieder wurden die Augen des Wesens groß. »Nein. Da unten ist nichts mehr von meinem Schöpfer. Das Verlies wird mich verschlingen ohne ihn!«

Seine Worte ergaben für mich nicht viel Sinn, aber es genügte, dass dieses Geschöpf Angst vor dem Verlies hatte.

»Wir werden schon dafür sorgen, dass du nicht verschlungen wirst. Schließlich brauchen wir dich noch«, erklärte Hawk mit kaltem Lächeln und packte den Käfig gemeinsam mit Einauge.

»Nein!«, kreischte das Wesen. »Ich benehme mich. Ich benehme mich! Bitte, lasst mich hier.«

»Ein Mucks und du landest dort unten«, sagte ich.

Das Wesen nickte. »Gute Entscheidung, Captain. Aber lass mich dir noch einen Rat geben.«

»Verzichte«, zischte ich und wollte mich abwenden.

»Es geht um deinen Kai«, rief das dunkle Herz und grinste zufrieden, als ich mich wieder umdrehte.

»Sprich schnell, ich habe nicht den ganzen Tag Zeit.«

»Er und ich, wir sind eins, weißt du? Er ist an mich gebunden, wie ich an ihn. Nur mein Schöpfer kann das lösen, aber das wird deinen Kai nicht retten. Immerhin hat er kein richtiges Herz mehr in seiner Brust. Was, denkst du, geschieht, wenn du mich den Hexen überlässt?«

Ich sah Blanca an, die etwas von »Lösung« krächzte, bevor ich die Schultern straffte. »Ich werde eine Möglichkeit finden, ihn zu retten und dich loszuwerden.«

»Warum willst du ihn retten?«, fragte das Wesen. »Weißt du denn nicht, warum er wie ein Monster ausgesehen hat? Es waren seine Entscheidungen, die er vor und während des Fluchs getroffen hat. Was denkst du, wie er an die Magie kam?«

Ich fuhr zu der Kreatur herum. »Warum sollte ich dir glauben, du Abscheulichkeit? Du willst nur dein eigenes Leben retten. Aber du vergisst, dass auch du sterben wirst, wenn die Hexen Kai töten.«

Es lehnte sich zurück. »Ay, aber nur, wenn mein Schöpfer es zulässt. Denn weißt du, er kann die Verbindung zu diesem Captain lösen. Wenn er das macht, bin ich frei und Kai stirbt.«

»Warum hat er es dann bisher noch nicht gemacht?«, brummte ich und ballte die Hände zu Fäusten. Etwas an dieser Geschichte stimmte nicht.

»Oh, es gelingt ihm erst in dem Moment, wenn die Magie in Kais Adern erloschen ist. Davor werde ich die Qualen, die er erduldet, auch hinnehmen müssen. Aber ist es so weit, werde ich gehen und du kannst mich nicht aufhalten.«

»Sperrt das Teil ins Verlies«, wies ich Einauge und Hawk an.

»Nein!«, kreischte die Kreatur, aber da hatten die Piraten den Käfig bereits gepackt und hinausgebracht.

»Captain«, sagte Cooks, die bei mir blieb und mich musterte. »Ich weiß nicht, ob wir die Insel rechtzeitig erreichen werden. Vielleicht solltest du … Ich meine Ihr …«

»Bleiben wir beim Du«, unterbrach ich sie.

»Aber …«

»Ich bin nur der Captain, bis Kai wieder hier ist. Also hilf mir bitte, den Kurs zur Insel festzulegen. Wir müssen schneller als der Wind sein und ich kenne mich noch nicht so gut mit den Strömungen aus. Außerdem weiß ich nicht sicher, ob ich sie trotz Karte finde, schließlich verbirgt eine mächtige Magie die Insel vor allen Augen.«

Cooks kramte in ihrer Tasche und zog etwas heraus. Es war ein Kompass. Kais Kompass. »Damit finden wir die Insel auf jeden Fall. Nimm ihn und sag ihm, wohin er dich führen soll.« Ich starrte den Kompass an. »Der Captain hat ihn mir für dich gegeben«, erklärte sie, als ich weiterhin schwieg. »Er wollte, dass du, wenn alles vorbei ist, zur Weißen Insel segeln kannst. Immerhin ist sie deine Insel.«

Ich nahm ihr das Gehäuse ab und klappte es auf. Es zeigte noch immer keine Himmelsrichtungen, nur vier Farben. Mir fiel auf, dass sich das blaue Viertel schwarz gefärbt hatte.

»Was …«, murmelte ich, bis mein Blick auf die Innenseite des Deckels fiel. Dort befand sich eine Gravur, die ich bis dahin nie wahrgenommen hatte.

›Möge der Wind dich sicher nach Hause tragen. Kai‹

Er hatte immer vorgehabt, sich selbst zu opfern. Der Unterricht, die Ermutigungen … all das nur, damit ich leben und Abenteuer bestehen konnte.

Ich schluckte die Tränen, die in meinen Augen brannten, hinunter. »Bring mich zur Weißen Insel«, forderte ich den Kompass auf und er begann, silbern zu leuchten. *Und zu Kai*, setzte ich in Gedanken hinzu.

Kapitel 34

Ich stand am Steuerrad, Blanca saß auf meiner Schulter, außer wenn sie sich Kekse von Hawk holte, der mir nicht von der Seite wich, obwohl er kaum noch die Augen offen halten konnte.

Cooks hatte sich schlafen gelegt. Sie hatte zwar gemeint, sie würde die Nachtschicht übernehmen, aber es war ihr anzusehen, dass ihr menschlicher Körper, der so lange weder Müdigkeit noch Kälte gekannt hatte, Schlaf brauchte.

Hawk hatte daraufhin gefühlte fünf Kannen Kaffee getrunken und sich mit mir auf die Brücke gestellt. Er gähnte zwar, aber er hielt durch.

Immer wieder starrte ich auf den Kompass in meiner Hand, dessen Nadel auf Silber zeigte. Silber, die Magie, die ich suchte, die mich zu Kai brachte und die mir den Weg wies zu der Insel, die mein Rückzugsort sein sollte.

Cooks hatte erklärt, dass die Insel etwa drei Tagesreisen entfernt lag, wenn wir die Strömung und die Magie des Schiffes nutzten. Ich wollte es früher schaffen, also hatte ich den Sturm gerufen und mein Element Wasser aufgefordert, mir zu helfen. Das Meer hatte flüsternd zugestimmt und die Strömungen verändert, um mich schneller voranzubringen.

In der Ferne sah ich das Licht eines Leuchtturms. Das Königreich Goron musste nahe sein und dies war vermutlich die Stadt Minor. Es war eine große Handelsstadt. Mein Vater hatte viele Schiffe dorthin geschickt und sie waren mit erlesenen Gütern zurückgekehrt.

Ich hatte sie immer sehen wollen. Vielleicht würde ich das, wenn ich Kai befreit hatte. Bis dahin war nichts anderes wichtiger als er.

Als sich der Himmel purpurn färbte und das tiefe Blau der Nacht verdrängte, stieß Hawk den Atem aus. »Den Meergöttern sei Dank, dass der Tag endlich anbricht.«

Ich nickte. Auch ich fühlte mich erschöpft. Das Schiff mochte seine Magie nicht verloren haben, aber es kostete dennoch Kraft, das Wasser zu kontrollieren und gleichzeitig den Kurs zu halten. Ich sehnte mich nach meinem Bett genauso sehr, wie ich mich davor fürchtete.

Ich war während des Tages kurz eingeschlafen und hatte von Kai geträumt. Wie die Hexen ihn quälten und ihm die Haut abzogen, um an seine Magie zu gelangen. Schreiend war ich hochgeschreckt und hatte in das ernste Gesicht von Einauge gestarrt, der bei mir geblieben war.

Diesmal würde ich allein sein, von Blanca abgesehen. Aber wenn ich Glück hatte, schlief ich so tief und fest, dass kein Traum mich heimsuchen würde. Ich dachte an die Worte der Sandhexe. Durch das Medaillon sah ich die Wahrheit in meinen Träumen. Ob die Hexen Kai tatsächlich die Haut abzogen?

Ich schauderte. Ich durfte mich nicht durch diese Angst lähmen lassen, musste die Magie kontrollieren, die uns vorantrieb. Morgen um diese Zeit stünden wir bereits vor den Hexen und ich würde nichts unversucht lassen, um Kai zu retten.

Cooks trottete gähnend auf die Brücke, als ich den Befehl zum Tauchen gab. Ich überreichte ihr den Kompass und schickte Hawk schlafen, der bei mir bleiben wollte. Dann ging ich mit Blanca in meine Kajüte.

Ich legte den Hut ab und zog die Stiefel aus, behielt meine Kleidung jedoch an. Blanca machte es sich auf dem Kopfteil des Bettes bequem und musterte mich mit ihren bunten Augen. Türkis, Purpur und … Schwarz.

»Wieso hat sich die Farbe deiner Augen verändert?«, fragte ich, als ich mich neben sie legte.

»Böse«, murmelte sie und plusterte die Federn auf. Dann rückte sie näher an mich. »Beschützen«, verkündete sie. »Keine Träume.«

Ich lächelte und strich ihr über die silbernen Federn. »Danke. Ich könnte einen traumlosen Schlaf wirklich gut gebrauchen.« Trotzdem hielt ich die Augen offen, obwohl die Müdigkeit mir zu schaffen machte. »Blanca? Werden wir ihn retten können?«

»Ay«, erwiderte sie leise. »Schlafen!«

Ich nickte, schloss die Lider und dachte an Kai. Ich musste ihn retten, koste es, was es wolle.

In der Nacht übernahm ich wieder das Steuer, gemeinsam mit Hawk, der vom vielen Kaffee bereits zitterte. Er ließ mich dennoch nicht allein und in den Morgenstunden gesellte sich auch Einauge zu uns. Er brachte einen älteren Mann mit langen grauen Haaren mit, den ich als Skipper wiedererkannte. Ich hatte kaum mit ihm gesprochen, obwohl er immer wieder das Steuer von Kai und mir übernommen hatte.

»Skipper vertritt Euch ab hier, Captain. Ihr braucht Eure Kraft.«

»Wenn ich die Magie des Sturms zurückziehe, werden wir langsamer«, erklärte ich verbissen und unterdrückte ein Gähnen. Oder ein Zischen, denn mein gesamter Körper schmerzte. So lange allein am Ruder zu stehen, war anstrengender, als ich zugeben wollte.

»Ay, aber wir werden die Insel dennoch bis zum Mittag erreichen. Und Ihr solltet dann nicht vollkommen erschöpft sein.« Einauge klopfte mir behutsam auf die Schulter.

Ich betrachtete Skipper. Er sah als Mensch zwar nicht so aus, als wäre er in der Lage, das Schiff zu steuern, aber das tat Cooks auch nicht.

Ich nickte, überreichte Einauge den Kompass und ging mit Hawk nach unten. Vom Verlies hörte ich ein fürchterliches Wimmern und entschied mich, nach dem Wesen zu sehen. Ich musste herausfinden, was es dermaßen quälte.

Während ich darüber nachdachte, stieß ich fast gegen Hawk, der sich mir in den Weg stellte. »Hältst du das für eine gute Idee?«, wollte er wissen. Anders als Cooks hatte er mich nie mit der höflichen Anrede angesprochen.

»Wir brauchen diese Kreatur. Ich will nur sichergehen, dass sie sich nicht selbst aufisst, nur um nicht den Hexen in die Fänge zu geraten.«

»Dann komme ich aber mit«, brummte Hawk, obwohl er alles andere als begeistert aussah. »Du solltest mit dem Biest nicht alleine sein. Es war diese dunkle Magie, die immer noch in ihm lodert, welche das Herz des Captains vergiftet hat. Dir soll das nicht auch passieren und ich will auch nicht, dass es dir etwas aus der Brust reißt.«

Ich hob die Augenbraue. »Könnte es das denn?«

Er zuckte mit den Schultern. »Ich weiß es nicht. Der Captain wollte nie, dass du dem Wesen zu nahe kommst, denn es hielt ihn fest im Griff, versuchte ihn ständig zu zwingen, dich ihm auszuliefern. Aber offenbar ist der Captain stärker gewesen als dieses Biest. Immerhin hat er sich in dich verliebt.«

Meine Kehle schnürte sich zu. Sogar Hawk hatte bemerkt, dass Kai für mich Gefühle gehegt hatte, nur ich war zu stur, es mir einzugestehen, bis es zu spät war.

›*Wenn ich ein Herz hätte, würde es dir gehören*‹, hörte ich Kai sagen.

»Die Wahrheit ist«, murmelte Hawk, als ich das Schloss zum Verlies mit dem Dolch entsperrte, »dass dieses Ding das Herz des Captains ist. Als hätte der Fluch nicht gereicht, hat etwas dafür gesorgt, dass er sich auch noch um ein wahres Monster kümmern musste. Eines, das er nicht töten konnte, ohne selbst zu sterben. Deswegen frage ich mich, wie wir ihn retten sollen, wenn wir es eintauschen.«

Ich stieß den Atem aus und sah Blanca an, die sich schweigend abwandte. »Sie meinte, es gibt eine Lösung.«

Hawk rollte mit den Augen. »Fein, wenn der Vogel einen Weg kennt, wie ein Mensch ohne Herz leben kann, soll er damit herausrücken. Außer ihr fällt ein, wie man dieses Ding opfern kann *und* dem Captain ein neues Herz besorgt.«

Ich sah Blanca noch einmal an. Dieses Mal nickte sie. »Lösung.«

»Und was hilft es, falls ich dieses Ding eintausche, wenn er dann erst recht stirbt, weil es sein Herz ist?«, fragte ich gereizt.

»Vertrauen! Magie!«, erwiderte sie und nickte wieder.

»Ich hoffe, du rückst mit einer konkreten Antwort heraus, sobald wir die Insel erreichen.« Ich hielt an, als wir an jene Stelle gelangten, wo das Biest untergebracht war.

Es lag auf dem Rücken in seinem Käfig und wimmerte heiser. »Mach, dass es aufhört!«, flehte es mich an, als ich vor ihm stehen blieb. »Es tut so weh! Es muss aufhören!«

»Was tut weh? Die Ketten?«

»Das ekelhafte Licht tut nicht weh! Die Hexen! Es tut so weh, was sie mit mir machen!«

Ich wollte ihn packen, aber Hawk hielt mich kopfschüttelnd ab. »Wovon sprichst du?«, zischte ich deswegen nur und starrte durch die Rippenbögen auf das ausgemergelte Wesen.

»Sie reißen die Magie aus seiner Haut und seinem Fleisch«, stöhnte es. »Ich fühle seinen Schmerz. Ich halte das nicht mehr aus!«

Alles um mich begann sich zu drehen. Ich hatte gewusst, dass Kai Schmerzen erleiden würde, aber die Worte dieses Wesens raubten mir jegliche Kraft.

Was, wenn ich zu spät kam?

»Atme, Amara!«, hörte ich Hawk sagen. Er musste mich aufgefangen haben, denn ich lag in seinen Armen auf dem Boden. »Mädchen, atme! So hilfst du ihm nicht! Reiß dich zusammen!«

Ich öffnete den Mund und sog scharf die Luft ein. In meinen Ohren klang es, als würde ich gerade ersticken, aber Hawk klopfte mir auf die Schultern.

»So ist es gut, atme weiter. Ich bringe dich hier raus.«

Ich fühlte kaum, wie er mich hochhob und die Treppen hinauftrug. Erst als wir knapp vor meiner Zimmertür ankamen, kehrte Leben in meinen Körper zurück. Ich brüllte meinen Schmerz hinaus und schlug um mich.

»Ich lasse das durchgehen, weil du unter Schock stehst«, brummte Hawk, als ich ihm wohl einen Kinnhaken verpasst hatte. »Cooks!«, rief er laut. »Cooks, ich brauche dich!«

Er schleppte mich in mein Zimmer und legte mich auf mein Bett. Blanca krächzte etwas, das ich nicht verstand, dann entdeckte ich Cooks. Ich hörte nicht, was sie und Hawk besprachen, ich sah nur ein Fläschchen und wehrte mich. Sie sollten mir nichts verabreichen, ich brauchte meine Wut, brauchte den Schmerz. Ich würde die Hexen in Stücke reißen!

Aber noch während ich das dachte, ebbte alles ab und mir wurde schwarz vor Augen.

Kapitel 35

Mein Kopf surrte, als ich mich an Deck schleppte. Die Conch war gerade aufgetaucht und Cooks hatte mich aus meinem Tiefschlaf geweckt. Ich warf ihr einen finsteren Blick zu, den sie mit einem Schulterzucken quittierte.

Eigentlich hätte ich ihr dankbar sein müssen. Schließlich hatte ich selbst gefühlt, dass meine Wut das Meer aufgepeitscht hatte. Allein die Vorstellung, Kai würde wirklich von den Hexen bei lebendigem Leib gehäutet, trieb mir Tränen in die Augen und ließ mich am ganzen Körper beben. Diese Frauen hatten ihn Monster genannt, dabei waren sie die wahren Monster. Selbst wenn sie behaupteten, sie täten es, um eine angebliche Bedrohung abzuwenden, rechtfertigte das ihr Verhalten nicht.

Ich trat an die Reling am Bug des Schiffs. Das Meer war unruhig, fast so, als wollte es uns daran hindern, der Insel zu nahe zu kommen. Ich fühlte die Magie der Hexen. Es war ihr Werk. Ich würde mit meinen Kräften dagegen ankämpfen, sobald wir die Beiboote zu Wasser ließen.

Gischt schäumte hoch und traf meine Hände, mit denen ich mich am roten Holz der Conch festhielt. Blanca schnaubte, als auch sie etwas von dem Wasser abbekam, und schüttelte ihr Gefieder aus.

Es musste Mittag sein, aber es war so düster, als würde der Abend bereits dämmern. Hawk trat neben mich und reichte mir eine dampfende Tasse Kaffee. Ich nickte ihm wortlos zu und trank.

»Wird nicht einfach werden, Mädchen«, murmelte der Pirat und kippte selbst die bittere Brühe hinunter.

»Habe ich nicht erwartet«, erwiderte ich. »Vorschläge, was wir machen, wenn wir die Insel erreichen? Du kennst sie besser als ich. Ich habe nur gesehen, was ich für die Prüfung brauchte. Du warst vermutlich einige Male in der Nähe der Höhle, wo Kai verflucht wurde.«

»Wir waren jedes verdammte Jahr in dieser Grotte«, sagte Hawk finster. »Der Kompass wird dich leiten. Den einzigen Rat, den ich davon abgesehen für dich habe, ist: Versuch, zu überleben.«

Ich lachte. »Das habe ich vor.«

»Gut. Weil sonst wird mich der Captain kielholen lassen.« Hawk zwinkerte.

»Captain!«, rief Einauge mir zu und ich musste erst von Hawk mit einem leichten Schlag auf die Schulter erinnert werden, dass der Pirat mich meinte. Ich grinste Hawk an und drehte mich zu Einauge um, der weitersprach: »Näher können wir nicht, sonst laufen wir auf Grund.«

Mein Magen rebellierte gegen den bitteren Kaffee und das Gefühl von Angst, das in mir aufkam. Wir waren am Ziel. Aber … wie sollte es jetzt weitergehen?

Ich warf einen Blick auf die Insel und versuchte, einen klaren Gedanken zu fassen. Aber alles, was mir in den Sinn kam, war Kai und dass ich ihn retten musste.

»Dreht die Breitseite zum Strand!«, befahl ich aus einem Impuls heraus.

Einauge blickte mich ausdruckslos an. Vermutlich, weil er seine Gesichtsmuskeln kaum noch bewegen konnte. »Captain?«, murmelte er unsicher.

»Breitseite zum Strand ausrichten und Kanonen laden!«, bellte ich und der Pirat starrte nun Hawk an.

Da keiner der beiden Anstalten machte, meinem Befehl Folge zu leisten, stieß ich den Atem aus und eilte auf den Rest der Mannschaft zu.

»Was hast du vor?«, fragte Hawk, als er mir über das Deck nachlief.

»Sichergehen, dass sie wissen, wir kommen.«

»Aber ich dachte, wir versuchen einen Überraschungsangriff.« Er keuchte.

Ich blieb stehen und er lief fast in mich hinein. »Denkst du, sie bemerken uns nicht? Sie können meine Magie fühlen wie ich ihre. Ich habe den Plan geändert. Wir starten ein Ablenkungsmanöver.« Ich sah Skipper, der am Ruder stand, an. »Breitseite zum Strand ausrichten!«

»Ay«, rief er zurück.

Das Schiff wendete und die Mannschaft eilte an Deck. »Kanonen laden!«, brüllte ich Einauge noch einmal zu, der diesmal salutierte und den Befehl weitergab.

Er folgte mir auf die Brücke hinauf, wo ich das Fernrohr nahm und die Insel auskundschaftete. Ich konnte nichts außer den Pflanzen entdecken.

»Was habt Ihr vor, Captain?«, fragte er atemlos, als er neben mir zu stehen kam.

»Feuert auf die Insel, so lange es geht. Hawk, Cooks und ich werden die Insel mit einem Beiboot ansteuern. Gebt uns etwas Vorsprung und hört nicht auf zu schießen. Das Schiff wird euch schützen und meine Magie wird den Sturm aufhalten.«

»Ihr wollt sie ablenken«, murmelte Einauge und ein Mundwinkel wanderte nach oben. »Respekt, Captain. Ihr seid fast ein richtiger Pirat.«

»Sie *ist* ein Pirat«, verkündete Cooks, die plötzlich hinter uns stand. »Eine von uns.«

»Ay, eine von uns«, stimmte Einauge ihr zu.

Ich räusperte mich und verschränkte die Hände hinter dem Rücken, froh darüber, mich abwenden zu können, als ich den Befehl »Anker setzen!« brüllte. Zum Glück klang meine Stimme rau, aber nicht brüchig. »Beiboot bereit machen!«

Blanca schlug mit den Flügeln. »Kompass!«, rief sie und ich forderte den Kompass von Einauge zurück.

»Holt die Bestie und bringt sie auf das Beiboot.«

»Mit Verlaub, Captain, wie wollt Ihr den Käfig tragen? Cooks und Hawk allein werden das nicht schaffen«, warf Einauge ein.

Cooks stemmte die Hände in die Hüften. »Unterschätz mich nicht, alter Griesgram.«

»Lasst mich mitkommen. Ich werde Euch helfen«, bat Einauge.

»Ich brauche dich hier«, erwiderte ich. »Ich vertraue dir. Du musst die Stellung für mich halten.«

Einauge straffte die Schultern. »Ay.« Er salutierte wieder. Ich fragte mich, ob er einst bei der Marine gedient hatte, bevor er Pirat wurde.

Ich klopfte ihm auf die Schulter und machte mich bereit, prüfte, ob mein Dolch saß, nachdem ich den Kompass in meine Manteltasche gesteckt hatte. Hawk reichte mir ein Schwert und ich sah ihn verwirrt an. »Ich habe nie gelernt, mit so etwas zu kämpfen«, gestand ich.

»Macht nichts, im schlimmsten Fall kannst du es einfach werfen.« Er zwinkerte, ehe er ernst wurde. »Es ist magisch. Der Captain hat es einmal auf dem Grund des Meeres gefunden. Vielleicht hilft es dir.«

»Danke«, murmelte ich und befestigte es an meinem Gürtel.

»Dafür gebe ich dir keine Pistole. Wer weiß, wen du damit triffst? Bei deinem letzten Versuch hättest du beinahe mich erwischt.«

»Aber das Schwert soll ich werfen?«, brummte ich.

Hawk lachte und ging einfach davon. Nur gut, dass ich nicht lange Captain der Conch bleiben würde, sonst hätte ich ihn über die Planke schicken müssen.

Inzwischen hatten zwei Männer den Rippenkäfig an Deck befördert. Das Biest lag immer noch auf dem Rücken und wimmerte. Ich versuchte, ihm nicht zuzuhören. Allein sein Wehklagen löste unbändige Wut und Trauer in mir aus.

Ich komme, Kai. Ich werde deine Schmerzen beenden, redete ich mir selbst in Gedanken zu, während ich das Beiboot bestieg. »Gebt uns ein paar Minuten Vorsprung, dann feuert aus allen Rohren, so lange ihr könnt!«, rief ich Einauge zu.

»Ay!«, brüllte er zurück. »Viel Glück, Captain! Mögen die Meeresgötter Euch schützen!«

Das Boot glitt lautlos über das Wasser. Ich hatte mit meiner Magie den Sturm der Hexen abklingen lassen und die Meeresströmung genutzt, um zur Insel zu gelangen. Niemand sprach ein Wort, als wir ausstiegen und unser Gefährt an Land zogen.

Cooks und Hawk hoben den Käfig heraus, während ich den Kompass zückte, ihn bat, mich zu Kai zu führen, und darauf starrte. Die Nadel bewegte sich auf das jetzt schwarze Feld und ich schluckte. Etwas Bedrohliches hatte sich über diese Insel gelegt und die einst weißen Blüten und Früchte in ein schmutziges Grau gehüllt. Was war hier nur geschehen?

Ich wandte mich zu den beiden Piraten um, die mir zunickten. Dann schritt ich voran.

Die Insel war mit Pflanzen überwuchert. Das ehemals saftige Grün wirkte ebenfalls mit einem grauen Schleier überzogen. Blanca schauderte. »Böse«, krächzte sie leise.

»Ja, hier ist etwas, das nicht an diesen Ort gehört«, stimmte ich zu und wandte mich hastig um, als ich etwas hinter mir fühlte. Ich suchte die Umgebung ab, konnte aber nichts finden. Doch ich war sicher, dass mich etwas beobachtete. Etwas, dem ich schon einmal begegnet war.

Ich hörte die Laute von Tieren. Vögel und Insekten schienen sich vor uns zu verstecken, während wir dem überwucherten Pfad folgten, den der Kompass mir wies.

Das Knallen der Kanonen ließ mich zusammenfahren. Die Conch hatte das Feuer eröffnet. Ich konnte nur hoffen, dass ich recht behielt und meine Magie das Schiff tatsächlich schützen konnte.

Ich fühlte, wie sich die Insel veränderte. Die Nadel des Kompasses begann zu zucken. Erst nur ein wenig, dann drehte sie sich unaufhörlich. Die Hexen schienen sich bereit zu machen, gegen die Conch anzutreten. Leider hatte das Einfluss auf meinen Wegweiser, der mit all der Magie, die ihn jetzt umgab, nicht umgehen konnte.

»Was machen wir jetzt?«, fragte ich Hawk, dem der Schweiß im Gesicht stand. »Wir finden den Captain doch nie in diesem Urwald!«

»Helfen!«, rief Blanca und erhob sich in die Luft. Sie krächzte leise und plötzlich waren wir von unzähligen Regenbogenschwänzen in Silber, Weiß und Schwarz umzingelt.

Cooks zog den Kopf ein. »Ich hasse magische Kreaturen«, brummte sie.

Blanca wirkte, als würde sie sich mit den anderen Vögeln unterhalten, bevor sie erneut krächzte und die Regenbogenschwänze verschwanden.

»Folgen!«, rief sie und schlug einen anderen Pfad ein.

»Worauf wartet ihr?«, raunte ich den Piraten zu, zog mein Schwert und säbelte die Pflanzen nieder, die uns den Weg versperrten. In meinen Augen kamen wir viel zu langsam voran, aber offenbar wusste Blanca, wohin sie uns führte.

Die Kanonen wurden leiser, dafür hörte ich etwas anderes, das mein Herz stolpern ließ: Schmerzensschreie.

»Halte durch, Kai. Ich bin gleich bei dir«, murmelte ich und beschleunigte meine Schritte, warf immer wieder einen Blick über meine

Schulter, um sicherzugehen, dass ich die Piraten nicht im Dickicht verlor. Sie kämpften mit ihrer Last, hielten aber mein Tempo.

Blanca führte mich zu einer Höhle und ich hoffte, dass es die richtige war. Hier hatte also der Fluch seinen Ursprung genommen und das letzte silberne Herz war durch Kais Hand gefallen.

Meine Beine wurden schwer und ich zögerte einen Moment. War ich bereit, mich den Hexen zu stellen? Konnte ich sie überzeugen?

»Los!«, krächzte Blanca und landete auf meiner Schulter. »Stark. Helfen.«

Ich strich über ihre Federn und zuckte zusammen, als ich Kai erneut schreien hörte.

Tränen brannten in meinen Augen, aber ich kämpfte sie nieder, als sich Blanca erhob und voranflog. Jetzt war nicht der Zeitpunkt, zu weinen. Ich musste stark sein, denn ich fühlte die Magie der Hexen, die aus dem Schlund der Höhle drang. Sie mochten die Conch bekämpfen, aber sie waren immer noch hier.

»Ich gehe voraus!«, rief ich den Piraten zu, die nur mit einem Stöhnen antworteten.

Aber die Angst um Kai trieb mich an und ich lief durch den dunklen Gang. Ihre Schritte hinter mir wurden leiser, ich konnte sie trotzdem immer noch hören.

Der metallische Geruch von Blut stieg mir in die Nase und ich würgte. Was hatten sie Kai angetan?

Blanca hielt plötzlich an und kehrte zu mir zurück. »Verstecken!«, raunte sie mir zu. Leider zu spät.

Kapitel 36

Ranken schossen hervor und legten sich um meine Handgelenke und Beine. Ich wurde zu Boden gerissen und gab einen erstickten Laut von mir, als ich heftig aufschlug. Ich versuchte, die Fesseln durch Magie zu lösen, aber es gelang nicht.

Hawk, der ein gutes Stück hinter mir stand, fluchte leise, als ein Klirren erklang. Vermutlich hatten er und Cooks den Käfig fallen lassen.

»Ich hätte nicht gedacht, dass du so dumm bist«, hörte ich die Stimme der Sandhexe und hob den Kopf.

Sie stand inmitten der Höhle, die von türkisem Licht erfüllt war. Die anderen beiden Hexen befanden sich ein Stück weiter hinten, vor einem Tisch, auf dem ich einen menschlichen Körper erkannte.

»Kai«, keuchte ich.

Ein Großteil seiner schwarzen Haut war wohl entfernt worden, denn ich entdeckte nur wenige dunkle Stellen, dafür viele helle mit frischem Blut. Mir wurde übel, aber ich kämpfte mich auf die Beine und war dankbar, dass meine Magie zumindest verhinderte, dass die Hexen mich wieder in die Knie zwangen.

Als ich stand, schwankte ich, denn Kais Anblick ließ meine schlimmsten Befürchtungen wahr werden. Ich schloss die Augen, atmete tief durch und öffnete erneut die Lider, um mich den Hexen zu stellen.

»Ich bin gekommen, um euch einen Tausch anzubieten.«

Die Blaue Hexe, deren Kleid sich fast schwarz gefärbt hatte, lachte eiskalt. »Du kannst mir nichts bieten, was ich lieber möchte als die Magie dieses Piraten. Allein die Freude, sie aus ihm herauszuschneiden, ist es wert, auf das Kristallherz zu verzichten.«

»Sie hat recht«, meinte die Sandhexe und verschränkte die Arme. »Es gibt nichts, was du uns bieten kannst. Du bist umsonst gekommen.«

»Herz!«, krächzte Blanca, deren Füße ebenfalls von Ranken umschlungen waren und die sich gegen die Magie zu wehren versuchte.

»Ich biete euch das Herz des Captains«, erklärte ich und deutete mit dem Kopf zum Käfig, den die beiden Piraten fallen gelassen hatten, als auch sie gefangen worden waren.

Die Blaue Hexe schob sich an ihrer Schwester vorbei und kam näher. »Was soll ich mit diesem abscheulichen Ding? Es in einen Schaukasten stellen und täglich daran erinnert werden, welches Monster es einst trug?«

»Bedenke!«, rief die Weiße Hexe und trat ebenfalls vor. »Die Magie dieses Menschen stammt von einem anderen Wesen und der Großteil davon hat sich in seinem Herzen gesammelt. Es ist mächtiger als alles, was wir aus dem Captain herausholen könnten.«

»Denkst du, ich weiß nicht, dass du ihn leben lassen willst?«, fauchte die Blaue Hexe. »Du hattest immer schon eine Schwäche für ihn. Nach allem, was er getan hat, hattest du eine Schwäche für diesen Abschaum!«

»Amara hat die Wahrheit gesprochen«, erklärte die Weiße Hexe ruhig. »Er hat sich verändert. Weil er endlich gelernt hat, dass es etwas Wertvolleres als Gold und Macht gibt.« Sie lächelte mir zu. »Sieh dir das silberne Herz an. Es schlägt für ihn. Grund genug, unsere Strafe zu überdenken, findest du nicht?«

Die Blaue Hexe gab ein Zischen von sich. »Die Ironie ist euch schon bewusst, oder? Nehmen wir das Herz des Monsters, wird er sterben. Denn die beiden sind miteinander verbunden.«

Ich schluckte und sah Blanca an. »Vertrauen! Magie! Herz!«, krächzte sie. »Lösung!«

»Aber wenn sie es so sehr will …«, begann die Blaue Hexe und ein frostiges Lächeln umspielte ihr von Hass zerfurchtes Gesicht. »Dann soll sie doch um ihn kämpfen. Ich gebe dir Zeit, bis die Sanduhr hier durchgelaufen ist.« Sie zog ein goldenes Gestell mit zwei Gläsern aus ihrem Ärmel und stellte es hin. In der oberen Hälfte befand sich fast schwarzer Sand, der hinabrieselte. »Hol ihn dir und flieh mit ihm, wenn du kannst. Ist der Sand durchgelaufen, wirst du meine wahre Magie kennenlernen!«

Sie schnippte und die Hexen verschwanden, ebenso wie Cooks, Hawk und der Käfig. Nur Blanca, der Captain und ich blieben zurück. Ich warf einen Blick auf die Sanduhr. Viel Zeit blieb mir nicht, aber das war gleichgültig. Ich würde ihre Magie bezwingen.

Hastig lief ich zu Kai, der sich kaum rührte. Alles war voller Blut und ich hatte Angst, ihn zu berühren, weil ich ihm nicht noch größere Schmerzen zufügen wollte.

»Kai«, raunte ich und ging neben ihm in die Knie. »Kai, kannst du mich hören?«

Er stöhnte und öffnete die Augen. Als er mich entdeckte, lächelte er und hob zittrig die Hand. Obwohl sie blutverkrustet war, wich ich nicht zurück.

»Am Ende darf ich dich noch sehen«, brachte er mühsam hervor. »Ich bin froh, dass du in Sicherheit bist. Ich hoffe, du wirst deine Abenteuer erleben und glücklich sein.«

Behutsam legte ich meine Hand auf seine. »Kai«, schluchzte ich. »Wie sollte ich denn ohne dich glücklich sein? Ich habe noch nicht einmal die Möglichkeit gehabt, mich richtig von dir zu verabschieden.« Ich rang mir ein Lächeln ab. »Und ich werde mich nie wieder von dir verabschieden. Du musst mir jetzt helfen! Ich bringe dich hier raus.«

Seine Pupillen weiteten sich und er schluckte. »Sag mir, dass ich mir dich nur vorstelle. Du bist nicht wirklich hier, oder?«

»Doch«, hauchte ich. »Doch, und ich werde nicht ohne dich gehen. Denkst du, ich lasse zu, dass dich diese Hexen so quälen? Ich will mit dir um die Welt segeln, Kai. Also steh auf! Ich helfe dir, so gut ich kann. Wir haben nicht viel Zeit!«

Ich drehte mich zu der Sanduhr um, deren Sand unaufhörlich nach unten rieselte. Die Hälfte war bereits durchgelaufen.

»Nein …«, schluchzte Kai und ließ den Kopf sinken. »Nein, Amara. Du hättest nicht kommen sollen.«

»Wir beide wissen, wie stur ich bin«, erwiderte ich. »Ich habe mir in den Kopf gesetzt, dich zu holen, also mache ich das auch. Bitte hilf mir, damit wir diesen Ort verlassen können. Gemeinsam.«

Ich schluckte, als mein Blick auf seine Beine fiel. Die Haut war aufgeschnitten, teilweise hatten die Hexen das Fleisch bis zu den Knochen eingeritzt. Er würde nicht laufen können, wenn ich nichts unternahm. Aber wenn ich ihn heilte, konnte ich nicht gehen.

»Helfen!«, rief Blanca in dem Moment und setzte sich vorsichtig auf die Beine des Captains.

Der riss den Kopf hoch, biss die Zähne zusammen und unterdrückte ein Brüllen, während er heftig gegen den Schmerz atmete.

Blanca schloss die Augen, silbernes Licht tänzelte über die Wunden an den Beinen und verschloss sie zumindest teilweise. Kai stieß den Atem aus und ließ den Kopf zurücksinken. Der Papagei schwankte und kippte um.

»Blanca«, keuchte ich und hob sie hoch. Sie zitterte und ihr Schnabel klapperte.

»Alles … gut«, krächzte sie und schmiegte sich an mich. »Tragen.«

»Natürlich trage ich dich, meine Freundin.«

Ich legte sie wie einen Säugling in meinen Arm, dann half ich Kai, sich aufzusetzen. Die Wunden an seinem Oberkörper waren unverändert, aber seine Beine schienen großteils verheilt.

»Stütz dich auf mich«, forderte ich ihn auf.

Er legte seinen Arm um meine Schulter und stöhnte, als wir aufstanden. Dass er immer noch Schmerzen hatte, war an dem verkniffenen Gesicht und der Art, wie sein Atem ging, eindeutig erkennbar.

»Falls wir das überleben«, presste er zwischen den Zähnen hervor. »Werde ich dich stures Geschöpf eigenhändig in meiner Kajüte einsperren und nie wieder herauslassen.«

»Das würdest du mir nicht antun«, versuchte ich locker zu sagen und nahm meinen Mut für die nächsten Worte zusammen. »Du liebst mich doch.«

Seine blauen Augen suchten meine und er raunte: »Ja, das tue ich.«

»Gut, da wir das geklärt hätten, könnten wir jetzt versuchen, den Hexen zu entkommen.«

»Nichts dagegen«, meinte er und wagte, einen ersten Schritt zu gehen.

Er knickte fast um und ich musste all meine Kraft aufbringen, um seinen Sturz zu bremsen. Mein Blick fiel auf die Sanduhr. Unsere Zeit war fast abgelaufen. Wir würden die Höhle nicht verlassen, bevor das letzte Sandkorn durchgelaufen war.

»Kai«, flüsterte ich, während wir mühsam einen weiteren Schritt wagten. »Egal, wie das hier ausgeht. Du sollst wissen, dass ich nie glücklicher war als in der Zeit auf der Conch, trotz der Angst, die ich hatte, was du mit mir nach dem Jahr anstellen würdest. Ich habe erkannt, dass ich dort hingehöre. Mit dir.«

»Das klingt jetzt aber sehr nach Abschied«, keuchte er und setzte seinen Fuß zittrig auf dem Boden auf. »Du hättest nicht herkommen sollen, denn ich bin und war verloren. Du hättest frei sein können, hättest nichts bereuen müssen …«

»Oh, ich hätte immer etwas bereut«, hauchte ich und sah ihn an. Sein Gesicht war noch vollkommen von schwarzer Haut bedeckt und sein blondes Haar fiel ihm lockig in die Stirn. »Ich hätte immer bereut, dir nicht gesagt zu haben, dass ich dich liebe.«

»Amara«, raunte er und biss die Zähne zusammen. »Lass uns laufen.«

»Aber …«

»Ich schaffe das. Wir laufen. Und wenn wir auf der Conch sind, will ich, dass du mir diese Worte noch einmal sagst.«

Ich sah zu Blanca in meinem Arm, stellte sicher, dass sie noch atmete und ich sie nicht verlieren würde. »Bereit, wenn du es bist.«

»Los«, knurrte Kai und verlangte seinem Körper alles ab, als er auf mich gestützt zu rennen begann.

Wir hasteten durch den Gang, aus dem wir gekommen waren, und ich hoffte, dass Hawk und Cooks wieder zu uns stoßen würden, falls wir es aus der Höhle schafften.

Ich spürte schon den Wind und atmete den Geruch ein, der Freiheit versprach.

Da erklang das Lachen der Hexe. »Zu spät!«, rief sie und tiefe Dunkelheit legte sich über uns, riss uns zu Boden. »Jetzt wirst du meine wahre Magie kennenlernen.«

Kapitel 37

Ich hielt Kai fest, als die Felsen unter uns bebten. Er rang um Atem und sein Körper verkrampfte sich. Frisches Blut tropfte aus seinen Wunden auf den Boden und er sank in sich zusammen.

»Du musst durchhalten«, flehte ich ihn an. »Bitte, halte durch.«

»Ich versuche es.« Er röchelte und hustete. Noch mehr Blut spritzte auf den grauen Stein unter uns.

Über unseren Köpfen brach die Decke auf und Gesteinsbrocken fielen herab. Ich warf mich über Kai, versuchte, seinen Körper mit meinem abzuschirmen. Verzweifelt flehte ich meine Kräfte an, mir zu helfen, und schluchzte fast, als sich ein heftiger Wind erhob.

»Das wird dir auch nichts nützen«, fauchte die Stimme der Blauen Hexe.

In den Wind mischte sich eisige Kälte und ich sah auf. Ein Schrei entrang sich meiner Kehle, als ich das schwarze Ungetüm entdeckte, auf dem sie saß. Es erinnerte an diesen Eisgreif, der halb Panther, halb Adler war, allerdings war dieses Exemplar mindestens doppelt so groß und trug zwei Köpfe auf seinen Schultern. Einer spie Feuer, der andere schien eine ätzende Flüssigkeit abzusondern. Denn die Steine, die er damit traf, schmolzen weg wie Eis in der Sonne.

»Du hättest einfach gehen sollen! Ich wollte dir nie schaden, aber wenn du diesem Monster helfen willst, werde ich auch dich zerstören!«

»Ich werde nicht kampflos aufgeben!«, brüllte ich und stand wacklig auf. Der Boden unter meinen Füßen bebte immer noch und ich fürchtete, auf Kai zu stürzen. Blanca, die ich losgelassen hatte, taumelte neben ihm. Ich hob sie hoch und legte sie wieder wie einen Säugling in meinen Arm.

»Warum, Amara? Du bist so wertvoll! Du könntest so mächtig sein. Wieso verschwendest du dich an diesen Abschaum?« Die Hexe klang verletzt, fast so, als wäre ich ihr Kind und hätte sie enttäuscht.

»Wieso hasst du ihn so sehr?«, wollte ich im Gegenzug wissen. »Ihr alle habt ihn bestraft, aber du hasst ihn und willst ihn leiden sehen. Was hat er dir getan?«

»Frag ihn doch!«, zischte die Blaue Hexe. »Vielleicht erzählt er dir sogar die Wahrheit und du verabscheust ihn dann genauso, wie ich es tue.«

Kai kämpfte sich auf Hände und Knie zurück und keuchte. »Sie weiß bereits, was ich getan habe«, murmelte er und hustete erneut Blut.

Ich kniete mich neben ihn und half ihm, sich an mich zu lehnen. »Warum hasst sie dich, Kai?«

Er hob den Kopf und sah mir in die Augen. »Das Mädchen, das ich hier getötet habe … war ihre Tochter.«

»Oh, Kai«, schluchzte ich.

»Sie war unschuldig!«, brüllte die Hexe und der Greif spie Feuer.

Ich zog Kai wieder auf den Boden zurück und hoffte, meine Magie hielt jener der Hexe stand. Ich fühlte die Hitze, die von den schwarzen

Flammen des Greifs ausging. Wieso war ihre Magie so düster? Wegen ihrer Trauer?

Hastig rief ich die Wolken und tatsächlich bildete sich ein Gewitter über den Köpfen des Untiers. Doch der Regen, der auf uns alle herabprasselte, schien dem Feuer nichts anhaben zu können. Allerdings erschuf ich auf diese Weise einen silbernen Schutz über Kai, Blanca und mir.

»Du bist noch viel zu schwach und unerfahren, als dass du mich besiegen kannst!« Die Hexe schnaubte verächtlich. »So unerfahren wie meine Tochter. Sie hatte gedacht, dass dieses Monster erkennen würde, dass es falsch handelte. Sie hätte ihn auf der Stelle mit ihrer Magie töten können, aber sie wollte, dass er seine Fehler einsieht und sich ändert!«

Der zweite Greifenkopf machte sich bereit, seinen Schleim einzusetzen. Zähflüssige, dunkle Tropfen hingen bereits an seinem Maul, zogen sich in die Länge.

»Aber er hat sich geändert!«, rief ich, obwohl ich wusste, dass meine Worte auf taube Ohren stoßen würden. »Hast du ihm in die Augen gesehen? Hast du die Wärme darin nicht erkannt? Er hat unglaubliche Qualen auf sich genommen, um seine Mannschaft zu retten! Das hätte er nicht tun müssen! Er hat mich gerettet, als der Eisgreif mich mit sich nehmen wollte! Nicht weil er dann die einzige Chance verspielt hätte, den Fluch zu brechen, sondern weil er mich retten wollte!«

Die Hexe schüttelte den Kopf. »Und warum läuft dann das Monster herum, das einst sein Herz war? Denkst du, es wäre so mächtig, wenn er es nicht genährt hätte, nachdem es entstand? Glaubst du wirklich, dass er die Frauen freigelassen hat, als klar war, dass sie nicht das silberne Herz sind?«

Kai keuchte und versuchte, sich aufzusetzen. »Ich habe das Biest keine von ihnen anrühren lassen! Sie sind alle freigekommen.« Er hustete und sank gegen meine Brust. »Wenn du mir nicht glaubst, frag deine Schwester. Sie hat alles gesehen. Deswegen wollte sie mir auch helfen. Weil sie wusste, dass ich nicht mehr der Mann bin, den ihr verflucht habt.«

Sein Körper zitterte in meinen Armen. Blanca kroch auf seine Brust. »Helfen«, krächzte sie.

»Nein, Blanca.« Ich schluchzte. »Das darfst du nicht, ich sehe doch, wie es dich schwächt. Ich werde ihm helfen.«

Der Papagei öffnete den Schnabel, schloss ihn aber gleich wieder und kletterte auf meine Schulter.

»Amara, nicht«, stöhnte Kai, als ich seine Hand nahm und an mein Herz legte. »Du brauchst die Magie, um zu kämpfen und zu entkommen.«

Ich schüttelte den Kopf. »Ich brauche die Magie nur, um dich zu schützen«, raunte ich und ließ die Magie fließen.

Meine Haut riss auf und in meinem Inneren brannte ein Feuer, das ich kaum ertrug. Ich kniff die Augen zusammen und versuchte, den Schmerz irgendwie umzuwandeln. Es gelang mir nicht.

Ich konnte ihm nicht alle Wunden nehmen, denn dann wäre ich nicht mehr in der Lage gewesen, aufzustehen. Also brach ich die Verbindung ab und biss die Zähne zusammen.

»Amara«, hauchte Kai.

Ich öffnete die Lider und hielt den Atem an. Zitternd legte ich meine Finger auf sein helles Gesicht. »Du bist … wieder ein Mensch«, flüsterte ich und betrachtete die kantigen Wangen, die seine Iriden noch mehr strahlen ließen, jetzt, da sie nicht mehr aussahen wie von Ruß bedeckt.

Er umfasste meine Hand und hauchte einen Kuss darauf, während seine Augen verräterisch glänzten. Ich konnte nicht aufhören, ihn anzusehen. Es war das Gesicht aus dieser Erinnerung und doch war es ganz anders. Er war anders. Meinetwegen.

»Ich habe genug!«, schrie die Hexe und deutete auf uns.

Der Greifenkopf öffnete sein Maul und spie einen Schwall ätzende Flüssigkeit hervor. Das silberne Licht um uns glühte hell und zischte, als sich der Schleim hindurchfraß.

Hastig zog Kai mich über den Boden und presste mich an sich. »Wir müssen uns irgendwie verteidigen«, sagte er und drehte sich zu dem Greif um.

Ich zog das Schwert, das Hawk mir gegeben hatte. Ich konnte nur hoffen, dass er und Cooks sicher und nicht im Magen dieses Ungetüms gelandet waren. Aber ich musste davon ausgehen, dass sie sich mit dem Käfig irgendwo in Sicherheit befanden, denn sonst wäre Kai bereits tot gewesen.

»Ich denke, du kannst damit besser umgehen als ich«, meinte ich.

Kai nahm die Waffe und betrachtete sie. »Das ist ein Anfang, aber gegen den Greif komme ich damit nur an, wenn ich seine Köpfe erreiche.«

Blanca wirkte nicht, als könnte sie einen von uns in einen Vogel verwandeln.

Ich stieß den Atem aus. »Lass mich etwas versuchen, aber ich verspreche nicht, dass es klappt.« Ich hielt mich an seinen Schultern fest. »Hilf mir bitte, aufzustehen.«

Er zog mich hoch und legte einen Arm um meine Taille. »Was hast du vor?«

»Den Wind unter meine Kontrolle bringen«, murmelte ich und hob eine Hand.

Die Hexe hatte den Sturm, den ich gerufen hatte, übernommen. Es fiel mir nicht leicht, ihre Magie, die so dunkel und hasserfüllt war, zu durchbrechen und den Wind wieder dazu zu bringen, mir zu folgen.

Beinahe übergab ich mich bei dem Versuch, aber nach und nach errang ich die Kontrolle über den Sturm zurück.

»Unmöglich!«, hörte ich die Hexe brüllen, als meine Magie ihre verdrängte.

Ich ließ den Wind Kai und mich erfassen und hochheben. Blanca vergrub ihre Klauen in meiner Schulter und krächzte leise, als sich meine Füße vom Boden lösten und wir dem Greif entgegenschwebten.

»Ich lenke einen Kopf ab, du bekämpfst den anderen«, raunte ich Kai zu.

»Dann beginne ich mit dem, der diese Säure spuckt«, erwiderte er, als wir einem Angriff der Hexe auswichen, die Gesteinsbrocken auf uns schleuderte. »Dem Feuer kannst du leichter entgehen.«

Ich drückte seine Hand, während sich die Köpfe bereit machten, uns anzugreifen. »Bleib am Leben«, sagte ich flehend.

»Du auch.«

Ich ließ ihn los und der Wind trug uns in unterschiedliche Richtungen. Entsetzt bemerkte ich, dass die Hexe nicht mehr auf dem Ungetüm saß. Ob sie geflohen war? Aber warum?

Kai stürzte sich mit dem Schwert auf den Greifenkopf, während ich mit meinem Dolch den anderen Kopf umkreiste und versuchte, ihm Schaden zuzufügen. Ich musste all meine Magie auf den Wind konzentrieren, damit wir nicht abstürzten, also konnte ich den Dolch nur wie eine gewöhnliche Waffe einsetzen.

Blanca war noch zu schwach, um zu fliegen, sonst hätte sie sich vermutlich bereits um die Augen des Ungetüms gekümmert.

Immer wieder musste ich meinen Angriff abbrechen, um Kai und mich vor dem sicheren Absturz zu bewahren, wenn meine Magie schwächer wurde und der Wind uns kurz losließ. Ich wunderte mich immer noch, dass sich die Hexe nicht zeigte. Sie hätte die Chance, uns umzubringen, nutzen können, denn meine Kräfte neigten sich tatsächlich dem Ende zu.

Wenn Kai nicht bald der Erlösungsschlag gelang, würden wir leichte Beute für den Greif sein.

Noch während ich das dachte, fauchte die Bestie, als Kai ihr einen Kopf abschlug. Ich wollte gerade jubeln, da schoss stinkende Säure aus dem Hals des Monsters hervor. Kai schien das nicht zu bemerken, und selbst wenn, hätte er nichts unternehmen können.

Ich sammelte meine letzten Kräfte, rief den Sturm und ließ mich zu Kai treiben. Im Flug schlang ich die Arme um ihn und riss ihn mit mir zur Seite. Die Spucke des Biests traf meine linke Schulter und fraß ein Loch in meine Kleidung und Haut.

Ich konnte vor Schmerzen die Magie nicht mehr aufrechterhalten. Der Wind ließ nach und wir fielen in die Tiefe.

»Es tut mir leid«, keuchte ich und klammerte mich fester an Kai, der seine Arme um mich gelegt hatte.

»Wasser!«, hörte ich eine Stimme rufen und hielt den Atem an, als wir tatsächlich nicht am Boden zerschellten, sondern in trübes Wasser eintauchten.

Kapitel 38

Kai hielt mich immer noch fest und schwamm an die Oberfläche. Er zog meinen Kopf über Wasser und ich holte hastig Luft.

»Blanca!«, rief ich, weil der Vogel nirgendwo zu sehen war. »Blanca!«

»Schaffst du es alleine?«, wollte Kai wissen. »Kannst du schwimmen?«

»Ja.« Meine Lippen bebten aus Sorge um Blanca.

Kai schien meine Gedanken erraten zu haben. »Ich finde sie!«, versprach er, ließ mich los und tauchte hinab.

Ich strampelte mit den Beinen und blickte nach oben. Der Greif war ebenso verschwunden wie das Loch in der Decke. Dafür stieg das Wasser unaufhaltsam und meine Kräfte neigten sich dem Ende zu.

Kai tauchte auf und rang um Atem. Er sah mich an, während er tief Luft holte, dann verschwand er wieder unter Wasser.

»Blanca«, wimmerte ich. »Wo bist du nur?«

Als Kai wieder auftauchte, kam er zu mir und ich hielt ihn fest, damit er ein wenig zur Ruhe kommen konnte. »Ich tauche gleich wieder«, keuchte er. »Es ist nur so dunkel.«

Ich schluckte. Wie lange konnte ein Vogel ohne Luft auskommen? Ich wollte Kai gerade vorschlagen, dass ich tauchen sollte, als ein Ruck durch seinen Körper ging. Er schaffte es gerade noch, Luft zu holen, bevor er nach unten gezogen wurde.

»Nein!«, kreischte ich, als mir seine Hände entglitten.

Ich zögerte nicht, sammelte meinen Atem und tauchte hinterher. Ich berührte das Medaillon. *Lass mich hinter den Schleier blicken!*, flehte ich in Gedanken und tatsächlich wurde es hell und ich erkannte, was Kai mit sich gerissen hatte.

Am liebsten hätte ich geschrien, aber ich musste meinen Atem sparen. Entschlossen zog ich meinen Dolch. Unter mir saß ein Hanumankrake, der Blanca und Kai fest im Griff hatte. Der Papagei rührte sich nicht mehr, aber Kai wehrte sich mit aller Kraft gegen die Kreatur.

Ich versuchte, meine Magie zu sammeln, aber es war so gut wie nichts an Kraft mehr in mir. *Bitte, hilf mir, sie zu retten*, dachte ich und hätte fast vor Erleichterung geweint, als der Dolch silbern leuchtete.

Ich schwamm zu einer Felswand, presste meine Füße dagegen und stieß mich mit all meiner Stärke ab. Das Wasser gehorchte mir, ließ mich schneller werden und ich rammte dem Kraken den Dolch in den Leib.

Er brüllte und ließ Blanca und Kai los. Der Captain schnappte sich den Papagei und schwamm an die Oberfläche. Ich wollte ihm hinterher, aber der Krake packte zu. Seine Fangarme legten sich eng um meinen Brustkorb. Ein gehässiges Grinsen breitete sich auf dem viel zu großen Gesicht aus, als er zudrückte.

Luftblasen stiegen vor meinen Augen auf, meine Rippen gaben nach. Ich konnte nur hoffen, dass Kai und Blanca es nach oben geschafft hatten und der Hexe entkommen würden.

Der Krake drückte fester zu und ich wusste, ich würde gleich meinen letzten Atem freigeben und ertrinken.

»Genug jetzt!«, erklang eine Stimme und das Wasser verschwand, ebenso wie der Krake.

Ich lag auf dem Rücken und rang um Atem. Kai lief auf mich zu, fiel neben mir auf die Knie und legte Blanca auf meine Brust. Sie blinzelte mich an und öffnete ihren Schnabel, um leise zu krächzen. Vorsichtig drückte ich sie an mich und lachte, während mir die Tränen über die Wangen liefen und sich mit den Tropfen aus meinen nassen Haaren mischten.

»Freund«, flüsterte Blanca und ich strich über ihre silbernen Federn.

»Ich bin so froh, dass du lebst. Ohne dich wäre ich nicht hier.«

»Wir hätten ihr den Vogel wegnehmen sollen«, hörte ich die Blaue Hexe sagen und setzte mich hastig auf.

Alles drehte sich und Kai musste mich stützen, sonst wäre ich sofort wieder auf den Rücken gefallen. Blanca hüpfte auf den Boden und blieb neben mir sitzen.

Die drei Hexen standen vor uns. Und sie waren nicht allein.

»Hawk! Cooks!«, rief der Captain und betrachtete die beiden, deren Körper mit Ranken umschlungen waren. Selbst ihr Mund wurde von den Fesseln verdeckt. Neben ihnen stand der Rippenkäfig. Allerdings war er leer.

Denn die Sandhexe hielt das Biest mit eisernem Griff im Nacken fest, hatte es auf die Knie gezwungen. Sie sah ihre dunkle Schwester an.

»Du bist sicher, dass du das willst?«, fragte sie.

»Der Fluch ist gelöst worden. Wenn wir ihn bestrafen wollen, müssen wir diese Bestie abschlachten. Dann stirbt auch er.«

»Das lasse ich nicht zu!«, keuchte ich und hoffte auf ein weiteres Wunder.

Aber kein Funke Magie zeigte sich. Nichts. Die Blaue Hexe musterte mich einen Moment, bevor sie laut lachte.

»Eines Tages wirst du mir danken!«, rief sie und zückte einen langen Säbel.

Ich sah die Weiße Hexe Hilfe suchend an, aber sie schritt nicht ein. »Nein, bitte«, flehte ich und rang die Hände. »Bitte!«

Die Blaue Hexe lächelte. »Für meine Tochter!«, flüsterte sie, hob den Säbel und stieß zu.

Sie prallte zurück, als silbernes Licht den Körper des Biests einhüllte. »Für mich machst du das, Mutter?«, erklang eine zarte Stimme und ich schluckte, als ich den Kopf drehte.

Dort, wo gerade noch Blanca gesessen hatte, stand ein junges Mädchen mit silbernen Haaren und riesigen purpurnen Augen.

»Meara«, schluchzte die Blaue Hexe und warf den Säbel von sich. »Wie ist das möglich?«

»All die Jahre, Mutter, habe ich auf dieser Insel gewartet. Auf das Mädchen, das den Fluch lösen kann, den du mit meinen Tanten über den Captain und mich gelegt hast.«

»Über dich?«, wimmerte die Hexe.

»Ich wurde durch deinen Hass an den Captain gebunden. An sein Schicksal. So lange habe ich gewartet. Und dann kam Amara.« Meara wandte sich mir zu. »Meine Freundin.«

»Aber …«, stammelte die Blaue Hexe und sank auf die Knie.

»Ich habe daran geglaubt, dass er tief in seinem Inneren nicht das Monster ist, das er vorgab zu sein«, erklärte das silberne Mädchen. »Deswegen hat die Magie mich an ihn gebunden. Bis er beweist, dass er sich geändert hat.« Meara lächelte. »Das hat er. Mehr noch, er hat das Wohl anderer über seines gestellt.« Ihre Züge wurden hart. »Diese beiden stehen unter meinem Schutz! Ich werde nicht zulassen, dass du ihnen etwas antust. Sie sind meine Freunde!«

»Er hat dich getötet!«, brüllte die Blaue Hexe.

»Nein, Mutter. Er hat mich gerettet. Davor, das Kristallherz zu werden, wie du es wolltest.« Tränen traten in ihre Augen. »Ich bin jetzt glücklich, Mutter. Ich habe Freunde. Ich gehöre zu ihnen und ich will bei ihnen bleiben.«

»Als Regenbogenschwanz?«, fauchte die Hexe und sah ihre Tochter finster an.

»Ja. Ich finde den Körper gar nicht so schlecht. Aber ich werde vielleicht ganze Sätze sprechen lernen müssen. Damit meine Freundin mich besser versteht.«

Ich lächelte sie an und ergriff ihre Hände. »Blanca … ich meine, Meara.«

»Bleib bei Blanca. Der Name gefällt mir besser.« Sie zwinkerte und wir umarmten uns. »Ich bin so froh, dass wir uns gefunden haben.«

»Also, Schwester«, riss uns die Stimme der Weißen Hexe aus diesem Moment. »Du siehst, dass selbst deine Tochter, deren Tod du rächen wolltest, dagegen ist, diesen Jungen weiterhin zu bestrafen. Kannst du deinen Zorn langsam loslassen und zugeben, dass du einen Fehler gemacht hast?«

Die Blaue Hexe atmete hastig ein und presste die Kiefer fest aufeinander. Ich wappnete mich, sie davon abzuhalten, das Biest zu töten. Aber sie ließ die Schultern sinken.

»Vergib mir«, flüsterte sie. »Ich … ich …«

»Nein, ich muss dich um Vergebung bitten«, meinte Kai und sank auf die Knie. »Ich habe so viel Leid über dich gebracht.« Er wandte sich Blanca zu. »Und über dich. Ich schwöre, ich werde alles tun, um das wiedergutzumachen. Und ein Schwur ist den Piraten heilig.«

Blanca lächelte. »Ich weiß. Ich nehme dich beim Wort.«

»Widerliche Gefühle«, fauchte die Bestie.

In diesem Moment senkte sich eine tiefe Dunkelheit über uns herab. »So wird es nicht enden«, erklang eine Stimme, die ich kannte. Sie gehörte der Magie, die im Verlies des Schiffs geschlummert hatte.

Kai hob den Kopf und sah mich entsetzt an. Auch er hatte sie erkannt.

»Ich ertrage das nicht!«, zischte die Stimme. »So lange habe ich diesen Fluch genährt, dir angeboten, dich freizukaufen, wenn du die Hexen tötest. Ich dachte, du würdest mir helfen, Captain. Dabei bist du genauso schwach wie alle anderen Menschen. Sei es drum, meine Schöpfung wird mich nicht enttäuschen und euch alle vernichten.«

Der Boden bebte erneut und die Hexen keuchten. Die Bestie, die noch von der Sandhexe gehalten wurde, riss die Augen auf und gab ein schmerzerfülltes Schnaufen von sich, als schwarzer Nebel sie einhüllte. Ihre Gestalt veränderte sich und sie brüllte zornerfüllt, riss sich von der Sandhexe los, warf sie zu Boden und sprang die Blaue Hexe an.

Blanca schrie, als sich das Monster in den Hals ihrer Mutter verbiss. Blut quoll aus seinem Mund, während es der Hexe das Leben und die Magie aussaugte.

Als es fertig war, warf es den leblosen Körper achtlos zu Boden. »Ihr Hass war so stark und nährte die Magie, die ich brauche, um die Weiße Insel zu zerstören und mit ihr das silberne Herz«, verkündete die Bestie in verzerrter Stimme. »Ich werde diese Welt besitzen. Solange die vier Kristallelemente nicht im Einklang sind, ist das silberne Herz zu schwach, um mich zu bezwingen.«

»Was ist das?«, keuchte ich und starrte die Weiße Hexe an, die sich zu uns geflüchtet hatte.

»Das, mein Kind, ist der Grund, warum wir das Kristallherz wollten. Es ist die Angst und der Hass der Menschen, wir nennen es die schwarze Seele, das Gegenstück zum Kristallherz. Es scheint auch über ihre Trauer meine Schwester vergiftet zu haben. Aber noch ist es zu schwach, um sich alleine gegen uns zu wenden. Deswegen nutzt es das Herz des Captains, das so lange so mächtige Magie in sich trug.«

»Dann müssen wir es töten!«, rief Kai und zückte seinen Säbel.

Blanca fiel ihm in den Arm. »Es ist dein Herz! Wenn du es tötest, stirbst du!«

Die Sandhexe hatte Hawk und Cooks befreit und war gemeinsam mit ihnen zu uns gelaufen. »Wir müssen die Bestie in Ketten legen!«, rief Blanca ihnen zu.

»Und dann was? Kein Käfig wird dieses Ding halten können!«, keuchte die Sandhexe. »Nicht mit der Magie deiner Mutter.«

»Aber wir können es nicht töten. Sonst stirbt der Captain«, warf Blanca ein.

Die Bestie richtete sich auf und spreizte die Finger, auf denen Funken knisterten. Rohe Magie ging von ihm aus, als sich schwarze Stacheln aus seinem Rücken bohrten und es noch ein Stück wuchs.

»Niemand wird mich jemals wieder aufhalten«, verkündete es. »Eure Magie gehört mir. Dann gibt es niemanden mehr, der sich mir in den Weg stellt, niemanden, der das silberne Herz und die anderen Elemente sucht, um mich aufzuhalten. Dann wird mir das gehören, was das Kristallherz mir so lange verwehrt hat!«

Die Weiße Hexe hob ihre Hände. »Ich versuche, es zu bannen«, erklärte sie, aber ich wusste, dass es ihr nicht gelingen würde.

Ich überlegte fieberhaft, wie wir diese Kreatur aufhalten konnten, da ertönte ein Schuss. Keuchend drehte ich den Kopf und sah gerade noch, wie Kai blutend neben mir niederfiel.

Kapitel 39

Der Qualm aus der Pistole kräuselte sich, als sie aus seiner Hand fiel. Hawk und Cooks fingen den Captain auf und legten ihn vorsichtig auf dem Boden ab.

Mein Herz hämmerte in meiner Brust, als ich zu der Bestie vor uns blickte, die auf dem Rücken lag und ihre Hände auf die Stelle legte, wo sie scheinbar getroffen worden war.

Nur war es nicht das Biest, dem ein blutendes Loch in der Brust klaffte, sondern Kai.

»Was hast du getan?«, schluchzte ich und sank neben ihm auf die Knie. »Kai, was hast du getan?!«

Sein Gesicht war bereits vollkommen grau, seine Lippen blutleer. Nur ein feines rotes Rinnsal lief ihm aus dem Mundwinkel heraus und sein Kinn hinab.

Er hob zittrig die Hand und ich umfasste sie. »Es darf nicht … frei sein«, hauchte er.

»Sie sind verbunden, solange er Magie besitzt«, erklärte die Weiße Hexe, als würde ich es nicht wissen. »Stirbt der Captain, stirbt auch die Bestie und umgekehrt.«

»Ihr könnt ihn heilen«, flehte ich und wandte mich zu den Hexen um. »Das könnt ihr doch! Bitte!«

Die Sandhexe senkte den Blick. »Wir haben es dir erklärt. Sein Leben ist mit dem der Bestie verbunden. Wenn wir sie töten, wäre er ohnehin gestorben.«

»Aber es gibt einen Weg«, warf Blanca ein und kniete sich mir gegenüber neben Kai. »Ich hätte euch nicht hergeschickt, wenn es nicht so wäre. Ich wusste nur nicht, wie ich es dir als Regenbogenschwanz erklären sollte. Aber jetzt kann ich es.«

»Sag es mir!«, schluchzte ich. »Bitte.«

Kais Lippen bebten und ich wusste, dass ihm nicht mehr viel Zeit blieb.

»Er war bereit, sein Leben für dich zu geben. Bist du bereit, deines für ihn zu riskieren?«

»Habe ich das nicht schon bewiesen?«, fragte ich ernst.

»Du musst es aussprechen, Amara. Nur dann kann ich dir helfen.«

Kai versuchte den Kopf zu schütteln, musste aber ein Husten unterdrücken. Blutiger Schaum trat aus seinem Mund.

»Ja, bei allen Meeresgöttern, ich bin bereit, mein Leben für ihn zu riskieren!«

Blanca nickte. »Dann brauche ich dein Herz.«

»Mein Herz?«, flüsterte ich und starrte auf meine Brust hinab.

Was hatte sie vor?

Ich sah Kai an. Viel Leben war nicht mehr in ihm und ich wusste, ich konnte Blanca vertrauen.

»Ich muss dich nur ein letztes Mal warnen. Es besteht ein Risiko«, begann Blanca mit einem Seufzen. »Es ist nicht so, als hätte ich das schon einmal gemacht. Aber dein Herz war schon immer stark. Es ist das silberne Herz des Meeres und es kann für euch beide schlagen. Dennoch wäre es möglich, dass es mir nicht gelingt, euch zu retten.« Sie sah mich ernst an. »Willst du es mir dennoch geben?«

Ich zögerte nicht, denn Kai sterben zu sehen, würde ich nicht ertragen. »Nimm es!«

Er riss die Augen auf, als Blanca die Hand ausstreckte und in meiner Brust vergrub. Mein Atem stockte, als ich ihre Finger zwischen meinen Rippen fühlte. Ich wusste, sie war vorsichtig, aber ich schaffte es dennoch nicht, Luft zu holen, bis sie ihre Hand wieder zurückzog und etwas silbernes behutsam mit ihren Fingern umschloss.

»Zwischen euch besteht schon ein Band«, erklärte Blanca fast feierlich und strich über den silbernen Gegenstand. Kein Tropfen Blut klebte an ihren Fingern, obwohl sie mir das Herz herausgerissen hatte. »Es wird stark genug sein, den Tod zu besiegen und euch beide zu retten.«

Ich war nicht mehr in der Lage, zu reden, sank kraftlos neben Kai nieder. Cooks hielt meinen Kopf und strich darüber. Ich sah Kai in die Augen und schaffte es irgendwie, meine Hand an seine Wange zu legen.

»Was meinst du mit ›den Tod besiegen‹? Ich dachte, du rettest sie«, fragte Cooks und ihre Stimme bebte so sehr wie meine Hand an Kais Wange.

»Damit ich sie retten kann, müssen sie beide erst sterben«, erklärte Blanca leise. »Ich sagte doch, es besteht ein Risiko, aber ich glaube daran, dass ihr Herz stark genug ist, sie beide zu retten.«

Meine Augen wurden schwer und ich konnte sie kaum noch offen halten. Ich würde sterben. Vielleicht nur kurz, vielleicht war es ein endgültiger Abschied.

Ich formte mit meinen Lippen die Worte »Ich liebe dich« und sah, wie auch Kai versuchte, sie zu formen. Dann wurde sein Gesicht regungslos und das Licht in seinen Augen brach. Die Kreatur, die einst sein Herz war, röchelte ein letztes Mal. Ich fühlte, wie sich die dunkle Magie von der Insel entfernte, wie sie diesen Ort wieder freigab.

Kälte umfing mich und ließ die Tränen, die meine Wangen hinabliefen, gefrieren. Es war das Letzte, was ich in diesem Leben spürte.

Epilog

Die Gischt rauschte um meine Füße. Ich hatte die Schuhe ausgezogen und den Rock meines Kleides angehoben. Die Sonne ging gerade unter und tauchte die Bucht, in der ich stand, in ihr orangenes Licht.

Ich schloss die Augen und hob meinen Kopf den letzten Sonnenstrahlen entgegen. Es war so friedlich hier. So wunderschön. So perfekt. Aber das dachte ich beinahe über jede neue Küste, die wir ansteuerten …

Als ich Schritte hörte, öffnete ich die Lider, blickte aber weiterhin hinaus auf das Meer. Ich fühlte seine Brust in meinem Rücken und seine Arme, die sich um meine Taille legten. Aber ich hätte auch gewusst, dass er da war, wenn er kein Geräusch gemacht hätte. Immerhin teilten wir uns ein Herz. Mein silbernes Herz.

Seine Lippen berührten meine Schläfe und ich schauderte. Nach all den Monaten, die wir seit dem Zwischenfall auf der Weißen Insel miteinander verbracht hatten, schauderte ich immer noch bei dieser einfachen Berührung.

»Du bekommst nie genug vom Meer, oder?«, raunte er mir ins Ohr.

Nachdem wir beide aus unserem kurzen Todesschlaf erwacht waren, hatten wir die Weiße Insel vorerst nicht verlassen. Wir hatten erst mal Zeit gebraucht, uns zu erholen, da mein Herz zwar für uns beide schlug, aber unsere Körper sich erst daran gewöhnen mussten, auf diese Weise miteinander verbunden zu sein. Was er fühlte, nahm auch ich wahr und umgekehrt.

Wir teilten uns allerdings nicht nur mein Herz, sondern auch die Magie. Weswegen die beiden Hexen und Blanca uns beibrachten, die unterschiedlichen Kräfte zu nutzen. So lange, bis wir sie finden würden, die anderen Träger der Kristallelemente.

All die Wochen auf der Insel war das Meer zu verlockend gewesen. Ich wollte nicht mein Leben auf der Weißen Insel verbringen, obwohl sie irgendwie meine Heimat geworden war. Trotzdem wollte ich Abenteuer erleben. Mit Kai.

Auf unserer ersten Reise waren wir auch an Westwend vorbeigekommen. Ich hatte mich dazu hinreißen lassen, nach meinen Eltern Ausschau zu halten. In meiner Piratentracht war ich meiner Mutter auf dem Markt begegnet. Sie hatte mich nicht erkannt. Die Geschäfte meines Vaters schienen auch ohne meine Ehe mit dem Earl gut zu laufen. Ich musste kein schlechtes Gewissen haben. Nicht mehr. Nie wieder.

Ich legte meine Hände auf seine. »Lass uns jedes Jahr hierherkommen«, sagte ich. »Es ist wunderschön hier.«

Ich fühlte sein Lächeln an meiner Haut. Obwohl uns keine Uhr mehr zwang, gewisse Stationen zu bestimmten Zeiten anzusteuern, hatten wir uns bereits vorgenommen, manche Länder jedes Jahr zu besuchen. Schließlich hatten wir eine Aufgabe: die anderen Elemente finden und ihnen die Gegenstände übergeben, um sie zu erwecken. Die schwarze Seele der Welt war noch irgendwo hinter dem Horizont. Ich konnte ihre Flüche selbst auf der Weißen Insel fühlen, als wir uns dort erholt hatten. Sie hatte viel zu lange dafür gesorgt, dass die Herzen der Menschen vergiftet wurden.

Aber daran wollte ich nicht denken. Nicht an diesem Tag. Heute ging es nur um Kai und mich.

»Deswegen habe ich diesen Ort in der Nähe von Minor ausgewählt, um uns trauen zu lassen«, erklärte er und drehte mich in seinen Armen herum. »Dass ich dich wieder in einem Kleid sehe, hätte ich dennoch nicht erwartet.«

Ich schmunzelte. In Wahrheit war es kein richtiges Kleid, sondern ein langer, weißer Rock, den ich über einer knielangen Hose trug. Mein Oberteil war eine etwas elegantere Jacke in Weiß mit goldenen Verzierungen. Aber es war das, was einem Kleid wohl am nächsten kam, obwohl ich mir geschworen hatte, keines mehr anzuziehen, selbst für den Tanz der Wintersonnenwende nicht.

»Ich verstehe ohnehin nicht, warum du eine Trauung wolltest«, murmelte ich und strich über die silberne Knopfleiste seiner dunkelblauen Jacke. Über der Stelle, wo sein Herz lag, hielt ich inne. »Immerhin teilen wir uns ein Herz. Eine tiefere Verbindung gibt es nicht.«

»Ja, aber das weiß keiner außer uns und der Mannschaft«, raunte er, legte einen Finger unter mein Kinn und hob es an. »Und ich will sichergehen, dass kein anderer auf die Idee kommt, dich mir wegzunehmen.« Er hauchte einen Kuss auf meine Lippen. »Also, von heute an bist du die Frau des Captains.«

Ich hob einen Mundwinkel zu einem schiefen Lächeln. »Weißt du, in Sarabor hat ein Prinz wohl Interesse an mir gehabt. Er nannte mich sogar ›Piratenprinzessin‹. Das gefällt mir irgendwie besser.«

»Ich hoffe, du meinst nicht den Prinzen.«

»Was soll ich mit einem Prinzen?«, flüsterte ich und verschränkte meine Hände in seinem Nacken. »Ich will meine Abenteuer mit dir erleben, Kai. Nur mit dir.«

Er lächelte erleichtert. »Für einen Moment hatte ich schon Sorge.« Er strich mir eine Strähne meines walnussbraunen Haars, die sich aus der Frisur gelöst hatte, hinter das Ohr. »Aber wenn du eine Piratenprinzessin sein willst, sollte ich dir eine Krone besorgen.«

Ich nahm den Hut von seinem Kopf und setzte ihn mir auf. »Das hier ist die perfekte Krone für mich.« Ich stellte mich auf die Zehenspitzen und reckte mich ihm entgegen. Das Schmunzeln auf seinem Gesicht wurde breiter und er beugte sich zu mir herab.

»Hier seid ihr!«, rief Cooks und wir fuhren auseinander. »Also wirklich, wir warten alle auf der Klippe und ihr knutscht in der Bucht rum! Ein Glück, dass ich früh genug hier war, sonst hättet ihr wohl mit der Hochzeitsnacht angefangen.«

»Die haben wir längst hinter uns«, rief Kai zurück. »Erinnerst du dich an den Sturm, als wir fast gesunken wären?«

Ich vergrub meine Finger in seiner Jacke und schüttelte den Kopf. »Hör auf!«, murmelte ich verlegen.

»Was denn? Cooks hat sicher längst vermutet, dass ich das war.«

»Das war dann wohl eher ich. Vergessen? Ich bin das silberne Herz des Meeres.«

»Ja.« Er zwinkerte. »Aber ich habe dem silbernen Herzen diese heiseren Rufe entlockt, die den Sturm heraufbeschworen.«

Ich presste die Lippen aufeinander und funkelte ihn an. »Das wirst du büßen, und das weißt du, oder?«

Er lachte. »Nur zu, meine Prinzessin. Lass es mich büßen.«

»Kommt ihr dann bitte endlich?«, knurrte Cooks. »Der Vogel hat schon zu singen begonnen. Und ich meine nicht Blanca. Wenn ihr also nicht wollt, dass Hawk von den anderen die Klippen hinabgestürzt wird, solltet ihr euch beeilen.«

Kai grinste. »Ich wollte schon immer sehen, ob Hawk fliegen kann.« Ich rollte mit den Augen und nahm seine Hand. Kais Grinsen wurde breiter. »Ach, hast du es jetzt doch eilig, mich zu heiraten?«

»Ich will nur wieder aufs Schiff«, meinte ich.

Es war seltsam geworden, länger als wenige Stunden nicht auf der Conch zu sein.

Nachdem das Biest gestorben war und Kai und ich durch die Magie meines Herzens wieder ins Leben gefunden hatten, war die Crimson Conch mehr denn je mein Zuhause geworden. Die rote Farbe war geblieben und es konnte immer noch abtauchen, da es seine Magie nicht verloren hatte.

Blanca hatte sich auf dem Schiff wieder in einen Regenbogenschwanz verwandelt. Sie konnte mit ihrer eigenen Magie nur auf der Weißen Insel ihre menschliche Gestalt annehmen. Die beiden Meerhexen hatten sie zwar gebeten, den Platz ihrer Mutter einzunehmen, doch Blanca wollte nicht. Sie wollte mit uns gemeinsam Abenteuer erleben und auf uns aufpassen.

Sie half mir immer noch, meine Magie besser zu beherrschen. Damit ich nicht ständig Stürme hervorrief, wenn Kai und ich miteinander schliefen. Oder uns küssten. Oder er mich einfach nur anlächelte.

So wie jetzt, als wir auf den Rosenbogen zuschritten, den Hawk gemeinsam mit Einauge gefertigt hatte. Die Hexen hatten Blanca auch hier ihre menschliche Gestalt verliehen, damit sie uns trauen konnte. Es war ihr Geschenk an uns und ich war froh, dass wir von nun an auf derselben Seite standen. Denn solange ich die anderen Kristallelemente nicht ihren wahren Trägern verliehen hatte, brauchte ich ihre Hilfe, um die schwarze Seele in Schach zu halten.

Kai drückte meine Hand, riss mich aus meinen Gedanken. Er wusste, was in mir vorging, ohne es zu hören. Dennoch beugte er sich zu mir, während wir zwischen den links und rechts aufgestellten Piraten durchschritten. »Fürchtest du dich nicht davor, ein Monster zu heiraten?«, fragte er so leise, dass ich es kaum hören konnte.

Ich erwiderte den Druck seiner Hand. »Ich sehe kein Monster«, flüsterte ich. »Denn einem Monster hätte ich nie mein Herz geschenkt.«

DANK

Da sind wir also wieder, am Ende einer Geschichte. Ich kann es nicht oft genug erwähnen, wie dankbar ich bin, dass ich diese Reise unternehmen darf. Mit meinen wunderbaren Testlesern und natürlich dir, lieber Leser.

Ein Buch zu schreiben, hat Höhen und Tiefen. Höhen, wenn man für die Geschichte brennt und sie am liebsten gleich der ganzen Welt zeigen will. Tiefen, wenn man zweifelt oder eine Stelle vor sich hat, an der man einfach nicht weiterkommt.

In diesem Fall sind es ein paar Menschen, die mir immer wieder den Mut geben, weiterzumachen. Deswegen möchte ich an dieser Stelle meiner Schwester, Christine, danken. Weil du mich immer ermutigst und jedes Buch liest, auch wenn es eigentlich nicht in dein Beuteschema fällt.

Mein Dank geht auch an meine Familie – meine Kinder und meinen Mann –, die mittlerweile sogar putzt, wenn ich mal wieder in einer meiner Welten abtauche und das Chaos überhandnimmt, und mir sogar Essen bringt, wenn ich es zu lange vergesse. Danke für eure Nachsicht mit mir. <3

Außerdem danke ich wie so oft meinen wunderbaren Testlesern. Ricky Sewina, die mir zuhört, wenn ich mal wieder an einer Stelle hänge, geduldig ist und eine Geschichte auch zehnmal liest, wenn ich sie darum bitte. Alexandra Götz, die mit mir vom Captain träumt, obwohl er ein Monster ist. Was auch immer das über unsere geistige Gesundheit aussagen mag. ^^ Maria Brandt, die mir klargemacht hat, dass die Farben der Elemente ja schön sind, aber ich ihnen auch eine Bedeutung geben muss. Falls ich mal eine Blanca finde, gehört sie dir, versprochen.

Zu guter Letzt danke ich meiner Oma, die mir immer gesagt hat, dass ich etwas Besonderes bin. Möge der Wind dich sicher nach Hause bringen, wo immer du jetzt auch sein magst. Danke für all die Liebe und Hoffnung, die du mir gegeben hast.

Ich hoffe, die Reise mit der Conch war nicht zu stürmisch für dich, lieber Leser. Denn sie ist noch nicht zu Ende … Wir sehen uns in Sarabor, dem Land, in dem leider keine Schokolade aus den Brunnen fließt.

Bis dahin … lasst euch nicht von den Hanumankraken beißen. ☺

Alles Liebe

Bettina

Über die Autorin

Bettina Pfeiffer wurde 1984 in Graz geboren und lebt heute mit ihrem Mann und ihren beiden Kindern in Baden bei Wien.
Seit ihrer Kindheit liebt sie es, sich Geschichten auszudenken. Besonders als Ausgleich zu ihrem zahlenorientierten Hauptjob taucht sie gern in magische Welten ab und begann schließlich, diese aufzuschreiben. So entstand recht schnell die Idee für die ›Weltportale‹ und andere magische Geschichten im Genre Fantasy/Romantasy.
Inspiration findet sie dafür immer wieder durch ihre Kinder, mit denen sie gern auf abenteuerliche Entdeckungsreisen geht.

Mehr Fantasy von der Autorin:

B. E. Pfeiffer
Götterherz
9. November 2018, Sternensand Verlag
360 Seiten, broschiert

Urban-Fantasy Jugendroman
Als Taschenbuch und E-Book

Seit Beginn ihres Familienurlaubs in Griechenland durchlebt die zwanzigjährige Penelope seltsame Träume. Jedes Mal findet sie sich an einem bedrohlichen Ort voller Monster wieder. Und jedes Mal erscheint ein mysteriöser Mann und verteidigt sie gegen diese Kreaturen.
Als sie diesen Fremden auch in wachem Zustand trifft, blitzen Erinnerungen an ein früheres Leben in ihr auf. An ein Versprechen von Unsterblichkeit, an eine Liebe, die Jahrtausende überdauert hat, und an eine uralte Rivalität zwischen zwei Göttern. Und einem davon gehört ihr Herz schon seit so langer Zeit. Allerdings muss sie nun um ihn kämpfen – um ihn und um ihr eigenes Leben, das von Göttervater Zeus persönlich bedroht wird.

B. E. Pfeiffer
Aschenglitzer
14. Juni 2019, Sternensand Verlag
326 Seiten, broschiert

Märchen, Jugendroman
Als Taschenbuch und E-Book

Glaubst du an Liebe auf den ersten Blick? Oder an Wunschfeen, die Herzenswünsche erfüllen?
Prinzessin Alessandra glaubt in erster Linie daran, dass sie ihr Schicksal selbst in die Hand nehmen sollte. Sie möchte nicht von einer Fee abhängig sein oder auf den edlen Prinzen in glänzender Rüstung warten, der sie und ihren Vater rettet. Stattdessen ist sie bereit, jedes Risiko einzugehen, um den König vor dem Tod zu bewahren. Dass sie dabei nicht nur einen Drachen, sondern auch noch den Stallburschen Nathaniel und dessen Wunschfeerich an ihrer Seite hat, könnte ihre Aufgabe leichter gestalten. Könnte … denn Nathaniel und sie verbindet eine ganz besondere Magie, die sie erst noch akzeptieren müssen. Und selbst dann ist es nicht sicher, ob sich ihre Geschichte wirklich zum Guten wenden kann.

Weitere Verlagstitel aus unserem Fantasy-Programm

C. M. Spoerri & Jasmin Romana Welsch
Conversion (Band 1): Zwischen Tag und Nacht
28. August 2016, Sternensand Verlag
424 Seiten, broschiert

Jugendroman-Dystopie
Als Taschenbuch und E-Book

Jasmin Romana Welsch
Absolution: Wie man eine Sünde überlebt
28. Februar 2016, Sternensand Verlag
224 Seiten, broschiert

Urban Fantasy
Als Taschenbuch und E-Book

C. M. Spoerri
Die Legenden von Karinth (Band 1)
25. September 2016, Sternensand Verlag
448 Seiten, broschiert

High Fantasy
Als Taschenbuch, Hardcover und E-Book

STERNENSAND VERLAG

Besucht uns im Netz:

www.sternensand-verlag.ch

www.facebook.com/sternensandverlag